中原武林全圖
신강
청해
곤륜파
서장
계월곡
녹림채
운남

북해빙궁
흑룡강
갈림
내몽고
요녕
황하
하북
개방
무쌍성
산서
영하
봉림곡
산동
섬서
화산파
개봉(황궁)
하남
강소
종남파
소림사
남궁 세가
안휘
청성파
호북
무당파
무림연맹
장강
절강
장강수로십팔채
호남
악양 소가
강서
혈로림
귀주
복건
형산파
혈교 본단
광서
광동
하오문
해남

절대검감 6

절대검감

6

絶對 劍感

한중월야 장편소설

시공사

등장인물 소개

진운휘	어릴 적 주화입마를 입고 혈교에 납치되어 삼류 첩자의 삶을 살다가 허무한 죽음을 맞았다. 〈검선비록〉과의 기연으로 다시 태어나 검과의 소통 능력으로 새로운 삶을 만들어 나가기 위해 노력한다. 자신의 출생 비밀을 알게 된 후 혈교에서는 진운휘로, 정파 무림연맹에서는 남천검객의 제자 소운휘로 활동한다.
사마영	사대 악인 월악검 사마착의 여식.
백혜향	전대 혈마와 홍등가의 여인 사이에서 태어난 여인으로, 뛰어난 무공과 카리스마를 지녔다.
백련하	전대 혈마의 피를 이었으며, 백혜향과 함께 혈교의 교주 후보였던 여인.
파혈검제 단위강	혈교의 사존자 칠혈성 중 일존.
기기괴괴 해악천	혈교의 사존자 칠혈성 중 사존.
무한제일검 백향묵	팔대 고수의 일인이자 무림연맹의 맹주.

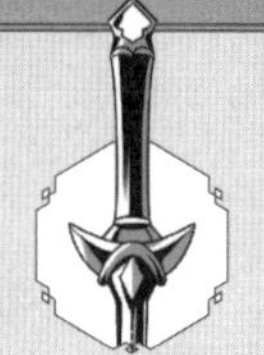

사마중현	무림연맹 제이군사.
백위향	무림연맹 제삼군사.
방덕현	총군사였던 제갈원명과 제이군사 사마중현의 스승.
진왕	대연제국 황태후의 소생으로 차기 보위에 가장 가까운 황자.
영왕	대연제국 차기 황제의 자리를 두고 진왕과 대립 중인 황자.
경왕	대연제국 세 황자들 중 가장 포악하고 어디로 튈지 모르는 것으로 알려진 황자.
낭왕 혁천만	중원 팔대 고수의 일인이자 낭인들의 정점이라 불리는 자.
홍구가	개방의 방주.
홍걸개	홍구가의 손자이자 개방의 후개.

차례

일러두기

- 무협 자체의 재미와 개성을 살리기 위해 의도적으로 속어, 비속어, 은어 등의 표현이나 일부 한글 맞춤법 규정에 어긋나는 표현도 그대로 실었습니다.
- 검의 대화의 경우 앞에 '—' 표기를 넣었고, 전음은 앞뒤 [ ] 표기, 검선의 말은 앞뒤 [ ]를 표기하되 고딕으로 서체를 달리하여 표기하였습니다. 또한 본문 내 강조나 인용 등으로 들어가는 내용은 고딕체로, 본문에 나오는 대화 중 과거형은 다른 명조체로 구분하여 표기하였습니다.
- 한 장짜리 비서는 홑꺾쇠표(〈 〉), 서책의 경우 겹꺾쇠표(《 》)로 구분하여 표기하였습니다.

혈마

하늘 위로 솟구치는 독무를 보며 교인들 입에서 탄성이 흘러나왔다. 자칫 위험한 사태로 이어질 뻔했는데, 그것을 막아서인지 모두의 시선이 내게 집중되었다. 뭔가 낯간지럽네.

—뭘 그래. 이왕 신위를 뽐낸 거, 검 한번 위로 들어줘라.

소담검의 말에 나는 피식 웃으며 검을 들어 올렸다. 그러자 교인들이 일제히 함성을 내질렀다.

"와아아아아아아!!"

지금만큼은 파벌이고 뭐고 없었다. 광장에서 만 명에 이르는 교인들이 함성을 내지르니, 대지가 뒤흔들리는 듯했다. 마치 모두가 나를 영웅처럼 쳐다보고 있었다. 해악천이 혀를 내두르더니, 조용한 목소리로 전음을 보냈다.

[이놈아, 못 본 사이에 대체 무슨 일이 있었던 게냐?]

[작은 기연이 있었습니다.]

[뭐야? 이런 게 작은 기연이면 큰 기연은 대체 뭐라는 게냐?]

겸손 떨었다가 한 소리 듣고 말았다. 지극히 그다웠다. 그런데도 해악천은 오히려 상당히 기분이 좋아 보였다.

[클클. 가르친 건 나인데, 어째 남천검객 그놈이 살아 돌아온 기분이 드는지 모르겠군.]

스스로를 남천검객 호종대의 호적수라 칭했던 스승 해악천이었다. 그의 검법을 누구보다 잘 알기에 방금 전 그 초식의 검의(劍意)를 읽었을 것이다.

"헷. 너무 멋졌어요, 공자님!"

사마영이 방글방글 웃으면서 내게 쪼르르 달려왔다. 신위를 펼친 것은 나인데 오히려 본인이 뿌듯해하고 있었다.

"그래도 무리는 하지 마세요. 놀랐잖아요."

이제 자신의 일처럼 느끼는 것일지도 모른다. 멀리 교인들이 있는 곳에서 송좌백이 멍하니 입을 벌리고 있는 모습이 보였다. 내가 쳐다보자 당황해서는 고개를 슬쩍 돌렸다.

—귀엽네. 이젠 호적수니 뭐니 하는 소리도 못 하겠네.

그러기에는 격차가 너무 커졌다. 하지만 두 달 사이에 녀석도 많이 노력한 것 같긴 했다. 전과 다르게 기운이 몹시 늘어서 절정의 극에 이르렀는데, 깨달음만 받쳐준다면 충분히 초절정의 경지에 이를 것 같았다.

'백흑쌍귀라 불렸던 명성이 그냥 나온 건 아닌가 보네.'

"흥."

살짝 떨어진 곳에서 콧방귀 소리가 들렸다. 그곳을 쳐다보니 팔짱을 끼고서 나를 쳐다보고 있는 백혜향이 보였다. 그녀의 눈빛에서 묘한 전의가 느껴졌다. 참으로 그녀다웠다.

하긴 전 오대 악인이었던 무악을 상대로도 조금도 기세가 죽지 않았던 그녀가, 아무리 내 무위가 늘었다고 한들 기가 죽겠는가. 그때 누군가의 목소리가 들려왔다.

"끄으으… 네… 네놈이…."

분한 목소리를 내뱉는 그는 혈사왕, 아니 혈주 구제양이었다. 독인의 상태가 풀린 그는 전신의 검흔으로 피투성이가 되어 있었다. 근맥들도 전부 베어서 움직일 수 없을 것이다.

—그 특이한 회복력은 없네.

그런 것 같다. 그게 오히려 다행이었다. 안 그랬다면 심문이고 뭐고 할 기회가 없을 테니 말이다. 혈주 구제양이 핏물을 뱉어내며 내게 말했다.

"네놈… 네놈이 저지른 짓이 어떤 결과를 낳을지 두고 봐야 할 것이다. 쿨럭."

"흥! 아직 입이 살아 있군."

해악천이 그를 향해 성큼성큼 다가갔다. 거구의 그림자에 가려진 혈주 구제양이 섬뜩하게 웃으며 말했다.

"이제 혈교가 살아남을 방법은 사라졌다. 기기괴괴, 얌전히 있었다면 적어도 그 명맥을 유지했을 텐데."

"뭐가 어쩌고저째!"

팍!

"크윽!"

해악천이 그의 목을 움켜쥐고서 들어 올렸다. 우악스러운 해악천의 커다란 손에 혈주 구제양이 대롱대롱 매달렸다. 반항할 힘이 없는데도 일부러 자극하듯이 비웃음을 흘렸다.

"전부 불어라. 그 금안 놈이 네 배후냐?"

"하아… 하아…."

"말해! 네놈 배후에 있는 놈들을 전부 불면 옛정을 생각해서 목숨만은 살려둘 터이니."

"하아… 필요 없다. 그냥 죽여라."

놈은 전혀 죽음을 두려워하지 않았다. 오히려 알 수 없는 말만 늘어놓았다.

"이게 끝이라고 생각하나, 기기괴괴? 크크큭."

"변했군, 구제양. 전 교주께서 살아 계셨다면 네놈의 오장육부를 열어서 쓸개로 혈술을 담갔을 거다."

"죽은 자를 들먹여서 어찌하겠다는 게냐. 어리석은 것."

"누가 어리석어!"

퍽!

"끄웩!"

해악천의 주먹질에 구제양이 토악질을 하며 고통스러워했다. 그런데도 의지는 전혀 꺾이지 않았다.

"카악. 퉤."

"이놈이 더 맞아야…."

"백련하 저 계집이 교주가 되도록 내버려뒀다면 이런 일도 없었을 터인데, 저놈 때문에 사지로 걸어가는 길을 택했으니 두고두고 후회할…."

꽈악!

"컥!"

"무슨 짓을 꾸민 게야!"

해악천의 다그침에 구제양이 비릿하게 웃더니 이내 자신의 혀를 깨물려 했다. 자결을 시도하려는 모양이었다. 이에 해악천이 다급히 놈의 혈도를 점했다. 혀를 움직이지 못하게 아혈과 마혈을 점해두고서 그대로 기절시켜버렸다.

"빌어먹을 독종 놈."

해악천이 혀를 내둘렀다. 그런 그에게 백혜향이 다가와서 말했다.

"이봐, 사존. 어차피 잡은 물고기이니, 후에 손톱을 뽑든 달군 철로 배를 지지든 입을 열게 하면 되잖아. 일단 다른 급한 것부터 해결하도록 하지."

"그러지요, 아가씨."

쿵! 그녀의 말에 동의하는지, 분이 풀리지 않은 해악천이 놈을 패대기치듯이 내려놓았다. 대주급 고수들이 와서 놈을 묶어 한쪽 편으로 끌고 갔다.

"그놈이 흘리는 피는 전부 독이니까 조심해라."

"충!"

정작 본인은 피가 묻든 말든 개의치 않았으면서도 충분히 주의를 주는 스승님이었다. 적혈금신의 경지는 확실히 독도 침투 못 하는 것 같다. 토악질을 하던 구제양의 피가 손등에 닿았는데, 중독은커녕 독기가 연기로 변한 것을 보면 말이다.

백혜향이 결착을 내려는지 굳은 얼굴로 내게 다가왔다. 그때 토악질 소리가 들려왔다.

"끄어어어어억!"

백련하가 보랏빛 피를 토해내고 있었다.

—어우. 재 괜찮은 거 맞아?

전혀 안 괜찮아 보인다. 어찌나 많은 피를 게워냈는지 얼굴이 창백했다. 서로를 쳐다보던 백혜향과 나는 일단 그녀에게로 다가갔다.

"어떻게 되었지, 일존?"

백련하에게서 독을 몰아내던 일존 파혈검제 단위강이 인상을 찡그리며 말했다.

"오장육부로 침투한 독은 그럭저럭 몰아냈습니다. 하나 뇌까지 미친 독은 아무리 내공을 주입해도 완전히 몰아낼 수 없었습니다."

"뇌?"

"독 기운을 완전히 몰아내려 했더니, 오히려 더욱 퍼지려고 하기에 임시로 내공을 통해 독을 한쪽 구석으로는 몰아놨습니다. 하나…."

뒷말을 잇지 않았지만 짐작이 갔다. 그냥 내버려둔다면 뇌에 침투한 독이 계속 퍼질 것이다. 안쓰러울 정도로 독을 토해내던 백련하가 멍한 눈으로 혼자 중얼거렸다.

"왜… 왜 난 아무것도 가질 수가 없는 거지. 어째서…."

심지어 눈물마저 흘리고 있었다.

"백련하."

"나는… 나는…."

백혜향이 그녀를 불렀지만 혼자 독백하듯 중얼거릴 뿐이었다. 주위에 누가 있는지도 모르는 것처럼 말이다.

"멍청한 계집, 혈마의 피를 이었다는 년이 고작 이딴 독에…."

나무라는 듯했지만 그녀의 목소리는 씁쓸했다. 서로 교주 자리를 두고서 경쟁했다고는 하나 약한 모습을 보이는 배다른 여동생에게 동정심이라도 생긴 것일까? 대체 무슨 독이기에 이런 증상까지 보이는지 알 수 없었다.

—환마독이라고 하지 않았어?

그랬던 것 같다. 하나 내가 독 전문가도 아니고 모든 독을 자세히 알 리가 만무했다. 일존 단위강이나 스승님인 해악천도 이런 증상에 의아해하는 걸 보면 혈주 구제양이 조합해서 만든 새로운 독일 수도 있었다.

"아가씨!"

혈수마녀 한백하가 헐레벌떡 다가와 걱정스러운 목소리로 일존에게 물었다.

"아가씨께서 대체 왜 이러시는 거죠? 어찌해볼 방법이 없습니까, 일존?"

"내공으로는 어찌해볼 도리가 없네. 의원의 도움을 받든, 놈에게서 해독제를 받아내야 할 것 같네."

한백하가 입술을 질끈 깨물었다. 백련하를 바라보는 그녀의 눈빛은 허탈함으로 가득했다. 십수 년간 오직 백련하를 위해 살아온 그녀였기에 더욱 그런 것일지도 몰랐다.

"혈화단."

"충!"

혈수마녀 한백하의 부름에 교인들 틈바구니에서 흰 면사를 한 여인들이 달려왔다. 그녀의 제자들과 수하 교인들로 이루어진 단(團)이었다. 모두가 의아해하자 한백하가 말했다.

"계속 머물러 있기에는 아가씨의 상태가 위중하니, 의술을 아는 교인에게 데려가도록 하겠습니다."

"…그러시오."

"그리고 삼존 구제양을 제게 인도해주시죠."

"뭐?"

그 요구에 해악천이 인상을 쓰며 반문했다. 그러자 한백하가 밧줄에 묶여 포박되어 있는 혈주 구제양을 가리키며 말했다.

"지금 당장 혈교 총대회를 멈출 수도 없는 노릇이 아닙니까? 아가씨의 상태가 위중하니 제가 그를 심문해서 해독제를 알아내도록 하겠습니다."

틀린 말은 아니었다. 하지만 그녀가 간과한 것이 하나 있었다.

"그건 아니 될 말이오."

일존 단위강이 냉정한 목소리로 단호하게 거절했다.

"어째서?"

백혜향이 폭소를 터뜨리듯이 웃어댔다.

"깔깔깔."

"무슨 의미죠?"

"어이, 혈수마녀. 지금 네가 끼어들어서 누굴 심문할 처지가 아닐 텐데."

"네?"

의아해하는 그녀에게 백혜향이 정색하면서 말했다.

"너도 심문받을 대상이라는 거다."

"그게 무슨!"

슥! 백혜향의 모조 혈마검이 전광석화처럼 그녀의 목을 겨냥했다. 뭔가 잘못되었다고 생각하고서 물러나려 했지만 그녀의 뒤를 해악천이 가로막았다.

"사존! 이게 무슨 짓입니까?"

"혈수마녀, 자네는 백련하 아가씨를 가까이에서 모시지 않았나. 저렇게 될 동안 아무것도 몰랐다고 변명할 생각은 아니겠지."

해악천의 다그침에 혈수마녀 한백하가 당혹감을 감추지 못했다. 인과응보였다. 그녀는 모두가 보는 앞에서 계속 혈주 구제양을 두둔하며 백련하가 어떻게든 차기 혈마가 되도록 여론을 조장하려 했다. 이제 와서 아무 관련이 없다고 내빼기에는, 돌아올 수 없는 강을 건넜다고 할 수 있었다. 한백하가 당황해서 소리쳤다.

"저는 정말 몰랐습니다! 아가씨께서 무공도 익힐 수 없는 그 해괴한 병환을 겪었을 때부터 지금껏 모셔왔던 제가 설마 저자와 한패라고 생각하는 겁니까?"

"개 같은 그놈의 정통성을 강조하면서 운휘와 나를 몰아붙인 게 누구였지?"

백혜향은 이참에 그녀를 완전히 실각시키려는 모양이었다. 한백하는 이 자리에서 너무 많은 사람들을 자극했다. 물론 백련하가 확실히 교주가 될 수 있었다면 유야무야 넘어갈 수 있었겠지만 지금은 아니었다.

"이존!"

안 되겠다 싶었는지 그녀가 이존 난마도제 서갈마를 불렀다.

"이존께서는 아시지 않습니까? 제겐 오직 백련하 아가씨뿐입니다. 그런 제가 외부와 결탁하여 무언가를 꾸미리라 생각하십니까?"

서갈마를 끌어들여 위기에서 벗어나려 하는 그녀였다. 그러나 서갈마의 반응도 그리 좋지 못했다.

"미안하네, 혈수마녀. 그러기엔 자네는 너무 과했네."

"제가 무엇이 과했다는 겁니까?"

이에 해악천이 다그쳤다.

"흥! 그걸 몰라서 묻나? 자넨 너무 많은 거짓말을 했어. 아까도 혈마께서 직접 검을 탈취한 것을 백련하 아가씨가 했다고 모든 교인들 앞에서 속이려 들지 않았나."

그 말에 혈수마녀 한백하가 얼굴이 시뻘게져서 소리쳤다.

"이존, 사존, 당신들도 그 상황에서는 그럴 수박에 없다는 것을 알기에 저를 가만히 내버려둔 것이 아닙니까? 공자가 죽었다고 생각했을 때는 내게 동조해놓고는 지금에 와서 자신들은 다르다는 식으로…"

"혈수마녀."

그때 내가 그녀의 말을 끊었다. 그러자 그녀가 나를 떨리는 눈으로 쳐다보았다. 한백하도 사실 상황을 인지하고 있었다. 지금 이 자리에서 가장 혈마에 가까운 사람이 누구이고, 그녀 자신에 대한 처분권을 가진 자가 누구임을 말이다. 한백하가 호흡을 가라앉히며 침착하게 내게 말했다.

"공자… 저는 아닙니다. 공자의 총명함으로 이 사건을 밝혀내셨으니, 제가 삼존과 어떠한 관련도 없음을 누구보다 잘 아시지 않습니까?"

이에 나는 말없이 고개를 끄덕였다. 내가 예상과 다르게 동조하자 그녀의 표정이 살짝 밝아졌다. 다른 이들은 내가 그녀의 말에 동조할지 몰랐는지 인상을 찡그리며 의아해했다.

"육혈성의 말이 맞습니다. 정말로 저자와 한패라면 심문이니 해독제니 하는 것보다 본인의 목숨을 구제하는 쪽에 더 신경을 썼겠죠. 의심받는 행위를 뭐하러 하겠습니까?"

[너 제정신으로 하는 소리냐?]

내가 그녀를 변호하자 백혜향이 어처구니없다는 듯이 전음을 보냈다.

[사실이니까요.]

[순진한 거냐, 멍청한 거냐? 저년은 지금 처리하지 않으면 두고두고 너나 내 발목을 잡을 인간이다. 한데 그걸 놓아줄 생각인 거냐?]

[누가 놓아준다고 했습니까?]

그런 나의 말에 백혜향의 한쪽 눈썹이 치켜 올라갔다. 곧 내 말의 의미를 알게 될 거다.

그걸 모르는 한백하는 내게 고맙다는 눈빛을 보내며 말했다.

"공자, 저는 그대에게 특별한 악감정이 없습니다. 그랬다면 제가 어찌 장강에서 그대를 혈마로 인정하고 아가씨와 맺어주려고 했겠습니까?"

"네네, 그러시겠죠. 그저 백련하 아가씨를 위한 충심뿐이겠죠."

"…조금이라도 이해해줘서 고맙습니다."

"그런데 짚고 넘어갈 문제는 풀어야죠."

"네?"

팟! 그 말이 끝나기가 무섭게 나는 그녀에게 신형을 좁혔다. 당황한 그녀가 내게서 물러나려 했지만 뒤를 해악천이 지키고 있어서 그럴 수가 없었다. 나는 단숨에 그녀의 단전 쪽에 손바닥을 얹었다.

"스승님!"

"육혈성!"

그녀가 위기에 처하자 백색 면사를 한 여인들이 나서려고 했다. 그러나 존자를 앞에 두고 어찌 경거망동할 수 있겠는가.

"가만히 있는 게 좋을 게다."

해악천의 살기 어린 경고에 그들이 안절부절못하고 멈춰 섰다. 물론 모두가 그런 것은 아니었다. 지켜보고 있던 삼혈성 혈살귀 양전이 나의 행동에 놀랐는지 앞으로 나서며 소리쳤다.

"무슨 짓을 하려는 겁니까?"

"미뤘던 대가를 치르는 것뿐입니다."

"대가라니?"

삼혈성은 사정을 모르니 이런 반응을 보이는 것도 당연했다. 하나 그냥 넘어가기에는 그녀는 그동안 선을 너무 많이 넘었다. 아직까지 손바닥에 공력을 일으키지 않았기에 혈수마녀 한백하가 떨리는 목소리로 물었다.

"…대체 왜 이러시는 겁니까?"

"백련하 아가씨를 위한답시고 내가 혈교 총대회에 올 수 없도록 숨겨둔 암호를 없애는 등 여러 가지로 손을 썼다. 부정할 수 있나?"

"그, 그건…."

한백하가 단박에 변명하지 못했다. 이 사실을 지금 들추리라 예상하지 못했겠지.

웅성웅성!

"본단에 남겨놓은 암호를 없앴다고?"

"어째서 그런 짓을?"

그 말에 주변이 술렁였다. 대부분이 백련하 산하의 교인들이었다. 존성들도 이 사실을 전혀 몰랐는지 두 눈을 크게 뜨고서 한백하를 쳐다보았다. 특히 스승님인 해악천의 표정은 장난이 아니었다.

"혈수마녀 네년이 그런 짓거리를!"

당장에라도 저 주먹으로 혈수마녀 한백하를 때려눕힐 기세였다.

"스승님."

나는 고개를 살짝 저었다. 이번 일의 결착은 내 몫이었다. 나에게 양보한다는 듯이 해악천이 콧바람을 쉭쉭 내쉬며 입을 다물었다. 이에 나는 계속 말을 이어갔다.

"누구는 독에 당해서 그렇다고 하지만, 당신은 내가 돌아왔음에도 적에게 동조하여 나를 몰아붙였다. 부정할 수 있나?"

"고, 공자…."

분위기가 안 좋다고 느꼈는지 이존 서갈마가 나서며 조심스럽게 말했다.

"잠깐만 멈춰주십쇼."

한백하가 과하다고 인정했던 그였다. 그런데도 이렇게 나서는 것을 보면 서갈마 그 자신도 백련하를 위해 그녀의 행동을 부분적으로 눈감아서였을지도 모른다. 이존 서갈마가 포권을 취하고서 정중히 말했다.

"비록 육혈성이 저지른 짓이 과하다고는 하나, 오랫동안 모셔온 아가씨에 대한 충심에서 비롯된 것이니 이 일은 차후에 총대회가 끝나면 다시…."

그의 말이 미처 끝나기도 전에 백혜향이 빈정거리듯이 말했다.

"거하게 뒤통수를 쳤는데 일단 넘어간다라…. 어지간히 기강이 잘도 잡히겠군. 나라면 그런 위험부담은 지지 않는다."

"…의견이 일치하는군요."

'…!!'

안 그래도 하얗던 한백하의 얼굴이 더욱 창백해졌다. 백련하를 위한 충심으로 치부하고 그냥 넘어가기에는 내게 후환이 너무 컸다. 언제든 뒤통수를 칠 수 있는 여자였다.

"공자! 제 말을… 헉!"

나의 손에 힘이 들어가자, 당황한 그녀가 다급히 혈수옥을 펼치며 내 손을 쳐내려 했다. 그러나 그녀가 손을 움직이기도 전에 해악천이 손목을 붙잡아버렸다. 꽉!

"사존!"

"흥! 스스로 자초한 일이니 고분고분 받아들여라."

이를 뿌리칠 수 없었던 그녀가 애원하듯이 말했다.

"고… 공자, 더는 그런 일이 없을 겁니다. 충성을 맹세할 테니 부디 단전만은…."

콰득! 이미 늦었다. 그녀의 말이 끝나기도 전에 손가락이 파고들며 단전이 공력에 의해 부서졌다. 애원하던 한백하의 얼굴이 고통으로 일그러졌다. 나는 이 고통을 누구보다 잘 알았다. 절대로 참을 수가 없다.

"아아아아아악!"

한백하의 입에서 절규에 가까운 비명이 터져 나왔다. 무림인으로서의 생명을 빼앗겼으니 육체적 고통 외에 정신적으로도 괴로울 것이다. 나는 그런 그녀의 귓가에 대고 말했다.

"껍질뿐인 충성은 집어치워. 내가 이끄는 혈교에 당신 자리는 없으니까."

그런 나의 말에 한백하의 충혈된 눈동자가 파르르 떨렸다.

"아으으으으으!"

더 이상 그녀에게 할 말은 없었다. 자리에서 일어나자 고통으로 얼굴이 새빨갛게 상기된 한백하가 악을 지르며 소리쳤다.

"으아아아아! 소운휘 이노오오오…."

꽉!

"아악!"

악을 지르던 혈수마녀 한백하의 머리채를 백혜향이 거칠게 움켜쥐었다. 그러고는 비릿하게 웃으며 말했다.

"운이 좋네. 나였으면 네년의 그 세 치 혀를 자르는 것부터 시작했을 텐데."

―백련하가 나중에 정신을 차리면 어떻게 될까?

소담검의 말에 나는 침묵했다.

머릿속에서 수많은 고민 끝에 내린 결론이지만, 백련하가 이 사실을 알게 된다면 그저 유감스러운 정도로 끝나지 않을 수도 있다. 하지만 혈수마녀 한백하는 백련하를 향한 충심이라는 명분을 가지고 언제 어디서나 내 뒤통수를 칠 수 있는 여자였다. 기강을 위해서라도 그녀를 실각시키는 게 향후를 위해 나았다.

"너그럽네, 혈마에 가장 가까운 남자가."

백혜향의 말에 나는 가볍게 웃었다. 그녀였다면 단전을 파괴하는 정도로 끝나지 않았을 거나. 모르긴 몰라도 밀마따나 허를 자르고 사지를 전부 자르지 않았을까?

―자고로 혈마란 그래야 한다.

'네네, 그러시겠죠.'

혈마검 녀석, 백혜향을 만난 이후 은근히 그녀를 마음에 들어한다. 자신이 만났넌 자들 중에서 가장 혈마에 가까운 성향을 지녀서이겠지. 하지만 내가 혈마로 집권한다면 지금까지의 혈교와는 달라질 것이다.

'쓸데없이 세상을 왜 피로 씻어내.'

교리대로 한다면, 무림을 뒤엎고 중원 전체를 피로 씻어내 혈교의 교리를 따르는 자들만의 세상을 만드는 게 혈교의 숙원이다. 쓸데없이 적들을 계속 만드는 게 혈교의 교리다. 정파나 무림연맹의 위선적인 정의를 원하는 건 아니지만 이건 위태로운 방향이다.

'네가 가고 싶은 길을 걸어가라.'

외조부도, 아버지도 내게 그렇게 조언했었다. 나는 나의 길을 갈 것이다.

주변을 둘러보았다. 혈교의 열한 명의 간부들 중에 두 명이 빠졌다. 혈주로 정체가 드러난 삼존 혈사왕 구제양과 끊임없이 선을 넘었던 육혈성 혈수마녀 한백하. 결과적으로 남은 것은 아홉 명이었다. 일존 파혈검제 단위강, 이존 난마도제 서갈마, 사존 기기괴괴 해악천. 그리고 일혈성 뇌혈검 장룡, 이혈성 수라도 유백, 삼혈성 혈살귀 양전, 사혈성 백혈검 도장호, 오혈성 권퇴혈우 황강, 칠혈성 혈음마소 섬매향.

—그나마 두 명으로 끝난 게 다행 아니야?

어떤 의미로는 그럴지도 모른다. 세 세력이 작정하고 붙었다면 이 정도로 끝나지 않았을 수도 있다. 물론 아직 혈교 총대회는 끝나지 않았다.

간부들의 수장이라 할 수 있는 일존 단위강이 입을 열었다.

"결론을 내릴 때가 된 것 같소."

그 말에 모두가 고개를 끄덕였다. 이들 중에 나를 마음에 들어하는 자도 있지만 그렇지 않은 자도 있을 거다. 그때 스승님인 기기괴괴 해악천이 말했다.

"클클. 결론이랄 것이 있나. 이미 혈마검의 계승자는 나왔고 본교의 율법에 의해 모두가 혈마께 충성하면 될 일을."

역시 스승님다운 결론이었다. 맞는 말이기도 했다. 하지만 율법에 기대는 것으로 끝낼 일이 아니었다. 나는 앞으로 나서며 존성들뿐만 아니라 광장에 있는 모든 교인들이 들을 수 있도록 큰 소리로 말했다.

"혈마검의 계승자인 당대 혈마다."

쩌렁쩌렁하게 울리는 목소리에 모두가 내게 집중했다. 해악천이 무슨 말을 하려고 그러나 흥미로운 얼굴로 나를 쳐다보았다.

"율법에 의거해 내게 충성하라, 라고 말한다면 분명 속에 불만을 담아두는 자가 있겠지."

스릉! 나는 혈마검을 검집에서 뽑았다. 그리고 혈천대라공을 운기하여 검을 붉게 변화시켰다. 갑작스러운 나의 행동에 모두가 의아해했다. 나는 공력을 실어 소리쳤다.

"내가 교주의 자리에 오르는 데 조금이라도 이의가 있는 자는 누구라도 도전할 수 있는 기회를 주마!"

'…!!'

그런 나의 외침에 순식간에 광장이 정적으로 물들었다. 이미 율법에 의해 혈마가 기정사실화된 내가 이런 공표를 하리라고는 누구도 생각지 못했겠지. 늘 여유로웠던 사혈성 도장호도 제법 놀랐는지 인상을 찡그렸다. 해악천의 전음이 잔소리처럼 귓가를 울렸다.

[이놈아, 무슨 짓을 하려는 게야?]

[율법으로는 한계가 있습니다.]

[한계?]

[혈수마녀나 혈주가 했던 말은 부정하지만 백련하 아가씨나 백혜향 아가씨에 비해 저는 정통성이 떨어집니다. 여기서 압도적인 힘으로 눌러야 합니다.]

한 번 혈교를 나갔던 비월영종의 피를 이었다. 이것에 불만을 가질 자들이 없지 않을 것이다. 이런 나의 결단에 해악천이 수염을 쓰다듬더니 씨익 하고 누런 이를 드러내며 웃었다.

[제법 혈마다운 소리를 할 줄 알게 되었구나.]

나의 대답을 마음에 들어했다.

처음에는 정적으로 물들었던 광장이 조금씩 술렁였다. 혈계로 이어져온 혈마 자리에 무(武)로써 도전할 기회를 준다고 하니 귀가 솔깃하겠지. 하나 교인들 중에는 누구 하나 쉽게 나서는 이가 없었다. 한두 명 정도는 패기를 보일 줄 알았는데….

—네가 그 혈주를 날려 보낸 신위를 보고 나서 쉽사리 나오는 게 이상한 일이지.

그런가. 하긴 그 초식을 보고 도전하는 것은 쉬운 일이 아닐 것이다. 그때 교인들 중에 누군가 한 명이 걸어 나왔다. 도를 들고 검은 무복에 붉은 띠를 한 하관이 발달한 중년인이었다.

"중도단주?"

칠혈성 혈음마소 섬매향이 입을 열어 말했다. 그녀가 아는 자인가 보았다.

"칠혈성 소속이오?"

일존 파혈검제 단위강의 물음에 그녀가 고개를 끄덕였다.

"중도단주 하종일이라는 자입니다. 음공을 익히지 않아 제 산하라기보다는 강소성 북부에서 독립적으로 단을 이끌고 있습니다."

'하종일!'

그의 이름을 들은 나는 속으로 놀라움을 금치 못했다. 이에 소담검이 물었다.

—아는 사람이야?

모를 수가 없었다. 회귀 전 무림연맹에서 칠 년 차 첩자로 지내던 때 지령이 내려온 적이 있다. 무림연맹의 안휘성 북부 지부를 친 간부가 퇴각할 수 있도록 교란을 시키라는 지령이었다. 그때 안휘성에 황룡당과 함께 투입되어 정보를 교란하다 복면을 쓴 그를 보았다. 혼자서 백여 명에 달하는 황룡당 무인들을 도륙하고 유유히 빠져나가는 모습을 아직도 기억하고 있다.

—간부라고?

'…여덟 번째 혈성이 될 자야.'

—혈성?

그런 자를 이 자리에서 보게 되다니. 지금까지 빛을 보지 못하고 단주직에 머물러 있었던 모양이다.

"흠."

"호오."

일존 단위강을 비롯해 스승님인 해악천이 흥미로운 반응을 보였다. 그럴 만도 한 것이 멀리 있을 때는 몰랐는데, 가까이 다가오니 그의 기도가 범상치 않았다. 단주급들 중에도 간혹 초절정의 경지에 이른 자들이 있다. 그러나 훗날 살육도(殺肉刀)라 불릴 그의 기도는 초입이 아닌 완숙함에 이르러 있었다. 하종일이 내게 포권을 취하며 정중히 말했다.

"부족하나마 당대 혈마가 되실 분과 겨룰 기회를 어찌 놓치겠습니까? 한 수 가르쳐주십시오."

나야말로 기회지.

—무슨 기회.

순수하게 내 사람으로 만들 수 있는 기회. 속에서 웃음이 나오려 했다. 당장 써먹어도 아쉬울 이런 인재가 한참 후에야 혈성으로 발탁되다니. 나는 녀석에게 검을 겨냥했다.

"도전을 받아주셔서 감사합니다."

하종일이 유엽도와는 다른 굵고 큰 도를 뽑았다. 그리고 도법의 기수식을 취했다. 그때 듣기로는 중도술(重刀術)을 쓴다고 했는데 과연 어울렸다.

"시작해라."

나는 선수를 양보한다는 듯이 그에게 손짓했다. 그런 행동에 하종일의 눈빛이 살짝 날카로워졌다. 무위에서는 모르나 연배로는 자신이 위였기에 너무 하수를 대하는 듯한 태도가 불편했나 보다.

"…사양하지 않겠습니다."

팟! 하종일이 내게 신형을 날렸다. 그가 반월을 그리며 크게 도를 휘두르자 풍압이 일어났다. 무거운 도격을 주로 사용하는 고수답게 휘두르는 궤적만 봐도 무게감이 느껴졌다. 이에 나는 혈마검으로 발검술의 자세를 취했다. 그리고 기묘한 경신법을 펼쳤다. 매처럼 나의 신형이 앞으로 쭈욱 뻗어 나갔다.

"혈라검천."

이를 알아본 백혜향의 입에서 초식명이 흘러나왔다.

콰아아아아악! 순식간에 앞으로 파고든 나는 발검술을 펼치며 크게 원을 그리고는 중도에 혈마검을 위로 올려쳤다. 채애애애앵! 하종일이 중도술로 무겁게 혈마검을 막아내려 했다.

그러나 그가 초절정의 경지에 오른 고수라고 해도, 나는 혈마화를 펼친 상태에서 벽을 넘은 것과 거의 준하는 무위였다.

"큭!"

하종일의 눈동자에 당혹감이 서렸다. 혈마검과 맞닿아 있는 그의 몸이 서서히 지면에서 떠올랐다.

"하압!"

기합과 함께 내가 혈마검을 완전히 위로 휘두르자, 하종일의 신형이 위로 솟구쳤다. 그런 그에게 나는 혈마검으로 예기를 날렸다. 하종일이 몸을 비틀며 도로 이를 다급히 막아냈다. 채채채채챙! 예기에 부딪치면서 녀석의 신형이 허공에서 뒤로 튕겨 나갔다. 삼 장이 넘게 밀려난 하종일이 겨우 바닥에 착지했다.

"하아… 하아…."

혈라검천의 검세를 막은 것만으로 지쳤는지 하종일의 입에서 거친 숨이 터져 나왔다. 전력을 다해서 막느라 상당한 기운을 소진했을 것이다.

―조금도 안 봐주네.

압도적인 무위를 보여줘야 하니까.

"저 정도 고수가 고작 한두 초식 만에 저리 꺾이다니."

"벽을 넘어선 건가?"

광장의 교인들이 웅성거리며 연신 탄성을 내뱉는 모습만 봐도 내 의도가 먹혀들었음을 알 수 있었다.

"더 하겠나?"

나의 물음에 하종일이 도를 거두며 내게 한쪽 무릎을 꿇고 포권을 취했다.

“과연 혈마이십니다. 미천한 교인이 가르침에 감사드립니다.”

패배했지만 그의 얼굴은 만족감으로 가득했다. 천성이 무인인 자였다. 그가 다시 일어나서 들어가려고 할 때 그를 불렀다.

“하 단주라고 했나?”

하종일이 발걸음을 멈칫하며 뒤돌아서 답했다.

“그렇습니다.”

“모두가 나서지 못하는데 나설 정도의 담대함도 갖췄고, 그 정도 무위라면 단주직에 어울리지 않는군.”

“그게 무슨 말씀이신지?”

하종일이 의아해하며 내게 물었다.

이에 나는 옅은 미소를 지으며 그에게 말했다.

“나의 좌호법이 되어 교주 호위대를 이끌어줬으면 좋겠는데.”

그 말에 하종일의 두 눈이 휘둥그레졌다. 그저 도전하기 위해 나왔을 뿐인데, 이 자리에서 즉흥적으로 자신을 중직에 발탁하려 하자 놀란 모양이었다.

“굳이 원하지 않는다면 권하지는….”

나의 말이 끝나기도 전에 하종일이 바닥에 무릎을 꿇었다. 그리고 바닥에 이마를 찧으며 외쳤다. 쿵! 쿵! 쿵!

“삼가 혈마의 명을 따릅니다.”

중직에 발탁되는 것이 어지간히 좋았나 보다. 몸을 파르르 떨면서, 어찌나 이마를 세게 박는지 피가 묻어났다. 이 모습에 일부 단주급 교인들이 부러움에 찬 눈빛으로 엎드려 있는 하종일을 쳐다보았다. 진즉에 자신들이 먼저 나설걸 하는 눈치였다.

—야, 운휘야. 송좌백 좀 봐라.

소담검이 폭소를 터뜨리며 내게 말했다. 이에 그곳을 쳐다보았더니 송좌백 녀석이 이를 빠득빠득 갈면서 몸을 바들바들 떨고 있는 것이 보였다. 녀석이 화가 나서 입을 벙긋거리는데, 마치 호법 자리는 자기 것이라고 이야기하고 있는 듯했다. 그래서 나도 벙긋거리며 답해주었다.

'아직 멀었어.'

그 말에 송좌백이 발을 동동 굴렀다. 쌍둥이 동생인 송우현은 그러거나 말거나 지루하다는 표정을 짓고 있었다.

나는 피식 웃고는 다시 교인들을 향해 소리쳤다.

"또 도전하고 싶은 자가 있는가!"

하종일에게 중직을 맡겼으니 누군가는 나설까 했는데, 교인들 중에는 더 이상 아무도 나서지 않았다. 한 초식 하고도 몇 수의 예기만으로 꺾은 게 컸나 보았다. 이 정도면 충분히 혈마에 어울리는 무위를 지녔다는 것을 증명한 건가. 그때 누군가의 발소리가 들려왔다.

—이거 제일 큰 산인데.

소담검이 왜 이런 말을 했는지 알겠다. 나에게 다가오는 자는 다름 아닌 일존 파혈검제 단위강이었다.

"일존이야."

"파혈검제의 검을 보게 되는 건가."

"저분이 나서다니!"

스릉! 혈교의 정점이라 불리는 자가 검을 뽑아 들면서 다가오니, 방금 전만 해도 시끌벅적했던 광장이 다시 조용해졌다. 무게감이

다른 존성들과는 차원이 달랐다. 해악천이나 사혈성 도장호 역시도 이게 가장 큰 난관이라 여겼는지 표정이 사뭇 진지해졌다.

[조심하거라. 지금 저 늙은이는 틀림없이 벽을 넘었을 게다.]

해악천이 내게 경고했다. 물론 나 역시도 단위강이 벽을 넘었음을 알고 있었다. 팔대 고수였던 무쌍성의 천무성이 가짜 사건으로 목숨을 잃었으니, 이제 그가 그 자리를 차지하게 될지도 몰랐다.

슥! 일존 단위강이 검을 거꾸로 잡고서 포권을 취했다. 검객으로서 내게 예를 표한 것이었다. 나 역시도 본교 최고의 고수를 향한 예우로 검병을 거꾸로 쥐고서 포권을 취했다.

"일존께서도 교주의 자리에 도전하시는 겁니까?"

그 물음에 단위강이 고개를 저었다. 그러고는 내게 말했다.

"선대부터 교주를 모셔왔던 자로서 어찌 그런 불경한 마음을 가지겠습니까?"

'응?'

검을 뽑아놓고 이건 무슨 소리지? 나와 겨루려고 하는 것이 아닌 건가?

일존 단위강이 포권을 풀고서 검을 아래로 내리며 묵직한 목소리로 말했다.

"뛰어난 검객은 일 검을 부딪치는 것만으로 상대를 알 수 있다고 했습니다."

"하면 저를 알기 위해서 나오신 겁니까?"

"그렇습니다. 이미 무위는 충분히 보았으니, 일 검을 겨룬다면 공자의 '무'가 어디까지 미쳤는지 알 수 있겠지요."

일존의 목적은 하나였다. 내 무가 어디까지 이르렀는가였다. 아니,

벽을 넘어섰는지 아닌지를 확인하고 싶은 듯했다.

—모르는 거야?

그런 것 같다. 처음부터 상단전을 개방하고 혈마화를 한 채 이곳에 왔다. 제대로 벽을 넘었는지 아닌지 그조차 가늠하지 못하는 게 당연했다.

—전력을 다해야겠네.

그래.

나는 검을 바로잡고서 입을 열었다.

"본교 최고의 고수에게 한 수 가르침을 받겠습니다."

슈우우우우! 진혈금체를 운기하자 피가 빠르게 순환하며 몸에서 수증기가 피어올랐다. 이를 알아본 존성들의 눈에 이채가 띠었다. 그것은 일존 단위강 역시도 마찬가지였다. 그가 검을 꽉 잡고서 한 발짝 앞으로 내디뎠다. 슥!

호흡을 가다듬으며 정신을 혈마검에 집중했다. 붉게 물들어 있던 혈마검이 더욱 진해지며 조금씩 검이 진동을 일으켰다. 신검합일과 더불어 검선께서 깨달음을 주신 최고의 일 검이다. 월악검 사마착에게는 이것이 통하지 않았지만 그보다 아래인 일존 단위강한테는 어떨까?

팟! 일존과 내가 동시에 움직였다. 애초에 초식을 겨루는 것이 아니라 일 검으로 자웅을 내는 것이었다. 크게 궤적을 그린 두 사람의 검이 부딪쳤다. 채애애애앵! 검과 검이 맞부딪치는 순간 검명과 더불어 큰 파공음이 일어났다. 파아아아아아앙! 그와 동시에 예기와 풍압이 일어났다. 그 여파가 어찌나 큰지 두 사람 주위로 바닥에 균열이 가고 가까이에 있던 존성들이 뒤로 일부 밀려날 정도였다.

검격에 의한 풍압이 멈추자 모두의 시선이 우리에게로 향했다. 해악천의 인상이 굳어져 있었다.

"아…."

몇몇 존성의 입에서 탄식과 탄성이 섞여 나왔다. 일 검에 대한 우위가 결정 났기 때문이다. 서로 검을 부딪쳤던 지점에서 나는 세 보가량 밀려나 있었다. 반면 일존 단위강은 고작 한 보 정도 밀려났다. 누가 보아도 단위강의 공력이나 일검이 나보다 한 수 위임을 알 수 있었다.

'역시 완전히 벽을 넘은 고수와의 간극이 있는 건가.'

나 역시 실망을 금치 못했다. 혈마화에 진혈금체, 신검합일, 모든 전력을 다했기에 동수라도 이루기를 바랐건만. 바로 그때였다. 뚝! 일존 단위강의 손바닥에서 핏방울이 바닥으로 떨어졌다. 존성들의 시선이 바닥에 떨어진 핏방울로 향했다. 단위강이 입꼬리를 올리며 말했다.

"과연…."

쩌저저적! 그 순간 단위강이 쥐고 있던 보검에 균열이 일어났다. 나와 검을 부딪쳤던 곳이었다. 방금 전까지만 해도 안타까움을 금치 못했던 해악천의 입이 귀까지 찢어졌다. 다른 존성들도 눈이 휘둥그레져서 놀라움을 금치 못했다.

"아…."

나 역시도 달라진 결과에 절로 탄성이 나왔다.

금이 간 검을 검집에 집어넣은 단위강이 고개를 슬쩍 돌려 백혜향을 쳐다보았다. 백혜향이 숨을 깊게 내쉬며 고개를 끄덕였다. 이에 일존 단위강이 한쪽 무릎을 꿇고서 두 손을 모으며 소리쳤다.

"신 단위강이 혈마를 배알합니다."

'…!!'

뭐라고 말이 나오지 않았다. 감회가 남달랐다. 회귀 전에는 그저 혈교의 삼류 첩자에 불과했던 내가 혈교 최고의 고수에게 혈마로 인정받다니.

그때 백혜향이 내게 다가왔다. 그녀도 내게 무를 겨루자고 할까? 전의가 넘치는 그녀라면 충분히 그럴 가능성이 높았다. 그녀가 입을 열었다.

"뭘 그렇게 굳어 있지? 왜, 겨루자고 할까 봐?"

"원한다면 얼마든지."

"배포가 제법 혈마다워졌네."

그녀의 입꼬리가 비릿하게 올라갔다. 역시 마지막 자웅은 그녀인 건가. 그런데 백혜향의 입에서 예기치 못한 말이 나왔다.

"처음 보는 단주에게는 좌호법의 자리까지 줬는데, 내겐 어떤 자리를 줄 수 있지?"

백혜향의 말에 잠시 어안이 벙벙했다. 그녀의 호전적인 성향이나 자존심을 보면 누군가 자기 위에 있다는 사실조차 용납되지 않을 터인데, 지금 이건 어떤 의미일까?

"왜? 무슨 꿍꿍이라도 있을 것 같아?"

"솔직히… 이해되지 않는군요."

그렇게나 교주 자리에 집착하던 그녀였다. 탐욕에 그토록 솔직했던 이 여자가 나를 교주로 인정한다고? 의심부터 가는 것은 어쩔 수가 없었다.

"교주가 되고 싶은 게 아니었습니까?"

단도직입적으로 물었다. 어차피 백혜향의 성격상 이걸 빙빙 둘러서 말할 것 같지도 않았다. 그 물음에 그녀가 빙그레 웃으며 답했다.

"되고 싶지. 그럼 양보하고 여기서 죽어줄래?"

—…역시 얘는 위험해, 운휘야. 불여우야, 불여우.

소담검이 경기를 일으켰다.

웃는 얼굴로 섬뜩한 소리를 잘도 해댄다.

"…그건 힘들 것 같군요."

그런 나의 말에 백혜향이 피식 웃더니 사뭇 진지해진 얼굴로 말했다.

"선의로 양보한다는 생각은 집어치워. 이 판을 뒤집을 만한 상황이었으면 뒤집었을 거다. 하나 여기서 율법까지 어겨가면서 너와 싸워봐야 제 살 깎아 먹기지."

참 의외였다. 탐욕, 오만함, 호전적인 성향까지 지닌 그녀였다. 한데 그녀의 통찰력만큼은 우두머리의 자질을 지녔다고 해도 과언이 아니었다. 백혜향의 말대로 그녀가 작정하고 율법을 무시하고 싸운다면 결과가 어찌 될지 알 수 없었다. 그녀가 승리한다고 해도 두 가지를 잃게 된다.

—그게 뭔데?

첫째, 스스로 율법을 깼으니 기강이 흔들리는 것은 당연한 일이다.

둘째, 기껏 회복된 전력이 내전으로 두 동강 나게 될 것이다.

결론은, 그녀는 대의를 위해 자신의 탐욕을 버렸다.

'…알면 알수록….'

—왜 반할 것 같냐?

무슨 소리를 하는 거야? 뜬금없는 혈마검 녀석의 말에 입에 물을 머금었으면 뿜을 뻔했다.

—뭘 그리 당황하는 거냐, 인간?

나는 그저 그녀 역시도 혈교의 교주로서 잘 어울린다고 말하려던 것뿐이다.

—그럼 양보할 거냐?

같은 질문을 하네. 그런 녀석의 말에 나는 단호하게 말했다.

'아니.'

그럴 일은 없다. 설사 그녀가 혈교주에 어울린다고 해도 나는 앞으로 벌어질 일을 알고 있다. 백혜향의 혈교는 전대 교주가 걸어갔던 길과 큰 차이가 없을 거다. 결국 혈교는 또다시 고립의 길을 걷게 될 것이다. 그녀가 혓바닥으로 자신의 윗입술을 핥으며 나에게 속삭였다.

"뭐 꼭 양보해주고 싶다면 밤에는 가끔 져줄 수도 있어."

"…더욱 양보할 이유가 없겠군요."

나를 가지고 논다, 놀아. 말로는 은근히 그녀를 감당하는 데 한계가 있다.

"그럼 말해. 나만 한 거물을 무릎 꿇게 하고 싶으면 그에 상응하는 자리를 보답으로 내주는 게 응당 맞잖아."

그래, 맞다. 백혜향이 온전히 들어오면 그녀 산하의 교인들도 별다른 탈 없이 영입된다. 사실 몇 가지 떠오른 직책이 있기는 하다. 하나 다른 자들과 다르게 백혜향은 혈교주의 후보이자 혈마의 피를 이은 혈손이다. 당장 결정할 문제는 아니었다.

백혜향이 내게 싸늘한 눈초리로 전음을 보냈다.

[혹시나 해서 하는 소리인데, 네 부인 자리를 준다느니 그런 헛소

리를 지껄이면 이 자리에서 나와 끝장을 봐야 할 거다.]

'응?'

그런 생각을 한 적도 없지만 그녀가 이런 말을 하니 조금 의아했다. 나를 탐내는 말을 수도 없이 하지 않았던가. 그게 아니었나?

[아무짝에도 쓸모없는 교주 부인 따위나 하려고 네 녀석에게 무릎을 꿇는 게 아니다.]

'…교주 부인 따위?'

그런 그녀의 말에 문득 무쌍성에서 있었던 일이 기억났다. 지하 감옥에서 맞닥뜨렸을 때, 그녀는 환각 상태에 빠져서 나를 어머니라 불렀다. 여느 부모라면 애틋함의 감정을 보일 텐데, 그녀는 지독한 증오와 슬픔을 보였었다.

"구천에서 지켜봐. 당신이 그렇게나 죽이려 하던 계집이, 당신이 고작 옆자리나 탐했던 자의 모든 걸 가지게 되는 걸 말이야!"

백혜향의 눈빛이 사뭇 진지했다. 어쩌면 그녀가 살아가는 진짜 목적은 교주가 아닌 다른 것일지도 몰랐다. 그녀에게는 내가 모를 자신만의 사연이 있는 것 같았다.

—결정을 내려.

소담검 녀석의 말에 나는 주위를 둘러보았다. 존성들을 비롯해 모든 교인들이 내가 무슨 말을 할지 기다리고 있었다. 나의 시선은 백련하와 그녀를 지지했던 존성들에게로 향했다.

"후우."

"결정했나?"

백혜향의 물음에 나는 고개를 끄덕였다.

"존자 이상의 직위를 약조하겠습니다."

"존자 이상?"

최소한 존자를 말한다. 무위로 보나 혈통으로 보나 그녀는 적어도 존자 이상의 직위여야 한다. 다만 당장 결정을 내릴 수는 없었다. 그런 나의 말에 그녀가 물었다.

"좌호법 자리는 금방 결정하더니, 내 자리를 결정하는 건 고민되나 보지?"

"고민의 문제라기보다 지금 결정지을 문제는 아닌 것 같군요."

나는 눈짓으로 어딘가를 가리켰다. 그곳에 백련하 산하의 존성들과 교인들이 보였다. 나의 결정에 그들이 꽤 안도하는 모습을 보이고 있었다. 이를 힐끔 쳐다본 백혜향이 피식 웃었다.

"분란을 참 싫어하는군."

"모두를 품고 가야 하니까요."

호법이야 나를 보호하는 직위였지만 다른 직위들은 아니었다. 혈성급 이상만 되어도 본교에 상당한 영향력을 줄 수 있는 권력이 주어지기에 신중해야 했다. 게다가 그녀에게 직위를 준다면 백련하 역시도 그에 상응하는 직위를 주어야 한다. 물론 지금 그녀의 상태를 보면 어찌 될지 모르겠지만 말이다.

그때 스승님 해악천의 전음이 들려왔다.

[클클, 잘했다. 현명하게 대처했구나. 내부를 확실하게 장악할 때까지는 분란은 피하는 게 상책이다.]

해악천도 나와 같은 생각을 한 듯했다. 백혜향 쪽에 무턱대고 힘을 실어주면 아직까지 완전히 내 사람이 되지 않은 백련하 지지자들의 반발을 살 수도 있다.

백혜향이 가늘어진 눈으로 나를 빤히 쳐다보더니 이내 콧방귀를 꾸며 말했다.

"좋아. 어떤 결정을 내릴지 기대하도록 하마."

그 말을 끝으로 백혜향이 한쪽 무릎을 꿇었다.

'…!!'

그녀가 무릎을 꿇자 일혈성 뇌혈검 장룡의 표정이 일그러졌다. 이 상황에 실망하는 기색이 역력했다. 그가 그러거나 말거나 백혜향이 내게 두 손을 모아 큰 소리로 외쳤다.

"혈마를 배알합니다."

그녀가 정식으로 나를 혈마로 인정했다. 확정적으로 직위를 보장하지도 않았는데 조금의 뒤끝도 없었다. 정말 그릇이 큰 여인이었다.

팍!

"혈마를 배알합니다!"

해악천이 무릎을 꿇고서 두 손을 모아 큰 소리로 외쳤다. 그것이 신호탄이 된 것처럼 이존 난마도제 서갈마와, 남아 있는 모든 혈성들이 일제히 무릎을 꿇고서 두 손을 경건히 모았다.

쿵! 쿵! 광장에 있는 모든 교인들이 파도처럼 무릎을 꿇었다. 그리고 하늘을 울리듯이 외쳤다.

"혈마를 배알합니다!!"

'아아….'

광장에서 오직 나 혼자만 서 있었는데, 온몸이 전율로 찌릿해질 지경이었다. 전생엔 혈교의 삼류 첩자로 죽음을 맞이했다. 하나 현생은 달랐다. 혈교의 정점이라 할 수 있는 혈마에 등극한 것이다. 눈을 감고서 이 감격을 만끽했다.

—출세했네, 출세했어. 혈교에 다시 납치당할 때만 하더라도 온갖

울상을 짓던 녀석이.

누가 울상을 지었다고 그러는 거냐. 그저 잠시 낙담했던 거지.

—그게 그거지.

—정말 그랬었냐?

—헤에. 그러고 보니 너희들은 못 봤지. 그때 내가 얼마나 달래줬었는데.

그만 놀려라. 하여간 소담검 이 녀석은 한시라도 놀리지 못하면 입에 쥐라도 나는 건지. 녀석이 놀려대는 통에 감격이 희석되려고 하던 찰나였다.

타타타타탁! 그때 광장으로 누군가 헐레벌떡 뛰어오는 소리가 들려왔다. 누구 산하인지는 모르겠지만 교인이었다.

"놈들이 나타났습니다!"

광장에 들어온 교인이 소리쳤다.

'놈들?'

이에 무릎을 꿇고 있던 존성들과 모든 교인들이 자리에서 일어났다. 바로 앞에 있던 백혜향도 일어났는데, 웃고 있었다.

'웃어?'

존성들도 마치 이 순간을 기다렸다는 듯이 고조된 반응을 보였다. 교인의 보고만 보면 적들이 나타난 게 틀림없었다. 그런데 이런 반응이라니. 그때 해악천이 보고한 교인에게 물었다.

"무림연맹이냐?"

"네, 아직 멀어서 잘 보이지 않지만 분명 무림연맹의 깃발이 걸려 있습니다. 옆의 수기들로 보아 광서성 지부인 것 같습니다."

역시 예상대로 그놈들은 무림연맹이었다. 소수도 아니고 대낮에

만 명에 이르는 혈교인들이 한곳에 모였다. 이것을 무림연맹에서 눈치채지 못하는 게 이상한 일이다. 백혜향이 입꼬리를 올리면서 내게 말했다.

"드디어 때가 되었군."

"때라면?"

"피의 개파식을 시작해야지."

피의 개파식! 이걸 직접 듣게 되다니.

—뭔데 그래?

혈교의 개파식은 정파나 여느 문파들과 다르다. 이십여 년 전 정사 대전에서 패배했던 치욕과 굴복을 와신상담으로 다지면서 기다려왔던 혈교였다. 그 개파는 적들의 피를 씻는 것과 동시에 시작된다. 애초에 이 대규모의 전력이 대놓고 집결한 것도 적들을 유인하기 위해서였다. 그들을 전부 몰살함으로써 혈교의 화려한 부활을 알리는 것이다. 회귀 전에도 이렇게 혈교의 개파식이 이뤄졌었다. 한데 여기에는 중차대한 문제가 하나 있었다. 이건 이 자리에 있는 누구도 몰랐다.

백혜향이 내게 말했다.

"네가 명… 아니 혈마께서 전 교인들에게 명을 내리시죠."

그녀가 내게 어울리지 않게 높임말을 썼다. 의아하게 쳐다보자 백혜향이 전음을 보냈다.

[공적인 자리에서는 규율이 살아야 하는 법이다. 그런 의외라는 눈초리로 쳐다보지 마라. 흥!]

퉁명스럽게 입술을 실룩거리며 말하는데, 처음으로 그녀가 귀엽다는 생각이 들었다. 잠깐, 내가 무슨 생각을 한 거지? 이 무서운 여자를 귀엽다고 생각하다니. 백혜향이 이어서 전음을 보내왔다.

[착각하지 마라. 어디까지나 공적인 자리에서만 대우해주는 거니까.]

사적인 자리에서는 원래대로 하겠다는 건가. 스승님과 같은 맥락인 것 같다. 뭐 그녀의 말마따나 공적인 자리에서 선만 지킨다면 나도 굳이 개의치 않는다.

[그러시죠.]

그런 나의 전음에 백혜향이 조용히 말을 덧붙였다.

[…그리고 혈마가 되었으니 너도 내 이름을 불러도 좋다.]

[네?]

[내 이름을 부를 수 있는 특권을 주겠다고.]

음… 그게 특권인 건가. 하긴 여태껏 누구도 자신을 함부로 대하는 이가 없었을 테니, 그녀에게는 자기 이름을 부르도록 하는 것만으로도 특권이라 생각할 수 있을 것 같다.

"그러죠. 아니, 그러지, 혜향."

"누가 성을 떼고 그런 식으로…."

"이름을 불러달라며?"

백혜향이 그런 나의 말에 뭔가를 말하려다, 이내 콧방귀를 뀌며 입을 다물었다. 일단은 참는다는 표정 같았다. 저렇게 자존심이 강한 여자가 어떻게 교주직을 포기했는지 아직도 의문이었다.

쿵쿵! 스승인 해악천이 전의가 올랐는지 두 주먹을 맞부딪치며 내게 말했다.

"혈마이시여, 명을 내리시죠."

피의 개파식을 치르도록 명을 내려달라는 건가. 광장에 있는 모든 교인들이 병장기를 잡고서 사기가 올라 명을 기다리고 있었다.

타타타타타! 그때 광장 바깥쪽에서 또 다른 교인 한 명이 부리나케 달려왔다. 앞의 교인보다 굉장히 심각해 보이는 얼굴을 하고 있었다.

"크, 큰일입니다!"

"큰일?"

"무림연맹 외에도 관(官)으로 보이는 군대가 몰려오고 있습니다."

"관에서?"

"얼핏 보아도 족히 사오천은 되는 듯합니다."

'…!!'

지금까지 전의를 불태우고 있던 존성들과 교인들이 술렁였다. 이 말은 무림연맹뿐만 아니라 관의 군사들까지 이곳으로 몰려오고 있다는 소리였다. 회귀 전보다 훨씬 빠르게 이루어졌기에 혹시나 했는데 역시였다. 그때의 일들이 그대로 벌어지고 있었다.

"관의 군대가 어째서?"

"이게 대체 무슨 일이지?"

술렁이는 교인들을 향해 오혈성 권퇴혈우 황강이 소리쳤다.

"흥! 상관없다. 어차피 놈들도 이십여 년 전에 정파 놈들과 한통속이었던 것들이다. 관이 무림의 일에 끼어든다면 응당 대가를 치러야지!"

"그 말에 동의하오. 개파식에 관을 끌어들이다니 본보기를 보여야 하오."

삼혈성 혈살귀 양전도 동의한다는 듯이 외쳤다. 연배가 있는 일부 교인들이 그들과 같은 생각이었는지 옳다는 듯이 함성을 질러댔다. 이에 나는 내공을 실어 크게 외쳤다.

"조용!"

"윽!"

울려 퍼지는 일갈에 함성을 내지르던 교인들이 귀를 막고서 멈췄다. 존성들을 비롯한 모든 교인들이 나를 쳐다보았다.

"적의 술수에 넘어가서 관까지 적으로 삼을 작정인가!"

그런 나의 외침에 방금 전까지 사기를 돋우고 있던 교인들이 꿀 먹은 벙어리처럼 입을 다물었다. 그것은 삼혈성 양전과 오혈성 황강도 마찬가지였다. 누가 원인임을 떠나서 관과 부딪치면 적은 무림연맹만이 아니게 된다. 회귀 전에도 이로 인해 혈교는 피의 개파식 이후 제대로 된 본단을 갖추지 않고 다시 점조직 형태로 돌아갈 수밖에 없었다.

"복수심에 사로잡힌 멍청이들의 생각이 그렇지."

"크흠."

백혜향의 비아냥거림에 두 혈성이 헛기침을 흘렸다. 그때 일존 파혈검제 단위강이 입을 열었다.

"그걸 모르는 이야 아무도 없습니다. 하나 여기서 관과 부딪치지 않기 위해 물러선다면 본교의 개파식이 우습게 되어버리는 것은 자명할 터, 혈마께서는 어떤 고견이 있으십니까?"

일존 단위강의 말대로 이건 다시 발족할 혈교의 명예가 걸린 일이었다. 관과 부딪치는 것을 피하는 게 상책은 확실하다. 하나 이를 피하면 무림연맹은 자신들이 두려워서 피한 것으로 중원 전체에 소문을 퍼뜨릴 게 자명했다.

백혜향의 전음성이 들려왔다.

[혈마가 되자마자 첫 난관이로군. 둘 중 하나다. 여기서 퇴각해 다소 명예가 실추되더라도 실리를 택하든지, 혹은 본교의 명예를 택하고 관과도 척을 짓든지.]

어느 것 하나 득이 없는 상황이었다. 백혜향은 과연 내가 어떤 선택을 할지 궁금하다는 듯이 쳐다보았다. 이에 나는 입꼬리를 올리며 전음을 보냈다.

[선택지가 고작 둘이라고 생각하나?]

[뭐?]

"훗."

천천히 경공을 펼치고 있는 콧수염을 기른 중년의 사내가 평야를 가득 메운 관의 군 행렬을 보며 미소 지었다. 자그마치 사천여 명에 이르는 군사들이었다. 보병 삼천에, 기마대가 천이었다.

"좀 더 군사를 보내리라 여겼는데, 아쉽게 되었군요."

중년의 사내 옆에 있는 남색 경장의 사내가 입맛을 다시며 말했다. 이에 중년의 사내가 고개를 저었다.

"이 정도면 충분하네."

"하긴 저희 쪽과 합치면 어느 정도 구색은 맞춰집니다."

두 사람의 뒤를 따라 오열을 갖춰 달리고 있는 푸른 경장의 무림인들. 그들은 무림연맹 광서성 지부의 무사들이었다. 이들만 하더라도 자그마치 이천여 명에 육박하는 대규모 전력이었다. 다만 저 령산을 등지고 있는 만여 명에 달하는 혈교의 무리들과 비교한다면 여전히 전력 면에서 손색이 있는 것은 부정할 수 없었다.

"그래도 각 문파와 방파에서 이 정도로 지원해준 것이 다행스러운 일이지. 아직 정의는 살아 있네."

이천여 명은 광서성의 무림연맹에 속해 있는 각 문파, 방파의 무사들이었다. 무림연맹의 본단 전력에 비하면 떨어질지언정 정의감과 협의심만큼은 어디에도 뒤처지지 않는다고 자부할 수 있었다.

"곽 부지부장, 과연 저들이 어찌 나올까요?"

곽 부지부장이라 불린 중년의 사내는 무림연맹 광서성 지부의 이인자인 곽철이었다. 그리고 그의 옆을 나란히 달리는 사내는 주검해방의 방주 우직수였다.

"싸우거나 퇴각 둘 중 하나겠지."

"여기까지 와서 이런 말을 하긴 그렇지만 내심 퇴각했으면 하는 마음도 있습니다."

우직수의 말에 곽철이 씨익 웃었다.

"사람인데 어찌 그런 마음을 가지지 않을 수 있겠는가. 나 역시 마찬가지일세. 하나 이 일은 현 무림의 판세가 걸려 있는 일이네."

"그렇죠. 저들이 다시 부활하게 되면 전 무림이 혼란스러워질 겁니다."

현 중원 무림은 정도 무림의 세상이라 해도 과언이 아니었다. 그런 와중에 만약 혈교가 부활한다면 다시 무림은 20여 년 전 정사대전의 혼란스러운 시기로 돌아가게 될 것이다. 곽철이 점점 커져가는 령산을 바라보며 말했다.

"그때랑은 다를 걸세. 아무리 혈교의 잔당들이 힘을 모은다고 한들 예전과 같진 않겠지. 본 맹도 정파 무림도 전성기를 구가하고 있으니 말일세."

"맞습니다."

그들 말대로 정파 무림연맹은 이십여 년 전보다 더 세력이 팽창했다. 무림연맹의 본단을 제외하고 각 성의 지부들만 합쳐도 족히 오만에 이른다. 무공을 모르는 평맹원, 즉 개방의 방도들이나 도가 문파의 사람들까지 합친다면 그 수는 더욱 커진다. 령산에 집결한 혈교의 전력을 한참 상회하는 것이다.

"하나 지금 뿌리를 뽑아야 하네. 그렇지 않으면 저들은 사파를 규합하여 더욱 팽창해 나갈 걸세."

그들이 우려하는 바는 그것이었다. 혈교를 중심으로 사파가 결집하는 사태. 그렇게 된다면 당장은 우위를 점해도 형세 면에서 장담할 수 없게 된다. 무림연맹으로서는 혈교가 제대로 일어나기 전에 속도전을 감행하는 수밖에 없었다.

주검해방의 방주 우직수가 관의 군사들이 있는 방향을 쳐다보며 말했다.

"그나마 본 맹에 다른 두 군사분이 건재하여 다행입니다. 이번 계책이 통한다면 혈교는 절대로 집결할 수 없을 겁니다."

"이번 일로 관과 척을 진다면 그리될 걸세."

관을 움직이는 것은 무림연맹의 제삼군사에게서 나온 수였다. 혈교가 결집하는 것을 막기 위한 계책이었다. 관과 무림은 과거 금상제의 무림 박해 이후로 몇 가지 규약을 맺었다. 혈교가 자신들의 명예를 위하여 이를 어긴다면 관에서도 적극적으로 그들을 제지하려 들 것이다.

"오 지주가 저희 뜻대로 움직여줘서 다행입니다."

"갖다 바친 재물이 얼마인데 이 정도는 해줘야지."

각 부(府)의 수장인 지주들에게 여태껏 수많은 재물을 바친 광서성 지부였다. 그 덕분에 관을 수월하게 움직일 수 있었다. 물론 명분이 있기에 관 역시도 이에 호응해준 것이지만 말이다.

"저 불쌍한 군사들에게는 미안하게 되었군요."

"어차피 혈교가 창궐하게 되면 우리들의 일만이 아닐세. 무림인이라고 할지언정 백성이네. 혹세무민을 하려는 역도들은 엄벌로 다스리는 게 이 나라니까."

"그 말씀도 맞지만 혈교의 잔당들이 관과 싸우는 것도 불사한다면 이 자리에 있는 모든 사람들이 죽게 되겠지요."

우직수의 입에서 놀라운 말이 튀어나왔다. 그들은 이기기 위해 출병한 것이 아니었다.

"그러니 우리도 함께 죽으려는 것이 아닌가. 관과 우리의 희생을 통해 혈교의 잔당 놈들을 중원에서 박멸할 수 있다면 이 한 몸 얼마든지 불사를 수 있네."

이것이 그들의 목적이었다. 군사들이 죽게 된다면 관은 필시 나설 수밖에 없다. 그런 곽철의 말에 우직수도 결의에 찬 목소리로 말했다.

"그건 저도 마찬가지입니다, 부지부장!"

"만약 싸우게 된다면 동지들을 위해서라도 최대한 많은 혈교의 무리들을 죽이고 함께 가세나."

"바라는 바입니다. 하하하하핫."

* * *

다그닥! 다그닥! 군사들의 선두 행렬에서 말을 몰고 있는 자들이 있었다. 전부 갑주를 입었지만 한 사람만은 파란 비단 관복을 입고 있었다. 수염을 곱게 기른 이 중년의 관인은 부의 실무를 담당하는 통판(通判) 이석이라는 자였고, 그 옆에 호랑이를 그려놓은 갑주를 입은 자는 부 산하의 오천장(伍千將) 자맹광이었다.

"통판께서 직접 오시지 않아도 되었는데 괜찮겠습니까?"

오천장 자맹광의 물음에 통판 이석이 무덤덤한 얼굴로 말했다.

"어쩌겠소이까. 지부 대인의 명인데 따라야지요. 실무자 한 명은 같이 가라고 하지 않소."

사실 이석 역시도 이게 얼마나 위험한 임무인지 알고 있었다. 여차하면 전쟁이 벌어질 수도 있었다. 문관(文官)인 자신이 올 만한 장소는 아니었다.

"여차하면 부장들에게 퇴각할 수 있도록 조치를 취해두었으니, 언제든지 물러나시면 됩니다."

"고맙소."

오천장 자맹광의 말에 이석이 씁쓸하게 미소 지었다. 배려는 고마웠지만 그의 임무는 살아남는 것이 아니었다. 이곳으로 오기 전에 조 지부 대인이 자신에게 했던 말이 떠올랐다.

"이 통판, 이번 임무만 잘 수행한다면 나도 조정으로 진출할 수 있을 걸세. 그리된다면 자네 일가는 대대손손 본 지부가 책임지도록 하겠네."

조 지부 대인은 예전부터 조정으로 진출하고 싶어했다. 연줄을 가지고 있어도 특별한 공로가 없으면 조정에는 들어가기 어렵다. 하지만 이번 일로 인해 관에서 점점 커져가는 무림을 통제할 수 있는 명분이 생겨난다면 그 공로를 높이 쳐줄 것이다.

'남 좋은 일만 시키는구나.'

솔직히 희생을 자처하고 싶지 않았다. 하나 지부 대인이 자신을 직접 호명했다. 거절하면 어차피 자신의 앞날은 그대로 막히게 된다.

"자네도 이제 쉰다섯이네. 아들도 슬슬 벼슬길에 올라야 하지 않나. 이번에도 향시에 낙방했다지?"

벌써 서른을 넘긴 아들놈이 마음에 밟혔다. 평생 서책이나 읽던 놈이 장사를 할 수 있을 리는 만무했고, 날이 갈수록 주색을 밝혀서 재산을 탕진하지 않을까 노심초사였다.

'…그래. 이 늙은 몸만 죽으면 된다.'

자신이 죽으면 모든 것이 해결된다. 못난 자식의 앞길도 열리고 일가도 대대손손 잘 살아갈 수 있다. 그리고 지부 대인도 조정에 진출하여 자신의 뜻을 펼치게 될 것이다.

'죽자, 죽어.'

* * *

쿵! 쿵! 쿵!

북이 울릴 때마다 오열을 맞춰 진군하는 혈교의 교인들. 그들이 한 걸음 내디딜 때마다 대지가 울리는 듯했다. 만 명이라는 수많은 교인이 내 뒤를 따르고 있으니, 왠지 모르게 가슴이 고동쳤다.

—새가슴이군.

그런 의미가 아니거든.

혈마검 녀석 은근히 한 소리를 많이 한다. 가끔은 소담검보다 더 했다.

—적응해라, 운휘. 이제부터는 이 많은 사람들을 네가 이끌어야 한다.

남천철검 녀석만 위로가 되는구나. 녀석의 말대로 이제 나는 혼자의 몸이 아니었다. 이 많은 교인의 명줄을 쥐고 있는 셈이었다. 내가 어떤 말을 하고 어떻게 하느냐에 따라서 이 많은 인원의 운명이 결정되겠지.

—저기도 많네.

소담검의 말처럼 눈앞에 수많은 인파가 보였다. 훈련을 받아 혈교 이상으로 군기가 잡혀 있는 무림연맹의 무사들, 관의 군사들까지 족히 육칠천은 되는 것 같았다.

"와! 진짜 많네요. 무림연맹에 갔을 때 이후로 이렇게 많은 사람이 모인 건 처음 보는 것 같아요."

탄성을 흘리는 사마영의 말에 동의했다. 이 정도 규모가 부딪친다면 얼마나 많은 사상자가 나올까? 령산 인근 평야가 피로 얼룩지게 될 것이다.

'흠.'

뒤를 슬쩍 돌아보았다. 반응은 반반이었다. 젊은 교인들은 상대적으로 긴장한 기색이 역력했고, 연배가 있는 경험 많은 교인들은 과거의 수치와 굴욕 때문인지 전의가 바짝 올라 있었다. 과연 무림연맹이나 관의 군사들은 어떤 얼굴을 하고 있을까? 나는 품속에서 무언가를 꺼내 들었다.

—요긴하게 쓰네.

그렇네. 사마영이 길거리에서 재미있는 가면이라고 해서 샀었는데, 이렇게 쓰일 줄은 몰랐다. 야차 혹은 악귀 같은 얼굴의 가면이었다. 현재 무림연맹이나 정파 사람들에게 나는 정도 무림의 이신성 중 하나로 각인되어 있다. 훗날을 위해서라도 굳이 정체를 드러낼 이유는 없었다.

—이제 보내야 하지 않을까? 많이 가까운데.

무림연맹과 관의 군사들과의 거리가 백오십여 장 정도에 불과했다. 관의 군사들은 시위를 당기고 있었고, 무림연맹의 무사들도 무기를 빼 들고 당장이라도 진격해올 기세였다.

"노 대주, 기 부대주."

"충!"

나의 부름에 교주 호위대주 노성구와 부대주 기조양이 동시에 답하고서 앞으로 나섰다. 그들이 좌우로 갈라져 '혈(血)' 자가 적힌 수기를 들고 각각 광서성 무림연맹 지부와 군사들을 이끄는 수뇌부들에게 향했다.

—과연 대화를 하려 할까?

'할 거야.'

저들이 수작을 부린다고 해도 우위인 것은 본교였다. 전력 면에서도 훨씬 우월했고, 훈련받은 군사들이라고 해봐야 무림인들에 비하면 평범한 사람들이니 다름없었다. 겨룬다면 십중팔구로 기적이 생기지 않는 한 저들이 불리했다. 어차피 이쪽의 심중도 궁금할 터이니, 접촉을 시도하면 받아들일 것이다.

웅성웅성! 양측이 술렁이는 것이 보였다. 이쪽에서 대화를 하자고 청하니 당혹스러웠나 보다.

얼마 있지 않아 노성구 대주와 기조양 부대주가 노란색 수기를 들었다.

"받아들였네요."

저들이 수락했다는 신호였다. 기조양 부대주는 다시 복귀했고, 노성구 대주가 양대 전력의 한가운데에 자리 잡았다. 저곳이 딱 중간이었다. 관측에서 파란 관복을 입은 관인과 호랑이가 새겨진 갑주를 입은 장수가 말을 타고 왔고, 무림연맹 지부에서도 우두머리로 보이는 자들 두 명이 그곳으로 다가왔다. 나 역시 가운데 접선지로 향했다. 탁! 풍영보를 펼치니 금방 도달했다. 그런 나의 모습에 무림연맹 지부 수뇌부들의 눈빛이 경계심으로 가득했다. 일부러 경공 실력을 드러낸 게 효과가 있었다.

—가면도 효과가 있는 것 같은데?

그런 것 같았다. 두 사람 모두 내 악귀 가면에서 눈을 떼지 못하고 있었다. 이들의 수장으로 보이는 콧수염을 기른 중년의 사내가 입을 열었다.

"격식을 갖춰 인사할 처지는 아니니 그건 생략하겠소. 본인은 광서성 무림연맹 지부의 부지부장을 맡고 있는 곽철이오."

"주검해방의 방주 우직수요."

그래도 정도 무림이 아니랄까 봐 적대심을 보일지언정 신분 정도는 밝혔다. 파란 관복을 입고 곱게 수염을 기른 오십 대 중반 정도로 보이는 관인이 말에서 내리며 입을 열었다.

"부에서 통판을 맡고 있는 이석이다."

통판? 꽤나 높은 자가 왔다. 적어도 이 정도 규모의 군사들을 운집해올 자라면 주(州) 단위에서 움직일 거라고 생각했지만 부를 움직이다니.

'어지간히 찔러 넣었나 보네.'

그러지 않고서야 통판씩이나 되는 정육품 관인이 움직이겠는가. 이 정도 인사가 움직였으니 회귀 전에 관에서 난리가 나서 혈교를 압박했겠지. 딱 좋은 명분이었다.

나는 공손히 포권을 취하며 그들에게 인사했다.

"당대 혈마를 대신해서 나온 진 단주입니다."

"뭐라?"

"혈마?"

혈마라는 말에 부지부장이라 밝혔던 곽철과 주검해방의 방주 우직수의 표정이 한층 더 심각해졌다. 정사 대전 이후 혈마의 피를 이은 자는 전부 죽였다고 여겼는데, 혈마를 거론하니 의아하겠지? 그러나 이내 내색하지 않고 곽철이 말했다.

"그 저주받은 일족이 살아 있다면 왜 그자가 나오지 않은 거지?"

일부러 정체를 숨기고 단주급이라고 하니 말을 자연스럽게 놓네.

그런 그들의 말에 나는 빙그레 웃으며 답했다.

"그렇게 따지면 적어도 귀 맹의 지부장께서 직접 나왔어야 격이 맞겠지요."

정중하게 말하면서도 허를 찌르자 곽철의 미간에 주름이 갔다. 그가 다소 힘이 들어간 목소리로 말했다.

"네놈이 우리를 우습게 아는구나. 혈마 그자의 일족이라면 누구나 그 피처럼 붉은 머리카락과 두 눈을 가지고 있다는 걸 잊지 않고 있다. 저 많은 자들 중에 누가 그러하단 말이더냐?"

나는 개의치 않고 말했다.

"믿는 것이야 여러분의 자유죠. 그보다 혈마께서는 어째서 통판 나으리께서 무림연맹과 함께 군사들을 이끌고 나타나신 건지 궁금해하십니다."

그런 나의 물음에 주검해방의 방주 우직수가 코웃음을 치며 말했다.

"사악한 혈교가 다시 운집하려 하는데, 그것을 내버려둘 것 같나."

"사악한 혈교?"

"그대들의 우두머리에게 전해라. 당장 무장을 해제하고 항복하라고 말이다. 그러지 않는다면 관과 본 맹을 상대로 반목하려는 것으로 간주하겠다."

강하게 나왔다. 기세에서 밀리지 않으려는 모양이었다. 굳이 앞에 관을 붙인 것은 고의적으로 도발하는 것 같았다.

—관을 건드려봐라. 후회할 거다. 뭐 이런 거야?

그래. 암묵적으로 그걸 얘기한 것이겠지.

그런 의도를 알아들었는지 이석이라 밝힌 통판도 입을 열었다.

"그대가 저 집단의 수장 대리라고 하니 지부 대인의 명을 전하겠다. 그대들은 이십여 년 전 혹세무민을 행했던 혈교가 맞는가?"

혹세무민(惑世誣民). 말 그대로 세상을 어지럽히고 백성을 속인다는 말이다. 관에서 사이한 종교 집단을 통칭하는 말인데, 역시 이를 명분으로 삼고 있었다.

곽철이 거들었다.

"통판 나으리, 어찌 이런 혹세무민의 역도들을 내버려둘 수 있겠습니까? 당장 지엄한 나라의 법을 어긴 자들에게 벌을…."

"누가 혹세무민의 역도들이라는 거죠?"

내가 말을 끊자 주검해방의 방주 우직수라는 자가 언성을 높였다.

"혈교가 혹세무민의 집단이 아니라면 무엇이 혹세무민이라는 것이냐!”

이에 나는 피식 웃었다.

그런 나의 웃음소리에 부지부장 곽철이 화가 났는지 도병에 손을 갖다 댔다. 이에 호위대주 노성구 역시 도병을 잡고서 경고했다.

“당장 그 손을 도병에서 떼지 않으면 가만히 있지 않겠소.”

“바라는 바다.”

곽철이 도를 뽑으려 하기에 나는 나지막한 목소리로 말했다.

“통판 나으리께서 묻는 말에 아무런 답변도 하지 못했는데, 무림연맹을 대표하는 자들은 싸우지 못해서 안달이 났군요. 이게 정도의 방식입니까?”

그런 나의 말에 곽철의 인상이 구겨졌다. 반면 이석이라는 통판이 나를 바라보는 눈에 이채가 띠었다. 혈교라고 하면 피를 좋아하는 사파의 야인들처럼 생각했을 텐데, 내가 계속 격식을 갖추니 그런 것인지도 몰랐다. 이석이 작게 미소 짓더니 내게 말했다.

“귀하의 말이 맞네. 아직 본 통판은 귀하에게서 아무 말을 듣지 못했네.”

그대에서 귀하로 격상되었다.

“통판 나으리!”

곽철이 뭔가를 말하려고 하자 통판 이석이 손을 내밀며 끼어들지 말라는 시늉을 했다. 이에 나는 공손히 포권을 취하며 그에게 말했다.

“그러하면서 아니라고 말씀드리겠습니다.”

“그러하면서 아니라? 그게 무슨 궤변인가?”

“혹세무민이라고 한다면 사이한 종교를 뜻하는데, 그때도 그렇고 지금도 저희들은 도가나 불가와 달리 무를 지향하는 무인들의 집단입니다."

"무인들의 집단?"

의아해하는 그에게 말했다.

"관과 무림이 정한 두 번째 규약을 보면, 혹세무민으로 백성들을 현혹하는 자가 있다면 역도로서 엄벌을 행할 것이다, 라고 되어 있는데 저희가 어떤 연유에서 혹세무민이 되는지 알 수가 없군요."

그 말에 주검해방의 방주 우직수가 화가 나서 언성을 높였다.

"피로 세상을 씻는다는 교리를 내세우는 것들이 무슨 헛소리를 하는 것이냐!"

"아! 그걸 말하는 건가요?"

"그게 혹세무민이 아니라면 무엇이…."

"목표를 명확하게 하지 않아서 오인을 산 듯하군요."

"뭐?"

"저희가 피로 씻는다는 것은 어디까지나 정파 무림뿐입니다. 사기를 돋우기 위해 과장된 표현이 지금껏 오해를 사서 이제 확실히 하고자 합니다."

"지금 그걸 말이라고…."

"무를 익힌 자가 어찌 선량한 백성들을 상대로 함부로 칼을 휘두를 수 있습니까? 그건 정사의 이념을 떠나서 상식 아닙니까?"

머리를 툭툭 손가락으로 짚으며 비아냥거리자 우직수의 얼굴이 새빨개졌다. 당장에라도 내게 주먹을 날릴 기세였다. 나는 이를 개의치 않고 통판 이석에게 정중하면서도 힘 있게 말했다.

"본교도 금상제 시절의 관과 무림의 약조를 잊지 않았습니다. 당대 혈마께서 본교를 집권하신 이상 무림 간의 일에 연의 백성들이 휘말릴 일은 절대 없을 겁니다."

그런 나의 말에 통판 이석의 눈빛이 묘하게 흔들렸다. 먹물 꽤나 먹은 자라면 여기서 혹세무민을 명분으로 삼기는 어렵다는 것을 인지했을 거다.

그때 광서성 무림연맹의 부지부장 곽철이 끼어들었다.

"관과 무림의 네 번째 규약을 잊었나 보군."

"네 번째 규약?"

"관을 위협할 만큼의 세력을 규합할 경우 허가를 받아야 한다는 사실을 말이다."

곽철의 입꼬리가 비릿하게 올라갔다. 마치 이것에는 어떻게 대응할 거냐는 듯했다. 사실 이 규약은 다섯 가지 중에서 가장 유명무실하다고 할 수 있다. 벽을 넘은 고수 한 명만으로도 위협이 될 수 있는데, 관이 위협을 받을 수 있는 선상을 어찌 정할 수 있단 말인가.

"통판 나으리, 자그마치 만 명이 넘는 사악한 무림인들이 모였습니다. 저자들이 하찮은 말장난으로 혹세무민을 하지 않겠다고 하는데, 이를 어찌 믿으십니까? 만약 그런 것이라면 저들의 우두머리와 수뇌부들에게 항복하게 하여 칙조에 응하게 하고 무리를 해체하라 명을 내리시죠."

'…역시인가.'

어떻게든 관과 본교를 부딪치게 하려고 했다. 일부러 자극적인 말을 계속 늘어놓는 것도 그런 목적일 것이다. 한데 너희들이 모르는 게 있지.

슥! 내가 손을 내밀자 호위대주 노성구가 등에 메고 있던 무언가를 꺼냈다. 붉은 비단으로 감싸놓은 그것을 펴자 공문 같은 것이 드러났다. 나는 빙그레 웃으며 말했다.

"이를 어쩌죠? 그게 문제 될 것 같아서 이미 허가 공문을 받았습니다만."

"뭐?"

곽철이 말도 안 된다며 공문을 바라보았다. 공문에는 정식으로 혈교라는 무가 단체를 승인한다는 문구와 관의 것으로 보이는 붉은 직인이 찍혀 있었다. 우직수가 공문을 삿대질하며 소리쳤다.

"거짓입니다. 가짜를 만들어서 상황을 피해가려는 수작…."

그때 통판 이석이 떨리는 목소리로 입을 열었다.

"가짜 공문이 아니네."

"그게 무슨?"

"…도지휘첨사의 직인이 찍혀 있네."

"도지휘첨사!"

곽철과 우직수가 화들짝 놀랐다. 그들이 놀라는 이유는 간단했다. 도지휘첨사는 사천, 운남, 귀주, 광서, 섬서 남부를 통괄하는 우군도독부 소속이다. 좀 더 쉽게 말하면 정삼품 관인으로 그들이 끌어들인 지부 대인보다도 높은 직품을 가졌다.

"이, 이 공문을 어떻게?"

어떻게 하긴 뭘 어떻게 해. 네놈들이 지부 대인에게 뇌물을 먹였다면 나는 우군도독부에 들러 도지휘첨사에게 눈이 휘둥그레질 만한 재물을 먹였지. 이런 용도로 무쌍성 지부에서 돈을 타낸 것이 미안하지만 혹시나 회귀 전처럼 이와 같은 일이 벌어질 것 같아, 미리 허가 공문을 받아낸 게 다행스러운 일이었다.

그때 통판 이석의 입에서 웃음이 터져 나왔다.

"하하하하하하하핫."

그런 그의 모습에 모두가 영문을 몰라 했다. 한참을 웃어대던 통판 이석이 나를 쳐다보며 의미를 알 수 없는 말을 했다.

"귀하에게 빚을 졌군."

'빚?'

"통판 나으리, 그게 무슨 말씀입니까? 적어도 저 공문이 위조인지 아닌지…."

당황해하는 곽철에게 통판 이석이 말했다.

"우군도독부에서 내린 허가 공문을 부에서 어찌 함부로 어긴단 말인가. 이 일은 우리의 소관을 넘어섰네. 자 장군, 돌아가세나."

"그러시죠."

자 장군이라 불렸던 군관이 말을 끌고 왔다. 통판 이석이 내게 웃으며 말했다.

"혈교라 하여 소문대로 사악한 무뢰배들이 모였다고 여겼는데, 본인이 오해를 한 것 같네. 언제 기회가 된다면 다시 볼 수 있으면 좋겠군."

호의적인 그 말을 끝으로 통판 이석이 말에 올랐다. 그러더니 자 장군이라 불렸던 군관과 함께 병사들에게로 돌아갔다. 이를 광서성 무림연맹의 부지부장 곽철과 주검해방의 방주 우직수가 어처구니없어하며 망연자실하게 쳐다보았다. 관의 군사들이 철수하는 속도는 굉장히 빨랐다. 통판이 합류하고 곧바로 회군했다.

나는 무림연맹 지부의 수뇌부들에게 비아냥거리며 말했다.

"관이랑 어떻게 해보려 했는데 실패해서 이를 어쩌나?"

으득! 주검해방의 방주 우직수가 이를 갈더니, 검을 뽑아 들려 했다. 그 순간 나는 상단전을 개방하며 혈천대라공 칠성을 운기했다. 고오오오오! 전신에서 붉은 아지랑이가 흘러나오며 기운이 드러났다. 그러자 곽철을 비롯한 우직수가 놀랐는지 인상이 굳어졌다.

"그, 그 머리카락…."

"눈이?"

악귀 가면 속에서 보이는 붉은 안광에 그들이 당혹감을 감추지 못했다.

"왜 그러는가? 그렇게나 본 혈마를 보고 싶어하지 않았나, 무림연맹 부지부장?"

슥! 손을 들어 올리자 기다렸다는 듯이 혈교의 교인들이 북을 치며 앞으로 진군했다. 쿵! 쿵! 쿵! 만여 명이나 되는 교인들이 다시 움직이자, 그렇지 않아도 관인들이 철수하면서 수적으로 확연하게 적어 보이는 무림연맹의 무사들이 동요하기 시작했다. 곽철이 입술을 질끈 깨물며 말했다.

"이게 본 지부의 전력이라 착각하지 마라."

그런 그에게 나는 입꼬리를 올리며 말했다.

"이쪽도 전력 같나?"

"뭐?"

* * *

령산에서 이십 리 정도 떨어진 광서성 무림연맹의 지부.

본단의 대문 전각에 열 명의 범상치 않은 자들이 나타났다. 피처럼 붉은 머리카락의 여인이 혀를 날름거리며 뒤에 있는 아홉 명에게 말했다.

"피의 개파식이다, 존성들."

세 존자들과 여섯 혈성들. 그들은 혈교의 최고 전력이었다.

개파식

"어찌 그런!"

당혹스러워하는 광서성 무림연맹 지부의 부지부장 곽철. 이런 반응도 당연했다. 설마 만 명이나 되는 혈교의 대규모 전력이 눈속임용 미끼이고, 혈교의 최고수들인 존성 전부가 무림연맹 지부의 본단으로 가리라 누가 예측했겠는가.

그때 주검해방의 방주 우직수가 말했다.

"부지부장, 허장성세입니다! 설령 혈교의 최고수들이 갔다고 한들 지부의 전력만 천 명에 가깝습니다. 게다가 광서성의 최고수라 불리는 지부장과 학천검문의 고수들이 본단을 지키고 있습니다!"

그런 그의 말에 곽철이 정신을 차렸는지 원래 표정이 돌아왔다.

"고맙네. 하마터면 적의 술수에 넘어갈 뻔했군."

"술수?"

"성동격서의 수를 역이용하다니. 계략에 능하구나, 혈마여."

성동격서(聲東擊西). 동쪽에서 소리를 내고 서쪽에서 적을 치는 병법이다. 곽철이 다소 무거워진 목소리로 내게 말했다.

"우리 전력을 회군시켜 뒤를 노리려는 수작임을 모를 것 같으냐?"

"수작 같나?"

속에서 웃음이 나오려고 했다. 나는 전혀 의도하지 않았는데 그 이상의 전략이라 여기고 있었다. 하긴 이런 전쟁터에서는 서로 수많은 수 싸움을 하게 마련이니, 저들도 나름 머리를 굴릴 수밖에 없을 것이다.

곽철이 내게 도를 겨냥하며 말했다.

"혈마여, 네놈도 간과한 것이 있구나. 이 자리에서 우두머리인 네놈만 죽인다면 다시 일어나려 하는 혈교의 사기가 죽게 될 것이다."

그 말도 틀리진 않았다. 이 자리에서 나를 죽인다면 그렇게 되겠지.

"정도의 밝은 미래를 위해 네놈과 함께 죽겠다, 혈마."

그에 감응이라도 했는지 주검해방의 방주 우직수도 결의에 찬 목소리로 말했다.

"함께하겠습니다. 네놈은 오늘 이 자리에서 절대 살아 나가지 못할…."

푹!

"컥!"

"우 방주!"

그 순간 우직수의 가슴을 뚫고 검 끝이 튀어나왔다. 본인도 이를 전혀 예상하지 못했는지 자신의 가슴을 쳐다보며 당혹감을 감추지 못했다. 십 장 정도 떨어진 거리에서 사마영이 투척 자세를 취하고 있었다. 내가 이를 바라보자 해맑은 얼굴로 손을 흔들었다.

"정인분이 정말 마음에 드는군요."

호위대주 노성구가 가지런한 이를 드러내며 씨익 웃었다. 안 그래도 자신들만이 정의라며 입방정을 떠는 정파 놈들이 보기 싫었던 참에 고맙기는 했다.

"혈마아아아아아!"

무림연맹 지부의 부지부장 곽철이 분노했는지 내게 악을 지르며 신형을 날렸다. 기운이 고조된 것을 보아 동귀어진을 하려는 모양이었다. 팟! 그런 그를 향해 나는 매처럼 미끄러져 가며 혈마검으로 반월의 궤적을 그렸다. 혈천대라검의 혈라검천이다. 채채채챙!

"헛!"

챙! 놈이 도를 놓치고 말았다. 고작 일초식의 네 식도 버티지 못했다. 전신의 요혈들이 남은 검식에 의해 난자되며, 이내 비명과 함께 쓰러졌다.

"크헉!"

절대 실력이 없는 것은 아니었다. 충분히 부지부장을 맡을 만큼의 무위를 지녔지만 상단전까지 개방한 나의 무위는 벽을 넘어선 고수를 상대할 수 있을 정도였다. 그로서는 역부족이었다.

"이, 이런 괴물 같은 놈."

나의 무위에 놈이 혀를 내둘렀다. 움직이지도 못하는 녀석이 그래도 말할 기운은 남아 있나 보군.

"…죽여라."

중상당한 몸으로 어찌해볼 수 없다는 것을 알았는지, 체념한 놈이 자신을 죽이라고 했다. 그런 그를 보며 나는 퉁명스럽게 말했다.

"아니."

"뭐?"

"좋은 걸 구경시켜주지."

"지금 무슨…."

그런 그를 뒤로한 채, 나는 진군하는 교인들을 향해 소리쳤다.

"피의 개파식을 시작한다!"

"와아아아아아아아!"

나의 외침이 끝나기가 무섭게 교인들이 전의로 가득한 함성을 내지르며 이내 광서성 무림연맹 지부의 무사들을 향해 진격했다.

"거기서 지켜봐라."

"자, 잠깐 혈마여! 네놈은 지금 나더러 본 맹의 사람들이 전부 죽어 나가는 것을 끝까지 지켜보라는 것이냐!"

애초에 이긴다는 전제가 없다. 역시 고작 이천 명을 끌고 온 것은 이길 목적이 아니었군. 처음부터 죽을 생각이었다. 나는 그런 놈에게 싸늘한 목소리로 말했다.

"목적을 위해서 수하들을 사지로 내몰았으면 그 정도 각오는 했어야지."

그 말을 끝으로 나 역시도 무림연맹 지부의 무사들을 향해 신형을 날렸다. 그런 나의 귓가로 욕설을 퍼부으며 울부짖는 곽철의 목소리가 들렸지만 전혀 개의치 않았다.

—좋은 선택이군.

혈마검 녀석이 매우 흡족해하며 좋아했다.

＊ ＊ ＊

광서성 무림연맹 지부 본단 건물의 사층.

건물 안이 피범벅이 된 채 쑥대밭이 되어 있었다. 선홍빛으로 붉게 물든 모조 혈마검을 들고 있는 백혜향이 거친 숨을 내쉬었다.

"하아… 하아…."

아무리 그녀라고 해도 이곳까지 올라오면서 홀로 백여 명이 넘는 고수들을 상대했기에 지치는 것은 당연했다. 그녀가 피로 젖은 얼굴을 소매로 닦으며 중얼거렸다.

"혈마로 인정하자마자 제대로 휘둘리는군."

말은 그렇게 하면서도 입꼬리는 올라가 있었다. 바깥에서는 도검이 부딪치는 소리와 굉음 소리가 끊이질 않았다. 아홉 존성이 본단에 있는 수많은 고수들을 아직까지 상대하고 있었다. 본래 그들을 전부 처리하고 본단 건물 안으로 진입하려 했으나, 성미 급한 그녀가 먼저 안으로 진입하고 말았다.

"일존 저 늙은이도 괴물은 괴물이군."

창밖을 쳐다보니 혼자서 쓸다시피 하고 있었다. 일존 파혈검제 단위강이 검을 휘두를 때마다 대여섯 명의 무림연맹 무사들이 예기에 휩쓸려 쓰러져 나갔다. 쾅! 그에 못지않은 활약을 펼치는 것은 사존 기기괴괴 해악천이었다. 적혈금신을 펼쳐서 전신이 새빨개져 수증기를 내뿜고 있는 해악천이 주먹을 휘두를 때마다 정파 무림연맹 고수들이 고깃덩어리처럼 으깨지고 있었다.

"크하하하핫! 좋구나. 들어와라, 얼른!"

별호 그대로 괴팍한 괴인 그 자체였다. 덕분에 그가 두려운지 다른 존성들에게는 잘도 덤비는 자들이 섣불리 공격을 못 했다. 피식하고 웃은 그녀가 계단으로 향했다. 위로 올라가면 이곳 무림연맹 지부의 지부장이자 광서성 최고의 검객이라 불리는 학천검문의 문주 오자서가 있다.

'응?'

그때 계단에서 누군가 내려오는 소리가 들렸다. 세 사람의 기척. 백의의 경장을 입은 중년인과 그 뒤를 호위라고 하기에는 범상치 않은 두 노인들이 따르고 있었다. 중년인을 본 백혜향이 비릿하게 웃으며 말했다.

"학의검 오자서."

그가 광서성을 대표하는 정도의 검객 오자서였다. 무림연맹 무위 서열로는 40위권 안에 드는 무인인 만큼 그녀는 기대감에 부풀었다. 일존에게 양보하기에는 너무 탐나는 먹잇감이었다. 오자서가 그녀를 보며 입을 열었다.

"이십여 년 전에 전부 뿌리 뽑은 줄 알았더니…."

집무실에서 느닷없이 쳐들어온 백혜향과 존성들을 보고 그는 당혹감을 감추지 못했다. 특히 피처럼 붉은 머리카락에 선홍빛 안광을 하고 있는 그녀는 충격 그 자체였다.

"왜, 놀랐나?"

"혈미의 후예를 보고 놀라지 않을 자는 없지."

스릉! 오자서가 허리춤에 있는 옥으로 꾸며진 검집에서 보검을 뽑으며 말했다.

"계집이라 해도 혈마의 피를 잇긴 했군. 만 명의 교인들을 미끼 삼아 성동격서의 계책을 펼치다니."

오자서는 진심으로 감탄했다. 자신들의 계책을 넘어서는 과감성에 말이다.

"하나 그게 끝이다. 이 자리에서 교주인 그대만 죽으면 모든 것이 수포로 돌아가지. 혈마의 후예여, 아니 혈마라고 해야 하나."

"나도 그렇게 불리고 싶긴 한데 말이야, 안타깝게도 나는 혈마가 아니야."

"뭣?"

반문하는 오자서에게 백혜향이 신형을 날렸다. 그녀의 모조 혈마검이 날카롭고 정교하게 그의 미간과 인중, 목을 동시에 노려왔다. 경험이 많은 검객답게 오자서는 기습에도 신중히 이를 막아냈다. 채채채챙! 한데 상대는 오자서만이 아니었다. 그의 호위로 보이는 고수들이 백혜향의 빈틈을 노렸다. 백혜향이 재빠른 몸놀림으로 공중제비를 돌면서 그들의 검을 가볍게 피했다.

'까다롭군. 합공에 능해.'

백혜향이 속으로 그들의 공세에 감탄했다. 둘 모두가 절정의 극에 이른 검객들이었는데, 절묘하게 노려와 보법을 펼치며 피할 수 있는 공간을 전부 차단해버렸다.

슈슉! 허공에 체공 중인 그녀를 오자서가 화려한 검초로 노렸다. 그 유명한 학선검법이었다. 백혜향이 체공 중인 상태로 혈천대라검 팔초식 파혈로야(派血露野)를 펼쳤다. 밤이슬과 같은 작은 힘으로 피의 파도를 일으킨다. 채채채채채챙!

"큭!"

날카로운 검세에 오히려 유리한 고지였던 오자서가 도리어 세 보가량 밀려났다. 두 호법이 끼어들지 않았다면 손목이 베여 나갔을지도 모른다.

'지쳤다고 해서 우습게 볼 게 아니구나.'

오자서는 그제야 긴장감에 사로잡혔다. 자신의 무위라면 이곳까지 올라오느라 지쳐 보이는 그녀를 쉽게 제압할 수 있으리라 여겼다. 한데 오히려 그 자신이 공력으로도 검술로도 밀렸다.

'죽여야 한다. 이 자리에서 죽이지 않으면 이 계집도 두고두고 본맹에 후환이 될 거다.'

오자서가 검병을 두 손으로 꽉 잡았다. 호법들이 절초를 펼치며 기를 써서 그녀의 움직임을 묶고 있었다. 지금이 기회였다. 오자서가 학선검법의 비기인 무절비학을 펼쳤다. 그의 신형이 학처럼 비상하며 검이 먹이를 낚아채는 매처럼 그녀에게로 쇄도했다. 그 순간 백혜향의 입꼬리가 올라갔다.

"한 번에 처리할 수 있게 다 모여주다니."

'…?!'

백혜향이 파지법을 바꿔 검을 거꾸로 잡더니 이내 거칠게 몸을 회전시켰다. 그 순간 핏빛 예기가 팽이처럼 회전하더니 그녀를 압박하던 호법들의 검과 손목이 잘려 나갔다. 챙강! 촤착!

"크헉!"

오자서는 그녀의 유인책에 빠졌다는 것을 깨달았지만 물러설 수 없었다. 여기서 초식을 거두고 변초를 쓰면 오히려 그녀의 기세에 휘말리고 만다. 채채채채채챙! 거칠게 회전하는 그녀의 검초와 오자서의 검이 격렬하게 부딪쳤다. 광서성 최고의 정도 검객이라 불릴 만큼 그의 검은 밀리지 않고 어떻게든 그녀의 검초를 파고들려 했다.

'보인다.'

오자서의 두 눈에 드디어 허점이 보였다. 그는 그곳을 향해 절묘하게 검을 찔렀다. 푹! 백혜향의 쇄골 부위였다.

'이겼다.'

여기서 검을 더욱 깊게 찔러 몸을 베어버리면 된다. 그렇게 생각하는 순간이었다. 백혜향이 비릿하게 웃었다. 팍! 그러고는 그녀가 살을 파고드는 그의 검을 번개처럼 움켜잡았다.

'이런!'

검을 회전시켜서 손을 놓게 하려고 했는데, 그러기도 전에 백혜향의 검이 손목을 베어버리고 말았다. 촥!

"크윽!"

살을 주고 뼈를 취하는 전법이었다. 손목이 잘려 나가 너무도 고통스러웠지만 여기서 멈추면 당한다는 것을 알기에 오자서는 황급히 검을 들고 있는 그녀의 손목을 위로 차올렸다. 팍! 그녀의 검이 위로 튀어 오르며 빈틈이 생겨났다. 발차기의 궤적을 바꿔 그녀의 가슴을 박차고 거리를 벌리려 하는데, 그 순간 백혜향의 손가락이 그의 종아리를 세 곳이나 파고들었다. 푸푸푹! 혈천대라지공이었다.

손목까지는 참아보려 했지만 더 이상 고통을 참는 것은 힘들었는지 온몸을 비틀며 어떻게든 사정권에서 벗어나려 했다. 그러나 그녀가 이 기회를 놓칠 리가 없었다. 푸푸푸푹! 앞으로 파고든 백혜향이 그의 가슴에 지공을 날렸다. 연달아 가슴을 파고드는 손가락에 내상이 심해졌는지 오자서의 입에서 피가 뿜어져 나왔다. 쿵! 이내 오자서는 바닥에 쓰러지고 말았다. 그런 그의 목에 백혜향이 검을 겨냥하며 말했다.

"어이, 꽤 재미있었다."

'재미있었다고?'

기가 막혔다. 광서성 최고의 검객이라 불리는 자신이 호법들과 합공을 하고도 이 꼴이 되다니… 치욕도 이런 치욕이 없었다. 오자서가 힘겹게 입을 열었다.

"쿨럭… 쿨럭… 네놈들이 이런다고… 혈교가 다시 일어설 수 있을 것 같으냐?"

"여기가 시작이다."

"쿨럭쿨럭… 멍청한 놈들. 본 맹뿐만 아니라 관까지 건드려놓고 무사히 개파하기를 바라다니."

"관? 깔깔깔깔."

그런 오자서를 보며 백혜향이 광소를 터뜨렸다. 눈살을 찌푸리며 의아해하는 오자서의 머리채를 잡고 그녀가 말했다.

"개네는 건드리지도 않았는데 싸울 일이 뭐가 있다고?"

"뭐?"

오자서는 이 상황을 도저히 이해할 수가 없었다. 성동격서의 계략에 당하기는 했지만 어떤 식으로든 혈교는 관과 척을 지을 수밖에 없는 상황으로 만들었다. 그런데 대체 이게 무슨 말이지?

"관에 너희 정파 놈들만 뇌물을 처먹일 수 있다고 여기는 건 아닐 테지?"

비아냥거리는 그녀의 말에 오자서의 눈동자가 흔들렸다. 이십여 년 전에 자신이 알고 있던 혈교와는 사뭇 다른 느낌이었다. 관과의 관계가 호의적이었던 자신들과 달리, 혈교는 그 피의 교리 때문에 모든 곳을 배척하지 않았던가.

'정말 관군을 해결했단 말인가?'

그런 것이라면 제삼군시가 내놓은 계략의 첫 번째가 무너진 셈이었다. 관군과 마찰이 없었다면 그들을 움직여서 혈교를 토벌하게 만들 수가 없다. 오자서가 입술을 질끈 깨물었다. 이렇게 된다면 제삼군사의 두 번째 수만을 믿을 수밖에 없었다.

'실컷 웃어라. 운남성, 귀주성, 호남성, 광동성, 강서성에 있는 모든 지부에서 이곳으로 진격해오고 있다.'

지금의 승리는 아주 잠깐일 뿐이다. 애초에 무림연맹의 목적은 관군을 움직이는 것만이 아니었다. 속도전을 통해 혈교가 제대로 일어나기도 전에 그 잔당들을 완전히 몰살하는 것이 진정한 목적이었다. 자신들이 희생될지언정 그들은 절대 일어서지 못한다.

오자서가 웃으면서 말했다.

"쿨럭쿨럭… 설사 그렇다고 한들 변하는 것은 없다. 지금을 즐겨라. 쿨럭… 곧 그 웃음도 사라질 터이니."

"웃음이 사라져?"

"먼저 가서 네놈들이 오기를 기다리마. 죽여라."

오자서가 눈을 감고서 말했다. 어차피 혈교를 상대로 살아남을 생각은 하지 않았다. 이십여 년 동안이나 와신상담했을 테니, 자신과 모든 자들을 죽일 것은 자명했다. 그런데 백혜향의 입에서 의외의 말이 나왔다.

"내 방식대로 하면 그러고 싶은데, 당대 혈마가 웬만하면 너희 대가리들은 꼭 살려두라고 하네."

"뭐?"

오자서가 이해되지 않는지 눈을 크게 떴다. 그때 어디선가 북소리와 함께 커다란 함성 소리가 들려왔다. 쿵! 쿵! 쿵!

"와아아아아아아아!!"

"이게 무슨…."

"왔나 보군."

꽉!

"끄윽!"

백혜향이 그의 머리채를 잡고서 어딘가로 끌고 갔다. 본단 건물의 창문 쪽이었다.

"하! 많이도 살려뒀네."

먼저 밖을 쳐다본 백혜향이 혀를 찼다. 그러고는 오자서의 머리채를 잡고선 들어 올려 창밖이 보이도록 했다. 창밖을 바라본 오자서의 표정이 굳었다. 광서성 무림연맹 지부의 광장으로 악귀 가면을 쓴 정체 모를 자가 '혈(血)'이라는 깃발을 든 수많은 교인들을 이끌고 개선장군처럼 들어오고 있었다. 그가 놀란 것은 그 광경 때문이 아니었다.

"네놈들…."

혈교인들 사이에서 포박된 채 끌려오는 천 명도 넘는 연맹 지부의 무사들이 보였다. 그 모습은 누가 보아도 포로인 듯했다.

"…어째서 저들을 살려둔 것이냐?"

오자서의 물음에 백혜향이 코웃음을 치며 말했다.

"교섭을 위한 좋은 방패막이가 될 거라고 하던데?"

'…?!'

교섭? 순간 오자서는 할 말을 잃었다. 교리를 따르겠다며 완전히 투항하는 자들을 제외하고는 누구도 살려두지 않던 극악무도한 혈교가 아니던가. 그런데 그런 그들이 교섭을 위해 포로를 살려뒀다고?

'이건 뭔가….'

찝찝하면서 불쾌한 거슬림이 그의 마음에 들어앉았다. 포로를 활용해 교섭을 시도하는 것은 병법에 있어서 흔히 쓰이는 책략이다. 이것이 특별해서가 아니었다. 말문을 잃은 그에게 백혜향이 창문 밖의 누군가를 쳐다보며 피식 웃더니 말했다.

"네놈들이 상대했던 예전의 본교와는 꽤나 달라질 것 같군."

'…!!'

이것이 그 찝찝함의 정체였다.

다그닥! 다그닥!

호남성 중북부의 유성 남동쪽 인근. 기마대로 보이는 삼천여 무리가 달리고 있었다. '무림연맹'이라 적힌 푸른 깃발들을 들고 있었고, 말에 꽂힌 수기에는 호남성을 상징하는 깃발들이 나부끼고 있었다. 선두에는 황색 갑주의 중년인이 있었는데, 호남성 무림연맹 지부의 지부장인 무장도 위지상이었다. 그리고 그 옆에 멋들어지게 수염을 기른 한 성골의 중년인이 있었는데, 그는 무림연맹의 제삼군사이자 제사장로를 역임하고 있는 백위향이었다. 그들은 혈교의 잔당들이 집결했다는 소식에 급히 남하하는 중이었다. 말을 타고 한참을 달리는데, 여러 군데에서 그들을 향해 다가오는 소수의 기마대가 보였다.

"멈추지 마라."

"충!"

한시가 급한 상황이기에 다가오는 기마대에도 호남성 지부의 무사들은 멈추지 않고 계속 말의 고삐를 다그쳤다. 말을 몰아서 선두로 다가온 무리 중 한 명이 포권을 취하며 말했다.

"귀주성 지부의 전령입니다."

다른 자들도 차례로 포권을 하며 인사했다.

"강서성 지부의 전령입니다."

"광동성 지부의 전령입니다."

그들은 다른 성에서 각각 파견되어온 무림연맹 지부의 전령들이었다.

무림연맹의 제삼군사 백위향이 물었다.

"위치들은?"

"귀주성 지부는 지금 의주를 지났습니다."

"강서성 지부는 지금 하주에 도달했습니다."

"저희 광동성 지부는 잠계 근방입니다."

그들의 보고에 무림연맹 제삼군사 백위향 장로가 못마땅하다는 표정으로 고개를 절레절레 흔들었다. 이에 호남성 지부장인 무장도 위지상이 말했다.

"운남성 지부 때문에 그러십니까?"

"제때 도착해야 하는데 전령이 늦어질 정도면 다른 지부들보다 늦어질 것 같구려."

"백 군사, 너무 심려치 마시지요. 네 개 지부의 전력만으로도 혈교를 수적으로 상회합니다. 오히려 운남성 지부가 복병이 될 수 있지 않겠습니까?"

"그리된다면 좋겠지요. 하나 혈교를 만만하게 볼 수 없소이다. 이참에 뿌리를 뽑으려면 압도적인 전력으로 밀어붙여야 하오."

군사라는 직책답게 대충 넘어가는 법이 없었다. 그때 어디선가 갈색 매 한 마리가 낙하하며 백위향 장로의 팔목에 착지했다. 백위향이 매의 발목에 매달린 통에서 전서를 빼 들었다. 그리고 둘둘 말려 있는 전서를 펴서 읽더니 인상을 찡그렸다.

"무슨 문제라도 생긴 겁니까?"

"관군을 움직이는 데 실패한 것 같소."

"그럼 혈교의 무리가 싸우는 것을 포기하고 퇴각했다는 말이군요. 그렇다면 천라지망(天羅地網)을 펼쳐 흩어지는 잔당들을…"

"아니오. 퇴각하지 않았소이다."

그 말에 호남성의 지부장 위지상이 의아해하며 물었다.

"그게 무슨 말입니까? 관군을 상대하지 않았는데, 퇴각을 하지 않았다는 겁니까?"

"혈교 놈들이 무슨 수를 썼는지 모르지만 관군이 물러나면서 광서성 지부의 전력만으로 싸운 것 같소."

"어찌 그런… 아아아."

호남성 지부장 위지상이 탄식을 내뱉었다. 혈교의 전력은 자그마치 만을 넘긴다고 들었다. 그렇다면 결과는 뻔했다. 위지상이 분노에 찬 목소리로 말했다.

"본 맹의 형제들 목숨을 놈들의 피로 갚아야겠습니다!"

복수를 다짐했다.

"한데 작은 문제가 있소."

"문제?"

"그들이 광서성 지부 무사들의 상당수를 포로로 잡은 것 같소."

"포로? 혈교 놈들이 말입니까?"

위지상은 이해되지 않았다. 그가 아는 혈교는 애초에 포로를 두지 않는 자들이었다. 자신들의 교리를 따르겠다고 항복하는 자들이 아니면 무차별적으로 죽이던 잔혹무도한 무리가 아니었던가.

"하! 이 간교한 놈들이 머리를 쓰는구나."

과거와 달리 세력이 약화된 잔당들이니 충분히 그럴 만도 하다는 생각이 들었다. 어쨌거나 포로를 잡았다면 어떻게 나올지는 자명했다. 꽤나 난처한 상황이었다.

"군사, 원래 계획과는 많이 틀어졌는데 괜찮겠습니까? 광서성 지부의 무사들이 인질로 붙잡혀 있다면 선불리 공격하는 것도…."

"그건 걱정하지 않아도 되오."

"그게 무슨 말씀이신지?"

"인질이 잡혔다고 해도 애초에 그들은 본 맹과 정도 무림을 위해 희생을 자처했소이다. 죽음을 각오한 숭고한 희생을 어찌 적들의 농간에 모욕되게 할 수 있겠소."

"교섭을 하지 않으실 겁니까?"

"교섭은 없소."

백위향 장로가 단호하게 의사를 밝혔다. 그 말은 포로의 생사를 전혀 개의치 않겠다는 소리였다.

"하나 그들도 본 맹의…."

"위지 지부장도 아실 것 아니오. 혈교 놈들은 절대로 약조를 지키지 않을 거요. 이십여 년 선에 그리 겪고도 모르겠소? 이 잠깐의 위기만 넘긴다면 놈들은 광서성 지부의 포로들을 풀어주는 게 아니라 어떤 식으로든 죽일 게 틀림없소."

그 말에 위지상의 얼굴이 굳었다. 백위향 장로의 말이 맞았다. 그들은 절대로 인질을 풀어주지 않을 것이다.

"…지당하신 말씀입니다. 마음이 약해져서 저들의 술수에 넘어갈 뻔했습니다."

"괜찮소이다. 형제들의 목숨이 걸려 있으니 누구라도 흔들릴 수 밖에 없는 상황이오. 하나 이 고결한 희생이 앞으로의 화근을 끊어줄 것이오."

그렇게 말하는 백위향 장로의 눈빛이 매섭게 반짝였다.

* * *

"와아아아아아아!!"

함성으로 가득한 광서성 무림연맹 지부의 본단 광장. 교인들의 사기가 들끓고 있었다. 그런 것과 달리 주위는 엉망진창이었다.

—이야, 완전 피바다로 만들어놨네. 어째 저쪽 전쟁터보다 더 심하냐?

혀를 내두르는 소담검의 말이 절로 이해됐다. 내가 평야에서 치렀던 전투보다 이곳은 더 격렬했던 것 같다. 시신들의 절반 이상이 멀쩡하지 않았고 대개가 으깨지거나 토막이 나거나 눈 뜨고 보기 힘들 지경이었다. 그야말로 아수라장 그 자체였다.

'이게 혈교 본연의 모습인가.'

존자들과 혈성들로 이루어진 혈교 최고수들이 만들어낸 피의 향연이었다. 피에 젖은 그들의 섬뜩한 모습에 포로가 된 광서성 무림연맹 지부의 무사들은 새하얗게 질려서 아무 말도 하지 못했다.

—재들 잘 통제할 수 있겠어?

소담검의 물음에 나는 존성들을 하나하나 바라보았다. 아홉 명이 능히 천 명의 무림인들을 감당할 만큼 최고의 고수들이었다.

'감당해야지.'

이 거대한 혈교를 어떻게 다루느냐에 따라 앞으로 벌어질 역사도, 그리고 혈교가 가지고 있던 피의 고리도 끊을 수 있게 된다.

—운휘 너라면 할 수 있을 거다. 전 주인께서도 검은 사람을 죽이기 위해 만들어진 무기이지만 사람을 보호하기 위해 쓰이기도 한다고 하셨다.

그래, 남천철검 네 말이 맞다. 모든 것은 나에게 달렸다. 그나저나 수장을 비롯해 어지간하면 드세게 반항하는 자들을 제외하고는 목숨을 거두지 말라고 했는데, 몇 명 정도 살아남은 거지?

—얼추 삼백 명 정도 되는 것 같다, 운휘.

그럼 이쪽 포로들과 합치면 대략 천오백 명 정도인가. 광서성 지부의 전력이 삼천 명이었는데, 그들 중에 절반을 살려서 포로로 확보한 셈이었다.

[그 일은 어찌 되었느냐?]

해악천의 전음이 귓가를 울렸다. 본단 건물로 올라가는 계단에 위풍당당하게 서 있는 모습이 보였다. 오랜만에 제대로 피를 봐서 그런지 스승님도 흥분된 기색이 역력했다.

[당분간 관과 엮일 일은 없을 겁니다.]

[성공했구나. 클클. 고생했다.]

스승님인 해악천이 씨익 웃으며 나를 칭찬했다. 물론 칭찬받을 만했다. 여기서 관과 엮인다면 회귀 전과 마찬가지로 혈교는 개파를 거행했어도 여전히 점조직으로 활동했어야 했을 테니 말이다.

'흠.'

그나저나 계획을 수정해야겠다.

—무슨 계획?

원래 이곳을 탈환하여 혈교의 근거지로 써야겠다고 생각했다. 그런데 이렇게 사방이 피에 절어서야 두 다리를 쭉 펴고 자겠는가?

—왜 원혼들이 달려들기라도 할까 봐?

그냥 찝찝한 것뿐이다. 피는 닦아도 잘 지워지지 않는다고.

—유난 떨기는. 쯧쯧.

빈정대지 마라, 혈마검. 저도 장인어른한테 당하고 나서는 보고 싶지 않다며 생떼를 부려놓고선.

—크흠.

그 말에 혈마검이 헛기침을 하면서 입을 닫았다. 부끄러운 줄은 아나 보네.

아무튼 찝찝하기도 했지만 어차피 이곳 무림연맹 지부의 본단이 수용할 수 있는 인원보다 우리 인원이 훨씬 많기 때문에 어떤 식으로든 혈교 본단을 만들 수밖에 없었다.

'…무림연맹처럼 성의 형태를 갖춰야 해.'

그래야 적의 침공에 대비하기가 수월해진다.

—저기 봐.

본단 건물의 문에서 누군가 걸어 나왔다. 바로 백혜향이었다. 다른 존성들과 마찬가지로 피로 얼룩진 그녀의 손에는 한 중년인의 머리채가 잡혀 있었다.

"클클클. 오자서 이놈, 오랜만이구나."

입구 앞을 지키고 있던 해악천이 그를 알아보았다. 오자서라면 이곳 무림연맹의 지부장이었다. 광서성 최고의 검객이라 불리는 자였는데, 어찌 보면 운남성의 패자였던 남천검객과 같은 시대를 걸어왔던 고수였다. 그런 자가 백혜향의 손에 저렇게 치욕스럽게 끌려오다니. 아마 본인은 죽고 싶을 것이다.

[고생했다.]

[어쭈. 이젠 말 놓는 게 자연스럽다.]

말은 그렇게 하면서도 별로 기분 나쁘지 않은지 백혜향이 나를 보면서 피식 웃었다. 피에 젖어서 웃는 모습이 어울리는 여자는 오직 그녀뿐일 것이다.

그때 누군가 내 옆구리를 살짝 건드렸다. 사마영이었다.

[다른 여자한테 눈웃음 보이지 마세요. 흥.]

…내가 눈웃음을 보였나?

—조심해라. 장인 손에 훅 가기 싫으면.

소담검의 말에 나도 모르게 흠칫했다.

—훅 가기는 뭐가. 자고로 대혈교의 혈마 정도 되면 삼처사첩 정도는 거느려야 위신이 서지.

—그럼 운휘는 그 미친 장인 손에 여섯 번은 갈리겠지.

제발 살 떨리는 소리들 좀 하지 마라. 그러는 사이, 백혜향이 오자서의 머리채를 잡고 내 앞까지 질질 끌고 와서 강제로 무릎을 꿇렸다. 억지로 고개가 들려 나를 바라보는 오자서의 눈동자가 떨리고 있었다. 악귀 가면의 효과가 참 좋은 것 같았다. 원래 사람은 알 수 없는 존재로부터 두려움과 공포심을 느낀다고 하지 않나.

타타타탁! 백혜향이 오자서의 혈도를 타격하자 놈의 입술이 들썩였다. 점혈로 아혈을 점해놓았던 것 같다. 오자서가 떨리는 목소리로 내게 말했다.

"네놈이 새로운 혈마인가?"

목소리를 살짝 굵게 변조하고서는 말했다.

"그렇다."

나를 노려보던 놈이 목을 위로 들어 올리며 결의에 찬 목소리로 말했다.

"나를 살려 치욕을 안기지 말고 죽여라."

제법 강단이 있는 자였다. 죽음을 두려워하지 않는 것을 보면 말이다. 하긴 정도 무림에 있어서 광서성의 일인자가 무너졌으니 삶에 애착 같은 것이 있을 리가 만무했다.

"그럴 일은 없을 것 같군. 그대는 방패막이가 되어줄 소중한 장기말이니까."

그런 나의 말에 오자서의 눈매가 가늘어졌다.

"…네놈 정말 혈마가 맞는 것이냐?"

상단전을 개방하지 않아서 믿지 않는 건가? 굳이 이 녀석에게 확인시켜주려고 상단전을 개방하는 것도 피곤한 일이다. 의아해하고 있는데 놈이 말했다.

"…상관없다. 어차피 네놈이 혈마든 아니든 우리를 인질로 삼아봐야 방패막이는커녕 아무것도 할 수 없을 거다."

"쉽게 단정 짓는군."

"작은 불씨를 내버려두면 초가를 태우기 마련이지. 본 맹은 과거와 같은 우를 범하지 않는다. 설령 우리를 인질로 삼는다고 해도 달라질 건 없다."

"희생도 불사하겠다는 것인가?"

"우리의 희생으로 앞으로 다가올 모든 화를 잠재울 수 있다면 가치는 충분하다!"

강하게 나오는군. 이게 정파의 장점이자 극명한 단점이다. 정의 혹은 협의라는 명분하에 희생조차 숭고하게 포장하는 것.

"참으로 존경스럽군."

그런 나의 말에 오자서가 콧방귀를 뀌었다. 이에 나는 뒤에 있는 포로들을 고갯짓으로 가리키며 말했다.

"과연 저 뒤에 있는 연맹의 무사들도 그대와 마찬가지로 자신들의 죽음을 숭고하게 여길까?"

"자랑스러운 연맹의 무사들을 욕보이지 마라. 그들도 나와 마찬가지로 정의를 위해 죽음을 받아들일 준비가…."

"그랬다면 패배했을 때 진즉에 목숨을 끊었겠지."

그 말에 오자서가 인상을 찡그리며 포로들을 쳐다보았다. 무림연맹 무사들 중 일부가 오열을 터뜨리며 살려달라는 말을 연신 내뱉고 있었다.

오자서가 노기에 찬 목소리로 내게 말했다.

"저들에게 무슨 짓을 한 것이냐?"

이에 나는 빙그레 웃으며 말했다.

"아무 짓도 안 했다. 그저 저들을 떠나보내고 남을 식솔들의 슬픔을 상기시켜줬을 뿐이다."

"슬픔을 상기시켜?"

나는 뒷짐을 지고서 우수에 젖은 목소리로 말했다.

"희생이랍시고 죽고 나면 남은 식솔들이 과연 편안하게 살 수 있을 거라 생각하나? 아비를 떠나보낸 자식, 남편의 부고를 들은 아내, 아들을 잃은 어머니와 아버지…."

그런 나의 말에 화를 내던 오자서의 얼굴이 멍해졌다. 내가 식솔들로 협박이라도 했을 거라 여겼나. 그런 단순한 전법은 쓰지 않는다. 나는 무릎을 살짝 구부리며 그와 눈높이를 맞추고서 안타깝다는 듯이 말했다.

"오자서, 그대도 마찬가지가 아닌가."

"이런 식으로 감정을 흔든다고 내가…."

"감정을 흔들어? 아니, 그저 현실을 상기시켜주는 것뿐이다."

"현실을 상기시켜?"

"그대를 기다리던 아내는 피로 젖은 옷자락을 끌어안고 오열을 하겠지. 아들일지 딸일지는 모르겠지만 그 자식도 아비의 죽음에 슬퍼하다 못해 그 눈물이 점점 메말라가며 차갑게 마음이 식어가겠지."

놈이 입술을 질끈 깨물었다. 감정적으로 흔들리는 것을 참으려는 모양이다. 그런 그에게 나는 말했다.

"본 혈마도 그 슬픔을 잘 알고 있지. 그렇기에 쓸데없는 희생을 없애 이 증오의 연쇄를 끊고 싶은 거다. 그대의 남은 가족들이 슬픔과 분노로 하루하루를 살아가는 것만큼 안타까운 일이 있을까?"

"네놈… 이런 식으로…."

뭔가 울컥했는지 오자서의 눈시울이 살짝 붉어졌다. 나는 그런 그의 귓가에 대고 악마의 속삭임처럼 부드럽게 말했다.

"치욕이니 정의니 그딴 건 생각하지 마라. 그저 살고 싶다는 말 한마디면 된다. 하면 그대의 식솔들과 여생을 보낼 수 있다."

이런 나를 백혜향이 기가 찬다는 듯이 쳐다보고 있었다. 강압적이지 않은 방법은 처음 보나? 연기가 첩자의 기본 기술이라 한다면 상대의 감정을 움직여 정보를 캐내거나 혼란을 주는 것은 첩자의 고급 기술이다.

* * *

일존 파혈검제 단위강이 백혜향처럼 기가 찬다는 표정을 지었다. 당대 혈마를 제외하고도 전대 혈마와 전전대 혈마를 모셔왔지만 저런 자는 처음이었다. 전대 혈마나 백혜향만 되었어도 저런 번거로운 짓을 하지 않고 이들을 인질 삼아 적들에게 선불리 움직이지 말라고 통보하는 것으로 끝냈을 것이다.

'…도통 이해할 수 없구나.'

저들에게 살고 싶다는 욕망을 불어넣어서 뭘 어찌하겠단 말인가. 단위강이 해악천에게 전음을 보냈다.

[기기괴괴, 자네… 대체 혈마에게 뭘 가르친 건가?]

그가 스승이라는 사실은 모두가 알고 있는 바였다. 그런 단위강의 물음에 해악천이 어깨를 으쓱하며 전음을 보냈다.

[난들 아나.]

[스승이 제자를 모른다는 게 말이 되나?]

그런 그의 말에 해악천은 육혈곡에서 진운휘를 처음 만났을 때를 떠올렸다. 어지간하면 자신에게 위축되어 아무 말도 못 할 만한데, 건방지게 협상하려 들던 모습을 말이다. 해악천이 피식 웃으며 전음을 보냈다.

[클클. 이거 하나는 얘기해줄 수 있다.]

[그게 뭐지?]

[내 제자로 들어오기 전부터 혀 놀림이 예사롭지 않았지.]

[…?!]

* * *

그로부터 사흘이 지났다.

각 성에서 출정을 나온 무림연맹의 여러 지부들이 점차 가까워지고 있었다. 이미 각 지부의 전력들이 광서성 무림연맹이 있는 영종하까지 하루 하고도 반나절이 채 남지 않은 거리까지 도달했다. 무림연맹 제삼군사인 백위향 장로는 사전에 여론을 조장하기 위해 영종하와 령산 주변으로 사람들을 파견했다. 그들은 혈교 토벌의 당위성을 소문낼 것이다. 인질로 사로잡힌 광서성 무림연맹 지부의 요청으로 각 연맹의 지부에서 피눈물을 머금으며 악독한 혈교와 비장하게 싸우는 것으로 말이다. 그리된다면 중원 사람들과 무림인들은 광서성 무림연맹 지부의 희생에 눈물을 흘릴 것이고, 형제들의 고결한 희생을 참아가며 싸우게 될 연맹의 각 지부를 찬양할 것이다.

다그닥! 다그닥! 한참을 달리고 있는데 여러 곳에서 파견을 보낸 여론 조장꾼들이 보였다.

'뭐지?'

백위향 장로는 의아함을 감추지 못했다. 보낸 지 고작 몇 시진도 되지 않아 돌아오고 있었다. 인근에 있는 모든 현과 부의 크고 작은 마을에 소문을 내려면 꽤나 시간이 걸릴 터인데 말이다.

"군사!"

가장 먼저 도착한 이가 심각한 얼굴로 보고했다.

"왜 벌써 온 게냐?"

"무, 문제가 생겼습니다!"

"무엇이 문제라는 게야?"

연맹의 호남성 지부장 위지상도 궁금했는지 물었다. 이에 파견을 다녀온 이가 말했다.

"각 현과 부의 크고 작은 마을에 무림연맹이 살아남은 광서성 지부의 포로들을 살리기 위해 혈교와 협상하러 오고 있다는 소문이 파다하게 퍼졌습니다!"

"뭐엇!"

무림연맹 제삼군사 백위향과 호남성 지부장 위지상은 전혀 예상치 못한 상황에 난감함을 금치 못했다. 그들이 원래 알고 있던 혈교는 여론전을 펼치더라도 자신들에게 타당성을 부여하는 정도에 그치는데, 설마 이런 식으로 뒤통수를 칠 줄은 몰랐다.

"협상이라니…. 군사, 이렇게 되면 우리가 저들을 쳤다간 포로가 된 인질을 버리게 되는 꼴이 아닙니까?"

가장 큰 문제는 바로 이 점이었다. 자신들은 정의와 협의를 내세운 정도 무림의 연맹이었다. 여론이 조장되지 않았으면 모를까, 이 상태에서 포로를 포기하고 혈교를 공격한다면 정파로서의 명예를 더럽히게 된다.

"허를 찔렸군."

백위향 장로가 혀를 찼다. 정파이기에 가지는 약점을 제대로 찔린 셈이었다. 당혹스러움도 잠시였고 군사라는 직책답게 백위향은 고민에 빠졌다. 그런 그에게 호남성 지부장 위지상이 물었다.

"이를 어찌하면 좋겠습니까, 군사? 이대로 저들을 공격한다면 무림의 동도들이 본 맹을 비난할 게 틀림없습니다."

"그렇겠지요. 하나 저들의 뜻대로 움직이는 것도 우습게 보이기는 마찬가지지요."

그들에게는 진퇴양난의 상황이 되어버렸다. 그렇다고 포로를 선택한다면 초기 속도전을 통해 혈교의 싹을 사전에 멸하려던 계획이 무산되고 만다. 향후 이것이 미칠 영향은 상상조차 어려울 것이다. 장기전으로 끌고 간다면 다시 이십여 년 전의 정사 대전 구도가 될지도 모른다.

"그보다 걸리는 것이 있소."

"걸리는 것? 그게 무엇이오?"

"…아무래도 전의 혈교와는 다른 것 같소이다."

"다르다니요? 지금 하는 짓만 봐도 포로들을 잡아서는 온갖 술수를…."

"결이 다르오."

"그게 무슨 말인지…."

"이것만으로 아직 확신하기는 이르니, 이 이야기는 차후에 나누도록 합시다."

"하면 어찌 대처하실 요량인지?"

호남성의 지부장 위지상의 물음에 백위향 장로가 입꼬리를 비릿하게 올리며 말했다.

"인질들은 살아 있어야 그 가치가 있는 법이 아니오."

그 말에 위지상의 인상이 한순간 굳어졌다.

* * *

"소, 송구합니다. 노부의 의술 실력이 미천하여 뇌에 미친 독은 어찌 해독해볼 방도가 없는 것 같습니다."

"허어…."

노의원의 말에 난마도제 서갈마가 탄식을 내뱉었다. 그뿐만이 아니라 대전 회의실에 있는 일부 존성들도 비슷한 반응이었다. 전대 교주의 여식인 백련하가 아직도 뇌까지 스며든 독으로 인해 정신을 차리지 못하고 있었다. 혈사왕, 아니 혈주 구제양의 독은 가히 독보적이었다. 용하다는 의원들이나 독을 다루는 약사들이 와도 해독할 방도를 찾지 못하고 있었다.

"그자는 아직 입을 열지 않았나?"

나의 물음에 구제양의 심문을 맡았던 삼혈성 혈살귀 양전이 자리에서 일어나 고개를 숙이며 송구하다는 듯이 말했다.

"고문의 강도를 높이고 있으나 입이 무겁습니다."

정말 독한 인간이다. 사실 그에게 환의안을 통해 금안의 사내를 환상으로 보여주는 방법을 썼었다. 무악 때 한번 써먹은 적이 있어서 통할지도 모른다고 여겼는데, 놈은 단전을 파훼했는데도 환의안이 통하지 않았다. 독인이 되기 위해 수많은 독초와 약재를 먹은 것 때문에 그런 것인지는 몰라도 환의안이 먹히지 않으니 도통 입을 열 방법이 없었다.

'놈이 고문을 이기지 못하고 입을 열거나 만사신의를 찾는 것 이외에는 방법이 없는 건가.'

현재로서 구제양의 독을 해독할 수 있는 의술을 가진 자는 오직 만사신의뿐이었다. 만사신의가 마지막으로 행적을 보였다는 절강성 쪽에 사람을 보냈다. 하지만 워낙 거리가 있어서 설사 설득이 된다고 해도 왕복하는 데만 족히 한 달은 걸릴 것이다. 그 안에 백련하의 상태가 나빠지지 않게 해독 효과가 있는 약재들이나 진기로 뇌를 보호하는 것 이외에는 방도가 없었다.

—백련하 개도 참 딱하다, 딱해.

소담검 녀석의 말에 나도 안타깝다는 생각이 들었다. 어쩌다 구제양의 꾐에 넘어갔는지는 모르지만 이렇게 적의 손에 휘둘리다 목숨을 잃는다면 얼마나 한이 되겠는가.

그때 존성들 중에 누군가가 말했다.

"이 문제는 당장 어찌할 수 없으니 급한 안건으로 넘어가도록 하지요."

"일혈성!"

그는 일혈성 뇌혈검 장룡이었다. 애초에 백련하의 지지자가 아니었기 때문인지 그는 백련하의 안위에 그다지 관심이 없었다. 그런 그의 태도 때문인지 이존 서갈마를 비롯해 일부 혈성들도 심기가 불편해졌다. 물론 그들은 백련하를 지지했던 이들이었다. 일혈성 장룡은 그런 것에 전혀 아랑곳하지 않고 내게 말했다.

"혈마이시여, 적들이 하루 하고도 반나절이면 도착할 거리입니다. 대책을 세워야 합니다."

그런 그의 말에 스승님인 기기괴괴 해악천이 눈썹을 치켜올리며 말했다.

"어이, 일혈성, 이미 포로 문제로 놈들과 교섭하여 시간을 벌기로 계획했는데 무슨 대책을 또 마련한단 말이냐?"

그런 해악천의 말에 일혈성 장룡이 코웃음을 치며 말했다.

"…성공하리라 보십니까, 사존?"

"뭐야?"

해악천의 얼굴에서 웃음기가 사라졌다. 이십여 년 동안이나 떨어져 있었다고 스승님의 별호나 성정을 잊은 건가?

"이…."

스승님의 인상이 험악해져서 한 소리 하려는데, 그에 앞서 일존 단위강이 먼저 물었다.

"그럼 자넨 실패할 거라 보나?"

그 물음에 일혈성 장룡이 확답을 내리듯이 말했다.

"그렇습니다."

주위의 분위기가 다소 싸늘해졌다. 그도 그럴 것이 이번 일을 주도한 것은 나였다. 그런데 그것이 실패할 거라고 확답 내리는 것은 나의 의견에 정면으로 반하는 행동이었다.

—어지간히 마음에 들지 않나 보다.

소담검의 말대로였다.

관군을 떼어놓는 것부터 성동격서의 책략이 성공하면서 대부분의 존성들이 후에 있을 인질 교섭 건까지 찬성했었다. 하나 대놓고 이를 반대한 이가 바로 일혈성 장룡이었다. 그는 며칠 전에도 어차피 무림연맹과 교섭하는 것은 무의미한 일이라며 피의 교리를 따르지 않는 자들을 전부 처형하라 주장했었다.

"혈마의 의사에 반하는…."

사혈성 도장호가 그에게 뭔가를 말하려 했는데 내가 손을 들었다. 잠시 멈추라는 신호였다. 그리고 그에게 말했다.

"실패할 거라 보는 이유는 뭐지?"

탁! 그런 나의 물음에 일혈성 장룡이 자신만만하게 회의실 탁자에 무언가를 올려놓았다. 그것은 선서구로 보이는 돌돌 말린 여러 통의 서신들과 암호가 적힌 비밀문서들이었다. 이를 존성들이 가져가 하나하나 읽어보았다. 호위대주 노성구가 석좌에 앉아 있는 내게 그것들의 일부를 갖다 줬다.

'이건….'

안에는 꽤나 중요한 정보들이 적혀 있었다. 지금 이곳으로 몰려오고 있는 무림연맹의 각 지부들끼리 주고받는 서신들과 내부에 있는 첩자로부터 온 정보들이었다.

—이걸 어떻게 얻었대?

보이는 그대로겠지. 내부에 심어놓은 첩자일 거다. 백련하 쪽보다도 오랜 세월에 걸쳐 무림연맹과 각 지부에 첩자를 심어놓은 것이 백혜향 측이다. 정보의 질 자체가 다르리라 본다.

일혈성 장룡이 말했다.

"보시다시피 저희 쪽에서 여론을 조장했음에도 무림연맹에서는 아랑곳하지 않고 본교와 전쟁을 벌이려 하고 있습니다."

그의 말대로였다. 놈들이 주고받은 전서의 내용은 이러했다. 각 지부에서 어떻게 할지 물어보는 전서를 보냈다면, 이들을 통솔하는 호남성 지부 쪽에서는 변하는 것은 없으니 이곳으로 진격을 멈추지 말라고 적혀 있었다.

"가볍게 볼 일이 아니군요."

"이게 사실이라면 당초 계획과는 어긋났다고 볼 수 있겠구려."

혈성들의 일부가 술렁였다. 확실히 이 전서들대로라면 무림연맹이 자신들의 명예마저 포기하고서 강경하게 나온다고밖에 볼 수가 없었다. 그때 해악천이 못마땅하다는 목소리로 말했다.

"흥! 그게 만약 정보 교란책이라면 어쩌려고 그러는 게냐?"

일리가 있었다. 전시에 첩자들을 활용해 가짜 정보를 흘려 혼선을 주는 것은 흔한 일이다. 만약 일혈성 장룡이 얻은 정보가 그런 류에 속한다면 선불리 적의 속셈에 넘어가는 것이 된다.

장룡이 무거워진 목소리로 말했다.

"전서들과 각 지부에 파견된 첩자들의 정보가 일치합니다. 놈들이 여론을 조금이라도 의식한다면 이것을 수습하는 데 집중했을 겁니다. 하나 이미 각 부와 현에 파견했던 자들도 돌렸다고 합니다. 그건 어찌 설명하실 겁니까?"

"그건…."

"만약 제 말이 사실이라면 자그마치 이만에 가까운 무림연맹 지부의 전력과 전면전을 치러야 합니다."

정확히는 만 팔천여 명이다. 절대 가볍게 볼 수 없는 숫자였다. 전력 면에서 거의 두 배에 가까웠다. 설사 이쪽에 벽을 넘어선 일존 파혈검제 단위강과 그에 버금가는 내가 있다고 한들 수적으로 너무 압도적이기에 어떤 변수나 결과가 생길지 예측하기 힘들었다.

일존 단위강이 입을 열었다.

"하면 자네의 의견을 말해보게."

"간단합니다. 지금이라도 포로들 중에 항복하고 입교하는 자를 제외하고는 전부 처형하시죠. 그리고 적들이 이곳에 당도하기 전에 뿔뿔이 흩어져 원래의 점조직 형태로 혈교를 운영해가야 합니다."

"점조직?"

"어차피 전력 대결 구조로 가기에는 아직 본교와 무림연맹의 전력 격차가 꽤 큽니다."

그건 부정할 수 없었다. 이곳에 모이지 않고 중원 곳곳에 퍼져 있는 본교의 전력을 전부 끌어모아도 만 육천이 채 되지 않는 것으로 알고 있다. 단일 문파로는 무쌍성 다음으로 최고 규모이지만 여전히 무림연맹에는 미치지 못한다.

"지금처럼 오히려 어설프게 한곳에 모여 있으면 무림연맹과 전면전 형태로 가게 될 겁니다. 확실한 대책이 없다면 점조직으로 가야 합니다."

그 말에 일리가 있다고 여겼는지 몇몇 혈성들이 고개를 끄덕였다. 스승님인 해악천도 마땅한 반박거리가 떠오르지 않는지, 인상을 쓰고서 일혈성 장룡을 쳐다보기만 했다.

'흠.'

나는 회귀 전에 혈교가 계속 점조직으로 운영되던 것이 그저 관이 끼어들면서 그런 사태가 되었다고 여겼는데 꼭 그런 것만도 아닌 모양이었다. 애초에 그리될 수밖에 없는 구조였던 것 같다. 일혈성 장룡이 득의양양하게 미소를 짓고는 말했다.

"아직 혈마께서는 젊으십니다. 살아온 세월이 짧고 경험이 적을수록 누구나 실수를 겪을 수밖에 없지요. 하나 혈마께서는 본교의 일인자이십니다. 그 결정 하나하나가 본교의 수많은 교인들의 운명 또한 결정합니다. 괜한 고집으로 이십여 년 동안 쌓아온 본교의 노력을 수포로 만들지 마시고 부디 현명한 선택으로 본교를 이끌어주시지요."

말인즉 반박할 것이 없다면 자신의 의견을 따르라, 라는 소리였다. 이에 나는 단호하게 말했다.

"교섭은 끝까지 진행한다."

'…?!'

그 말에 일혈성 장룡의 표정이 일그러졌다. 내가 끝까지 의견을 관철할 거라 생각지 못했나 보다. 그가 벌떡 일어나 말했다.

"그러다 적들과 전면전을 치르기라도 하면 어쩌려고 그러십니까? 그 사태를 감당하실 수 있겠습니까?"

그런 그에게 나는 빙그레 웃으며 말했다.

"일혈성, 나와 내기 하나 할까?"

"내기?"

그런 나의 말에 일혈성 장룡의 눈매가 가늘어졌다. 안 그래도 날카로운 눈매였는데 저리 뜨니 실눈처럼 보였다. 반면 스승님인 해악천은 내 입에서 내기라는 말이 나오자 고개를 절레절레 흔들었다. 장룡이 영문을 몰라 하다 내게 말했다.

"무슨 내기를 하자는 것인지?"

"만약 무림연맹과의 교섭에 실패한다면 그대가 원하는 것을 무엇이든 들어주마."

그 말에 일혈성 장룡의 눈빛이 먹이를 노리는 뱀처럼 반짝였다. 이런 기회가 쉽게 오는 것은 아닐 테니 당연하겠지.

"무엇이든 말입니까?"

"무엇이든!"

내 입에서 그 말이 나오자 녀석이 입꼬리가 올라가서 말했다. 달콤한 무언가를 떠올렸나 보다.

"혈마께서 그리 자신 있게 말씀하시니 어쩔 수가 없군요."

마지못해 받아들이는 척하는 그였다. 나는 그런 그에게 성공의 대가를 알려주었다.

"단, 교섭에 성공한다면 정식으로 치러질 교주 즉위식에서 여기 호위대주의 부친을 해한 것에 대해 모든 교인들 앞에서 석고대죄하고, 일혈성 그대가 운영하던 화월상단을 통해 축적한 부의 삼 할을 넘기도록 해라."

'…!!'

그 말에 방금 전까지 웃고 있던 일혈성 장룡의 얼굴이 순식간에 굳었다. 반면 호위대주 노성구는 깜짝 놀라 떨리는 눈으로 나를 쳐다보았다. 억울하게 죽은 부친의 한을 갚아주겠다고 했는데 잊을 리가 있나.

* * *

그날 밤 모두가 잠든 새벽 무렵.

혈교인의 복장을 한 사내가 교대를 가장해 조심스럽게 건물 안으로 들어왔다. 이곳은 광서성 무림연맹 지부의 포로들을 수감시켜놓은 곳이었다.

'멍청한 놈들, 포로들을 이렇게 한곳에 모아놓다니.'

자그마치 천오백여 명이나 되는 자들을 아무리 크다고 해도 한 건물에 쓸어 넣을 줄은 몰랐다. 하긴 자신들의 근거지도 아니고 포로로 붙잡은 자들을 여기저기 분산시켜놓는 것도 우습기는 했다. 어차피 이렇게 모여 있는 것이 자신에게도 좋은 일이었다. 주위를 둘러보던 사내가 누군가를 찾아냈다.

'오자서!'

그는 광서성 무림연맹의 지부장 오자서였다. 그가 눈을 감고 있는 오자서에게 조용히 다가갔다.

[지부장님, 지부장님!]

전음에 잠을 자고 있던 오자서가 깨어났다. 그를 깨운 사내는 오자서에게 제삼군사의 명을 전달했다.

[…분들의 희생이 없으면 물러나야 할 상황입니다. 지부장님과 남은 광서성 지부 형제들의 결단이 필요합니다.]

"아아아…."

이를 듣고서 굳은 얼굴로 있던 오자서가 결국 고개를 끄덕이더니, 잠들어 있던 모든 연맹의 무사들에게 서로를 깨우도록 했다. 오자서는 첩자에게 들은 이야기를 전달하고, 이내 그 자신이 선두가 되어 혀를 깨물었다. 다른 연맹의 포로들 또한 그를 따라서 혀를 깨물었다.

'혈교 놈들의 피로 여러분들의 희생을 달래겠습니다.'

혀를 깨물고 죽어가는 수많은 연맹의 형제들을 보며 제삼군사의 첩자가 눈물을 머금고서 포권을 취하며 그들의 대의를 위한 희생에 감사를 표했다. 그리고 그는 조용히 경비들을 피해서 건물 밖으로 빠져나갔다.

첩자가 사라지고 얼마 있지 않아, 건물 안에서 진운휘가 조용히 걸이 니의 피식 웃었다.

"보이는 게 다가 아니지."

* * *

날이 밝았다.

오후 무렵이 되어서 영종하의 광서성 무림연맹 본단 근방으로 다섯 깃발을 든 무림연맹의 각 지부 전력들이 모여들었다. 운남성, 호남성, 강서성, 귀주성, 광동성 등의 전력이 모였다. 그 숫자만 자그마치 만 팔천오백 명이었다. 어떻게든 혈교가 제대로 일어나기 전에 멸하자는 일념하에 모여든 각 지부 무림인들의 전의는 최고조로 치솟아 있었다. 오와 열을 맞춰서 군의 장병들처럼 서 있는 각 지부의 무사들. 그들 앞으로 연맹의 각 지부장과 여러 문파, 방파 들의 문주, 방주 들이 장군과 장수처럼 서 있었다.

웅성웅성! 몇 리 정도 떨어진 곳에서 인근 마을 사람들이 몰려왔다. 무림인들끼리 벌이는 전쟁이라기에 각 현의 현령부터 많은 관인들이 몰려와 마찬가지로 지켜보고 있었다. 판이 커질 대로 커진 상태였다.

'혈교 놈들아, 아무리 네놈들이 머리를 쓴다고 해도 이 백위향을 이길 수 있을 것 같았더냐? 전략과 병법이란 바로 이런 것이다.'

무대가 마련되었으니 이제 연극을 시작해야 한다. 무림연맹의 제삼군사 백위향 장로가 검을 높게 치켜들고서 소리쳤다.

"원래 우리는 광서성의 형제들을 구하기 위해 이곳까지 왔다. 그러나 이제 사정이 달라졌다. 어젯밤 우리 형제들이 저들의 고문과 모욕을 이기지 못해 죽었다고 한다."

내공을 실은 그의 목소리는 멀리까지 퍼져 나갔다. 마치 이를 구경하러 온 모든 사람들이 들으라는 듯이 말이다.

"형제들을 위해 교섭을 시도하려 했던 우리를 사악한 혈교 놈들이 욕보였다. 본 연맹의 형제들이여, 병장기를 들어라! 오늘 저 간교한 악을 쓰러뜨리지 못하면 무림의 정의가…."

'…?!'

그때 백위향이 뒷말을 잇지 못했다. 광서성 무림연맹 본단의 대문이 열리더니 다섯 열로 줄줄이 나오는 자들을 보며 그는 당혹감을 감추지 못했다. 그들은 다름 아닌 광서성 무림연맹 지부의 포로들이었다.

'이게 어찌 된 일이야? 저자는….'

선두에서 광서성 지부장 오자서가 밧줄에 포박되어 걸어 나오고 있었다. 각 지부의 무림연맹 사람들도 혼란스러웠는지 술렁였다. 웅성웅성!

"살아 있잖아?"

"방금 전에 저들 모두 죽었다고 했는데…."

주위의 수군거리는 소리에 백위향 장로가 어처구니없다는 듯이 옆에 서 있는 한 사내를 노려보았다. 그는 어젯밤 혈교에 함락된 광서성 무림연맹에 침입했던 첩자였다.

"그, 그럴 리가 없습니다. 제 눈으로 똑똑히 봤습니다. 저들 모두가 제 앞에서 혀를 깨물고 자결을 했습니다."

믿기지 않는 일이었다. 어젯밤 바로 눈앞에서 죽은 자들이 한 사람도 남김없이 살아 있었다. 귀신이 곡할 노릇이었다.

"…네놈이 본 군사를 기만해."

"거, 거짓말이 아닙니다, 군사. 믿어주십쇼!"

바닥에 납작 엎드려서 외치는 사내를 보며 무림연맹의 제삼군사 백위향 장로는 분노로 속이 들끓었다. 그가 보았든 보지 않았든 광서성 지부의 포로들은 살아 있었다. 희생을 자처했던 광서성 지부장 오자서에 부지부장 곽칠까지 목숨을 부지하고 있었다.

'대체 어찌 된 거지?'

도통 영문을 알 수가 없었다. 첩자로 갔던 자의 반응을 보면 혈교와 내통한 것 같지도 않았다. 억장이 무너지듯 얼굴까지 새빨개져서 해명하려는 모습이 오히려 속은 것 같았다.

'설마 광서성 지부 놈들이 도운 것인가?'

천오백여 명이나 되는 저 많은 포로들이 죽는 척하며 속인다는 것은 아무리 생각해도 말이 되지 않았다. 영문이야 어찌 되었든 선제공격을 하기 어려워졌다.

"군사! 정말…."

"조용히 해라."

백위향 장로가 조용히 그를 다그쳤다. 여기서 더 떠들면 뒤에서 공작한 것이 대놓고 표출되지 않는가. 마음 같아서는 첩자로 들어간 이 녀석을 당장에 베어버리고 싶었으나, 보는 눈이 많으니 그럴 수가 없었다.

'지부 것들 중에서 쓸 만한 놈들이 없군. 쯧쯧.'

정보 조작과 첩보전을 통해 혈교를 흔들려던 계획이 모두 수포로 돌아갔다. 아니, 오히려 자신의 꼴이 우스꽝스럽게 되었다. 자신만만하게 포로들이 죽었다고 공표하면서 사기를 돋우고 있는데, 이게 무슨 망신이란 말인가.

'…둘 중 하나인가.'

이 상황에서 선택할 수 있는 것은 두 가지뿐이었다. 처음 맹의 위신과 같은 연맹의 형제들을 보호하려 한다는 말을 지키기 위해 혈교와의 교섭에 응하든가, 혹은 모든 것을 불사하고 싸우든가. 하나 후자는 사실상 힘들었다. 보는 눈이 너무 많았다.

'별수 없군.'

일단 교섭에 응하는 그림을 그려야 했다. 백위향이 백팔십도 표정을 바꾸더니 기쁘다는 목소리로 소리쳤다.

"기뻐하라. 본 맹의 형제들이 살아 있다! 맹의 군사로서 어떻게든 그들을 반드시 되찾겠다!"

그야말로 위선 그 자체였다.

호남성의 지부장 위지상이 우려의 목소리로 전음을 보냈다.

[군사, 정말 교섭에 응하시려는 겁니까?]

이에 백위향이 비릿하게 웃으며 답했다.

[포로만 되찾으면 교섭이야 얼마든지 뒤집을 수 있소.]

* * *

—야, 기분 어때?

소담검의 물음에 뭐라고 답해야 할지 모르겠다.

높으신 분들이 탄다는 사인교(四人轎)를 타보는 것은 난생처음이었다. 사인교란 앞뒤로 두 사람씩 어깨에 걸친 가마이다. 일반 가마와는 달리 위가 트여 사방을 볼 수 있는 이 사인교에 올라보니 말 위에 난 것처럼 전방이 시원하게 보였다.

—출세의 상징이지.

부담의 상징 같은데.

존성들이 그냥 걸어가면 모양새가 빠진다고 하여 일단 타기는 했는데, 이목이 집중되니 낯간지러운 느낌도 들었다. 얼굴을 가리는 악귀 가면이 이런 식으로 도움이 될 줄이야.

—크으. 좋기만 하구먼.

왜 네가 의기양양한지 모르겠다.

—출세한 남편 덕 보는 마님처럼 떠드는구먼. 쬐끄마한 게.

—뭐라고!

혈마검의 도발에 소담검이 욱해서 소리를 버럭버럭 질러댔다. 요새 잠잠하다 싶었더니 또 싸우는 두 검이다. 머릿속이 울리는 통에 결국 녀석들의 소리를 차단했다.

'많군.'

본교의 교인들이 모여 있을 때도 많다고 생각했는데, 거의 이만 명에 육박하는 무림연맹의 무사들을 보니 장관이기는 했다. 하지만 내 눈에는 단 한 사람만 보였다.

'백위향 장로!'

그를 이곳에서 보게 될 줄은 몰랐다. 하긴 그는 외부의 정무를 맡고 있는 외군사의 직책을 지녔다. 총군사인 제갈원명이 죽어서 내군사직을 맡은 사마중현이 더욱 자리를 비울 수 없을 터이니, 그가 움직이는 것은 당연한 일이었다.

쿵! 쿵! 심장이 빠르게 뛰었다. 회귀 전 〈검선비록〉의 비밀을 숨기기 위해 나를 죽였던 그를 다시 보니, 가슴속 깊은 곳에서 살심이 치솟았다. 모용수를 보았을 때보다 더 감정이 주체가 안 됐다.

—냉정을 유지해라, 운휘.

남천철검이 나를 만류했다.

나도 알고 있다. 분노 때문에 일을 그르칠 만큼 어리석지는 않다.

'…머지않았다, 백위향.'

그때가 되면 놈에게 어울리는 비참한 죽음을 선사할 것이다. 놈의 뒤로 몇몇 익숙한 얼굴들이 보였다. 각 성의 지부장들이었는데,

귀주성과 광동성의 두 명은 훗날 승진하여 무림연맹 본단으로 들어와 당주직과 장로직을 받게 된다. 교섭을 위해 가운데 지점에 도착하자 교인들이 사인교를 밑으로 내렸다. 존성들의 눈빛과 기세가 심상치 않았다. 그럴 만도 하지. 지부장도 아닌 무림연맹의 군사들 중 한 명을 눈앞에서 보게 되었는데, 그를 죽이고 싶지 않은 본교의 수뇌부들이 있겠는가. 양측은 당장에라도 싸움이 벌어지지 않는 것이 용할 정도로 분위기가 냉랭했다. 먼저 백위향이 입을 열었다.

"서로 인사치레는 무의미하다는 것을 알고 있으니 생략하도록 하겠소."

"흥! 이쪽도 마찬가지다."

그런 그의 말을 스승님인 기기괴괴 해악천이 받아쳤다. 거구인 그의 모습에 몇몇 지부장들은 살짝 위축되었는지 경계심이 가득한 표정으로 쳐다보고 있었다.

"기기괴괴, 역시 살아 있었구려."

"네놈들을 놔두고 편히 갈 수가 있나. 클클."

"그때 죽이지 못한 게 천추의 한이오."

"손에 쥐면 당장에라도 꺾일 얇은 모가지로 잘도 지껄이는구나."

"…."

백위향의 얼굴이 파르르 떨렸다. 이럴 때만큼은 스승님의 화법이 시원하기 짝이 없었다. 특유의 자존심 때문에 애써 평정을 유지하려는 백위향의 모습을 보니 한결 기분이 나아졌다. 회귀 전에 보았을 때와 변한 게 없었다. 그때 백위향이 시선을 돌려 사인교에 앉아 있는 나를 쳐다보았나.

"…그대가 당대 혈마요?"

상단전을 개방하지 않았지만 사인교를 타고 와서 그런지 단번에 혈마라는 것을 알아차렸다.

"그렇다."

목소리를 변조하고서 놈의 말에 답했다. 그러자 백위향의 입꼬리가 슬며시 올라갔다.

"이제야 알겠구려."

"무엇을 말이지?"

"어째서 그대들이 어울리지도 않는 교섭 같은 것에 매달리는지 말이오."

놈의 말에 존성들의 표정이 하나둘씩 싸늘해졌다. 일부러 자극하는 것이라면 성공했다. 백위향이 어깨를 으쓱하며 말했다.

"그 인간 같지 않던 전대 혈마였다면 교섭이니 뭐니 그런 소리를 하지 않고 무작정 전쟁부터 걸어왔을 거요. 하나 그대의 모습을 보니 그것도 옛이야기 같구려."

[일부러 도발하는 겁니다.]

사혈성 도장호의 전음이 귓가를 울렸다. 나도 알고 있었다. 놈은 정파의 가면을 쓴 위선자니까. 포로 교섭 건으로 자신들이 먼저 공격할 수 없는 상황이기에 일부러 도발해서 이쪽에서 손을 쓰도록 하려는 것일 게다. 여전히 간교하기 짝이 없었다.

백위향이 실실 웃으면서 내게 말했다.

"궁금해서 묻는 것인데, 가면으로 얼굴을 가린 이유가 무엇이오? 혈마의 피가 옅어져서 그런 것이오? 아니면 얼굴조차 드러내지 못할 만큼 담대함이 없는…."

놈이 말하다 말고 흠칫 놀라서 누군가를 쳐다보았다. 그는 바로 일존 파혈검제 단위강이었다. 벽을 넘은 일존 단위강이 대놓고 갈무리했던 기운을 드러내니, 사방의 공기가 무겁게 짓눌렀다.

'…!!'

무림연맹의 각 지부장들이 놀랐는지 긴장한 얼굴로 단위강을 쳐다보았다. 일부러 기운을 드러냈으니 확연하게 알았을 것이다. 단위강이 초인의 영역에 이르렀음을 말이다.

"백 군사, 노부도 그대에게 물으리다. 노부가 검을 뽑는다면 이 자리에 있는 그대들을 전부 죽이는 데 몇 수면 될 것 같소?"

초식도 아닌 몇 수라는 말에 백위향을 비롯해 지부장들의 표정이 굳었다. 오만하게 들렸지만 당장의 기세만 보면 충분히 그럴 수도 있겠다는 생각이 들었을 것이다. 기세에 눌려서 도발하던 것을 멈추고 입을 다물고 있던 백위향이 말했다.

"…숨겨둔 패가 있었구려."

"손에 쥔 패도 없이 본교가 다시 모습을 드러내리라 여겼던 것은 아니겠지?"

그런 나의 말에 백위향이 옅은 신음성을 흘렸다. 그러다 이내 내게 말했다.

"포로의 반환에 따르는 요구 조건을 말하시오."

간교한 자였지만 역시 상황 판단이 빨랐다. 이쪽에 초인의 영역에 이른 무인이 있다는 사실을 알았으니, 수적으로 우세해도 전쟁을 벌이면 쉽게 승리를 장담할 수 없다는 것 정도는 인지했겠지. 그럼 이쪽의 요구 조건을 밝혀야겠다.

"집결한 각 지부의 진력을 해산하고 돌아가거라."

백위향의 표정에 큰 변화가 없었다. 이 정도 요구 조건은 어느 정도 짐작했던 모양이다. 고민하는 척 지부장들과 눈빛을 교환한 그가 고개를 끄덕였다.

“포로들을 무사히 반환한다면 그리하리다.”

“하나 더 있다.”

“하나 더? 지금의 조건만으로도 충분히 포로 반환의 값을 치렀다고 생각하오만.”

“그건 그쪽 생각이지.”

이런 나의 말에 백위향의 미간에 내 천 자의 주름이 생겨났다. 어차피 아쉬운 것은 그쪽이었다. 인상을 쓰고 나를 쳐다보던 백위향이 입을 뗐다.

“…들어보고 요구를 들어줄지 말지 판단하겠소이다. 일단 말해보시오.”

“지금 이 자리에서 무림연맹의 이름으로 본교가 광서성의 주인임을 인정하고 개파식을 축하한다고 공표해라.”

‘…!!’

그 말을 들은 백위향과 연맹의 각 지부장들 표정이 무섭게 일그러졌다. 그럴 만도 하지. 만약 저것을 공표하는 순간 무림연맹의 이름으로 혈교의 부활을 인정하는 셈이 되어버린다. 격한 반응이 나오는 것도 당연했다.

“보자 보자 하니까 이자들이!”

“이 자리에서 끝장을 보고 싶은 것인가!”

일존의 무위에 억눌렸던 지부장들이 불편한 심기를 드러냈다. 이에 스승님인 해악천이 돌덩이 같은 커다란 두 주먹을 마주치며 도발했다. 쿵쿵!

"이 몸은 당장에라도 맞붙어도 좋다. 클클. 이참에 네놈의 모가지를 꺾어버리게 말이야. 아! 물론 포로가 어찌 돼도 상관없다면 말이다. 크하하하핫."

악당의 정석을 보여주는 스승님이다. 어차피 세간에 우리는 악이었고 그대들은 정의를 지키는 정도 무림이 아닌가. 백위향이 낮게 깔린 목소리로 내게 말했다.

"선을 넘고 있소, 당대 혈마."

"요구 조건을 들어주지 않는다면 포로의 반환은 없다."

"…본 맹이 포로를 포기하고서 그대들을 공격할 거라는 생각은 전혀 하지 않는가 보오?"

백위향이 강하게 나왔다. 그런 그에게 나는 피식 웃으며 말했다.

"포로들더러 자살하라고 첩자까지 보냈으니, 언제라도 버릴 준비가 되어 있으시겠지."

"무슨 소리를 하는 건지 모르겠소이다."

백위향이 대놓고 잡아뗐다. 여기서 인정하면 입장이 곤란해지니 당연히 부정하겠지.

"그런데 이를 어쩌나? 그대가 보낸 첩자를 포로들이 전부 보았는데 말이야. 그들이 이 사실을 널리 알리면 어떻게 될까?"

그 말에 놈의 표정이 한순간에 싸늘해졌다. 그러더니 이내 깊은 숨을 내쉬고는 나지막한 목소리로 말했다.

"후우. 역시 네놈들과는 좋게 대화가 안 되는군."

이제야 본색을 드러낸다. 뜻대로 되지 않으면 이면이 드러나는 작자다. 놈이 비릿하게 웃으며 말했다.

"혈마여, 네놈 말이 사실이라면 이쪽에서는 포로들이 변절하여 혈교에 넘어갔다고 주장한 뒤에 처리하면 그만이다."

"살아남은 포로들이 전부 말이더냐? 무림연맹 군사의 입에서 나올 말이 아닌데."

"멀리서 지켜보는 저 어리석은 치들을 믿고 그러는가 본데, 명색이 혈마란 작자가 우습기 짝이 없구나. 하하하핫."

광소를 터뜨린 놈이 내게 이죽거리며 말했다.

"중원 무림인들이 무림의 공적이었던 네놈들 말을 믿어줄 것 같으냐? 그리고 변절한 포로들이 없다면 네놈들에게 남는 것이 뭐지?"

그가 일존 단위강을 쳐다보며 말했다.

"파혈검제? 벽을 넘은 초인이 아무리 강하다고 할지언정 이만에 가까운 본 맹의 전력을 감당할 수 있을 것 같으냐?"

놈이 고개를 절레절레 흔들더니 내게 강압적인 목소리로 말했다.

"혈마여, 본 군사는 이십여 년 전부터 네놈들과 싸워왔다. 고작 네까짓 놈이 머리를 굴린다고 본 맹을 어찌할 수 있을 거라 여겼느냐? 네놈들이 여기서 얻을 수 있는 선택지는 오직 하나다. 포로를 반환하고 잠시 수명을 연장한 것을 즐기는 것뿐이다. 알겠느…."

"하하하하하하하핫!"

놈의 말이 끝나기도 전에 웃음이 튀어나왔다. 내가 미친 듯이 웃어대자 백위향이 인상을 찡그리며 의아해했다. 나는 웃음을 그치고 놈에게 말했다.

"낮말은 새가 듣고 밤말은 쥐가 듣는다고 하던데, 가관이로군."

"뭐야?"

나는 뒤를 슬그머니 쳐다보며 말했다.

"어찌 들으셨습니까?"

그때 존성들 뒤쪽에서 죽립을 쓰고 있던 검은 무복의 사내가 걸어 나왔다. 죽립을 쓴 사내가 귀밑 부분의 피부를 잡아당겼다. 그러자 피부가 찢어지면서 숨겨져 있던 얼굴이 드러났다.

"인피면구?"

인피면구 속에서 드러난 얼굴에 지부장들 중 한 사람이 당혹감을 감추지 못했다. 그는 광동성 무림연맹의 지부장 노연적이라는 자였다. 백위향이 의아해하자 그가 어쩔 줄 몰라 하더니 이내 포권을 취했다.

"이 통판 나으리께서 어찌 이런 곳에 계십니까?"

지부장들 중에 광서성 출신이 없어서 그를 알아보는 이가 없으리라 여겼는데, 광동성 지부장과 안면이 있었던 모양이다.

"통판? 통판!"

백위향의 두 눈이 찢어질 듯이 커졌다. 인피면구 속에 감춰져 있던 자의 정체는 다름 아닌 통판 이석이었다. 존성들 틈바구니에 관인이 숨어 있으리라 누가 알았겠는가.

"토, 통판께서 어떻게?"

여러 이익 관계가 얽혀서 관과 우호적인 관계를 맺고 있는 무림연맹이었다. 백위향이 어찌나 당황했는지 말까지 더듬었다.

통판 이석이 내 옆으로 다가와 말했다.

"여기 혈교주께서 긴히 청하여 따라왔더니, 무림연맹에 심히 실망스럽구려."

"통판 나으리, 뭔가 오해가 생긴 것 같습니다. 이건 교섭에서 보다 유리한 협상을 위해 약간의 과장을…."

"과장이라…. 본인이 알기로 무림연맹은 정의를 숭상하는 곳이라고 들었는데, 그대가 하는 과장을 들어보면 아무리 봐도 그렇게 들리지 않는구려."

냉랭한 통판 이석의 말에 백위향은 말문이 막히고 말았다. 그가 일개 관인일 뿐인 통판 이석이 무서워서 그러겠는가. 제삼자의 위치라 할 수 있는 관인의 입에서 이 소문이 퍼져 나갈까 봐 당혹스러워서일 것이다.

"통판께서는 제 뒤로 물러나시는 게 좋을 것 같습니다. 저자가 무슨 짓을 할지도 모르니까요."

통판 이석이 나를 스쳐 지나가며 옅게 미소를 짓더니, 입 모양으로 무언가를 말했다.

'빚은 갚았네.'

내 덕분에 목숨의 빚을 졌다며 그제 두 손 무겁게 찾아왔던 통판 이석이었다. 그 인연으로 이렇게 부탁했는데, 결과적으로 절묘한 한 수가 되었다. 나는 빈정거리듯이 백위향에게 말했다.

"이십 년이 넘게 머리를 굴려도 의미가 없군."

"네놈!"

그 말에 백위향이 노기 서린 눈으로 나를 노려보았다. 관인을 데려온 것이 원망스럽겠지. 그럼 쐐기를 박아볼까?

"아까 전에 포로들과 파혈검제를 빼면 본교에 아무것도 없다고 했나?"

나는 상단전을 개방하고서 혈천대라공을 운기했다. 그 순간 나의 몸에 일어나는 변화를 보고 백위향을 비롯한 지부장들이 시선을 떼지 못했다.

"머리카락이…."

전신에서 흘러나오는 붉은 아지랑이에 그들의 표정이 굳었다. 고작 머리밖에 굴릴 줄 모르는 혈마라고 여겼을 텐데, 팔대 고수에 준하는 기운을 풍기니 당혹스러울 것이다. 불과 방금 전만 하더라도 노기를 터뜨리던 백위향이 마른침을 삼키고 있었다. 그런 그에게 위압감을 실어 말했다.

"포로들의 생사에 관심이 없다고 하니, 어느 쪽이 전멸할지 한번 시험해보겠나?"

나의 말에 존성들이 기다렸다는 듯이 갈무리했던 기운들을 풀어놓았다. 당장에라도 전투가 벌어질 것 같은 기세에 연맹의 각 지부장들이 황급히 병장기로 손을 가져갔다. 일촉즉발의 상황이었다. 그때 백위향이 잔뜩 일그러진 얼굴로 힘겹게 입을 열었다.

"…귀교의 개파식을 축하하는 바이오."

웅얼거리는 소리로 작게 그 말을 하는데, 순간 웃음이 터져 나올 뻔했다.

즉위식

정파 무림의 성지라 불리는 호북성의 무한시.

이곳은 무림연맹의 성내에 있는 본단 건물의 소회의실이다. 가운데 상석에 앉은 위엄 넘치는 중년인은 이곳 정도 무림연맹의 수장인 무한제일검 백향묵이었다. 그리고 맹주 백향묵의 우측에는 훤칠한 미중년의 사내, 제이군사 사마중현이 앉아 있었다. 그의 맞은편이자 백향묵의 좌측에 앉아 위축된 얼굴로 있는 중년인은 바로 제삼군사 백위향 장로였다.

"거듭 송구합니다."

백위향 장로가 머리 숙여 맹주 백향묵에게 사죄했다. 그도 그럴 것이 혈교의 잔당들이 일어서는 것을 뿌리 뽑겠다고 자신만만하게 나섰다가 도리어 무림연맹의 이름에 먹칠을 하고 말았다. 침묵하는 맹주 백향묵을 보며 백위향은 내심 초조해졌다.

'아아아… 이번 기회에 전공을 세워 총군사의 직책을 얻으려 했건만.'

그것이 수 발짝 멀어지고 말았다. 이렇게 되면 총군사에 가까워지는 자는 제이군사 사마중현이었다. 내군사직을 맡으며 맹주를 가까이에서 보필했던 자가 아닌가.

'빌어먹을.'

화가 났다. 자신을 이 지경으로 만든 새로운 혈마에게 말이다. 머리를 숙여 사죄하던 백위향이 고개를 들고서 노기가 서린 목소리로 말했다.

"맹주, 기회를 주십쇼. 이제 놈이 어떤 존재인지 파악이 되었습니다. 지금이라면 충분히…."

"백 군사."

그때 제이군사 사마중현이 그의 말을 끊었다. 제삼군사 백위향이 인상을 찡그리며 그를 쳐다보았다.

"왜 부른 것이오?"

"당장 직책을 내려놓고 물러나야 할 만큼 심각한 우를 범하셨소. 한데 이런 상황에서 또다시 기회를 달라니 참 뻔뻔하기 그지없소."

"말이 과하시오, 사마 군사."

"과하긴 무엇이 과하단 말이오? 광서성을 통으로 내어준 것으로도 모자라 본 맹의 이름으로 혈교의 새파식을 만인 앞에서 축하해주신 분이 말이오."

"큭!"

"그뿐이오? 반환받은 포로들의 독을 완전히 해독할 때까지 한동안 혈교와의 전면전이 힘들어졌소. 무슨 낯으로 기회를 달라는 것이오?"

제이군사 사마중현의 말대로였다. 포로를 받았지만 그들은 독에 중독된 상태였다. 혈교에서 주기적으로 부분 해독제를 받아야만 목숨을 이어갈 수 있기에 사천 당가에서 자체적으로 완전한 해독제를 만들기 전까지는 혈교를 건드리기가 어려워졌다. 결과적으로 제삼군사 백위향은 완전히 패배한 셈이었다.

"부끄러움을 아신다면 자중하도록 하시오, 백 군사."

그를 너무 밀어붙였던 걸까? 제삼군사 백위향은 오히려 반감이 생겨났다.

'사마중현 이 작자가 지금 기회를 놓치지 않고 총군사의 직위를 얻기 위해 맹주로 하여금 나를 내치게 하려는구나.'

그렇게 내버려둘 수 없었다. 여기서 실각하면 많은 것을 잃게 된다.

"이것이 본 군사 한 사람의 책임이라고 할 수 있소이까? 본 군사가 자리를 비웠을 때 돌아가신 총군사와 사마 군사 자네가 혈마검을 빼앗기면서 이런 사태까지 이어진 거라 할 수 있지 않나!"

"뭐요?"

그 말에 제이군사 사마중현이 어처구니없어했다. 입을 다물어도 모자랄 판국에 이미 한참 전에 벌어졌던 일까지 들먹여가며 책임을 회피하려 들 줄은 몰랐다. 말을 섞어봐야 소용없다고 여긴 제이군사 사마중현이 맹주에게 말했다.

"맹주, 아무래도 백 군사가 이번 실책으로 감정적인 동요가 심한 것 같습니다. 잠시 책무를 내려놓고 쉬게 하는 편이…."

"사마중현!"

"언성을 낮추시오, 백 군사."

두 사람의 신경전이 커지려 하자 침묵으로 일관하던 맹주 백향묵이 입을 열었다.

"그만."

묵직한 한 마디에 주변 공기가 달라졌다. 이에 두 군사 모두가 입을 다물었다. 맹주 백향묵이 고개를 절레절레 흔들며 말했다.

"이 모든 것은 모두의 책임이오. 어찌 누구 한 사람의 책임이 될 수 있겠소."

"매, 맹주!"

그 말에 제삼군사 백위향의 얼굴이 밝아졌다. 나무랄 것이라 여겼는데, 오히려 덮어주려는 분위기로 보였다. 그러나 다음에 이어지는 맹주 백향묵의 말에 두 사람 모두 숙연해질 수밖에 없었다.

"총군사의 부재가 이렇게 안타까울 수가 없소이다."

정사 대전을 승리로 이끌고 간 장본인이자, 그 오랜 세월 동안 무림연맹을 중원 무림 최고의 단체로 만들었던 제갈원명이었다. 그의 죽음으로 무림연맹은 커다란 힘의 한 축을 잃은 셈이었다. 두 군사도 그리 자질이 떨어지는 것은 아니었지만, 맹주 백향묵이 보기에 가히 천재라 불렸던 제갈원명에 비하면 턱없이 부족했다.

'적의 손에 휘둘렸던 것이 얼마만이던가.'

근 이십여 년 만의 일이었다. 무쌍성과의 동맹 파기부터 혈마검 사태, 그리고 혈교의 부활까지 유례없던 일들이 한 해에 모두 이뤄졌다. 조금씩 위기가 다가오고 있었다.

'그동안 오만하고 나태했었다.'

적 없이 평화롭게 보내왔던 이십여 년의 세월. 하늘이 마치 이를 문제 삼아 다시 무림을 혼란의 소용돌이로 밀어 넣는 듯했다. 그때 맹주 백향묵의 입꼬리가 슬며시 올라갔다. 전의가 되살아나는 것 같았다.

"맹주?"

의아해하는 그들에게 맹주 백향묵이 말했다.

"본 맹주와 더불어 연맹의 한 축을 담당하던 총군사의 자리를 오래 비워둘 순 없을 것 같소."

그 말에 두 군사가 내색은 하지 않았지만 눈빛을 빛내며 관심을 보였다. 총군사의 직책. 그것은 명실공히 무림연맹의 이인자 자리였다. 커다란 실책으로 자신이 불리하다고 여긴 제삼군사 백위향은 질투심이 가득한 얼굴로 제이군사 사마중현을 노려보았다. 이에 사마중현이 슬며시 미소 지었다. 그 역시도 이 상황에서는 자신이 중임을 맡을 거라 확신하고 있었다. 애초에 제갈원명도 제이군사인 내군사를 역임하다가 총군사의 직위에 오르지 않았던가.

"총군사는…."

사마중현이 손을 꼼지락거리며 포권을 준비했다.

"이분이 맡으실 것이오."

'이분?'

둘 중 한 사람이 맡을 거라는 예상이 빗나가며 두 군사의 인상이 굳었다. 맹주 백향묵이 손가락을 튕겼다. 그러자 굳게 닫혀 있던 소회의실의 문이 열렸다. 끼이이익! 문 뒤로 한 인영이 보였다.

"군략은 무엇이냐?"

문밖에서 들리는 목소리에 제이군사 사마중현과 제삼군사 백위향이 동시에 자리에서 일어났다.

"스, 스승님!"

"총군사!"

두 사람이 동시에 외쳤다. 그림자를 통과하며 들어오는 인영. 지팡이를 짚었지만 꼿꼿하게 허리를 펴고 있는 완고한 인상의 노인이었다. 겉모습만 봐도 장장 여든에서 아흔은 되어 보였다.

"군략이 무어냐고 물었다."

노인의 물음에 제삼군사 백위향이 두 손을 모아 포권을 취하며 말했다.

"적을 효과적으로 몰아붙이고 아군이 승리하기 위한 책략입니다."

백위향이 어떻냐는 듯이 노인을 쳐다보았다. 노인이 제이군사 사마중현에게 시선을 돌렸다. 사마중현이 포권을 취하며 답했다.

"조직과 단체의 목표를 위하여 모든 전략과 기술, 병력이 조화를 이루는 것입니다."

그 말에 노인이 정답이라는 듯이 고개를 끄덕였다. 백위향의 인상이 일그러졌다. 그런 그를 노인이 쳐다보며 냉랭한 목소리로 말했다.

"네 녀석이 어찌하여 커다란 우를 범했는지 알 것 같구나. 이십여 년이 지나도 성정이 불같기만 하고 모자란 것이 채워지지 않았다."

"큭…."

'빌어먹을 늙은이… 아직도 이런 훈계를….'

속으로는 화가 났지만 아무런 말을 할 수가 없었다. 당장이라도 노환으로 쓰러질 것만 같은 저 늙은이는 무림연맹의 전대 총군사인 방덕현이었다. 제갈원명과 사마중현의 스승이기도 했다. 맹주 백향묵이 자리에서 일어나 두 손을 모으며 공손히 허리를 숙였다.

"방 노사, 오셨습니까?"

"맹주께서는 기어코 이 노구를 부르시는구려."

"당금의 사태는 절대 가볍게 넘길 수가 없습니다. 노사께서 복귀하시어 부디 중심을 잡아주셨으면 합니다."

"흐음."

"이 백 모가 이렇게 부탁드립니다."

거듭 허리를 숙이며 부탁하자 방덕현이 못 이기는 척 입을 열었다.

"늘그막에 증손주나 돌보며 지내려는데 노구를 끝까지 부려먹지 못해 안달이구려."

"노사의 결단에 감사드립니다. 앉으시죠."

덕분에 우측에 앉아 있던 제이군사 사마중현은 옆자리로 옮겨야만 했다. 순차적으로 한다면 총군사의 맞은편에 그가 앉아야 하지만 제삼군사 백위향과 당장에 말을 섞고 싶지 않았다. 방덕현이 자리에 앉자 맹주 백향묵이 무언가를 말하려 했는데….

"혈교 건이라면 귀에 딱지가 앉을 만큼 들었소."

"하면?"

"당장 시급한 것부터 해결하는 것이 급선무이지 않겠소."

"노사께서 고견을 주시지요."

그런 맹주 백향묵의 말에 총군사가 된 방덕현이 소회의실 책상 위에 있던 중원 전도와 그 위에 꽂힌 푸른 깃발들을 뽑아서 옮겼다. 푸른 깃발들은 광서성 주변을 둘러싸고 있었다.

"이건?"

"광서성을 거점으로 시간을 번 혈교가 다음으로 할 일은 당연히 세력을 넓혀 나가는 것이지요."

"사파 규합!"

"그렇소. 이를 사전에 차단하는 것이 중요하오."

그 말에 제이군사 사마중현이 말했다.

"이미 광서성 주변으로 각 지부의 전력들을 배치해 이를 차단토록 했습니다."

이에 방덕현이 혀를 차며 나무라듯이 말했다.

"그것으로는 부족하다."

"하면?"

"종선 진인을 움직이시지요, 맹주."

팔대 고수의 일인이자 태극검제 종선 진인. 그를 움직이라는 말에 맹주 백향묵 역시도 난감함을 금치 못했다. 맹주의 입장이라고는 하나, 그는 무림의 명숙이기에 정말 중요한 일이 아니면 자신조차 움직이기 힘들었다. 난감해하는 백향묵에게 방덕현이 빙그레 웃으며 말했다.

"종선 진인을 움직이는 것은 노부가 해결할 터이니 걱정 마시오."

방덕현이 무당파라 적혀 있는 작은 깃발을 빼 들어 호남성과 광서성의 경계면에 두었다. 그러고는 광서성에 있는 다소 커다란 붉은 깃발 두 개 중 하나를 빼 들어 마찬가지로 경계면에 가져가 꽂았다.

"필시 혈교 측은 종선 진인을 견제하기 위해 파혈검제로 하여금 이곳을 지키게 할 것이오."

파혈검제는 현 혈교에 있어 최고의 전력이었다.

"저들이 끊임없이 경계하도록 하려는 거군요."

제이군사 사마중현의 말에 방덕현이 고개를 끄덕였다.

"사파는 정파보다 힘의 논리가 더욱 강하다. 그들을 복속시키려 한다면 그만큼의 힘을 기울여야 하는데, 파혈검제의 발목만 묶어도 혈교는 사파를 규합하는 데 큰 차질이 생길 것이다."

일리 있는 말에 맹주 백향묵이 고개를 끄덕였다. 그러나 방덕현의 수는 이게 끝이 아니었다. 방덕현이 옆에 앉아 있는 제이군사 사마중현을 쳐다보며 말했다.

"너는 지금 즉시 귀주성에 있는 우군도독부로 가거라."

"우군도독부로 말입니까?"

"들으니 혈교에서 우군도독부의 도지휘첨사에게 뇌물을 바쳐 승인을 얻어냈다지?"

그의 반문에 방덕현이 입꼬리를 올리며 말했다.

"우군도독부의 장 도독은 삼공을 노리기에 무엇보다 흠결 나는 것을 싫어하는 자이지."

* * *

광서성 무림연맹의 부지에 세워놓은 임시 본단의 교주 집무실.

"우호법 자리는 비워두시죠."

당당한 송좌백의 요구에 나는 그의 얼굴을 빤히 쳐다보았다. 교주 즉위식을 앞두고 녀석이 꽤나 초조했는지 내게 뻔뻔하게 요구하고 있었다. 낯짝이 두꺼운 녀석이었다.

"아직 그 정도 실력은 안 되어 보이는데?"

호법의 자리에 어울리는 무위를 지녀야 그 자리를 줄 것이 아닌가. 적어도 초절정의 경지에 올라야 고려해볼 만한 사안이었다.

"지금 임명해달라는 게 아니라 이 년, 아니 딱 일 년만 비워달라는 겁니다."

일 년 안에 자신 있다는 건가. 하긴 지금의 성장세를 보면 경이로울 정도였다.

"…만약 이 자리에 스승님이나 좌호법이 있었다면 꽤나 혼났을 거다."

"그러니까 독대를 신청했잖습니까?"

—얘는 사람이 한결같아서 좋네.

소담검이 녀석의 말에 키득거리며 좋아했다.

나도 녀석이 한결같은 모습을 보여서 마음에 들기는 한데, 참 고집도 대단했다. 사실 직위 관련 문제로 찾아왔던 이는 이 녀석만이 아니었다. 삼혈성 혈살귀 양전도 독대를 신청했었다.

"백련하 아가씨께서 쾌차하실 때까지 백혜향 아가씨의 직위 책봉을 미뤄주십시오."

그가 내게 했던 말이었다. 오랫동안 백련하 산하에 있었던 그는 백혜향을 비롯해 그녀의 측근들이 권력을 가지는 것을 원하지 않았다. 그리고 하는 말도 아주 가관이었다.

"백련하 아가씨도 교주님의 처로 기회를 주십시오."

그 말을 듣고서 머리가 지끈거렸었다. 육혈성 한백하가 축출되어서 이제 그런 문제로 골머리를 썩지 않아도 된다고 여겼는데, 여전히 내부의 파벌 문제가 끝나지 않았다. 어쩐지 스승님이 내부를 완전히 장악할 때까지 백혜향의 직위 책봉을 미루라니 뭐니 했던 말의 의미를 알 것 같았다.

"지금 다른 문제로도 골머리가 아프니까 그만 가봐라."

"약조하실 때까지 못 갑니다."

털썩! 송좌백 녀석이 무릎을 꿇더니 자리에서 버텼다. 내 입에서 확답이 나올 때까지는 아주 여기서 버티고 앉아 있을 작정인 듯 보였다.

"끌려 나갈래?"

그런 나의 말에 녀석의 눈동자가 좌우로 흔들렸다. 의지가 그리 확고하진 않구나. 그때 집무실 밖에서 호위대주 노성구의 목소리가 들렸다.

"혈마이시여, 일존이 독대를 신청하였습니다."

"일존?"

그 말에 송좌백 녀석이 화들짝 놀라 자리에서 일어났다. 스승님 외에는 무서워하지 않는다고 여겼는데, 천하의 일존 단위강 앞에서도 별수 없구나.

—너도 안 무서워하는 것 같은데.

그게 아니지. 같은 동문 출신이라 자존심 때문에 인정을 안 하는 것뿐이지. 그래도 녀석이 한결같이 굴어서, 권좌에 앉아 있어도 이 자리에 깊이 빠져들지 않게 되어 좋았다. 자리란 사람을 변하게 하기 십상이니까.

"아, 아무튼 주청드린 것을 재고해주시기 바랍니다. 저는 나가보겠습니다."

송좌백 녀석이 황급히 포권을 취하고서 집무실을 나갔다. 그런 그를 의아하게 쳐다보며 일존 파혈검제 단위강이 집무실로 들어왔다. 단위강이 포권을 취하며 기품 있게 인사했다.

"혈마를 배알합니다."

"어서 오십시오, 일존."

일존 단위강이 인상을 살짝 찡그렸다.

"말씀을 낮추십시오, 혈마시여."

"공적인 자리도 아니고 이런 독대 자리에서까지 위엄이니 그런 것을 따지고 싶지는 않습니다. 사사로이는 무림의 대선배이시니 대우를 해드리고 싶었습니다."

그런 나의 말에 단위강의 눈빛에 이채가 띠었다. 의외라는 듯한 얼굴이었다.

—명색이 혈마가 되었으면 공이든 사든 만인한테 오만하고 위엄 있게 굴어야지. 쯧쯧.

혈마검이 내게 혀를 찼다. 그런데 나는 그런 것에 얽매이고 싶지 않거든. 위엄은 필요할 때만 갖춰도 충분하다. 시시각각 상대를 억누르고 함부로 대하는 것은 내 방식이 아니었다. 그리고 일존 단위강 같은 자는 충분히 대우를 받을 만한 혈교의 충신이자 절세고수였다. 그런 그의 진심 어린 충성을 얻으려면 차별화가 필요했다.

단위강이 내게 말했다.

"…다르군요."

"어떤 것이 말입니까?"

"신은 삼대째 혈마를 모시고 있습니다. 지금까지 권좌에 앉으셨던 분들은 한결같았지요."

"그렇습니까?"

반문했지만 그럴 만도 했다. 혈마검을 계승하게 되면 자연스럽게 혈마 조사의 백(魄)이 그 주인의 인격을 침범했다. 그 영향을 받으면 자연스럽게 포악하고 오만하게 바뀔 수밖에 없다. 일종의 제이, 제삼의 혈마가 되는 것이다. 물론 원래 성정 자체가 백혜향 같은 경우도 있지만 말이다.

"그분들과 다른 환경에서 커서 그런 걸지도 모릅니다."

정파 명문가의 자식으로 자라왔고, 혈교의 첩자로 평생 몸을 낮추며 살아왔다. 몸과 영혼에까지 배어 있는 습관이 한순간에 사라질 리가 없었다.

"어찌 되었든 독대를 청하셨으니, 어떤 가르침을 주시려고 오신 건지 말씀해주시지요. 경청하겠습니다."

단위강이 옅은 미소를 지으며 말했다.

"권위란 무릇 품격에서 나오는 법이지요. 노부의 우려가 쓸데없는 기우 같군요."

봤지? 가는 만큼 오는 법이다.

—흥.

혈마검이 괜히 콧방귀를 뀌었다.

그때 단위강이 웃음기를 지우고 사뭇 진지하게 물었다.

"혈마께 여쭈어보고 싶습니다. 공께서는 본교를 어찌 이끄시려고 합니까?"

"어찌 이끈다라…."

"본교의 교리는 피로써 세상을 씻는 것입니다. 하나 혈마께서 행하신 것들이나 말씀을 들어보면 교리와 전혀 다른 이상을 가지신 것 같습니다만."

…역시 이런 순간이 오는구나. 아마도 지금쯤이면 내가 이끄는 방향성에 이의를 제기하는 자가 나올 거라 여겼다. 그런데 그 시작이 일존일 줄이야. 예부터 혈교를 모셔왔던 중진이었으니 이를 의아하게 여기는 것도 당연했다. 혈마의 권위로 강제로 이끌어 나갈 수도 있지만, 그렇게 밀어붙이기만 한다면 반발이 생길 수도 있겠지.

나 역시 진지하게 물었다.

"반대로 묻고 싶습니다. 본교의 교리대로 피로 세상을 씻으면 종국에 무엇이 남지요?"

"…."

"피로 씻어낸 세상에 깨끗함이 남아 있겠습니까? 결국 피로 얼룩져 있겠지요."

그런 나의 말에 단위강의 미간에 주름이 깊어졌다. 역시 골수부터 혈교인인 사람에게 교리를 정면으로 받아치는 말을 한 것은 심사를 건드리는 것과 별반 차이가 없는 것일까? 단위강이 낮은 어조로 말했다.

"계속 말씀하시지요."

"…조사 시절부터 지금까지 본교는 만인의 적이었습니다. 전부 조사께서 세우신 피의 교리 때문이지요."

"교리를 부정하시는 겁니다까?"

"네, 부정합니다."

'…!!'

일존 단위강의 눈매가 가늘어졌다. 떨리는 눈동자가 나를 직시하고 있었다.

"교리가 교인들을 죽음으로 내모는데 어찌 그것을 따를 수 있겠습니까?"

"…교주이신 혈마께서 교리를 우습게 여긴다면 장차 누가 이를 따르고, 나아가 교인들이 혈마의 말씀을 가볍게 여기기라도 하면 어쩌시려는 겁니까?"

"낡고 부패한 관습이나 교리는 없애는 것이 맞습니다. 그것이 권위를 저해한다면 저 스스로 이 자리를 내려놓겠습니다."

자리를 내려놓는 것마저 거론하자 일존 단위강의 얼굴이 굳어졌다. 나는 이를 개의치 않고 말을 계속해 나갔다.

"피의 교리를 지키느라 모두를 적으로 만들고 계속해서 망조를 걸었다가 부활했다가를 반복하는 것이 옳다고 보십니까?"

"…."

"본교가 가야 할 길은 악(惡)의 주축이 되어 나락으로 걸어가는 게 아닙니다. 혈교를 부흥시켜 모두가 따르게 하는 것입니다!"

감정이 꽤나 격해졌었나 보다. 나도 모르게 언성이 살짝 높아졌다. 일존 단위강이 굳은 얼굴로 나를 쳐다보고 있었다. 무슨 생각인지 알 수가 없었다.

한참을 물끄러미 쳐다보던 그가 묵직한 목소리로 입을 열었다.

"그게 혈마께서 만드실 본교입니까?"

"…그렇습니다."

굳은 결의를 담았다. 그러자 갑자기 일존 파혈검제 단위강이 웃음을 터뜨렸다.

"하하하하하하하하하핫!"

방금 전까지만 해도 무거웠던 분위기가 갑자기 흐트러졌다. 왜 이렇게 웃는 것일까? 호탕하게 웃어대던 일존 단위강이 이를 그치고서 말했다.

"삼대째 모셨지만 공과 같은 혈마는 처음입니다. 어느 혈마께서도 교리를 이렇게 무참히 짓밟을 생각을 하셨던 자는 없었습니다."

"말씀처럼 그들과는 다르니까요."

"확실히 그런 것 같군요."

그때 일존 단위강이 내게 한쪽 무릎을 꿇었다. 그리고 고개를 들고서 내게 말했다.

"전대께서 돌아가셨는데도 이 단위강이 구질구질하게 늙은 목숨을 부지하고 있던 것이 전부 공을 만나기 위함인가 봅니다."

"일존?"

"여기서 다시 맹세하겠습니다."

"맹세라니…."

"혈마로서가 아닙니다."

'…?!'

일존 파혈검제 단위강이 경건하게 두 손을 모으며 내게 말했다.

"공께서 만드실 새로운 본교를 위해 이 한목숨을 바치겠습니다. 이 늙은이가 그 한 축이 되도록 허락해주십시오."

참으로 감격스러웠다. 일존 파혈검제 단위강. 무위로는 혈교의 정점이라 불리는 그가 내게 목숨을 걸고서 충성 맹세를 했다. 혈마로서가 아닌 나 진운휘에게 말이다. 어떻게 설득하여 온전히 내 사람으로 만들 수 있을까 고민했었는데, 이렇게 그가 자발적으로 무릎을 꿇어주니 내겐 행운이라 할 수 있었다.

"어째서인지 여쭤봐도 괜찮겠습니까?"

그런 나의 물음에 일존 단위강이 씁쓸한 얼굴로 답했다.

"전대 교주께서 돌아가신 후, 노부 역시 오래전부터 고민해왔습니다. 이렇게 쳇바퀴처럼 교리의 굴레를 벗어나지 못한다면 여전히 과거의 우를 반복할 수밖에 없다고 말입니다."

단위강도 현실을 직시하고 있었다. 교주를 제외한다면 이인자라 할 수 있는 그조차 이럴진대, 어쩌면 다른 중진들도 비슷한 고민을 하고 있을지도 모른다. 잘하면 그들 역시 쉽게 납득시킬 수도 있겠다.

—과연 그럴까?

초를 치는 데 일가견이 있다, 혈마검 녀석.

아무튼 간에 나를 따르겠다고 하는데 이를 거절할 이유가 있겠는가. 나는 두 손을 모아 포권을 취하며 말했다.

"일존께서 함께해주신다니 천군만마를 얻은 것만 같습니다."

"허락해주시니 감읍할 따름입니다."

"일어나시지요. 내일이 즉위식이지만 오늘 같은 날은 그냥 넘길 수가 없군요."

술을 즐기는 것은 아니지만 한잔 기울이고 싶어졌다. 단위강이 빙그레 웃더니 고개를 저으며 내게 말했다.

"신성한 즉위식을 앞두고서 어찌 그러겠습니까? 그보다 향후의 일을 논의하시는 게 어떻겠습니까?"

"향후?"

"그렇지 않아도 혈마께 주청드릴 다른 것들도 있었습니다."

"자리에 앉아 편히 말씀하시죠."

나는 응접을 위한 의자로 그를 안내했다. 자리에 앉은 단위강이 곧바로 본론을 꺼냈다.

"좀 이른 감이 있지만, 무림연맹이 움직였으니 즉위식이 끝난 후 곧장 사파 규합을 위한 출정을 명해주셨으면 합니다."

참 알면 알수록 놀라운 사람이다. 나와 같은 생각을 하고 있었다. 나 역시도 즉위식이 끝나는 즉시 서둘러 사파 규합을 시작할 생각이었다. 포로들을 이용해 잠시나마 시간을 벌었을 때가 기회였다. 그들이 완전히 해독되고 여론이 조금이나마 잠잠해지는 순간 무림연맹은 전면전을 치르려고 할 것이다. 그 전에 무림연맹에 맞춰 어느 정도 구색을 갖춰야 한다.

—네 아버지께 도움을 청하면 되잖아. 무쌍성만 함께해도 꿀릴

게 있나.

소담검 네 말도 맞지만 아직은 이르다. 무쌍성과의 관계는 비장의 패였다. 게다가 아버지가 사대 무종 중 하나의 수장이라고 해도 당장에 그 전체를 움직일 수는 없다. 아버지께서도 내부를 장악하기 위해 움직이고 계시니, 그때까지는 본교의 덩치를 더욱 키워 무림연맹과 자체적으로 자웅을 겨룰 정도로 만드는 게 우선이다.

나는 빙그레 웃으며 일존 단위강에게 말했다.

"뜻이 같군요. 저 역시도 사파 규합을 서둘러야 한다고 생각합니다. 다만 어디서부터 손을 대야 할지 그건 즉위식이 끝나고 논의하려고 했는데, 이렇게 일존께서 말씀해주셨으니 고견을 주셨으면 합니다."

그런 나의 말에 단위강이 엄지와 소지를 접은 세 손가락을 내밀었다.

"이십여 년 전 정사 대전의 영향으로 현재 사파의 수는 기하급수적으로 줄었습니다. 하나 여전히 그 명맥을 잇는 대규모의 세 집단이 있지요."

왠지 알 것 같았다. 현재 사파로서 여전히 명성을 날리는 두 집단이 있으니까.

"녹림(綠林)을 말씀하시는군요."

녹림. 녹색 숲을 의미하는 말이지만 실질적으로 산도둑들을 일컫는 말이다. 그들은 험준한 산자락을 주 무대로 활동하는 산적들 집단인데, 그 기원이 언제부터인지 알 수 없으나 전국시대 이후로 창궐했다고 한다.

"가장 많은 세력을 보유하고 있습니다. 그들의 수만 만 명에 이릅니다. 다만….”

“그 절반이 무공을 익히지 않았죠.”

그렇기에 실질적인 전력은 그 절반이라 볼 수 있다. 그러나 오천이라는 규모는 절대로 무시할 수 없는 수였다.

“녹림을 지배하는 녹림투왕 광신군은 팔대 고수에 필적하는 무위를 지녔다고 알려진 자입니다.”

들어본 적이 있다. 스승님인 기기괴괴 해악천과 더불어 외공으로는 세 손가락에 꼽히는 강자다.

“그를 굴복시키는 것이 녹림의 힘을 얻는 데 관건이 될 겁니다.”

쉬운 일은 아니었다. 이십여 년이 지나면서 녹림은 독자적인 세력을 확보하고 있었다. 하지만 그들 역시도 당금 정파의 시대를 탐탁지 않게 여기고 있으니 시도해볼 만은 했다.

단위강이 손가락을 하나 접고서 중지를 내밀며 말했다.

“다음은 장강수로십팔채(長江水路十八寨)입니다.”

“수적들이군요.”

“맞습니다.”

장강수로십팔채. 그들은 장강을 주 영역으로 활동하는 거대한 수적 집단이다. 이름만 들으면 총 열여덟 개의 수채들 집합처럼 보이지만, 그들의 기원이 열여덟 채의 연합으로 시작되었기 때문에 그런 것이다. 실질적으로 총 예순여 채의 규모인 것으로 알려져 있다. 그 수만 하더라도 총 사천에 육박한다.

“장강수로십팔채의 총채주이자 장강사객 우두머리 갈용은 무위가 녹림투왕 광신군에 비해 떨어진다고 알려졌지만 그의 무서움은 그 사 형제들의 합공입니다.”

“합공이요?”

“그들의 합공은 그야말로 공수일체라고 할 수 있습니다.”

“잘 아시는군요?”

“십여 년 전 기회가 있어서 겨룬 적이 있습니다.”

그래서 잘 알고 있구나. 결과가 궁금했다.

“어찌 되었는지 여쭤보면 실례겠습니까?”

회귀 전에도 알지 못했던 일이다. 그렇다면 수면에 드러내지 않고 조용히 겨뤘음을 의미한다. 이에 일존 단위강이 묘한 표정을 짓더니 말했다.

“이백여 초식을 겨뤘지만 그들의 합공을 파훼하지 못하고 동수를 이뤘습니다.”

“동수?”

천하의 일존 단위강이 동수를 이뤘다고? 그때의 단위강이 벽을 넘지 못했다고 해도 꽤나 놀라운 결과였다. 정말 중원 무림은 넓고 숨겨진 기인이사들이 많은 것 같다. 그 정도라면 널리 알려질 만도 할 터인데, 위명을 떨치지 못한 것은 정파가 아니어서일까? 아니면 개개인의 무위가 아니라 합공이어서일까?

“지금은 그 결과가 날라지셨군요.”

그런 나의 말에 단위강이 너털웃음을 보이며 말했다.

“이번에 겨뤄보면 알겠지요. 신에게도 십 년의 세월이 주어졌듯이 그들 역시도 지금까지 그 자리를 지키고 있었으니 더욱 발전했을 겁니다.”

그 말도 일리가 있었다. 십 년은 강산을 변하게 하지 않는가. 한데 이번에 겨뤄보면 알겠다는 그 말은….

"장강수로십팔채로 직접 가시려는 겁니까?"

"그렇습니다. 신은 그들 형제들과 짧게나마 무로써 교분을 쌓았습니다. 이번 기회에 그들과 자웅도 겨루고 수로채를 산하로 거둬들이겠습니다."

겉모습만 본다면 늙은 노인에 불과한 단위강이다. 이런 노장에게 젊은이들 못지않은 강렬한 전의의 불꽃이 남아 있다니.

"일존의 그 전의가 존경스럽군요."

"과찬의 말씀입니다. 그것을 떠나서 장강수로채의 복속이 가장 시급한 관건이 될 겁니다."

"무슨 말씀인지 알 것 같군요."

당금 무림은 정파의 시대이다. 정파의 영향이 미치지 않는 곳이 없다고 해도 과언은 아니다. 그러나 조금 더 깊게 들여다보면 정파의 주력이 장강 이북으로 몰렸음을 알 수 있다. 청성파와 사천당문, 전진교, 점창파, 아미파가 있는 사천성. 무당파와 제갈 세가, 무림연맹이 자리하고 있는 정도 무림의 성지 호북성. 남궁 세가와 철검문이 지키고 있는 안휘성. 화산파와 종남파가 있는 섬서성 남부. 무림의 시발점이자 기원이라 할 수 있는 소림사가 있는 하남성. 그 외에 오대 세가들은 산동성과 하북성, 요녕성에 퍼져 있고 거지들의 집단인 개방 역시도 하북성에 자리 잡고 있다. 구파일방부터 정파의 주력 자체가 전부 장강 이북에 있는 셈이었다.

—왜 그런 거야?

'간단해. 정사 대전 이전에는 장강 이남이 사파의 영역이었으니까.'

아무리 그들이 승리했다고 해도 자신들의 주 영역을 버릴 수는 없는 노릇이었다. 정사 대전 이후 수많은 중소문파들이 장강 이남으로 이전해왔다고는 하나 장강 이북보다는 그 세력이 약할 수밖에 없었다.

"장강의 물길만 틀어막아도 적들의 주력을 막을 수 있습니다."

과연 노장다운 식견이었다. 내가 생각하는 이분법에 가까웠다. 다시 장강 이남 지역을 수복하면 무림연맹과 자웅을 겨룰 수 있게 된다. 그러려면 장강수로십팔채를 산하로 거둬들이고 그들의 길을 끊어야 한다.

—오, 계획을 짜고 있었네.

당연하지. 중원 전도를 펼쳐두고 뭘 생각했을 것 같아?

사실 이것은 온전히 내 생각만은 아니었다. 회귀 전 혈교는 팔 년 동안 장강 이남을 수복하기 위해 크고 작은 수많은 전쟁을 치렀었다. 그렇기에 알고 있는 것이었다.

—그럼 그렇지. 어쩐지 아무리 네가 머리가 좋다고 해도 그 짧은 시간 내에 너무 많은 게 튀어나온다고 했다.

태도 변화가 너무 빠른데. 뭐 그렇다고 해도 여기서 나의 수가 없는 것은 아니다.

—뭔데?

장강 이남을 빠르게 수복한다면 과거처럼 이분의 형태가 아니다. 무림연맹의 배후, 즉 북쪽 섬서성에 있는 무쌍성이라는 숨겨진 복병을 맞이하게 된다.

—오오! 그럼 앞뒤로 공략할 수 있게 되는 거네.

그래. 그게 내가 노리는 수다. 그렇기에 아직까지 무림연맹이 무쌍성의 존재를 알아서는 안 된다.

—헤에. 큰 그림을 그렸네.

말 그대로 큰 그림이다. 계획대로 될지는 장담할 수 없다. 무림연맹도 그리되지 않게 하려고 필사적으로 막을 테니 말이다. 그런 의미에서 이 대계를 이루기 위한 초석이자 가장 장대한 수는 장강수로십팔채였다.

"마지막 세 번째는 어디죠?"

그런 나의 물음에 단위강이 약지를 접으며 말했다.

"하오문입니다."

"…역시 정보로군요."

"맞습니다. 본교 역시 자체적인 정보력을 갖추고 있지만, 거지들의 집단인 개방과 맞먹는 정보력을 지닌 곳은 하오문입니다."

하오문은 뒷세계, 즉 기생, 술, 도박판, 주먹패 들이 구성원으로 이루어졌다. 녹림이나 장강수로십팔채에 비하면 무력이 한층 떨어진다고 할 수 있으나, 어찌 보면 규모 면에서는 그들을 훨씬 압도한다. 그들이 존재하지 않는 세상은 없으니 말이다. 하오문은 빛 속의 그림자다.

"혈마께서 확보한 시간을 헛되이 하지 않으려면 적어도 한 달 내에 이 세 집단을 복속시키는 것이 관건입니다."

그 말에 동의한다. 전면전이 없을 이 짧은 기간이 중요하다. 무림연맹도 그랬지만 우리 역시 속도전을 통해 장강 이남을 수복해야 한다.

"대계의 첫 그림이 그려졌군요."

나는 일존에게 포권을 취하며 감사를 표했다.

"일존의 고견에 감사드립니다."

"누구나 생각할 수 있는 것인데 어찌 고견이 되겠습니까?"

어쩌면 회귀 전 혈교의 이 대계는 일존의 머릿속에서 나왔을지도 모르겠구나. 나야 미래를 알고 있으니 여기에 무쌍성이라는 배후의 진을 둔 거지만.

"생각에 그친다면 고견이 될 수 없겠지요."

그런 나의 말에 일존이 빙그레 웃었다. 그러고는 이만 물러나려는지 자리에서 일어나려 하는데, 그가 잠시 멈칫하더니 내게 말했다.

"외람된 말씀이지만 신이 한 가지 여쭤보고 싶은 게 있습니다."

"무엇이든 물어보시죠."

"백혜향 아가씨, 아니 두 아가씨를 어찌하실 건지 기회가 되면 여쭙고 싶었습니다."

아… 일존의 입에서도 이 이야기가 나오다니. 역시 그녀들과 관련된 것도 내부에선 중요한 문제인 건가. 난처한 기색을 보이는 나를 보더니 일존 단위강이 옅은 미소를 지으며 말했다.

"아직 정한 것이 없나 보군요."

"솔직히 말씀드리면 그렇습니다."

"하면 신이 작은 조언을 드려도 괜찮겠습니까?"

"어떤 조언인가요?"

나의 물음에 일존 단위강이 다시 자리에 앉으며 입을 열었다.

"혈마께서 교주의 자리를 얻으셨다고 하나, 대부분의 중진들과 교인들은 두 아가씨를 지지하던 이들입니다."

"…알고 있습니다."

"아마도 그들은 그 점을 두려워할 겁니다."

"두려워하다니요?"

그게 무슨 말이지?

"예로부터 본교는 교주가 정해지면 이를 다투던 경쟁자들과 그를 따르던 중진 세력들을 밀어내고 실각시켰습니다."

실각이라…. 제삼의 세력이나 다름없는 내가 혈마가 되어 그런 우려는 사라졌다고 여겼는데, 의외였다. 게다가 지금은 혈교가 부흥을 꾀하는 혼란스러운 시기여서 모두가 힘을 합쳐야 하는 시기인데도 말이다.

"안타깝지만 권력이란 그렇습니다. 세 사람만 모여도 이를 이끌어 가려는 자가 있기 마련입니다."

하긴 그 말이 맞는 것 같다. 백혜향의 직위를 결정하는 것 하나만으로 이렇게 의견이 분분할 줄이야. 백련하와의 무위나 능력의 간극을 생각하면 백혜향의 위치가 더욱 위일 수밖에 없다. 백련하 산하의 파벌들은 내가 백혜향을 더욱 중용한다고 여길 것이다. 참 권력이란 우습다. 고작 두 파벌 간의 관계 때문에 내가 약조한 것도 신중히 고려해야 할 판국이니 말이다. 일인자의 자리도 쉬운 게 아니네.

—내가 볼 땐 그게 아닌 것 같은데.

그건 또 무슨 소리야?

—다들 네가 그 불여우 같은 계집애를 아내로 맞이할까 봐 신경 쓰는 것 같은데.

뭐?

—그렇지 않고서야 백련하도 처로 맞을 기회를 달라고 왜 얘기하겠어?

설마 그런 의도로 받아들인 건가. 그런 거라면 더 골머리가 아파지는데.

"참 피곤하군요."

"향후를 생각한다면 확실히 할 필요가 있습니다."

그 말도 일리는 있었다.

"일존께서는 어찌하면 좋다고 보십니까?"

조언을 한다고 했으니 그 역시도 생각하는 바가 있을 것이다. 나를 따르겠다고 충성 맹세를 했으니, 다른 중진들보다는 좀 더 객관적인 의견을 제시하지 않을까?

"어렵게 생각하실 이유는 없습니다."

"말씀해주십쇼."

"두 세력을 포용하시면 됩니다."

"…지금도 그리하려고 합니다. 좀 더 구체적이고 쉽게 이야기해주셨으면 합니다."

"두 분 아가씨들 모두를 정처로 받으시면 됩니다."

'…?!'

순간 할 말이 없어졌다. 이러면 다른 두 파벌보다 한술 더 뜨는 건데….

나의 이런 마음을 아는지 모르는지 일존은 자신이 명답을 내린 것처럼 웃으면서 말했다.

"두 분을 정처로 받으시면 양 파벌 간의 문제는 말끔히 사라집니다. 게다가 후사의 피를 더욱 진하게 할 수 있으니, 현재로서는 가장 이상적인 답이 될 겁니다."

"…일존, 두 사람을 제 정처로 받는 건 아무래도…."

"공의 위치이시면 두 분을 정처로 맞는다고 해도 뭐라 할 이가 아무도 없습니다. 걱정하지 않으셔도 됩니다."

음, 아무래도 이야기하는 게 좋을 것 같다. 그게 왜 불가능한지 말이다.

"일존… 그건 어떤 분께서 굉장히 싫어하실 것 같습니다."

"그게 무슨 말씀이신지?"

"저는 장래를 약조한 여인이 있습니다."

그 말에 일존의 미간에 주름이 갔다. 고개를 갸웃거리며 심각한 표정을 짓던 그가 중얼거렸다.

"설마…."

"네, 사마영 소저입니다."

그 말이 끝나기가 무섭게 일존의 표정이 굳었다. 사마영의 부친이 누군지는 이제 모두가 아는 사실이었다. 즉위식 때 논공과 새로운 직위를 공표하면서 이 사실도 알리려고 했는데, 참 본의 아니게 일존이 먼저 알게 되었다.

"…난감하게 되었군요."

이제야 상황을 제대로 인지한 그였다. 일존 단위강이 탄식에 가까운 한숨을 내쉬더니, 이내 내게 말했다.

"그런 상황이라면 별수 없군요."

"이해해주셔서 감사…."

"백혜향 아가씨의 성정상 어찌 나올지 모르겠지만, 사마착의 여식을 일처로 해서 세 분 모두를 정처로 받으시지요."

'…'

누구를 저승으로 보내려고 하나.

나는 지금 도화지가 되었다. 새하얀 도화지가 되어 한가득 붓질을 당하는 중이다.

—화장이겠지.

소담검 녀석이 키득거리며 웃어댔다.

녀석이 이렇게 좋아하는 이유는 간단했다. 두 명의 여시종과 사마영이 달라붙어 내 얼굴에 분칠을 하고 있었기 때문이다.

"좀 가만히 있어보세요. 에헤이."

"어휴. 삐뚤어졌잖아요. 왜 이렇게 얼굴을 움직이시는지."

이보게들… 저 혈교의 교주입니다만. 화장할 때 안면을 움직인다고 이리 타박할 줄이야.

—아주 새색시 같네, 우리 운휘. 시집가도 되겠어.

비꼬지 마라. 누구는 이런 걸 하고 싶어하는 줄 아나. 나도 회귀 전에 혈교의 교주 즉위식을 본 적이 없어서 이런 전통이 있다는 걸 처음 알았다. 즉위식에 오르는 교주들은 정말 신부들이 받을 법한 화장을 받는다. 하얀 분에 입술을 붉게 하고, 지금처럼 눈꺼풀 쪽을 검은 무언가로 짙게 칠한다. 그리고 눈썹과 눈 사이에 붉은 분을 길게 칠해 올린다. 이게 무슨 꼴인지 모르겠다. 남자가 꼭 화장을 할 필요가 있나?

—혈마의 백을 흡수하면서 기억을 제대로 보긴 한 거냐?

혈마검이 대뜸 내게 물었다.

솔직히 무공과 관련된 기억들 이외에는 아주 드문드문 흐릿하게 보였다. 소름 끼치도록 강렬한 원한 때문에 그런지 혈마의 기억은 물을 이리저리 휘저은 것처럼 볼 수가 없었다.

—저한테 필요한 알짜배기들만 뽑아먹었다는 거군.

그걸 또 그런 식으로 몰아가냐?

혀를 차던 혈마검이 말했다.

―혈마는 원래 교주가 되려 했던 적이 없다.

'뭐?'

혈교를 세운 조사가 교주가 되려 한 적이 없다니 그게 대체 무슨 소리야?

―말 그대로다. 원래 혈마의 목적은 적현성교의 마지막 후예이자 자신이 사랑했던 아내의 꿈을 이뤄주려 했을 뿐이다.

적현성교(赤現聖教)?

―그건 또 뭐냐?

소담검이 궁금했는지 물었다.

적현성교. 혈교 훨씬 전에 나타났던 집단이다. 무를 더 중시하는 혈교와 달리, 종교적인 색채가 짙었다고 들었다. 원래 중원의 것이 아니라 서역에서 자신들의 교리를 퍼뜨리기 위해 들어왔는데, 당시에는 그 사상이 불온하고 위험하다 여겨지면서 중원인들에게 배척당해 멸망한 것으로 알고 있다. 사실 혈교의 전신이 적현성교일 거라는 풍문이 한때 떠돌곤 했었다. 그런데 혈마검의 말대로라면 그게 마냥 풍문인 것이 아니게 된다.

―그딴 건 아무래도 좋다. 네가 하는 그 화장은 혈마가 죽은 아내를 기리기 위해 아내가 좋아하는 붉은 예단복을 입고 화장을 하고서 즉위식을 치르면서 비롯된 거니까.

아… 그래서 즉위식 복장도 여인들의 것처럼 치렁치렁한 예단복이었구나. 참 이런 걸 보면 어떤 전통이나 관습이 만들어지는 데엔 전부 나름의 사연이 있는 듯하다. 유래를 알고 나니 더는 뭐라고 하기도 어려웠다.

―그러니까 툴툴대지 마라, 인간.

이 녀석, 혈마의 백에 눌려서 마냥 싫어한다고만 여겼는데, 꼭 그런 것만도 아닌 것 같다. 참 알다가도 모를 일이다.

"끝났습니다."

얼마 있지 않아 여시종들이 흡족한 얼굴로 자리에서 일어났다. 사마영이 내 얼굴을 보면서 묘한 표정을 지었다. 많이 이상한가?

"와아, 이렇게 화장을 해놓으니까 묘하게 색기 있는 모습이 예쁘네요."

이걸 칭찬으로 받아들여야 할지….

"곱다."

사마영이 히죽거리더니 앉아 있는 내게 손을 내밀고는 헛기침을 하며 말했다.

"흠흠. 진 낭자, 내게 시집오시구려."

왜 기침을 하나 싶었다. 목소리를 굵게 해서 남자인 척하는 모습에 피식 웃음이 나왔다. 나는 자리에서 벌떡 일어나 그녀를 기습적으로 안아 들었다.

"어엇!"

"이리 가녀려서 시집을 갈 수 있을지나 모르겠습니다."

"치이. 장단 좀 맞춰주시지."

말은 퉁명스럽게 하면서도 안긴 것이 좋았는지 사마영이 얼굴을 붉히며 배시시 웃었다. 그때 누군가 열려 있는 문으로 얼굴을 내밀며 말했다.

"즉위식 준비가 전부 끝…."

송좌백이었다. 녀석이 내게 안겨 있는 사마영을 보고 얼굴이 퉁퉁 부어올라서 이를 악물고 말을 이어갔다.

"났으니… 적당히 하시고 나오시지요."

마음을 접은 줄 알았는데 완전히 그런 것은 아닌 모양이다. 저러는 걸 보면, 나중에 참한 규수라도 소개시켜줘야 할 판국이다. 사마영이 그런 송좌백을 보면서 눈을 흘기며 한 소리를 날렸다.

"진짜 눈치 없어. 그래서 여자들이 좋아하겠어요?"

송좌백의 얼굴이 급격히 시무룩해졌다.

* * *

바깥으로 나가니 즉위식을 위해 모인 교인들로 시끌벅적했다. 내가 밖으로 나오자, 웅성거리던 소리가 신기하게도 정숙하게 바뀌었다. 마치 분위기가 경건해지는 느낌이었다.

둥! 둥! 둥!

북소리가 사방으로 울렸다. 앞으로 붉은 비단을 깔아놓은 길로 걸음을 옮겼다. 붉은 길의 양옆으로는 화려한 형태의 등불들이 밝혀져 있었고, 사방이 하늘거리는 붉은 비단으로 꾸며져 있었다. 지극히 혈교다운 느낌이었다. 몇 발짝 걸어 나가자, 북소리에 맞춰 호금 소리가 울려 퍼졌다. 경내로 퍼지는 호금 소리의 선율은 웅장하다기보다 아련하면서도 구슬프기마저 했다.

—혈마의 아내가 좋아했던 〈향양조송곡〉이다.

이 역시도 부인을 기리기 위한 것이구나. 만인에게 공포로 불렸던 자가 이런 애틋함을 지니고 있을 거라 누가 생각했겠는가. 호금의 선율이 듣기 좋기는 했다. 붉은 비단길을 따라 걸어가니 광장의 넓은 단상과 석좌가 보였다. 석좌 옆에 교주가 쓰는 면류관을 받침대에 들고 있는 여러 제사장과 예복을 갖춰 입은 백혜향이 서 있었고, 단상 양옆으로 존자들과 혈성들이 자리하고 있었다.

"클클클."

스승인 해악천이 나를 보면서 특유의 웃음소리를 내며 웃고 있었다. 반면 다른 존자들과 혈성들은 나의 모습을 보면서 뭔가 감회가 남다르다는 표정을 짓고 있었다. 아마도 이십여 년 만에 부활한 것에 이어 혈마의 즉위식을 보기 때문에 그런 것 같았다. 유일하게 뚱한 사람은 일혈성 뇌혈검 장룡뿐이었다.

—그냥 석고대죄시키지 그랬어.

그럴 걸 그랬나 싶다. 호위대주 노성구가 부친의 위패에 사과의 절을 하는 것으로 끝내겠다고 해서 일단락을 지었는데, 유심히 지켜봐야겠다. 왠지 육혈성 혈수마녀 한백하와 비슷한 느낌이 강하게 났다.

둥! 둥! 둥! 단상 위로 올라가자 만 명에 이르는 교인들이 일제히 바닥에 엎드렸다. 그 광경이 사뭇 장관이었다. 단상으로 올라와 비단길을 따라 걷자 양옆에 서 있던 총단주들이 지나갈 때마다 교인들과 마찬가지로 바닥에 엎드렸다. 석좌의 바로 앞까지 도착하자 존자들과 혈성들이 차례로 경건하게 한쪽 무릎을 꿇고서 고개를 숙였다. 그리고 큰 소리로 외쳤다.

"혈교의 주인을 배알하나이다!"

복창하듯이 광장의 모든 교인들이 따라 외쳤다.

"혈교의 주인을 배알하나이다!!"

만 명에 이르는 교인들의 외침 소리가 사방을 울렸다. 여전히 북과 호금 소리가 울려 퍼지며 묘한 기분이 들게 했다. 이제야 실감이 난다고 해야 할까.

—혈마가 되는 게?

그래.

이 수많은 교인들 앞에서 즉위식을 거행하니 확 와 닿았다. 내가 이들의 수장이 된다는 사실이 말이다. 회귀 전과는 완전히 상반되는 운명이었다.

—감상에 젖어들지 말고 즐겨. 여러 번 하는 즉위식도 아닌데.

그 말도 맞는 말이다. 이런 날이 또 오는 것은 아니니까.

저벅저벅! 석좌의 바로 앞으로 다가가니, 백혜향이 묘한 얼굴로 나를 쳐다보았다. 자신이 그렇게나 바랐던 자리에 내가 앉게 되니 심경이 그리 좋을 리는 없을 것 같았다.

—왜 얘한테 즉위식 주관을 맡겼대?

원래 혈교의 모든 행사는 대제사장이 주관하나, 정사 대전 이후 그 자리는 공석이었다. 그러다 보니 이를 거행할 만한 자격이 있는 일순위가 전대 교주의 피를 이은 백혜향과 백련하였다. 한데 백련하는 여전히 상태가 좋지 않기에 자연스럽게 백혜향이 맡게 된 것이었다.

귓가로 백혜향의 전음이 울렸다.

[네가 어떻게 교를 이끌어가는지 지켜보겠어.]

[실망하진 않을 거야.]

그런 나의 말에 그녀가 피식 웃었다. 그러더니 모두가 들을 수 있도록 큰 소리로 외쳤다.

"지금부터 즉위식을 거행하겠다."

엎드려 있던 모든 교인들이 자리에서 일어났다. 그리고 반대로 나는 백혜향 앞에 한쪽 무릎을 꿇고 몸을 낮췄다. 장내를 울리던 북소리와 호금 소리가 멎었다. 백혜향이 오른손에 쥐고 있던 푸른 비단으로 둘둘 말려 있는 서지를 활짝 펼쳤다. 서지에는 긴 경문이 적혀 있었다. 그녀는 엄숙한 목소리로 경문을 선창했고 교인들이 이를 따라서 복창했다.

회귀 전에는 늘 첩자로 살아왔기에 혈교가 가진 특유의 종교적인 느낌을 받아본 것은 이번이 처음이었다. 경문 자체는 피의 교리와는 사뭇 거리가 멀었다. 오히려 불도나 도가처럼 중생을 이롭게 하여 깨달음을 얻게 하라는 내용이었다.

경문을 마친 그녀가 소리쳤다.

"복혈제를 진행하겠다."

둥! 둥! 둥! 북이 울리며 단상 아래서 여섯 명의 교인들이 커다란 독을 가져왔다. 독을 보는 순간 등골이 오싹해졌다. 독 안에는 물 같은 것이 가득 차 있었는데, 아주 진한 핏빛을 띠었다. 저것은 즉위식을 위한 제사주였는데, 독 안에 만 명이나 되는 교인들의 핏방울이 들어가 있었다.

—어우… 저걸 마실 수 있겠어?

…마셔야지 별수 있나. 즉위식에서 가장 중요하게 여기는 행사라고 하니 말이다.

피는 생명을 뜻한다. 복혈제는 교주가 될 이가 만인의 피가 담긴 술잔을 마시고서 그들의 생명을 거두는 신성한 의식이었다. 물론 이게 신성한지는 솔직히 잘 모르겠다.

백혜향이 한쪽 소매를 걷고서 은으로 만들어진 술잔을 독에 집어넣었다. 그리고 한가득 채운 술잔을 내게 두 손으로 넘겼다.

"후우."

깊게 숨을 들이켰다 내쉰 나는 이것을 마찬가지로 두 손으로 경건히 받아 들었다. 호흡을 멈추고서 한 번에 들이켰다. 워낙 많은 피가 들어가서 온갖 비릿한 맛이 났다.

'토 나올 것 같다.'

체면이 있으니 내색하지 않으려고 했지만 속이 울렁거렸다. 고통은 어찌어찌 잘 참는데 비위가 좀 약했다. 백혜향이 빈 잔을 받아 받침대에 올리고는 제사장 중 한 사람에게서 흰 천으로 감싼 은도를 넘겼다.

"하혈!"

나는 왼쪽 손바닥을 은도로 그었다. 그리고 재빨리 술독에 피를 흘려 넣었다. 상처가 빠르게 재생되니 서두르지 않으면 피가 들어가지 않을 수도 있다. 피를 몇 방울 떨어뜨리고 흰 천으로 손바닥을 가리고서 은도를 백혜향에게 넘겼다.

"분배!"

백혜향의 외침에 존성들이 옆에 놓여 있던 잔을 들고 나와 술독에서 혈주를 펐다. 그들이 전부 잔을 채우자 교인들이 독을 가지고 단상 아래로 내려갔다. 기다렸다는 듯이 교인들 모두가 독에 담긴 혈주를 가지고 있던 잔에 채웠다. 모든 이들이 채우기까지 거의 반 시진가량이 걸렸다. 잔을 경건하게 두 손으로 받쳐 들자, 백혜향도 미리 떠놓은 잔을 위로 들고서 소리쳤다.

"피로써 하나가 되리. 새로운 혈마를 받들어라."

그녀가 두 손으로 잔에 담겨 있는 혈주를 마시자, 존성들을 비롯해 모든 교인들이 뒤따라 잔을 비웠다.

—역시 독해.

동감한다.

백혜향은 이 역한 맛에도 표정 하나 바뀌지 않았다. 오히려 입술에 묻은 핏물을 혀로 날름거리며 조금도 남기지 않고 전부 마셨다.

모두가 혈주를 비움으로써 복혈제가 끝났다. 드디어 즉위식의 마지막이었다.

"당대 혈마는 고개를 숙이라."

백혜향이 받침대에 있던 교주 면류관을 들고 와서 내 앞에 섰다. 그리고 고개를 숙이는 내 머리 위로 면류관을 씌워주었다.

'아아아!'

가슴이 떨려왔다. 백혜향이 옆으로 물러서며 석좌 옆에서 무릎을 꿇었다. 그것을 기점으로 제사장들과 존자들, 혈성들, 총단주들, 그리고 교인들 모두가 다시 바닥에 무릎을 꿇었다. 나는 천천히 앞으로 걸어가 몸을 돌리며 석좌에 착석했다. 그러자 교인들 모두가 우레와 같은 함성을 터뜨렸다.

"와아아아아아아아아아!!"

* * *

어느 정도 즉위식의 여운이 가신 후, 드디어 다음 행사인 직위 책봉식이 이어졌다. 기존의 직위에서 새롭게 직위를 수여하는 자리였다. 즉위식보다도 모두가 기다려왔던 자리인 것 같다. 존자들과 혈성들, 교인들 모두가 기대 반 우려 반으로 석좌에 앉은 나를 바라보고 있었다.

"좌호법."

"충!"

나의 부름에 좌호법 하종일이 앞으로 나왔다. 그의 손에는 어젯밤 고심 끝에 정한 직위 공표장이 들려 있었다. 그가 이것을 발표할 것이다.

"지금부터 혈마를 대신하여 직위 책봉식을 거행토록 하겠습니다. 먼저 변동이 있는 순서대로 공표하겠습니다."

모두가 정숙하며 이에 집중하였다.

"먼저 존자들입니다."

존자라는 말에 혈성들의 눈빛이 반짝였다. 그들이 무엇을 기대하고 있을지는 짐작되었다. 원래 혈교는 육존자 십이혈성 체제였으나, 교주의 부고와 정사 대전의 패배로 살아 있는 존자들과 혈성들의 체제로 오랫동안 유지되어왔다. 그런 와중에 이번에 있었던 혈교 총대회 때 존자의 자리와 혈성의 자리에 하나씩 또 다른 공석이 생겨버렸다.

"읽겠습니다. 일존의 자리는 그대로 유지한다."

모두가 이것은 짐작했는지 별다른 반응을 보이지 않았다. 본교 최고의 고수가 그 자리를 지키고 있는데, 특별한 변동이 있는 것이 우스운 일이었다. 좌호법 하종일이 공표를 이어갔다.

"이존의 자리 역시 그대로 유지한다."

그 공표에 난마도제 서갈마가 작게 숨을 내쉬는 모습이 보였다. 사실 무위로 보면 스승님인 기기괴괴 해악천이 그를 앞질렀다고 볼 수 있지만, 특별히 우위를 가리지 않은 상황에서 임의로 정하면 차별이 거론될 것 같아 유지시켰다.

"삼존의 자리로 사존이었던 해악천을 올린다."

"망극하옵니다. 클클클."

해악천이 한쪽 무릎을 꿇고서 큰 소리로 외쳤다. 스승님은 애초에 이존이나 그런 자리에는 관심이 없었다. 서운해하는 것이 없어서 다행이었다. 스승님이 다시 자리로 돌아가자 좌호법 하종일이 공표를 이었다.

"사존의 자리는…."

모두가 긴장된 얼굴이 되었다. 일부 혈성들은 자신들의 직위 상승을 꿈꾸는 듯했고, 일부는 백혜향에게 시선이 향해 있었다. 그도 그럴 것이 직위 중에 가장 높은 것이 바로 존자였다. 그런 존자의 자리에 만약 백혜향이 앉게 된다면 백련하나 그 지지자들이 밀린다고 생각해서일 것이다.

"공석으로 남긴다."

'…?!'

공석이라는 말에 백혜향 산하였던 혈성들의 표정이 굳었다. 그들은 이 자리에 그녀가 오를 거라 여겼던 것 같다. 하지만 아직 크게 실망하지 않는 것으로 보아 역시나 교주 처의 자리도 염두에 두는 모양이었다.

반면 백련하 산하였던 존성들은 대놓고 표정이 밝아졌다. 백혜향이 존자의 자리를 얻지 못해서 만족하고 있었다. 나는 슬쩍 백혜향을 살폈다.

'…으음.'

그녀가 다소 차갑게 식은 눈빛으로 나를 쳐다보고 있었다. 아무래도 그녀 역시 존자의 자리를 기대하고 있었던 것 같은데, 이를 내가 공석으로 비워두자 심기가 불편한 것 같았다. 그래도 이 자리에서 대놓고 말하진 않….

[네 눈에는 내 그릇이 존자에도 미치지 못했나 보구나.]

역시 그녀다웠다. 돌려서 말하는 법이 없었다. 눈매가 가늘어진 그녀가 내게 전음을 보냈다.

[설마 내 경고를 무시하고 처의 자리 따위를 제안하는 거라면….]

그때 좌호법 하종일의 목소리가 광장을 울렸다.

"대제사장의 자리에 백련하를 명한다."

'…?!'

유일하게 존자에 버금갈 만한 직위라 할 수 있는 대제사장의 자리. 그 자리에 백련하가 호명되었다.

"하!"

이를 들은 백혜향이 어처구니가 없는지 콧방귀를 뀌었다. 반면 백련하 산하의 존성들은 기쁜 기색을 감추지 못했다. 존자의 자리에 백혜향이 앉지 못했는데, 명예로운 직위의 최고봉이라 할 수 있는 대제사장에 그녀가 임명되어서 안도하는 듯했다.

[혈마이시여, 혹 사마착의 여식과 백혜향 아가씨를 처로 받으시려는 겁니까?]

일존이 미간을 찡그리며 내게 전음을 보내왔다. 이에 나는 슬며시 고개를 저었다.

[하면 백혜향 아가씨의 파벌은 품지 않으시려는 겁니까?]

우려를 비쳤다.

그럴 리가 있나. 나 역시도 많은 고민을 했다. 양 파벌의 분위기가 극으로 갈리고 있을 때, 좌호법 하종일이 공표했다.

"교주께서는 이십여 년 전 정사 대전의 폐해와 본교의 현재 상황을 고려하여 새로운 직위를 공표하셨습니다."

웅성웅성!

"새로운 직위?"

"그게 뭐지?"

다들 의아함을 감추지 못했다. 이를 개의치 않고 좌호법이 그 직위를 발표했다.

"부교주의 직위에 백혜향을 임명한다."

'…!!'

일순간 양 파벌의 표정들이 뒤바뀌어버렸다. 백혜향 역시도 이를 전혀 예상하지 못했는지 떨리는 눈으로 나를 쳐다보았다.

우군도독부

부교주. 명칭만 들어도 교주 다음 자리라는 것을 알 수 있다. 그것이 내가 고심 끝에 내린 결론이었다.

회귀 전에 그녀는 원래 교주가 될 인물이었고, 지금도 충분히 그 역량을 갖추고 있다. 그리고 나와 만나면서 조금 변한 것 같다. 여전히 잔혹함과 오만함, 포악함을 품고 있지만 여러 일들을 겪으면서 더욱 단단해졌다. 교주가 될 수 없다면 그녀에게 어울리는 자리는 이인자의 위치였다.

[너….]

놀란 것도 잠시였고 백혜향이 의아해하며 내게 전음을 보냈다. 그녀 역시도 설마 이런 자리를 만들어서 줄 거라고는 생각지 못했던 것 같다. 나름 교주 자리를 놓고 다퉜는데, 실각이 아니라 이런 커다란 권력을 줄 거라고는 예측하지 못했겠지.

[왜, 마음에 들지 않나?]

[…마음에 들고 안 들고를 떠나 나를 믿을 수 있냐?]

[서로 목숨도 맡겼던 사이인데, 지금에 와서 못 믿을 이유는 없다고 보는데.]

나는 여전히 그녀에게 감사한다. 어떤 마음에서 그랬든 백혜향은 무쌍성에서 나를 위해 목숨을 걸었다. 그때 그녀가 아니었다면 나는 무악의 손에 생을 마감했을 거다.

[그게 이유….]

[아니, 그게 아니더라도 백혜향 당신 정도의 역량과 신분이라면 가장 어울리는 직위는 부교주라고 생각했을 뿐이다.]

그런 나의 말에 그녀의 표정이 묘해졌다. 평소와 달라 보였다. 자신을 여인으로서가 아니라 한 사람의 인재로서 그 가치를 인정해주는 것에 남다른 기분이 들어서인 것 같았다. 피식 하고 웃은 그녀가 내게 전음을 보냈다.

[멍청이, 나였으면 당장 내쳤을 거다. 뭐… 그래도 기분은 나쁘지 않…]

그때 누군가 앞으로 나와 엎드리며 소리쳤다.

"합당하지 않사옵니다!"

그는 삼혈성 혈살귀 양전이었다. 미소를 띠고 있던 백혜향의 한쪽 눈썹이 무섭게 치켜 올라갔다. 눈치 빠른 좌호법 하종임이 다그쳤다.

"삼혈성, 아직 직위 책봉식이 끝나지 않았는데 이 무슨…."

"좌호법."

그런 그를 내가 불렀다. 의아하게 쳐다보는 그에게 손짓으로 잠시 물러나라는 신호를 보냈다. 이에 좌호법이 뒤로 물러났다. 나는 삼혈성 양전을 석좌에서 내려다보며 입을 열었다.

"무엇이 합당하지 않다는 거지?"

"'부(副)'라는 것은 그에 버금간다는 의미입니다. 그 말인즉 백혜향 아가씨가 받게 될 부교주의 직책은 교주에 버금가는 자리란 말입니다. 이것은 본교가 생겨난 이래 없었던 직위입니다."

"그래서?"

"본교에서 교주의 자리는 태양과도 같습니다. 하늘의 태양은 하나이온데, 그런 태양과 버금가는 위치를 만들게 되면 장차 교주께도 누가 될까 염려되옵니다."

그의 말에 교인들이 웅성거렸다. 역시 삼혈성쯤 되는 인물이니 대놓고 속내를 드러내지 않았다. 그는 백련하 산하의 인물이다. 백혜향이 이인자 자리를 가지는 것을 누구보다 반대할 입장인 것이다. 하지만 이를 대놓고 반대하면 내게 정면으로 항명하게 되는 것이니, 부교주의 직위가 내게 누가 된다는 식으로 둘러말한 것이다. 나름 머리를 굴렸다. 한데 그가 하나 간과한 게 있었다. 이에 나는 무미건조한 목소리로 답했다.

"둘러서 이야기할 필요 없다. 백련하보다 더 높은 직위를 내린 것이 불안한 것이냐?"

'…?!'

그 말에 삼혈성 양전의 표정이 굳었다. 백련하 산하의 혈성들 모두가 마찬가지로 당혹스러운 기색이 역력했다. 이런 자리에서 내가 대놓고 이 문제를 거론할 줄은 몰랐겠지. 그는 이를 직접 이야기할 수 없어도 나는 일인자이기에 가능했다.

"그게 아니오라…."

"아니지. 부교주라고 한들 혈마가 아닐진대 어찌 내게 누가 된다는 것인가?"

"혈마이시여, 신은 그런 의도로…."

"모두 들어라!"

목소리에 공력을 싣자, 나의 목소리가 광장을 쩌렁쩌렁 울렸다.

—뭐 하려고 그래?

이참에 확실히 하려고. 하나하나 저들의 눈치를 보는 짓도 피곤한 일이다. 이런 기회가 왔으니 확실히 나의 의사를 밝히고 쓸데없는 울타리 안에서 힘의 줄다리기를 없애야겠다.

"너희들은 본좌의 교인들이냐, 아니면 백혜향과 백련하의 교인들이냐?"

본질적인 물음에 광장이 고요해졌다. 모두가 내가 어떤 의미에서 이 질문을 한 건지 알 것이다. 나는 그들에게 다그쳤다.

"본좌의 말이 우습게 들리는가?"

쩌렁쩌렁한 외침에 이내 교인들이 소리쳤다.

"혈마의 교인들입니다!"

나는 삼혈성 양전을 내려다보며 차가운 목소리로 말했다.

"그대는 교인이 아닌가? 어찌하여 입을 다물고 침묵하는 거지."

그 말에 화들짝 놀란 양전이 머리를 숙이며 외쳤다.

"혈마의 교인입니다."

"잘 알고 있군. 한데 무엇이 불만인 거지?"

"소신은 그저…."

"백혜향과 백련하에게 능력과 신분에 맞게끔 직위를 준 것이 불안하기라도 한 것이냐?"

"그건…."

제대로 대답을 못 하는 그에게 나는 피식 웃었다. 그리고 석좌에서 일어나며 말했다.

"백혜향과 백련하의 신분은 전대 혈마의 직계이다. 그렇기에 평범한 직위를 줄 수 없다. 그리하여 본좌는 백련하에게 본교의 가장 명예로운 자리인 대제사장의 직위를, 백혜향에게는 부교주의 직위를 부여한 것이다. 무엇이 문제라는 거지?"

그런 나의 말에 눈치를 보던 삼혈성 양전이 조심스레 말했다.

"말씀대로 하시면 어느 한 사람에게 편향된 직위가 아니라…."

"이 자리에서 백혜향을 무위로 꺾을 수 있나?"

그 말에 삼혈성 양전의 말문이 막혔다. 당연히 그렇겠지. 그녀의 무위는 일존 단위강이나 나나 스승님인 기기괴괴를 제외한다면 존성들 중에 누구도 상대할 수 없을 만큼 고강하다. 물론 겨룸이라는 것에는 수많은 변수가 작용하기 마련이지만, 누구도 부정할 수 없는 사실이었다.

"본교는 무를 숭상하는 집단이다. 백련하가 언제라도 그 정도의 역량을 갖춘다면 백혜향에게서 부교주의 직위를 가져갈 수 있다."

굳이 토를 달고 싶으면 능력껏 백혜향의 자리를 빼앗을 기회를 준 것이다. 물론 그러려면 백련하가 자리에서 일어나 그만큼 자신의 무위를 성장시켜야 하겠지만. 백혜향의 입꼬리가 비릿하게 올라갔다. 마치 '바라는 바다'라고 이야기하는 것 같았다. 부교주의 자리를 두고 경쟁을 해도 충분히 이길 수 있다는 자신감 때문이겠지.

'아!'

이 모습에 문득 좋은 생각이 떠올랐다. 나는 모두가 들으라는 듯이 큰 소리로 외쳤다.

"이 자리에서 공표하도록 하지. 본좌는 존성들이든 교인들이든 누구를 막론하고 오직 실력으로만 중용을 할 것이다."

웅성웅성! 고요했던 좌중이 조금씩 소란스러워졌다. 이를 가만히 지켜보던 이존 난마도제 서갈마가 입을 뗐다.

"실력으로 중용하신다는 말씀은…."

"누구라도 그에 합당한 능력을 지닌다면 존자의 자리이든 혈성의 자리이든 빼앗을 수 있다는 말이다."

'…!!'

교인들이 술렁였다. 내 말대로라면 충분히 능력만 갖춘다면 언제든 기존의 존성들 자리를 밀어내고 차지할 수 있게 된 것이다.

"어찌 그런…."

오혈성 권퇴혈우 황강은 당혹스러운 기색이 역력했다. 기존 체제는 실력을 갖추게 되면 승직하여 직위를 늘리는 구조였다. 하지만 내가 이끌어갈 혈교는 한정된 자리를 두고서 누구 할 것 없이 모두가 겨뤄야 하기에 존자들과 혈성들도 긴장해야 하는 체제였다.

—밥그릇이 흔들리네.

소담검이 키득거리며 재미있어했다.

—좋은 방법이다, 운휘.

—나쁘지 않군. 그렇게 되면 저 녀석들도 필사적으로 자리를 빼앗기지 않으려고 자신들의 능력을 키워야겠군.

남천철검은 그렇다 치고 웬일로 혈마검 녀석도 내 말에 찬동했다. 백혜향과 백련하 산하의 파벌 경쟁 때문에 즉흥적으로 고안했지만 향후를 생각한다면 확실히 이러는 편이 나았다. 귓가로 일존 단위강의 전음이 들려왔다.

[괜찮은 방안입니다. 이렇게 된다면 파벌이 아닌 개인이 경쟁하

는 체계가 될 터이니, 본교의 전력 수준도 올라갈 수 있어 일석이조이겠군요.]

'이 정도 수준이면 된다'로 그치는 게 아니니 그럴 것이다. 상향평준화가 될지도 모른다.

[클클클. 자리를 보존하려면 한시도 연마를 게을리하면 안 되겠구나.]

스승님인 해악천의 전의가 잔뜩 올라 있었다. 누구라도 자신의 자리를 노릴 수 있는 입장이 되었는데도 저런 반응이라니. 천상 무인이다.

반면 오혈성 황강이나 칠혈성 혈음마소 섬매향 등은 이렇게 된 것의 원흉 격인 삼혈성 양전을 원망의 눈초리로 노려보고 있었다. 나는 그에게 고마움을 느꼈다. 덕분에 이런 좋은 방안을 떠올리게 됐으니 말이다.

"다시 책봉식을 마저 거행토록 하겠다."

탁! 그런 나의 외침에 백혜향이 만족스러운 얼굴로 한쪽 무릎을 꿇고서 내게 두 손을 모아 고개를 숙였다. 그리고 외쳤다.

"삼가 교주의 명을 받들겠나이다."

이로써 백혜향은 본교의 이인자라 할 수 있는 부교주가 되었다. 더 이상 누구도 반론을 제기하지 못했다. 파벌이 아니라 자신들의 자리를 보존하는 것에 신경이 쏠릴 테니 말이다. 좌호법 하종일이 나를 슬며시 쳐다보았다. 그다음에 중요한 공표가 있기 때문이었다.

—키킥, 반응들이 기대되네.

그렇겠지. 사대 악인의 일인인 월악검 사마착의 여식인 사마영과의 약혼을 알리면 누구라도 놀랄 수밖에 없을 것이다. 좌호법 하종일이 이를 공표하기 위해 입을 떼려는 순간이었다. 한 교인이 다급히 단상 쪽으로 달려왔다. 매우 심각한 얼굴로 보였다.

"크, 큰일입니다!"

"대체 무슨 일이기에 소란을 피우는 것이냐?"

이혈성 수라도 유백이 나서서 단상 앞에 멈춰 선 그에게 물었다. 이에 교인이 한쪽 무릎을 꿇고서 보고했다.

"지, 지금 삼만여 명에 달하는 관군들이 이곳으로 오고 있습니다."

'…!!'

어마어마한 관군의 숫자에 광장이 술렁였다.

"삼만이라니?"

"그 많은 관군이 어찌?"

나 역시도 갑작스럽게 나타난 관군의 행보에 당혹스럽기는 마찬가지였다. 도지휘첨사에게 집단의 개최 승인도 받았고 통판 이석과의 관계도 원만하게 되어서 더 이상 큰 문제가 없으리라 여기던 차였다. 한데 삼만여 명이나 되는 관군이라면 거의 토벌급이나 전시 수준이었다.

'부(府)급에서 움직인 게 아니야.'

이 정도 병력이면 그 위가 움직였다는 말이었다.

* * *

두두두두두!

수천에 이르는 기마대에 대지가 떨릴 정도였다. 그 뒤로 평야를 가득 메운 수많은 보병들이 오열을 갖춰 진군해오고 있었다. 보병들

사이로 말들이 수백여 대의 수레를 끌고 있었는데, 그 위로 커다란 활 형태의 무언가가 실려 있었다. 그것은 노라 불리는 대형 합성궁(쇠뇌)이었다. 세 사람이 달라붙어서 쏘는 커다란 궁이었는데, 동시에 수십 발을 날릴 수 있고 그 위력은 성벽마저 뚫을 정도이기에 일반 화살과는 견줄 수가 없다.

척! 일정 거리에 도달하자, 선두에 있던 기마대가 푸른 깃발을 들었다. 그러자 관군들이 진군을 멈췄다. 관군의 병사들이 수레에 있는 대형 합성궁에 화살 뭉치를 장착했고, 만여 명에 이르는 궁병들이 바닥에 누워 중형 노에 화살을 장전했다.

'…'

이를 바라보는 존성들의 표정이 심상치 않았다. 그도 그럴 것이 저 대형 합성궁은 공성전을 위한 것이기도 했지만, 무림인들을 상대하기 위한 전략 병기이기도 했다.

—재들 왜 저러는 거야?

나도 알 수 없었다. 다만 관군이 전략 무기까지 끌고 왔다는 것은 여차하면 전쟁이 될 수도 있다는 말이었다. 개개인의 전력은 떨어져도 바로 이런 게 관의 무서움이었다. 셀 수 없는 수많은 병력을 동원하여 저런 병기로 압도적인 물량전이 가능하다.

"상황이 좋지 않군요."

일존 단위강이 굳은 얼굴로 내게 말했다.

그 말에 동의했다. 아무리 무공을 익혔어도 저 수많은 화살들이 일제히 날아오면 상당한 희생이 있을 터였다. 저들의 사정권에서 벗어나야 한다.

그때 관군에서 기마병이 깃발을 들고서 달려왔다.

"사자인 것 같습니다."

'아!'

깃발에 우군도독부라 적혀 있었다. 역시 부 이상이 움직였다는 예상이 맞았다. 본단의 외벽 가까이까지 온 기마병이 멈춰 서서 큰 소리로 외쳤다.

"혈교의 교주는 비무장 상태로 홀로 우군도독부로의 소환에 응하라!"

나를 소환하는 외침에 교인들이 술렁였다. 우군도독부에서 나를 찾을 만한 일은 한 가지밖에 없었다. 아무래도 도지휘첨사에게 개최 승인을 받기 위해 뇌물을 수수한 것이 문제가 된 것 같았다. 무림연맹에서 손을 쓴 것일까?

그때 스승님인 해악천이 외벽 위에 서서 소리쳤다.

"어찌하여 본교의 교주님을 우군도독부에서 찾는 것이오?"

그 물음에 기마병이 소리쳤다.

"소환에 응하지 않는다면 이곳은 화살비로 벌집이 될 것이다!"

"뭐야! 이놈이 묻는 말에 대답은 않고 감히!"

"해 형!"

대놓고 겁박하는 말에 화가 나서 뛰어나가려는 스승님을 이존 난마도제 서갈마가 다급히 옷자락을 붙들고 만류했다. 그의 선택은 옳았다. 전령으로 온 기마병을 죽이기라도 한다면 그 즉시 전쟁이었다.

"후우."

한숨이 나왔다. 즉위식을 치르는 경사로운 날에 이런 사태가 벌어지다니, 참 쉽게 풀리는 일이 없었다. 나 하나를 소환하려고 저만큼의 병력을 동원한 걸로 봐서는 여기서 불응한다면 사태가 더 걷잡을 수 없게 되겠지.

"다녀오겠다."

"혈마이시여!"

"홀로 소환에 응하는 것은 안 됩니다!"

"차라리 저희들이 보필하겠습니다."

존성들이 이구동성으로 만류하려 했다. 지금 당장에야 어느 정도 희생을 감수하면 어찌어찌 저들을 상대할 수 있을 것이다. 그러나 상대는 현이나 부 단위도 아니고 여러 성을 통괄하고 있는 우군도독부였다. 괜한 마찰은 관과의 관계를 최악으로 치닫게 할 것이다. 나는 존성들을 향해 고개를 젓고서 부교주가 된 백혜향을 쳐다보며 말했다.

"소임을 맡을 때가 되었군."

* * *

관군이 있는 곳까지 도달해가자 소담검이 혀를 내둘렀다.

—전에 봤던 군사들은 상대도 안 되겠는데.

그렇겠지. 우군도독부의 관군은 말 그대로 정규군이었다. 방위를 목적으로 만들어진 군이기에 부에서 운용하는 군과는 차원이 달랐다. 그러니 이런 공성전이나 무림인들을 상대하기 위한 전략 병기마저 대동해서 나타난 게 아니겠는가. 선열에 휘황찬란한 갑주를 입고 턱수염을 길게 기른 중년인과 휘하 제장들이 있었다.

'…의외인데.'

—왜?

저들은 전부 무공을 익혔다. 애초에 무공이라는 게 무림인들만 익힐 수 있는 특권은 아니었지만 꽤 수준이 높았다. 저 장군으로 보이는 자는 절정의 경지에 이르렀고, 휘하 장수들 역시도 일류 고수 정도는 되었다.

—운휘, 조심해라. 전 주인께서 관이 무서운 것은 수백만의 대군도 그렇지만 그들이 보유하고 있는 숨겨진 고수들도 상당해서라고 했다.

하긴 그렇겠지. 관에 평범한 사람들만 있다면 옛적에 황실은 전복되었을 것이다. 황실에는 무림조차도 놀랄 만한 숨겨진 힘이 있다고 하는데, 이들을 보고 나니 궁금하기는 했다.

처처척! 내가 앞까지 당도하자 앞 열에 있던 궁사들이 일제히 나를 겨냥했다. 말 위에 있는 장군이 입을 열었다.

"그대가 혈교의 교주인가?"

"그렇습니다. 장군께서는 누구신지 여쭤봐도 되겠습니까?"

이 정도 인물이라면 이름 꽤나 알려진 자일 것이다. 무림연맹에서 첩자 생활을 하며 관의 높은 직위에 있는 자들도 어느 정도 숙지했으니, 정체를 안다면 대응하기 수월해질 것이다.

"국링을 어긴 혐의로 수군도독부에 소환되는 주제에 감히 누구의 대명을 물어보는 것이더냐."

나의 물음에 장수들 중 한 사람이 끼어들었다. 홀로 이곳에 왔다고 어지간히 득의양양해하는 것 같았다. 내게 다그쳤던 장수가 창으로 겨냥하며 말했다.

"그리고 비무장으로 오라고 했을 터인데, 이를 어겨? 당장 가지고 있는 병장기들을 내려놓고 그 흉측한 악귀 가면도 벗지 못할까!"

이에 나는 콧방귀를 뀌며 말했다.

"그건 힘들 것 같군요. 저도 제 일신을 보호해야 하니까요."

"뭐가 어쩌고저째?"

"그리고 방금 전에 혐의라고 하셨으면 말 그대로 죄가 입증되지 않았다는 의미일 텐데요."

그 말에 장수의 표정이 험악하게 바뀌었다. 나는 그가 떠벌려준 덕분에 작게나마 쓸 만한 정보를 얻었다. 아무래도 뇌물을 주었던 도지휘첨사가 전장의 전표를 잘 숨겨두었거나 파기한 것 같았다. 그렇다면 굳이 약하게 나갈 이유가 없었다.

내게 분노한 장수가 혈교의 본단을 손으로 가리키며 말했다.

"네놈이 정녕 저들이 화살 비에 벌집이 되는 꼴을 보고 싶은 게로구나."

겁박을 해왔다. 이에 나는 다소 차갑게 식은 목소리로 답했다.

"관의 체면을 봐서 홀로 소환에 응했는데, 이런 식으로 나오면 곤란하군요."

"하! 네까짓 놈이 곤란하면 어쩌겠다는 거냐? 이 자리에서 즉결 처분이라도 당하고 싶은…."

털썩! 그 말이 끝나기도 전에 장수의 눈이 스르륵 감기며 말에서 떨어졌다. 내 눈을 아주 뚫어지게 쳐다본 대가였다.

"아닛!"

"이게 무슨!"

기절을 해서 정신을 잃은 장수의 모습에 다른 장수들이 일제히 내게 병장기를 겨냥했다. 턱수염의 장군이 다소 언성이 높아져서 내게 말했다.

"무슨 짓을 한 것이냐?"

무공을 펼친 흔적도 없었는데, 휘하 장수가 기절하니 꽤 놀란 모양이었다. 이에 나는 부드러운 어조로 답했다.

"무례한 언동에 잠시 재워뒀습니다."

"재워? 그대는 이 상황이 두렵지 않은 것인가? 지금 본 장이 손을 들어 올리기만 해도 화살의 시위가 떠날 것이다."

"그러기에는 늦은 것 같군요."

"뭐?"

"손을 들어 올리기 전에 제 반경 삼 장 안에 있는 자들이 전부 죽을 테니까요."

말이 끝나기가 무섭게 나는 기운을 드러냈다. 고오오오오! 상단전을 개방할 필요도 없었다. 왼쪽 눈을 감고 중단전을 개방하여 기운을 드러내자, 텁수염 장군을 비롯한 휘하 장수들의 표정이 굳었다. 무공을 익혔으니 수준 차이는 확실하게 알 것이다. 아마 날카로운 예기가 심장을 옥죄는 것만 같을 것이다.

텁수염의 장군이 인상을 쓰며 내게 말했다.

"…그대의 주변에도 쇠뇌들이 겨냥되고 있음은 알고 하는 소리더냐?"

"그건 그 정도 수준인 자들에게나 통하는 것이지요."

'…!!'

"믿기 힘드시면 얼마든지 시험해보시죠. 단, 대가는 여기 계신 제장 분들의 목숨입니다."

"네놈이 감히!"

화가 난 텁수염 장군이 손을 살짝 들어 올리려고 했다. 그러자 번개와도 같은 은빛 검광과 함께 그의 기다란 수염이 반으로 잘려 나갔다.

"누구의 손이 빠를지 꼭 보셔야겠다면 이번에는 수염이 아닐 겁니다."

살기 어린 나의 목소리에 턱수염 장군의 손이 파르르 떨리며 차마 올라가지 못했다. 장수들도 쉽사리 입을 열지 못했다. 심지어 긴장했는지 식은땀마저 흘리는 이들도 보였다. 그런 그들에게 나는 이죽거리는 목소리로 말했다.

"저를 가까이 부르지 말았어야죠."

눈에는 눈, 이에는 이, 겁박에는 겁박으로 돌려준다.

일촉즉발의 상황. 손을 파르르 떨면서 올리지 못하는 턱수염의 장군. 어지간하면 포기할 법도 한데, 삼만이라는 대군을 이끄는 우두머리의 입장이 그러지 못하게 만드는 것 같았다.

그때 누군가의 목소리가 들렸다.

"사파라 불리는 무림인들이 소위 정파라 불리는 자들과는 다르다고 하더니, 귀공을 보니 실감이 가는구려."

나의 시선이 자연스럽게 그곳으로 향했다. 관군들 사이에 가려져 있던 누군가가 모습을 드러냈다. 왼쪽 눈을 감고 있었지만 금안으로 이자의 기운이 여실히 보였다. 무공을 익히지 않은 평범한 자였다. 다만 갑주를 걸치지 않았음에도 외양에서 풍기는 모습이 꽤나 높은 관직에 있는 자임을 알 수 있는 중년인이었다.

"누구신지?"

"본인은 귀주성 제형안찰사사(提刑按察使司)에서 부사를 맡고 있는 고조택이라 하오."

'제형안찰사사?'

—왜? 높은 사람이야?

높다. 제형안찰사사는 한 성(省)의 형과 옥을 총괄하는 사법기관이다. 그곳의 부사라면 사사 내 한 부서의 수장이라 할 수 있다. 아마도 국령감찰부일 확률이 높았다. 자신의 정체를 밝힌 고조택이라는 부사가 턱수염의 장군에게 말했다.

"강 장군, 이쯤 하도록 하지요. 소환에 응했는데 애써 전쟁을 치를 필요가 있겠소이까?"

영리한 자였다. 턱수염 장군의 체면을 적절히 살려주면서 상황을 정리했다.

"크흠. 고 부사께서 그리 말씀하시니 쓸데없는 희생은 없도록 하겠습니다."

—덥석 무네.

소담검이 키득거렸다.

자존심을 살릴 수 있는 기회인데 당연히 제안을 받아들여야지. 턱수염의 장군이 고개를 돌려 한 병사에게 눈짓하자, 그자가 깃발을 휘둘렀다. 그러자 시위를 겨냥하던 삼만의 병사들이 일제히 그것을 서뒀나.

'후우.'

원만히 해결되어 속으로는 안도했지만 일부러 내색하진 않았다. 제형안찰사사의 부사인 고조택이 내게도 말했다.

"강 장군도 한발 물러났으니, 공께서도 관군의 체면을 생각한다면 검병에서…."

그의 말이 끝나기도 전에 나는 검병에서 손을 뗐다. 그리고 두 손을 모아 포권을 취했다.

"혈교를 맡고 있는 백 모라고 합니다."

—응? 네가 언제부터 백가였다고?

혈교의 교주 계통은 대대로 백가다. 여기서 진가나 소가라고 하면 혈교 안의 변화를 다른 이들에게 알리는 꼴이 된다. 굳이 내 진짜 성이나 이름을 외부에 알릴 필요는 없다.

부사 고조택이 내게 말했다.

"이렇게 말로 통할 일을 괜히 얼굴을 붉혔소이다."

"원만하게 해결이 된다면 어찌 거절할 이유가 있겠습니까?"

"백 교주, 일단은 국령을 어긴 혐의로 소환되는 것이기에 병장기는 이쪽에 맡기실 생각이 없으시오? 무혐의가 된다면 다시 돌려줄 것이오."

조심스럽게 내게 권유하는 그였다. 조금이라도 위협이 되는 부분은 차단하고 싶었나 보다.

이에 나는 웃으면서 말했다.

"검이 없다고 한들 무림인이라면 맨손과 맨발 역시도 위협이 되는 무기인데, 하면 제 팔과 다리도 전부 잘랐다가 다시 붙여주실 수 있겠습니까?"

"허어…."

그런 나의 말에 부사 고조택이 졌다는 듯이 고개를 절레절레 흔들더니, 강 장군이라 불리는 자를 쳐다보았다. 강 장군도 내게서 검들을 빼앗아갈 수 없음을 알았는지 한숨을 푹 내쉬며 이를 포기했다.

부사 고조택이 내게 말했다.

"하면 그 악귀 가면이라도 벗으실 순 없겠소? 그리 가면을 쓰고 있다면 귀공이 진짜 교주인지 아닌지 알 수가 없지 않소."

"사정이 있어 지금은 가면을 벗기 힘들 것 같군요. 도독부에 가게 된다면 벗도록 하겠습니다."

당장 가면을 벗을 수는 없다. 급하게 오느라 화장도 지우지 않았고 인피면구도 쓰지 않았다. 얼굴을 씻고 인피면구를 쓰기 전까지는 화장한 얼굴을 보여서 우스갯거리가 될 생각이 일절 없었다. 나중에 가면을 벗겠다고 하니 더는 강요할 수 있겠는가.

"그 약조 지키기 바라겠소. 만약 가면을 벗었을 때 진짜 교주가 아니라면 도독께서는 이 일을 절대 가벼이 넘기시지 않을 것이오."

"여부가 있겠습니까."

"하면 마차에 오르시지요."

'마차?'

부사 고조택이 가리킨 곳에 커다란 마차가 있었다. 그냥 평범한 것이 아니라 높은 자들을 태울 법한 제법 고풍스럽게 생긴 마차였다. 국령을 어긴 혐의로 소환했는데 저런 마차에 태운다고? 의아했다.

그런 내게 부사 고조택이 웃으면서 말했다.

"본 부사도 같이 타고 갈 것이오."

…이건 또 무슨 꿍꿍이지?

* * *

마차에 오르고 출발한 지 얼마 되지 않아서였다. 맞은편에 앉아 있는 부사 고조택이 마치의 벽을 살짝 두드리며 내게 말했다.

"이 마차는 특수한 재질로 만들어서 말소리가 바깥으로 새어 나가지 않소. 그러니 편하게 대화를 나눠도 되오."

무슨 의도로 이런 말을 하는 거지? 의아해하고 있는데 그가 내게 말했다.

"사실 본 부사는 귀공께서 이렇게 쉽게 마차에 오르실 줄은 몰랐소이다."

"어째서 그리 말씀하십니까?"

"솔직히 사파인 그대들은 정파와 다르지 않소."

다르지. 정파나 무림연맹은 관과 밀접한 관계를 맺고 있다. 크게 두려워서가 아니라 관과의 우호적인 관계로 얻을 수 있는 실리가 많기 때문이다. 그렇기에 정파의 무림인들은 관인들의 비위를 어느 정도 맞추고 있었다. 하지만 사파나 지금까지의 본교는 아니었다.

"그렇기에 쉽게 관명을 따르지 않을 거라 생각하여 이리 우군도독부의 군까지 동원한 것이오."

"차라리 사자 한 명만 보내셨으면 이리 많은 관군들이 고생할 일은 없었을 터인데, 안타깝군요."

그런 나의 말에 부사 고조택이 의아해했다.

"저희가 관을 배척할 것이었다면 도지휘첨사 나으리를 찾아가 본교의 개최 승인을 받을 리도 없었겠지요."

"…본 부사가 알고 있던 그 혈교의 교주가 맞는지 모르겠구려."

"시대에 맞춰 나가지 못하고 불응하는 자는 파도에 휩쓸리기 마련이지요. 본교 역시도 국정을 이끄는 관이나 선량한 백성들에게 해를 끼치려는 마음은 없습니다."

"허어."

그런 나의 말에 부사 고조택이 작은 탄성을 흘렸다. 그러더니 진솔한 목소리로 말했다.

"이거 사과해야겠소이다. 본 부사가 귀교와 교주에 대해 괜한 선입견을 가졌던 것 같소."

관인이 이렇게 선뜻 사과하다니, 참 의외였다. 신분 고하를 떠나서 생각보다 괜찮은 자인 것 같았다.

"이십여 년 전을 생각하면 누구나 선입견을 가지는 게 당연하지요. 그런 선입견을 바꾸는 것이 당대 교주인 제 소임입니다."

"훌륭하시오. 교주께서 이렇게 품격 있고 교양 있는 분인 줄 알게 된다면 도독께서도 근심을 더실 것이오."

"그리 말씀해주시니 감사하군요."

대화가 잘 통하는 자였다. 관에도 이런 자가 많다면 무림과 관이 부딪칠 일은 없을 것이다.

—그 반대도 그렇지 않을까?

하긴 무림인들 대부분이 그 성향이 자유롭다. 국령에 휘둘리고 싶어하지 않고, 가진 힘을 배출하고 싶어한다. 그러니 관과 무림이 때때로 부딪치는 것이기도 하다.

부사 고조택이 턱수염을 쓰다듬더니 내게 말했다.

"사림의 교분이라는 것이 뜻이 통하면 생긴다고 하지 않았소이까?"

"이를 말씀입니까."

"귀공과 대화를 나눠보니, 이 시국을 잘 풀어 나갈 수 있을 것 같소이다."

"시국이라니 무슨?"

절로 인상이 써졌다. 이 사태가 시국이라는 말을 쓸 만큼 그리 커진 건가? 의아해하고 있는데 부사 고조택이 말했다.

"교주를 소환하는 도중에 자칫 전쟁이 벌어질 수도 있는데, 여기까지 본인이 마차를 끌고 온 것이 이상하다고 생각지 않소?"

"조금 의아하긴 했습니다."

"도지휘첨사에 대한 뇌물 수수 혐의가 비록 국령을 어겼다고는 하나, 문파 승인과 관련된 정도의 문제라면 아무리 완고한 도독께서도 모른 척 넘어갈 수 있는 일이었소."

'흠.'

생각해보면 그렇다. 작은 문파도 아닌 혈교의 수장을 부르는 일이다. 자칫 잘못하면 관의 입장에서도 큰 싸움으로 번질 수 있어서 굳이 무리해가며 압박할 일이 아니었다. 나 역시도 갑작스럽게 벌어진 일이기에 그저 무림연맹의 농간이라 여겼고, 관을 상대로 여력을 빼앗기지 않기 위해 조용히 소환에 응한 것뿐이었다.

"하나 여쭤봐도 되겠습니까?"

"말씀하시오."

"도독을 움직인 것이 무림연맹입니까?"

그런 나의 물음에 부사 고조택이 피식 웃더니 말했다.

"짐작하신 대로요."

"하면 이것이 무림연맹에서…."

"관에서 귀교를 압박하게 하려는 수작인 줄 아느냐고 물으려는 것이 아니오?"

'…?!'

정확하게 요지를 파악하고 있었다. 아무래도 내가 관을 너무 쉽게 본 것 같았다. 아니, 무림연맹 역시도 마찬가지다.

“관과 무림이 서로 조약을 맺은 것이 있다고는 하나, 언제든지 화근으로 돌변할 수 있는 위험한 그대들을 마냥 내버려둘 것 같소? 관에서도 무림 내의 일을 늘 살펴보고 있소.”

일리가 있었다. 관에게 무림은 끌어안고 있어도 위험한 존재였다. 당연히 모르쇠로 지켜볼 리가 없었다.

“알고 계셨다면 어찌하여?”

“무림연맹에서 관에 갖다 바치는 금전이나 공물이 한두 푼일 것 같소? 그들은 황실이나 고위 관료들과도 일부 연을 맺고 있어서 도독부에서도 그들의 성의를 무조건 무시하기 힘드오.”

“하면 무림연맹의 손을 들어주실 겁니까?”

“아니오. 그럴 것이었다면 사자를 보내지 않고 우선 귀교에 압박부터 가했을 거요.”

삼만의 대군을 보낸 것이 압박이 아니면 뭐지? 그저 보이기용이란 말인가. 그렇다면 확실히 무림과는 도량에서 차원이 다르다.

“그렇다면 어찌하려고 소환한 겁니까? 만약 답이 정해진 소환이라면 이에 응하는 것은 힘들 것 같습니다.”

뻔히 짜고 치는 판이라면 내가 갈 이유가 없다. 이에 부사 고조택이 말했다.

“그래서 이렇게 이야기하는 것이 아니오.”

내게 방안을 일러주려는 것인가?

“부사께서 가르침을 주시지요.”

“원래 도독께서는 정파 연맹에서도 바치는 공물이나 뇌물을 빌미로 이 일을 넘기려고 하였소.”

“그렇게 넘겨도 되지 않습니까?”

"한데 문제가 생겼소이다."

"어떤 문제입니까?"

그런 나의 물음에 부사 고조택이 목소리를 낮추고 속삭이듯이 말했다.

"지금 우군도독부에는 진왕과 경왕, 영왕께서 와 계시오."

'…!!'

진왕? 경왕? 영왕?

—누구길래 그렇게 놀라는 거야?

대연제국의 황자들이야.

—황자!

이건 전혀 예상치 못한 일이었다. 왕의 칭호를 받은 세 황자가 우군도독부에 있다니? 그들은 황태후와 제일비, 제이비의 소생들로 차기 황태자 자리를 노리는 거물들이었다. 더 많은 황자들이 있지만 왕의 칭호를 받은 이들은 이 셋뿐으로 실제로 그들 중에 황태자가 되는 자가 나온다.

—넌 알겠네?

이 년쯤 후에 벌어질 일이니 당연히 알지. 게다가 삼 년 후에는 국상까지 일어나 고작 일 년 만에 그 황태자가 황위에 오른다.

—황제가 아픈 거야?

외부에는 알려지지 않았지만 아마도 병상 중일 거라 생각한다. 그렇지 않고서야 삼 년 후에 갑자기 국상을 치르는 게 이상하니까.

"많이 놀라셨을 거요."

"…무림인이라고는 하나 황자 전하들이라 하니 놀랍군요."

"일이 어렵게 되었소이다. 세 황자께서는 폐하의 명을 받고 각 성과 오호도독부를 순방하고 계시는 중이오."

"무림연맹이 그 기간을 맞춘 겁니까?"

"그러하지 않을까 짐작만 하고 있을 뿐이오."

만약 그런 것이라면 꽤나 머리를 굴렸다고 할 수 있었다. 이게 과연 제이군사와 제삼군사 중 누구의 머리에서 나온 책략일까?

"어쨌거나 전하들께서 계실 때 무림연맹의 군사라는 자가 찾아와서 소환을 피할 수 없게 된 것이오."

"그럼 저는 어찌해야 합니까?"

"이미 도독께서는 도지휘첨사에게 귀교에서 받은 전표를 전부 처리하게 하셨소. 모두 태웠을 터이니 더는 증거가 없소이다."

'아….'

그래서 협의라고 했구나. 도지휘첨사가 물증을 없앤 줄 알았는데 그게 아니었다. 도독부에서 사태를 원만하게 해결하기 위해 처리한 것이었다. 부사 고조택이 말했다.

"공께서는 그저 소환에 응해 도독부에서 벌어질 재판에서 질의에만 응답해주면 큰 이변 없이 무혐의로 정리될 것이오."

"그리 배려해주신다면 감사할 따름입니다."

"다만…."

"다만?"

"전하들이 마음에 걸리오. 특히 차기 보위에 가까우신 진왕 전하께서는 도가를 숭상하시는 분으로 무당파의 종선 진인이라는 분께도 가르침을 받았다고 하오."

태극검제 종선 진인. 꽤나 신경 쓰이는 정보였다. 대연제국은 도교를 국교로 채택했다. 물론 국교로 채택했다고 해서 다른 종교를 박해하지는 않는다. 그렇기에 불교인 소림사나 항산파, 아미파가 여전히 활동할 수 있는 것이다.

"관과 무림의 관계를 생각하여 크게는 아니겠지만 교주를 자극하는 말을 할 수도 있을 것 같소이다."

"…어느 정도 감안을 해야겠군요."

"그리고 한 가지 더 명심할 것이 있소이다."

"명심?"

"영왕 전하께서는 무(武)에 지극히 관심이 높으신 분이오. 그렇지 않아도 한때 무림을 양분했던 혈교의 수장께서 오신다는 말에 상당한 관심을 보이고 있소."

"그건 그리 나쁘지 않군요."

"혹여 공을 시험해보기라도 할까 봐 노파심에서 드리는 말씀이외다."

"시험한다라…."

부사 고조택이 진지하게 내게 경고했다.

"본 부사는 귀공께서 이 일을 원만히 해결하고 싶다면 세 분 전하의 심기를 건들지 않는 것을 권하고 싶소."

당연히 그렇게 하고 싶다. 한데 과연 무림연맹에서 그리 호락호락하게 이를 준비했을까? 아마 어떤 식으로든 엮일 수밖에 없는 함정을 파고 있을지도 모른다.

—괜찮겠어?

대비는 해야겠지. 다행히 나는 그들 중 누가 황태자가 되는지 알고 있으니 말이다.

그때 부사 고조택이 물었다.

"여담이지만 둘만 있어서 묻는 것인데, 왜 그런 흉측한 악귀 가면을 쓰고 온 것이오?"

그게 그렇게 궁금했던 건가. 이에 나는 피식 웃으며 가면을 반쯤 벗었다. 화장을 한 얼굴이 반 정도 드러나자 부사 고조택이 눈이 휘둥그레져서 말했다.

"교주께서 여인이셨소?"

그 말에 소담검이 박장대소를 했다.

아니, 화장을 했을 뿐인데 왜 여인이라는 말이 나오지? 이에 나는 정색하며 답했다.

"남자입니다."

이에 부사 고조택이 웃으며 말했다.

"알고 있소. 남자의 목소리에 목젖도 튀어나오고 어깨 골격이 다른데 어찌 여인으로 오해하겠소?"

"…."

농도 할 줄 아네.

* * *

그렇게 아흐레가 지났다. 그동안 화장도 지우고 인피면구도 했기에 악귀 가면은 벗었다. 가면도 종일 쓰고 있는 것이 힘들어 그나마 인피면구가 나았다. 두 시진 전에 우군도독부가 있는 귀주성의 귀양에 도달했다. 마차에서 내내 부사 고조택과 대화를 나누다 보니 많이 친해져서 호형호제하는 사이가 되었다. 그는 다른 관인들보다 열려 있는 자였고, 친해지면 도움이 될 거라 여겼기에 이것저것 많은 정보도 얻을 수 있었다.

다그닥! 다그닥! 끼이이이. 한참을 달리던 마차가 멈춰 섰다. 드디어 우군도독부에 도착한 것 같았다. 마차에서 내리기 전에 부사 고조택이 내게 당부했다.

"백 형, 누차 이야기했지만 세 전하만큼은 어떤 일이 있어도 척을 지어서는 안 되네."

"알고 있소, 고 형. 어찌 그 당부를 잊겠소."

"최대한 가까이하지 않는 게 좋을 걸세."

나 역시도 명심하고 있었다. 황자들과 대립하게 되면 일이 커지는 것은 당연한 일이었다. 한 성 내의 관인들과도 그러지 않으려고 하는데, 어찌 황자들의 심기를 건드리겠는가. 그렇게 마차에서 내리니 커다란 건물이 보였다. 현판에 우군도독부라 떡하니 적혀 있었다. 내려서 두어 발짝 정도 걸어갔을 때였다.

'음?'

기감을 자극하는 상당한 기운에 그곳을 쳐다보니 푸른 비단옷을 입은 이십 대의 귀한 상을 가진 청년이 내게 성큼성큼 걸어오고 있었다. 이십 대 중반 정도로 보이는데 절정의 경지에 오른 자였다. '누구지?' 하고 궁금해하는데, 갑자기 부사 고조택을 비롯한 관군들이 전부 무릎을 꿇고서 소리쳤다.

"영왕 전하를 배알하나이다."

'영왕?'

대연제국의 황태자이기에 이들처럼 무릎을 꿇지는 않더라도 나 역시 포권을 취하며 예를 갖추려 하는데, 그때 영왕이 내게 말을 걸었다.

"그대가 혈교의 교주인가?"

"그렇습니다, 전하."

"귀하를 기다리느라 목이 빠지는 줄 알았네. 그대가 그렇게 강하다지?"

'…?!'

제 발로 황자가 찾아왔는데 이걸 어찌 멀리하라는 거지?

세 황자

꽤나 난감한 상황이었다. 도착하자마자 세 황자 중 한 사람인 영왕이 나를 찾아오다니. 이런 식이라면 엮이기 싫어도 엮일 수밖에 없었다. 옆에 엎드려 있는 부사 고조택이 슬쩍 고개를 들고서 내게 눈짓을 보내왔다. 당부했던 것을 강조하는 느낌이었다.

—어떻게 할 거야?

어떡하긴. 지금 영왕과 안 좋게 엮여서 득 될 것은 없었다. 최대한 원만하게 가야 했다. 우선 도중에 인사가 끊겼기에 영왕에게 포권을 취하며 말했다.

"영왕 전하를 뵙습니다."

그때 어디선가 큰 외침 소리가 들렸다.

"감히 어느 안전이라고 무릎을 꿇지 않는 것이냐!"

쩌렁쩌렁한 목소리에 실려 있는 정기. 그곳을 쳐다보니 회색 무복을 입은 한 중년의 사내가 서 있었다. 기감상으로 느껴지는 기운은 절정의 무위를 지녔다. 처음 보는 얼굴이기에 누군지 알 수 없었다.

"대연제국의 황자 전하 앞에서 어찌 이런 무엄함을 보일 수…."

그의 말이 미처 끝나기도 전에 영왕이 손을 들었다. 말하지 말라는 소리였다.

"전하!"

"누가 자네더러 나서라고 했나, 가 호위."

호위? 저자의 정체는 영왕을 보호하는 호위였던 모양이다. 호위무사조차 제법 뛰어난 무위를 지닌 것을 보니, 영왕이 정말 '무'에 관심이 많다는 것이 실감되었다. 가 호위라 불린 자가 성큼성큼 다가와 입을 열었다.

"하나 전하, 이것은 황실에 대한…."

"어허. 본 왕이 괜찮다는데, 어찌 그대가 나서는 게야. 그리고 무림인에게는 그들만의 법도가 있을 터인데, 이를 어찌 강요하느냐?"

"…송구하옵니다."

그 말에 가 호위란 자가 결국 고개를 숙이며 사죄했다. 의외였다. 관과 무림이 조약을 맺었다고 하나, 고위 관료들이나 황실 사람들 중에는 이를 받아들이지 않는 자들이 꽤 많았다. 우려했던 것과 달리 영왕은 생각보다 열린 사고관을 가지고 있는 듯했다. 아니면 '무'에 대한 강한 열망 때문에 그러는 것인가?

그때 영왕이 내게 말했다.

"호위무사의 무례함을 이해해주게. 원래 황실의 법도란 그러한 것이니."

"아닙니다. 호위의 충의를 어찌 불쾌하게 받아들이겠습니까."

그런 나의 말에 영왕의 눈에 이채가 띠었다.

"듣던 것과는 많이 다르군."

"그게 무슨?"

"정도 무림연맹의 사마 군사라는 자가 이르길, 혈교나 사파의 무림인들은 흉포하고 무식하여 품격이 떨어지는 자들이 많으니 가까이하지 말라고 하더군."

사마 군사? 이곳에 무림연맹의 군사가 와 있다고 하여 제삼군사인 백위향일 거라 여겼는데, 그가 아니라 사마중현이 있었구나. 한데 어지간히 사전에 밑밥을 쳐놓은 것 같았다. 영왕 외에 다른 황자들에게는 어떻게 이야기했는지 눈에 훤했다.

이에 나는 빙그레 웃으며 말했다.

"좀 더 자유분방하고 욕심에 솔직한 자들이 많다고 하나, 그것이 무식하고 품격이 떨어지는 것은 아니지요."

"그대를 보니 그런 것 같구나."

"좋게 봐주시니 감읍할 따름입니다."

"하하하. 혈교라 하여 과연 어떠한 자들인지 궁금했는데, 이리 말이 잘 통하니 오히려 잘됐구나."

뭔가 일이 술술 풀리는 느낌이었다. 한데 슬쩍 고개를 들어서 나를 쳐다보는 부사 고조택의 표정은 여전히 좋지 않았다. 왜 저러는 거지? 그때 영왕이 전혀 예기치 못한 말을 꺼냈다.

"이렇게 연을 맺었으니, 본 왕이 그대에게 도움을 주고 싶구나."

"도움이라니 무슨?"

영왕의 눈이 반짝이는 것이 마음에 걸렸다. 지금까지 호의적인 모습을 보였던 것과는 다르게 뭔가 사욕이 엿보였다. 부사 고조택의 불안이 이것인가?

"국령을 어긴 혐의로 소환되었다고 들었다."

"…그렇습니다."

"그 혐의를 본 왕의 권한으로 덮어주마."

혐의를 덮어주겠다고? 그것은 이미 도독부 쪽에서 물증을 전부 없애서 굳이 혐의를 덮고 자시고 할 문제가 아니었다.

"무슨 말씀이신지 도통 모르겠군요. 아직 재판도 시작되지 않은 일입니다."

일단 선을 그었다. 본능적으로 이자와 엮이면 피곤하겠다는 느낌이 커졌다. 영왕이 내게 웃으면서 말했다.

"관과 부딪치지 않기 위해 우군도독부의 소환에 응한 것을 알고 있다."

"…."

부사 고조택조차 알고 있으니, 영왕 정도 되는 자가 작정하면 모를 일이 아니겠지. 한데 이 말을 꺼내는 본의가 무엇일까?

"그 불안을 본 왕이 없애주겠다는 것이다."

이에 나는 영왕에게 포권을 취하며 말했다.

"전하의 배려는 감사하오나, 말씀대로 관과의 원만한 관계를 위하여 소환에 응했으니 재판도 받아들일 것입니다."

"후후후, 그리된다면 그 바람이 무색해질 터인데 괜찮은가?"

"그게 무슨 말씀이신지?"

그런 나의 물음에 귓가로 전음이 들려왔다.

[이곳에는 본 왕 이외에 형님 전하들도 왕림하셨네.]

굳이 전음으로 이런 이야기를 한다는 것은 다른 이들이 듣지 않기를 원한다는 기겠지. 영왕이 내게 계속 전음을 이어갔다.

[재판에 들어가면 형님 전하들도 참관하실 거네.]

이건 이미 들어서 알고 있었다. 세 황자가 이 사건에 흥미를 느끼고 있다고 부사 고조택이 말했었다.

[거기까진 들었습니다.]

[하면 알겠군. 지금 이곳에 무림연맹의 사마 군사와 전진교의 교주인 만종 진인이 와 있다네.]

전진교의 교주 천둔검객 만종 진인. 무림연맹의 제육장로이자 정파에서도 수위에 드는 검객이다. 회귀 전에도 몇 차례 보았었는데, 호방한 성격과 다르게 사도에는 용서가 없는 자였다. 사실 이것보다 걸리는 것은 그가 도인이라는 것이다. 부사 고조택은 진왕이 도교를 숭상한다고 했었다. 어쩌면 이 점을 이용하여 재판에 진왕이 간섭하게 할지도 몰랐다.

[진왕 전하께서는 도교를 각별하게 여기시어 몇 번이나 국교 이외의 종교를 금해야 한다고 폐하께 주청드린 분이시라네. 특히 혈교와 같은 곳은 철저히 이교도로 생각하시지.]

[저희는 무림 문파에 보다 가깝습니다.]

[하나 교리를 가진 곳이기도 하지 않나?]

그건 부정할 수 없었다.

[형님 전하께서는 필시 재판에서 다른 혐의들까지 끌고 와서 개입하며 그대를 몰아붙일 걸세. 그리된다면 자네의 바람은 이뤄지지 않게 되겠지.]

피곤해지고 있었다. 황자들만 엮이지 않았으면 이렇게 어려울 일이 아니었다. 무림연맹부터 이들까지 엮이면서 복잡한 양상이 되어버렸다. 나는 한숨을 내쉬며 말했다.

[무엇을 원하시는 겁니까?]

[그대에게도 나쁘지 않은 요구라 생각되네.]

[말씀하시죠.]

[본 왕은 인재를 아끼지. 그렇기에 자네와 혈교를 본 왕의 산하 수하로 받고 싶군.]

'…?!'

이건 전혀 예상치 못한 요구였다. 설마 나와 혈교를 통으로 원할 거라고는 생각도 못 했다. 이게 나쁘지 않은 요구라고?

[자네는 모르겠지만 장차 제국은 혼란에 접어들 걸세.]

현 황제가 병약해진 것을 말하는 것 같았다. 내가 모른다고 생각할 터이니, 그 사실을 대놓고 말하진 못하겠지. 그런데 그게 무슨 관계가 있다고 꺼내는 거지?

[금상제 이후로 관과 무림은 조약을 맺고서 정사를 막론하고 조약을 깨지 않는다면 자네들을 내버려뒀었네.]

[이 이야기는 관련이 없어 보입니다만.]

[관련이 있네. 아바마마와 역대 황제들께서는 그 조약을 지켜왔었지. 하나 진왕 형님께서는 생각이 다르시네.]

[무엇이 말입니까?]

[형님 전하께서는 국가에 해가 되는 무림인들을 정리하고 싶어하시지.]

'…!!'

말인즉 대연제국과 호의적인 관계를 유지하고 있는 정도 무림연맹을 제외하고는 금상제처럼 전부 탄압하겠다는 의미였다. 그런 무시무시한 속내를 가지고 있었다니, 이건 꽤 놀라웠다.

[본 왕은 그 반대급부를 제안하려는 것일세.]

[그게 전하의 산하로 들어오라는 것입니까?]

[그렇네. 무림연맹에서는 형님 전하께 '큰 기대'를 하는 것인지, 계속 형님 전하를 지원하려고 하더군.]

큰 기대, 이게 무슨 의미인지 알겠다. 무림연맹은 진왕이 보위에 오를 거라 여기는 듯했다. 황태후의 소생이니 충분히 그렇게 예측하는 것도 당연한 일이었다. 관과 호의적으로 연을 맺고 있는 것도 단순히 당장의 이익만이 아니라 향후를 위한 대비책이었다.

—그럼 진왕이 황제가 되는 거야?

안타깝지만 아니다. 무림연맹이 제대로 헛다리를 짚었다. 진왕은 황태후의 소생이지만 끝내 황제가 되지 못한다.

—잉? 그럼….

소담검이 내게 다른 것을 물어보려 했지만 그 전에 영왕의 전음이 귀를 파고들었다.

[자네와 혈교가 본 왕의 산하로 들어온다면 내 약조하지.]

[어떤 것을 말입니까?]

[반대급부라고 하지 않았나? 진왕 형님께서 정파와 무림연맹을 비호한다면 본 왕은 혈교를 지원토록 하겠네.]

[…저희를 지원하시겠다는 겁니까?]

[그렇네. 그대가 할 일은 무림연맹이 주제넘게 형님 전하를 지원하는 일을 막아주면 되네. 그렇게 해준다면 머지않아 본 왕이 만인지상의 자리에 올라 무림연맹을 영원히 사라지게 해줄 것이야.]

자신의 포부를 밝히는 영왕이었다. 끝에 와서는 보위의 욕심을 보인 셈이었다. 제안한 대로만 이뤄진다면 절대로 나쁜 일은 아니었다.

—무슨 제안을 했길래 그래?

소담검의 물음에 나는 간략하게 그것을 알려줬다. 그러자 소담검이 말했다.

—나쁘지 않은 거 아냐? 그럼 관과 문제가 생기면 영왕이 보호해주겠다는 거잖아. 무림연맹도 진왕을 이용하는 거라면 너도 그러면 되잖아.

쉽게 생각하면 그렇겠지. 한데 절대 그렇지 않다.

—왜?

어느 쪽이 황위에 오르든 무림은 예전과 달라진다.

—그게 무슨 소리야?

한번 관과 결탁하면 쉽게 빠져나올 수 있을 것 같아?

이건 가볍게 생각할 일이 아니다. 진왕이 황제가 되더라도 무림연맹은 계속해서 관과 연을 맺어야 하고, 영왕이 황제가 된다면 이쪽에서도 관과 계속 연을 맺게 된다. 금상제 이후로 맺었던 조약이 무실해지고 무림도 관의 영향을 크게 받게 되는 것이다.

—자유를 박탈당한다는 거네?

그 말 그대로다. 영왕은 내게 자신의 수하가 되라고 했다. 달콤한 말로 이야기했지만 한번 수하가 되면 빠져나갈 수 없다. 결국 진왕이나 영왕은 자신들 입맛대로 무림을 이용한 후에 그 산하로 끝까지 부려먹겠다는 의미가 된다.

—무림연맹 개네는 그걸 감수하겠다는 거야?

모르겠다. 영왕의 말대로라면 그런 것 같은데, 무림연맹이 그리 호락호락한 자들인가. 아마도 손해 보지 않도록 진왕과 따로 조약을 맺었을 수도 있다. 그것도 아니라면 영왕이 나를 속이는 것일 수도 있고.

—어떻게 할 거야? 어찌 되었든 여기서 거절하면 이 영왕이라는 자도 적으로 돌변하는 거 아냐?

그럴지도 모른다. 영왕의 저 웃음. 어떤 식으로든 내가 빠져나갈 수 없다고 여기는 듯했다. 부사 고조택의 우려가 현실이 되었다. 영왕이 내게 물었다.

[어떻게 하겠나?]

그런 그에게 나는 미소를 지으며 말했다.

[전하의 배려에 감사드립니다. 구미가 당기는 제안이군요.]

[하면 본 왕에게 충성을….]

[하루만 생각할 시간을 주시지요.]

그 말에 영왕의 한쪽 눈썹이 치켜 올라갔다.

[하루? 내일 정오면 재판이 시작될 터인데 괜찮겠나?]

[전하께서 힘을 써주시면 협의와 재판을 없애실 수 있다고 하지 않으셨습니까?]

그런 나의 말에 영왕이 고개를 끄덕였다. 그러고는 말했다.

"좋네. 하루의 말미를 주지. 충분히 생각해보도록 하게. 부디 좋은 결론을 내는 것이 그대와 혈교에 이로운 결과를 가져올 것이야."

그 말과 함께 영왕은 다시 왔던 길을 되돌아갔다. 그러자 자리에서 일어난 부사 고조택이 내게 말했다.

"기어코 이런 사달이 벌어졌구먼. 영왕은 고집이 센 자일세. 둘이 대체 무슨 대화를 나눈 것인가?"

전음으로 나눈 대화라 궁금했던 모양이다. 이에 나는 피식 웃으며 말했다.

"이로울 게 없는 대화요."

"이로울 게 없다고?"

의아해하는 그에게 나는 물었다.

"고 형, 경왕 전하께선 어디 계시오?"

"그건 왜 묻나?"

"그냥 묻는 것이오."

고조택이 한숨을 내쉬며 내게 경고했다.

"자네는 혐의가 있어서 소환되었네. 내일 재판까지는 우군도독부를 벗어날 수 없으니 제발 자중하게."

"그러도록 하죠."

말은 이렇게 했지만 그럴 생각이 없었다. 가만히 앉아 있으면 내일 어떤 상황이 벌어질지 모를 일이었다.

* * *

그날 늦은 밤 술시(戌時) 말엽.

경왕이 우군도독부의 관사 처소로 돌아왔다는 소식을 들은 나는 그곳으로 향했다. 전진교의 교주인 만종 진인과 함께 도교의 경문을 읽으며 처소에서 시간을 보낸다는 진왕이나, 종일 연무장에서 무예를 익히고 있다는 영왕과는 달랐다. 그는 낮부터 나가서 지금까지 주루에 틀어박혀 술을 마시며 기생을 탐했다고 한다.

—대단하네.

나도 그렇게 생각한다. 세 황자들 중에 가장 모난 자였다. 그 때문에 부사 고조택은 혹여나 경왕만큼은 찾아가지 말라고 당부했었다. 황자들 중에 가장 포악하면서 어디로 튈지 모를 만큼 비뚤어진 자이기에 상대하지 않는 편이 나을 거라 했다. 하지만 그를 만나야만 했다. 왜냐하면….

—진짜 그 망나니 같은 인간이 황제가 되는 거 맞아? 잘못 기억하는 거 아냐?

맞다. 그러니까 찾아가는 거 아니겠냐.

경왕이 머무는 관사 처소 쪽이 시끌벅적했다. 아직도 술판을 벌이고 있는 것 같았다. 관사 처소로 들어가는 전각 문 사이를 관군 경비들이 지키고 있었다. 저들과 상대해봐야 들어가기 힘들겠지. 스륵! 나는 풍영보를 써서 관사 처소의 담벼락을 넘었다. 그리고 시끌벅적한 곳으로 향했다.

경왕이 정원 한복판에 상다리를 펴놓고서 기생들을 데려와 술판을 벌이고 있었다. 경왕의 수하들로 보이는 자들이 같이 술을 마시고 있었다.

"경왕 전하."

그런 나의 부름에 상의를 풀어헤치고 술병을 들고 있던 새하얀 얼굴에 긴 머리카락을 뒤로 묶은 미남자가 나를 쳐다보았다. 살짝 취기가 도는지 얼굴이 상기된 채 눈이 반쯤 풀린 상태로 물었다.

"그대는 누구지?"

이자가 경왕인가? 생각보다 굉장히 잘생긴 미남이었다. 매끄럽게 깎아낸 조각상처럼 생겼고 풀어헤친 상의로 보이는 가슴도 근육이 두터웠다. 그런 그를 빤히 쳐다보다가 나는 대답했다.

"저는 혈교의 교주입니다."

"뭐?"

그 말을 들은 경왕의 잘생긴 미간에 주름이 생겼다. 자신의 관사 처소로 내가 이렇게 나타날 거라고는 생각지 못했나 보다. 경왕이 술병을 한 모금 들이켜더니 말했다.

“내일 재판에 국령을 어긴 혐의로 회부될 자가 이 늦은 밤에 본왕의 처소로 오다니, 배짱이 두둑하군.”

“잠시 경왕 전하를 독대하고 싶어서 찾아왔습니다.”

“독대?”

“길게는 아닙니다. 잠시만 시간을 내어주시지요.”

그런 나의 말에 경왕이 피식 웃었다. 그러고는 술병을 들어 한 번에 벌컥벌컥 마셔서 이를 비우고는 병을 바닥에 거칠게 던졌다. 쨍그랑!

“보다시피 술을 많이 마셔서 그대와는 할 말이 없구나. 돌아가거라. 본 왕이 오늘은 기분이 좋으니 그냥 보내는 것을 감사히 여기고 말이다.”

이에 나는 빙그레 웃으며 말했다.

“내일이 재판이라 그러기는 힘들 것 같군요.”

그 말과 함께 경왕에게 다가가기 위해 한 발짝 앞으로 걸어갔다. 바로 그 순간이었다. 슈슈슈슈슉! 그림자처럼 열 명 정도 되는 검은 무복에 복면을 쓴 자들이 나타나 앞을 가로막고서 검과 도를 겨냥했다. 은신술에 제법 능한 자들이었다.

복면인들의 장벽에 가려진 경왕의 목소리가 들렸다.

“더는 선을 넘지 말거라. 이게 마지막 경고이다. 왕의 심기를 건드리고 무사하길 바라지는 않겠지?”

이에 나는 복면인들을 스윽 훑어보았다. 그들이 경계심 가득한 얼굴로 내게서 눈을 떼지 않았다.

"방해가 되니 잠시 주무시고 계시오."

"이자가 지금 무슨 말을…."

쿵! 복면인 중 한 사람이 뭐라 말하려다 이내 바닥에 쓰러졌다. 그런데 그 사람뿐만이 아니었다. 쿵! 쿵! 쿵! 다른 아홉 명의 복면인들도 검과 도를 잡고서 달려오려다 이내 쓰러지고 말았다. 상판 앞에 앉아 있던 경왕의 눈매가 가늘어졌다.

"…무슨 짓을 한 거지?"

가늘어진 눈으로 나를 쳐다보는 경왕에게 말했다.

"그저 잠을 재웠을 뿐입니다."

"잠을 재워?"

나의 말에 경왕이 콧방귀를 뀌더니 손등으로 자신의 이마를 짚었다. 취기가 여전히 가시지 않는지 홍조 띤 얼굴로 게슴츠레 나를 쳐다보던 그가 입을 열었다.

"본 왕이 취기로 헛것을 본 것이냐? 아니면 그것도 무공이라는 것이냐?"

"그저 작은 재주 정도라 말하겠습니다."

"작은 재주?"

환의안에 관해 굳이 설명해줄 이유는 없었다.

내 말을 곱씹듯이 중얼거리던 경왕이 피식 웃었다. 그러고는 내게 말했다.

"본 왕이 취했다고 얼렁뚱땅 넘어가려는 게로구나."

"무공이 아니라 재주이기에 그렇게 말씀드린 겁니다."

"손도 대지 않고 사람을 잠재우는 것이 그냥 재주라고? 정파인과 달리 사파인들은 잡기에 능하다는 말이 그냥 떠도는 풍문이 아닌 듯하구나."

특이한 자였다. 단순히 잠재웠다고 하면 그 능력을 경계하거나 신기해하는 정도에 그친다. 그런데 그 능력의 본질에 관심을 가지고 있었다. 저런 자가 단순히 망나니라고?

"여기 있는 이 아이들도 잠재울 수 있겠느냐?"

경왕이 두 팔을 활짝 펴며 말하자, 그의 주변에 앉아 있던 기생들이 깜짝 놀랐다.

"전하!"

"어찌 그런 말씀을!"

"하하핫! 그저 잠재우는 것이라는데 무에 겁을 먹는 것이냐? 한번 해보거라."

그런 그의 말에 나는 기생들을 바라보았다. 나의 시선은 그녀들의 얼굴이 아닌 손목과 손등, 그리고 움직임으로 향했다.

"기생을 데려온 줄 알았는데, 그게 아닌 듯하군요."

그 말에 기생들의 눈매가 날카로워졌다. 기생들의 손이 천천히 자신의 치마폭 안쪽으로 향하고 있었다.

—아니, 손이 왜 저 안쪽으로 가?

치마 속만큼 무기를 숨기기에 좋은 곳도 없지. 겉보기에는 화려하게 꾸민 여인들이지만 그 미묘한 움직임은 잘 훈련받은 암살자의 것과 닮아 있었다.

"세간에 알려지신 것과 역시 많이 다르시군요, 전하."

"잡기를 더는 보여줄 생각이 없나 보지?"

"이미 보여드렸습니다."

"흐으응."

쿵! 쿵! 쿵! 나의 말이 끝남과 동시에 노려보던 기생들이 상판 위에 쓰러졌다. 접시들이 깨지고 술병이 나뒹굴고 난리도 아니었다. 내공이 없는 자들이라 억지로 흔들어가며 깨우지 않고는 적어도 일각 이상은 깨지 못할 것이다.

—점점 익숙해지네.

그래. 굳이 상대에게 내 눈을 쳐다보라는 말을 하지 않아도 자연스럽게 눈을 보도록 유도하게 만드는 데 익숙해졌다. 경계심을 가진 상대는 자연스럽게 눈을 쳐다보게 마련이니까. 경왕은 자신을 제외하고 상판에 쓰러진 기생들을 보며 기가 찬다는 듯이 혀를 내둘렀다.

"이제 저와 대화를 나누실 수 있겠습니까?"

나의 물음에 경왕이 가만히 있다가 히죽 웃었다. 무슨 의미일까? 웃고 있던 경왕이 술병 하나를 더 들더니 나발을 불었다.

—하는 짓이 딱 주정뱅이 같은데 진짜.

—저런 놈한테 뭘 기대하는 거냐, 인간?

소담검과 혈마검이 동시에 혀를 찼다.

술을 마시는 경왕의 눈동자 동공이 천천히 움직이며 어딘가로 향했다. 정원의 남쪽 방향과 서북쪽 방향이었다.

—사시도 아니고 눈깔을 왜 저리 굴리는….

가만히 있어봐. 뭔가 다른 의미가 있는 것 같아.

[전하의 수하분들이 아닙니까?]

나의 전음에 경왕의 눈동자가 위아래로 움직였다. 그렇다면 장단에 맞춰줘야겠다. 나는 경왕을 바라보며 고개를 절레절레 흔들고는 실망스럽다는 표정을 지으며 이내 포권을 취하고 돌아섰다.

—왜 가는 거야?

경왕을 감시하는 자들이 있어.

—뭐?

복면인들이나 기생들처럼 경왕의 수하들인 줄 알았는데 아닌가 보았다. 계속 술을 마시면서 딴전을 피우는 행동은 저들이 지켜보고 있으니 돌아가라는 의미였다.

—갈 거야?

아니, 그럴 수야 있나. 저들도 재우고 와야지.

담벼락을 넘어선 나는 빠르게 몸을 움직였다. 작정하고 풍영보를 펼치면 어지간한 고수가 아니고는 내 신형을 육안으로 잡아내는 것이 불가능하다. 경왕의 눈동자가 가리켰던 곳에 복면을 쓴 자들이 주위를 두리번거리고 있었다.

—뭐 하려고?

그냥 잠재울까 했는데 더 좋은 방법이 떠올라서.

—좋은 방법?

* * *

불과 일다경 후, 식판 앞에서 여전히 술을 마시고 있는 경왕 앞에 나는 모습을 드러냈다. 경왕이 나를 보더니 혀를 차며 말했다.

"한 고집 하는구나."

"감시하는 자들은 전부 물러났으니 이제 편히 말씀하시죠."

"뭐?"

경왕이 미간을 찡그렸다. 일다경, 말 그대로 고작 차 한 잔 마실 시간에 불과했다. 그사이에 감시자들을 처리했다고 하니 당혹스러운 건가? 경왕이 다소 굳은 얼굴로 목소리를 낮게 깔며 나무랐다.

"어리석은 짓을 했군."

"무엇이 말입니까?"

"그대는 본 왕이 지금까지 해왔던 것을 망쳐놓았다. 기껏…."

"다른 두 황자들의 경계심을 없애려고 주색에 빠진 연기를 해왔다고 말씀하시는 겁니까?"

그런 나의 말에 경왕이 가늘어진 눈매로 술을 들이켜며 말했다.

"혈교의 교주라고 하더니, 머리는 제법 돌아가는구나. 하나 머리와 달리 어리석은 행동 덕분에 그동안 해왔던 것이 도로 아미타불이 되었다."

이에 나는 빙그레 웃으며 말했다.

"그런 우려는 하지 않으셔도 됩니다."

"우려?"

"저들이 돌아간 것은 각기 다른 것을 보고하기 위함이니까요."

"그게 무슨 소리지?"

나는 감시자들에게 환의안의 두 번째 단계로 환상을 보여줬다. 영왕이 보낸 감시자들에게는 내가 진왕과 함께 있는 모습을, 진왕이 보낸 감시자들에게는 영왕과 함께 있는 모습을 보였다. 덕분에 양측에는 경왕이 아닌 다른 황자와 교착하는 것처럼 되어버렸다. 황급히 달려갔으니 어떻게 받아들일지는 내일이 되면 알 수 있겠지.

"제가 다른 황자들의 명을 받은 것처럼 감시자들을 속였습니다."

"…어찌 말이냐?"

실망스러워하던 경왕이 표정을 바꾸며 흥미를 보였다. 이에 나는 아무렇지 않게 답했다.

"이들을 재운 것과 마찬가지로 잡기를 부렸다고 말씀드리죠."

그 말에 경왕의 입꼬리가 올라갔다.

"사술 같은 것을 부린 모양이구나."

나는 이를 부정하지 않았다.

흥미롭다는 듯이 나를 바라보던 경왕이 살짝 삐져나와 흐트러져 있던 머리카락을 뒤로 쓸어 넘기며 들고 있던 술병을 내려놓았다. 워낙 절세미남이라 그런지 행동 하나하나가 그림 같아 보였다. 경왕이 나를 빤히 쳐다보며 말했다.

"이렇게까지 해가며 본 왕과 이야기하려 하는 저의가 무엇이냐?"

"경왕 전하의 도움이 필요합니다."

"도움?"

그런 나의 말에 반문한 경왕이 뭐가 웃기는지 킥킥거렸다. 그렇게 한참을 웃어대던 경왕이 내게 말했다.

"내일 재판 때문에 그러는 것이더냐?"

"그렇습니다."

"혈교가 관과 엮이기라도 할까 봐 그러는 모양이군."

술에 취한 망나니 흉내를 내면서도 정황은 전부 파악하고 있었다. 역시 서릭을 제대로 숨기고 있는 자였다. 경왕이 고개를 절레절레 흔들더니 자신을 가리키며 말했다.

"그대가 본 왕에 대해 많이 모르는 모양이구나. 폐비의 자식이자 주색을 탐하는 왕이 무슨 힘이 있다는 게냐?"

스스로를 격하하고 있었다.

"무엇을 기대하고 왔는지는 모르겠으나 본 왕은 그대를 도울 힘이 없다."

"스스로를 많이 감추시는군요, 전하."

"살기 위함이니 무엇을 기대하든 실망하게 될 거다."

계속 발뺌을 할 작정인가 보다. 그렇다면 별수 없지.

"밤이 그리 길지 않으니 단도직입적으로 말씀드리겠습니다."

"단도직입?"

"힘이 없으시다는 분이 산족과 대흉족을 막기 위한 북방의 삼십만 방위군에 어찌하여 계속 사람을 보내 접촉하시는 것인지요?"

'…?!'

그 말이 끝나기가 무섭게 경왕의 짙은 한쪽 눈썹이 위로 치켜 올라갔다. 표정을 보니 지금까지와는 다르게 크게 동요한 것 같았다. 내가 이 사실을 알아서 놀랐을 거다. 회귀 전 황제가 갑자기 붕어한 후 장례가 치러지는 동안 북방 삼십만 방위군과 오호도독부 두 군의 전력인 이십만 군이 수도로 진격해온다. 진왕과 영왕이 수도 방위군와 황군으로 막아보려 했으나 끝내 실패하고 만다.

경왕의 얼굴에 짙은 그림자가 드리워졌다.

"그것을 어찌 알았느냐?"

지금까지의 분위기와 확연하게 달라졌다. 오만하면서 위엄 넘치는 목소리에 놀랄 정도였다. 같은 사람처럼 보이지 않았다.

—그 주정뱅이 맞아?

'저게 본모습일지도.'

이윽고 경왕의 몸에서 열은 수증기가 흘러나왔다.

—뭐 하는 거야?

'체내의 주독을 빼내고 있어.'

—무공을 익혔다는 거야?

그래.

경왕도 영왕과 마찬가지로 무공을 익혔다. 그를 처음 보자마자 잘 발달된 근육과 기감을 자극하는 기운 때문에 단번에 알아봤다. 영왕에 비하면 무공이 낮다고 해도 일류 고수 수준은 되었다. 내공으로 취기를 가시게 한 경왕의 얼굴은 술기운에 홍조가 피어 있을 때와 달리 차분해 보였다. 경왕이 내게 입을 열었다.

"어찌 알았냐고 묻지 않느냐?"

이에 나는 여유를 잃지 않고 대답했다.

"관이 무림을 경계하여 살피듯이 무림 역시도 관을 살필 수밖에 없지요."

"관을 살펴?"

"금상제 이후 생겨난 조약을 당금의 황제께서 잘 지켜주시고 계시지만, 차기 보위가 가까워지면 무림에서도 신경을 곤두세울 수밖에 없지요."

그런 나의 말에 경왕이 콧방귀를 뀌며 다그쳤다.

"웃기는 것들이구나. 그런 자유를 얻어냈으면 무림의 일에나 신경 쓰면 될 것이지, 어찌 관의 일에 관심을 가지는 것이더냐?"

"관심을 가지고 싶지 않았습니다. 다만 본교의 숙적이라 할 수 있는 무림연맹이 관과 계속 연을 맺어가며 술수를 부리기에 이를 그냥 지켜볼 수 없었을 뿐입니다."

"구실이 그럴듯하구나."

"사실입니다. 본교는 관의 일에 관심이 없습니다. 하나 진왕 전하께서 보위를 이으신다면 본교로서는 최악의 상황을 맞이하기에 다른 두 분 황자 전하께 자연스레 관심을 가질 수밖에 없었습니다."

그런 나의 말에 경왕이 고개를 절레절레 흔들었다. 사실 나는 그의 경계심을 건드리지 않기 위해 모든 것을 밝히지 않았다. 아마 지금 그는 북방 방위군과 더불어 오호도독부의 두 군을 손에 넣었을 것이다. 하지만 일부러 이 사실을 밝히지 않았다. 이쪽에서 모든 패를 알고 있다는 것을 알면 경왕은 오히려 나와 혈교를 위험한 존재로 여기게 될 것이다. 그렇기에 북방군과 접촉하려 하지 않느냐는 식으로 운만 던진 것이다.

—머리를 쓰는 것도 힘든 일이네.

당연하지. 정보는 무기다. 하나 그 정보를 어떻게 다루고 푸느냐에 따라 상황이 달라진다. 장차 황제가 될 경왕의 경각심을 사지 않을 만큼만 적절히 풀어야 한다.

나를 빤히 쳐다보던 경왕이 물었다.

"그래서 영왕더러 하루 말미를 달라고 하고서 나를 찾아온 거로구나."

"주루에 계셨던 분이 귀가 밝으시군요."

"본 왕도 모든 것을 지켜보고 있다는 사실을 주지시켜주는 것뿐이다."

"명심하겠습니다."

경왕이 팔짱을 끼고서 내게 말했다.

"원하는 것이 무엇이냐?"

"내일 재판이 무사히 끝날 수 있도록 전하께서 힘을 써주셨으면 합니다."

"진왕과 영왕을 견제해달라는 말이구나."

"맞습니다. 이것은 전하께도 나쁘지 않은 이야기입니다. 재판의 결과가 좋지 않게 나와 본교가 영향을 받게 되면 무림연맹은 더욱 진왕 전하를 돕게 될 겁니다."

"그대와 혈교를 보호하는 것이 진왕이나 영왕을 견제하는 길이라는 것이냐?"

"그렇습니다."

그런 나의 말에 경왕이 고개를 절레절레 흔들었다. 그러더니 자리에서 일어났다.

"아무리 봐도 수지가 맞지 않구나."

"어째서입니까?"

"그대를 보호하면 도리어 본 왕이 진왕이나 영왕의 견제를 받게 될 것이다. 그런 것을 감수하기에는 손해가 크군."

"…."

역시 그를 설득하는 것은 불가능한 일인가. 황제가 될 자라 웬만하면 그와의 관계를 원만히 하고 싶었다. 하나 역시 여태껏 주색에 빠진 것으로 자신을 숨길 만큼 경계심이 강한 자라 설득하기가 쉽지 않았다.

"진왕 전하의 힘이 강해지는 것을 감수하시겠다면 저로서도 어쩔 수 없지요."

너무 밀어붙일 수만은 없었다. 밀고 당기는 것이 관건이었다. 슬쩍 아쉽지만 물러나야겠다는 시늉을 하기 위해 천천히 두 손을 모으려고 했다. 그때 경왕이 내게 입꼬리를 올리며 말했다.

"하나 수지가 맞지 않는다면 그만큼을 채우면 될 일이지."

"그 말씀은?"

딱! 경왕이 관사 처소 건물 방향 쪽으로 손가락을 튕겼다. 그러자 처소 쪽에 숨어 있던 누군가가 모습을 드러내며 한 낡은 보갑을 들고 나왔다. 길이나 두께를 보면 딱 검이나 도가 들어갈 만한 크기의 보갑이었는데, 겉면에 노란 부적들이 빈틈없이 가득 붙어 있었다.

"이게 무엇입니까?"

그런 나의 물음에 경왕이 의미심장한 목소리로 말했다.

"요검(妖劍)이다."

요검

'요검이라니….'

잘 만들어진 명검을 두고 세상은 보검(寶劍)이라고 부른다. 보검을 만들기 위해서는 세 가지 요소, 즉 좋은 철과 명장의 기술, 그리고 수천 번의 단련(鍛鍊)이 필요하다. 그렇게 탄생한 보검은 무인의 손에서 이름을 날리게 된다.

중원 무림에는 수많은 보검들이 있지만 그중에는 요검이라 불리는 괴이한 검들이 존재한다. 요검은 말 그대로 요사스러운 기운이 남셔 있는 검이다. 요검의 탄생에는 수많은 비화가 있다. 그중 가장 신빙성을 지닌 것이 오간지검(嗚干之劍)의 유래이다.

—그게 뭐야?

그것은 전국시대에 오나라의 명장 부부에게서 비롯되었다. 간장과 막야, 그들 부부는 다시없을 희대의 대장장이라 불린다. 이런 그들에게 오나라의 임금 합려는 관야흑철이라는 불세출의 철을 주고서 검을 만들게 한다. 한데 어쩐 일인지 정선한 철이 삼 년이 되어가도록 녹지 않았다. 이에 진노한 왕은 그들 부부의 소중한 일가 식솔들의 목숨을 담보로 검을 독촉한다.

—어지간히 급했나 보네.

그들 부부는 스승인 대명장 구야자(歐冶子)에게 조언을 구한다. 그리고 구야자는 살아 있는 사람의 피와 살이 들어가지 않으면 관야흑철을 녹일 수 없다고 조언한다. 그 말을 들은 아내 막야는 그 자리에서 풀무로 뛰어든다. 신기하게도 얼마 지나지 않아 관야흑철이 녹아내리며 철 즙이 흘러내렸다. 아내의 희생으로 끝없는 한에 사로잡힌 간장은 검에 자신의 머리카락과 피, 손톱을 잘라 화로에 넣고 동녀 삼백여 명을 시켜 풍로를 돌린다. 이렇게 힘겹게 주조된 두 검은 양으로 된 간장, 음으로 된 막야라는 명장 부부의 이름이 붙는다.

—이게 왜 요검이라는 거야?

간장과 막야의 검병을 쥐었던 자들은 누구 할 것 없이 원혼에 사로잡혀 단명을 했고, 그 검에 베인 상처는 죽을 때까지 회복되지 않았다는 이야기 때문이다. 그래서 간장과 막야를 아는 자들은 보검이라 부르기보다 요검이라 불렀다.

—혈마검이 딱 그렇네.

—불만이라도 있는 거냐, 쪼끄마한 놈이?

—뭐!

소담검의 말처럼 혈마검도 요검이라 불린다. 증오와 한으로 가득한 혈마 조사의 피로 만들어졌으니 말이다.

'들려, 남천?'

—아무 소리도 들리지 않는다. 부적 때문에 그런 것 같다.

—망할 부적.

부적에 봉해진 적이 있는 혈마검이 신경질을 냈다. 나는 경왕의 수하가 들고 있는 보갑을 쳐다보며 말했다.

"이걸 어디서 구하신 겁니까?"

"그건 그대에게 본 왕이 이야기할 의무가 없다고 보는데."

뭐, 그건 맞는 말이다. 그런데 중원에서 요검이라 알려진 악명 높은 검은 오직 다섯 자루뿐이다. 그중 하나가 혈교의 신물인 혈마검. 다른 하나는 사대 악인 중 한 사람인 살흉(殺凶) 절심이 가지고 있다는 겁살검(劫殺劍)이다. 나머지 세 검은 풍문으로만 돌 뿐 누가 가졌는지 회귀한 나조차 모른다.

"수지를 채우면 된다고 하셨는데, 제게 이 요검을 보이시는 이유가 무엇입니까?"

요검은 정말 위험하다. 나조차 한때 혈마검에 서려 있던 혈마의 원한이 담긴 백에 먹힐 뻔하지 않았나. 그런 나의 물음에 경왕이 진지한 목소리로 말했다.

"본 왕은 이 요검을 쥘 수 있는 자를 찾고 있다."

그렇겠지. 요검은 평범한 사람을 넘어서 무림인들조차 쉽게 쥘 수 없다. 벽을 넘은 고수들마저도 요검의 선택을 받지 못하면 검심이 강해 이를 오래 쥐고 있기가 힘들 정도다.

"황궁에는 그런 자가 없나 보지요?"

"황제를 지키는 삼태상은 오직 아바마마의 명으로만 움직이지. 본 왕이라고 한들 그들을 움직일 수는 없다."

'삼태상?'

황실에 그런 직위가 있던가? 혹여 경왕이 말한 삼태상이라는 자들이 황실의 숨겨진 힘일지도 몰랐다. 궁금했지만 괜한 호기심은 경왕을 자극하겠지.

"해서 제게 부탁하시는 겁니까?"

"원래는 무림에서 팔대 고수라 불리는 자를 찾아가 요검을 제압해달라고 부탁하려 했다. 하나 본 왕을 지켜보는 눈들이 많지."

하긴 그럴 것 같다. 지켜보는 눈도 많고 팔대 고수가 쉽게 만날 수 있는 이들도 아니다.

—무림연맹이 관과 호의적이라며?

관이 아니라 엄밀히 말하면 일황자인 진왕이다. 경왕도 그걸 알기에 선불리 무당파의 종선 진인이나 무림연맹주 백향묵에게 이를 부탁하지 못했을 것이다. 아마도 이렇게 순방을 다니면서 기회가 되면 팔대 고수 중 일인과 접촉하려 했을 확률이 높아 보였다.

"본 왕의 부탁은 간단하다. 그대가 이 요검을 제압할 수 있다면 원하는 부탁을 흔쾌히 들어주도록 하마."

나는 경왕을 물끄러미 쳐다보았다. 요검의 검심을 제압하면 부탁을 들어준다라…. 다른 두 왕의 견제마저 감당할 수 있을 만큼 이 요검이 중요하다는 건가? 그렇다면 좀 더 판을 올릴 수 있을 것 같다.

"자, 해보겠느냐?"

"…이번에는 제 쪽에서 수지타산이 맞지 않는 것 같군요."

"뭐라?"

"요검을 제압한다는 건 자칫 목숨을 잃을 수도 있는 일입니다. 전하께서도 그것을 잘 아시리라 생각합니다만."

그런 나의 말에 경왕이 콧방귀를 뀌었다.

"그래서 어쩌라는 것이냐?"

이에 나는 빙그레 웃으며 말했다.

"많은 것을 바라는 것은 아닙니다."

"혈교의 교주라고 했는데, 이제 보니 흥정하는 것이 장사꾼 못지 않구나."

"목숨을 걸어야 하는 일입니다. 그만큼의 보상을 요할 수밖에 없지요."

과연 경왕이 어찌 나올까? 나를 빤히 쳐다보던 경왕이 길게 숨을 내쉬더니 입술을 뗐다.

"당돌하군. 무엇을 원하느냐?"

"무림연맹에서 관을 움직여 본교를 압박하려 한다면 막아주십쇼. 전하라면 충분히 가능하시리라 생각합니다."

"무림의 일에 관이 끼어들지 못하게 해달라는 것이로군."

"맞습니다."

"좋다. 그것을 들어주도록 하지."

경왕이 흔쾌히 이를 받아들였다.

"먼저 정식으로 약조문을 작성해주십시오."

"…철두철미하구나."

경왕의 한쪽 눈썹이 위로 치켜 올라갔다. 살짝 불쾌해하는 듯 보였지만 나도 보증이 될 만한 것이 필요했다. 상대는 훗날 황제가 되기 위해 만인을 속이고 있는 잠용이었다. 어찌 나올지 누가 알겠는가.

딱! 경왕이 손가락을 튕기자 보갑을 들고 있던 자가 그것을 내려놓고 처소로 뛰어가 지필묵을 가지고 나왔다. 고개를 절레절레 흔들며 경왕이 상판 위에서 약조문을 작성해주었다. 우리가 나눈 거래 조건 그대로였다. 쿵! 경왕이 자신의 직인까지 찍어서 내게 약조문을 넘겼다. 약조문의 마지막 구절을 보며 나는 옅은 콧바람을 내쉬었다.

일이 잘못되어 목숨을 잃는다면 그것은 전적으로 혈교 교주의 책임이다.

역시 쉽게 당할 경왕이 아니었다.

—불안한데…. 괜찮겠어?

이 내용을 보니 요검을 쥐어보려다 목숨을 잃은 자가 한둘이 아닌 모양이었다. 그래도 내게는 비장의 무기가 있잖아. 나는 손등에 난 북두칠성 형태의 일곱 점을 바라보았다.

"이제 요검을 제압해보거라."

그 말과 함께 경왕이 보갑에서 물러났다. 거의 오 장 거리가 넘게 뒤로 물러나는 것이 요검의 봉인을 풀면 벌어질 위험에 대비하는 듯했다.

좋아. 한번 해볼까? 나는 보갑의 이음새에 붙어 있는 부적들을 하나하나 떼었다. 그때마다 기묘한 소리가 들려왔다.

—….

아직은 보갑에 워낙 많은 부적이 붙어 있어서 그 소리가 작았다.

부르르르!

"응?"

이음새의 마지막 한 장을 떼어내는 순간 보갑이 들썩였다. 보통 요검이 아닌 듯했다. 혈마검을 처음 보았을 때처럼 긴장감이 감돌았다. 천천히 보갑의 윗부분을 잡고서 열었다. 그리고 이를 완전히 젖히자 검집부터 검병까지 온통 부적으로 뒤덮인 검 한 자루가 모습을 드러냈다. 바로 그 순간이었다.

—끼야아아아아아아아아아아아!!

"크!"

귀가 찢어질 듯한 괴성이 고막을 강하게 울렸다. 어찌나 강한지 고막이 찢겨 나갈 만큼 너무나도 고통스러웠다. 나는 왼쪽 눈을 감고서 중단전을 개방했다. 선천진기로 귀를 보호하자 그나마 견딜 수 있었다.

—요성이 강하다, 운휘.

남천철검이 우려되었는지 경고했다.

혈마검은 그저 가소롭다는 듯이 특유의 웃음소리만 흘렸다.

그래. 혈마검도 견뎠는데 이 정도야. 팍! 나는 보갑 안에 들어 있는 부적으로 뒤덮인 검병을 움켜잡았다. 그 순간 강한 사념이 느껴졌다. 부적이 보호하고 있어서 아직은 작게 들렸지만 검병을 뽑는 순간 어찌 될지는 알 수 없었다. 경왕을 비롯한 그의 수하가 내게서 눈을 떼지 못하고 있었다.

"후우."

호흡을 가다듬은 나는 이내 부적으로 뒤덮인 검집에서 검을 뽑았다. 챙! 맑은 검명과 함께 한쪽 검신에 독특한 문양이 새겨진 검이 모습을 드러냈다. 혈마검도 그랬지만 검신만 봐도 명검임을 알 수 있었다.

—나으리.

그때 쟁반에 옥구슬을 굴리는 듯한 부드러운 여자의 목소리가 귓가에 들려왔다. 이 요검의 목소리인가? 검과 대화를 나눠봐야겠다. 그런데 믿기지 않는 일이 벌어졌다.

'…?!'

눈앞에 감탄이 나올 만큼 아름다운 절세미녀가 하늘거리는 옷을 입고 서 있었다. 거의 반쯤 헐벗었다고 해도 과언이 아닌 복장이었다. 대체 이게 무슨 현상이지?

—왜 그러는 거야?

—운휘?

소담검과 남천철검이 동시에 내게 물었다.

'이거 안 보여?'

—무슨 소리를 하는 거야?

—대체 무엇을 보고 있는 건가, 운휘?

검들에게는 아무것도 보이지 않는 모양이었다.

나는 경왕을 쳐다보았다. 혹시 이게 나만 보이는 건가 싶어서 그랬는데, 경왕과 그 수하가 두 눈을 감고서 귀를 틀어막고 있었다. 저들은 무슨 일이 벌어지는지 알고 있는 모양이었다. 그때 절세미녀가 내게 말했다.

—나으리.

몽환적인 목소리였다.

—나으리.

정말 아름다운 목소리였다. 들을 때마다 몽롱해지는 것만 같았다. 풍만한 가슴이 보일 만큼 하늘거리는 옷을 입은 절세미녀가 내게 유혹의 손짓을 하면서 천천히 걸어왔다.

—나으리, 이리 와서 제 품에 안기세요.

그녀가 두 팔을 활짝 벌리며 내게 다가왔다. 점점 눈꺼풀이 무겁게 느껴졌다.

—야! 운휘!

소담검의 외침 소리가 머릿속을 강하게 울렸다. 순간 정신이 번쩍

들었다. 이 절세미녀가 내는 목소리는 사람의 마음에 침투하는 것 같다.

"후우."

성명신공을 운기하자 심장에서 따뜻한 기운이 전신으로 퍼지면서 머릿속에 파고들었던 잡념들이 사라져갔다.

—나으리, 이리 오세요. 저를 안고 싶지 않나요.

절세미녀가 상의를 살짝 내리며 내게 유혹의 손짓을 했다.

'그만.'

가슴이 반쯤 드러나기에 나는 시선을 피하고서 뒤로 살짝 물러났다. 그러자 절세미녀가 잠시 고운 이마를 살짝 찡그리더니, 이내 그것을 다시 펴고서 나를 더욱 강하게 유혹해왔다. 스윽! 치맛자락을 들어 올려 허벅지까지 끌어올린 절세미녀가 내게 유혹적인 목소리로 말했다.

—나으리, 제 다리를 만져보고 싶지 않나요?

나는 손을 내밀어 그녀에게 다가오지 말라는 시늉을 하며 속으로 소리쳤다.

'그만하라고 했다, 요망한 것아.'

치마를 걷어 올리고서 유혹적인 얼굴로 걸어오던 절세미녀가 멈춰 섰다. 그러고는 굳은 인상으로 내게 말했다.

—나으리, 제가 아름답지 않나요?

'네 유혹에 관심 없다.'

나는 강하게 내 의지를 드러냈다. 그러자 절세미녀가 한숨을 푹 내쉬더니 짜증스럽다는 듯이 중얼거렸다.

—고자였군.

'…?!'

내가 고자라니? 순간 어처구니가 없었다. 제 유혹에 넘어가지 않았다고 지금 누굴 남자 구실 못 하는 사람으로 치부하는 건가. 잡념이 없어지다 못해 화가 나려는데, 그때 절세미녀가 나를 보면서 혀를 차며 말했다.

—상관없다. 어차피 세상 남자들은 이 몸의 노예.

'노예?'

갑자기 유혹하는 모습에서 돌변했다. 조금 전의 몽환적인 말투는 온데간데없이 사라졌다.

'응?'

그런데 갑자기 절세미녀의 모습에 변화가 생겨났다. 머리카락이 점점 새하얗게 바뀌더니 이윽고 완전한 백발이 되었다. 방금 전까지만 해도 색기 넘치는 아름다운 절세미녀였다면 지금은 마치 도도한 여왕을 보는 것만 같았다. 그녀가 내게 손을 내밀며 말했다.

—이 몸에게 복종하거라.

절세미녀의 눈동자에서 기묘한 빛이 일렁였다. 이를 보는 순간 온몸에 소름이 돋았다. 검병을 잡고 있는 손으로 뭔가 사이한 기운이 파고들며 육신을 침범하려 했다.

'아!'

경험한 적이 있었다. 이것은 혈마검에 있던 혈마 조사의 원념 가득한 백이 내 몸을 조종하려고 했던 것과 거의 비슷한 현상이었다. 이 요검에도 원념이 담겨 있는 것 같았다.

—이딴 것도 견디지 못하진 않겠지, 인간.

혈마검의 목소리가 머릿속을 울렸다. 당연하지. 한 번 당했던 것을 두 번씩이나 당할 것 같은가.

—복종해라.

절세미녀가 내게 무릎을 꿇으라는 듯이 손바닥을 밑으로 내렸다. 몸을 파고드는 사이한 기운이 이것을 실제로 행하도록 전신을 잠식하려 들었다. 그러나 내게는 선천진기가 있었다. 우우우웅! 원기라 할 수 있는 선천진기가 사이한 기운을 밀어내며 이를 버텨냈다. 절세미녀가 미간을 찡그렸다.

—제법 강하구나. 그런다고 버틸 수 있을 것 같아?

사이한 기운이 더욱 강해졌다. 이 요검에 담겨 있는 기운도 보통이 아니었다. 웬만큼 평범한 이들은 이 자리에서 졸도해버릴지도 모를 만큼 강렬했다.

—무릎을 꿇고 네 몸을 찔러 검에 피를 바쳐라.

'…허튼소리.'

나를 어지간히 우습게 봤다. 상단전을 개방하자 내 몸에 변화가 생겨났다. 이를 본 절세미녀의 눈동자가 흔들렸다.

—너 설마….

혈천대라공을 운기하자 전신에서 붉은 기운이 아지랑이처럼 피어올랐다. 요검의 사기가 강하다고는 하나 혈마의 백을 흡수한 나의 염과 혈천대라공의 기운은 이를 뛰어넘었다. 절세미녀가 당혹스러운 목소리로 말했다.

—너 혈마검의 주인이구나!

혈마화를 하면서 이를 알아챈 것 같았다. 혈마의 위명이 대단하기는 한가 보다. 이런 원념 가득한 백소차 아는 것을 보면 말이다. 혈마검이 웃으면서 말했다.

—주인은 무슨 주인. 이 몸의 수하로 받아준 거지. 눈치채봐야 늦었다, 사련검(邪連劍).

사련검? 검의 정체가 드러났다. 혈마검이 이 검을 알고 있을 줄이야. 그런데 다른 검들은 저 여인의 모습이 보이지 않는 것 같은데, 혈마검 이 녀석은 보이는 건가?

—망할 것들!

파르르르르! 사련검의 검신이 떨렸다. 마치 내 손에서 벗어나고 싶어하는 듯했다. 나를 정복하는 게 힘들어서 그러나 본데, 이를 어쩌나.

'그 백 가져가겠다.'

나야말로 사련검에 담겨 있는 백을 흡수해야겠다. 손등에 있는 북두칠성의 점들 중에 네 번째 점인 천권이 붉은빛에서 푸른빛으로 일렁였다. 그러자 절세미녀의 아름다운 얼굴이 무섭게 일그러졌다.

—아아아악!

[염(念)조차 이치가 통하면 통제할 수 있을지니. 천권(天權)이 열렸도다.]

그것이 바로 천권의 힘이다. 절세미녀의 모습이 점차 흐려져 갔다. 그러더니 이내 그 모습이 자줏빛으로 물들었다. 사련검에 스며 있는 원념 가득한 백이 모습을 드러낸 것이다.

—안 돼! 안 돼에에에!

절규성이 터져 나왔다.

'그만 포기해라.'

천권의 빛이 더욱 강해졌다. 그러자 이윽고 자줏빛 백이 회오리를 치며 연기처럼 손등의 점으로 빨려 들어왔다. 그와 동시에 머릿속에 수많은 사념이 떠올랐다. 백에 담겨 있는 기억들이었다. 사념으로 가득한 수많은 기억과 백에 담겨 있는 힘 때문에 상단전의 염이 더욱 커졌다.

'행운이다.'

다만 흡수하는 과정이라 몸이 계속 떨려서 제대로 움직일 수가 없었다. 그러나 혈마검 때만큼 오래 걸리지는 않았다. 이윽고 백을 완전히 흡수하자 떨림이 완전히 멎었다.

'아…….'

검의 주인이 누군지 알았다. 먼 옛날 그 명맥이 완전히 끊기면서 무림인들의 기억 속에서 사라진 향화열락궁의 궁주 주사련이라는 사파의 악명 높은 여고수였다. 사술로 남자들을 유혹하여 수백 명을 죽였는데, 그 손속이 잔인하여 무림 공적으로 몰리면서 멸문한 것 같다. 그런데 놀라운 것은 혈마검 때와는 완전히 달랐다.

—뭐가 다르다는 거야?

나는 오른손에 쥐고 있는 사련검을 쳐다보며 말했다.

—이봐, 사련검.

검신이 미묘하게 떨리며 아까 전 절세미녀의 목소리가 머릿속을 울렸다.

—너 대체 뭐야? 어떻게 인간이 내 말을 들을 수 있지?

'내게 특이한 힘이 있거든.'

다른 검들과 마찬가지로 사련검이 놀라워했다. 내게 보여준 백의 원념 때문에 대화가 가능하다고 여긴 모양이다.

—백의 원념을 보여줬다고?

그래.

혈마검은 혈마 조사의 힘이 너무 강해서 그 백이 더욱 이면에 드러났다. 그러나 사련검은 백보다 검의 힘이 더 강했다. 그래서 검이 오히려 백을 마음대로 다룰 수 있었던 것이다. 그 절세미녀는 검에 남아 있던 원념 가득한 백을 움직여 눈앞에 보이게 만든 사련검의 기이한 힘이었다.

—주인의 백조차 다루다니 무서운 검이구려.

남천철검이 혀를 내둘렀다. 이에 사련검의 목소리가 울려 퍼졌다.

—흥. 누가 주인이라는 거야? 이 몸에게 주인은 없어.

오만한 것이 어떤 면에서는 혈마검과 닮았다. 요검이라 불리는 것들은 하나같이 자아가 굉장히 강한 것 같다. 사련검이 내게 부드러운 목소리로 말했다.

—너… 굉장히 흥미로운 인간이구나. 내 노예가 될 생각 없니?

—이 인간은 내 수하다. 너같이 남자들을 홀리는 천한 것과 상종할 것 같으냐?

혈마검이 웬일로 나를 사수하려 들었다. 같은 요검이라고 더 견제하는 건가?

—깔깔깔. 네가 남자를 모르는구나. 남자란 자고로 부리기 쉬운 노예들이지. 내가 살살 건드려주기만 하면 내 검신을 할짝거리며 정신을….

…이거 생각보다 위험한 검인데. 오만한 걸 넘어선다.

사련검이 내게 입맛을 다시듯이 말했다.

—흥미로워. 검과 대화를 나누는 인간이라니.

—흥! 인간, 무시해라. 천한 검과 상종해봐야 하등 쓸모가….

그런 혈마검의 말을 끊고서 사련검이 내게 끈적거리는 목소리로 말했다.

—마음에 들었어. 이 몸이 너를 노예로 받아주마. 그 혀로 내 검신을 핥으면서 주인님이라고 부르면….

도저히 안 되겠다. 나는 염으로 사련검의 목소리만 소거했다. 검신이 묘하게 떨려왔지만 더 들었다간 피곤해질 것 같았다.

—어우. 피곤한 신입이네.

소담검이 혀를 내둘렀다.

신입은 무슨. 나도 욕심이 많아서 웬만한 보검이라면 사족을 못 쓰지만 사련검은 갖고 싶지 않다. 검마다 성향이 각기 다른 줄은 알았지만 최악인 것 같았다. 뭐 어차피 이건 내 검이 아니라 경왕의 것이니까.

—운휘, 나는 나쁘지 않은 것 같다. 참 매력적인 검이다.

…내가 잘못 들은 건가. 남천철검, 설마 사련검이 마음에 든 거냐? 나의 물음에 남천철검이 계속 헛기침을 해댔다.

그때 경왕이 놀랍다는 표정을 지으며 내게 다가왔다.

"그 모습은 대체 무엇이냐? 머리카락과 눈이 마치 피처럼 붉게 변했구나."

혈마화를 아직 풀지 않아서 경왕이 신기해하고 있었다. 이에 나는 상난선을 닫고서 혈마화를 푼 후에 감고 있던 왼쪽 눈을 떴다. 다시 원래대로 돌아오는 모습에 경왕이 탄성을 흘렸다.

"그대는 참으로 기이한 능력을 많이 가졌구나."

"작은 재주들입니다."

"남이 하지 못하는 것들이 어찌 작은 재주이냐? 그래, 요검은 제압한 것이냐?"

"그렇습니다."

"황궁에서 무위가 꽤 높다 싶은 금의위 무사들도 보갑을 열자마자 혼이 나갔는데, 참으로 대단하구나."

경왕이 나를 칭찬했다. 요검을 제압하여 기분이 좋은가 보았다.

"그 자줏빛 이상한 것이 요검의 요성인가?"

"요성이 아니라 원념이 담긴 백입니다."

"어찌 되었든 그것을 해결했다는 것이 아니더냐?"

"그렇습니다."

"과연 무림을 양분했다던 혈교의 교주다운 신기로군. 그대가 무림인이 아니라면 데려가서 중히 쓰고 싶을 정도구나."

"과찬이십니다, 전하."

"약조를 하였으니 본 왕이 이를 지키도록 하마. 하면 검을 이리 주거라."

감탄하던 경왕이 내게 손을 내밀었다. 이에 나는 고개를 저으며 말했다.

"요검에 있는 원념이 담긴 백은 어찌 해결했지만 검 자체가 워낙 사념이 강해서 위험할 수도 있습니다."

경왕이 인상을 찡그리며 말했다.

"도통 무슨 소리인지 알 수가 없구나."

"요검이란 것들은 주인을 선택하는 귀물입니다. 주인이 아닌 자를 거부하기도 해서 직접 만지시는 것은 위험할 것 같습니다."

혈마검도 주인이 아닌 자의 혈맥을 폭주시킨다. 요검이라 불렸던 사련검이기에 그런 힘이 남아 있지 않다고 확신할 수 없었다. 그 말에 인상을 쓰던 경왕이 수하를 불렀다.

"네가 검을 살펴보도록 하여라."

"네, 전하."

경왕의 수하가 내게서 사련검을 받았다. 검을 이리저리 살피기 위해 검신을 잡던 수하가 갑자기 전신을 파르르 떨었다.

"끄으으으."

경왕이 화들짝 놀라 물러서며 말했다.

"이게 어찌 된 일이냐?"

"아무래도 검이 그를 거부하는 것 같습니다."

그때 경왕의 수하가 멍한 눈으로 검신을 잡더니 이내 혓바닥을 길게 내밀었다. 대체 왜 저러나 싶었는데, 경왕의 수하가 갑자기 사련검의 검신을 정신없이 핥기 시작했다. 아주 지극정성으로 말이다.

'…?!'

경왕과 나는 그 광경에 순간 어처구니가 없어 말문을 잃고 말았다. 머릿속에 사련검이 했던 말이 떠올랐다.

—깔깔깔. 네가 남자를 모르는구나. 남자란 자고로 부리기 쉬운 노예들이지. 내가 살살 건드려주기만 하면 내 검신을 할짝거리며 정신을….

이를 떠올리자 온몸에 소름이 돋았다. 소담검도 나와 같은 마음이었는지 연신 혀를 찼다. 수인으로 인정하지 않은 자를 제 마음대로 조종하여 저런 더러운 짓거리를 하게 만들다니. 정말 기가 찼다.

"이벽! 지금 무얼 하는 게냐!"

말문을 잃었던 경왕이 자신의 수하를 다그쳤다. 그때 정신없이 검을 핥고 있던 이벽이라는 경왕의 수하가 갑자기 검병을 거꾸로 쥐고서 검 끝을 자신에게로 향했다.

"멈춰라!"

경왕의 외침에도 불구하고 이벽이라 불린 수하는 자신의 가슴을 향해 검을 찔렀다. 그러나 검은 그의 가슴을 관통하지 않았다. 내가 검 끝을 검지와 중지로 잡아냈기 때문이다. 팍!

"윽!"

나는 다급히 이벽이라는 자의 손목을 쳐서 사련검을 떨어뜨렸다. 검이 손에서 떨어지자, 이벽이라는 자가 정신을 차렸는지 눈을 멀뚱멀뚱 뜨고서 영문을 모르겠다는 표정을 지었다.

"전하, 이게 어찌?"

"아무것도 기억나지 않느냐?"

"그, 그렇사옵니다."

"이런 요물을 보았나."

경왕이 떨어진 사련검을 보며 혀를 내둘렀다. 표정을 보아하니 질린 것만 같았다.

나는 바닥에 떨어진 사련검을 주워서 경왕에게 두 손으로 내밀었다. 그러자 경왕이 강한 거부감을 보였다.

"저리 치우거라."

"검이 필요하다고 하지 않으셨습니까?"

"본 왕에게 가까이 가져오지 말라는 뜻이다."

어지간히 사련검에 질렸나 보다. 치가 떨린다는 듯이 사련검을 쳐다보던 경왕이 내게 말했다.

"보아하니 그 요검이 그대를 주인으로 여기는 듯하구나."

"아닙니다. 제가 원념을 제압하여 그런 것이니, 그 점은 염려하시지 않아도 됩니다."

그런 나의 말에 경왕이 고개를 저었다.

“아니다. 그대의 입으로 말하지 않았더냐? 요검은 주인으로 인정한 자에게만 해를 끼치지 않는다고 말이다.”

“전하.”

제발 그런 식으로 몰아가지 마라. 나도 주인으로 인정받고 싶지 않은 검이다. 그러나 경왕은 선심 쓴다는 듯이 내게 말했다.

“본 왕은 그저 그 검으로 확인하고 싶은 것이 있는 것뿐이니, 감사의 의미로 그대에게 하사토록 하마.”

‘…!!’

그야말로 청천벽력과도 같았다. 참 이걸 싫다고 할 수도 없는 노릇이고.

—감사할 일이다, 운휘. 한 나라의 왕에게 하사품을 받게 되다니.

남천철검이 한껏 들뜬 목소리로 내게 말했다. 반면, 혈마검과 소담검은 혀를 찰 뿐이었다. 한동안 사련검의 소리는 계속 소거해놓는 게 정신 건강에 좋을 것 같다. 그나저나 이 검으로 대체 뭘 확인하고 싶다는 거지?

그 의문을 풀어주기라도 하듯 경왕이 내게 말했다.

“본 왕이 검을 볼 수 있도록 들어다오.”

“알겠습니다.”

나는 검병을 똑바로 잡고서 경왕이 살펴볼 수 있도록 들었다. 경왕이 검의 주변을 돌면서 검신을 상세히 살폈다.

“검병도 보여주게.”

이에 검신을 잡고 검병을 보여주었다. 경왕이 검병을 보면서 자신의 턱을 쓰다듬었다.

“흠.”

"무엇을 보시는 겁니까?"

그런 나의 물음에 경왕이 옅은 미소를 지으며 말했다.

"호기심을 접게. 자네와 나의 약조는 다른 것이지 않나."

알려줄 생각이 없어 보였다. 요검 사련검에 대체 어떤 비밀이 숨겨져 있기에 이리 상세히 살피는 걸까? 경왕은 내게 검병에 감겨 있는 얇은 가죽을 벗겨보게도 하면서 매우 꼼꼼하게 검을 살폈다. 그러나 검을 볼수록 그의 얼굴에는 실망감이 더해갔다.

경왕이 수하를 쳐다보며 작게 중얼거렸다.

"이것도 아닌 것 같군."

"다른 것들의 소재도 찾고 있사오니, 탁본만 뜨고 보내시는 것이 어떠신지?"

"그리하라."

탁본? 검에 먹물을 묻혀서 형태를 남기겠다는 건가. 이 정도까지 하는 것을 보니, 아무리 호기심을 접으려고 해도 그럴 수가 없었다. 경왕의 수하가 처소로 들어가 큰 서지를 들고 나왔다. 그리고 나의 도움을 받아 검면에 먹물을 칠해 탁본을 뜨고서, 검병의 가죽을 벗긴 손잡이 부근도 전부 탁본을 떴다.

"정오에 있을 재판에서 보도록 하지."

"알겠습니다. 편히 주무소서."

인사를 남기고 나는 물러났다.

―궁금하다고 하더니 그냥 갈 건가 보네.

경왕이 사람을 붙였으니까. 그의 관사 처소에는 여섯 명 정도 더 은신한 자들이 있었다. 그들의 위치는 이미 파악하고 있었지만 일부러 모른 척했다. 한데 그들이 경왕의 관사를 벗어나는 내게 따라붙었다는 것은 아마도 처소로 곱게 들어가는지 확인하기 위한 것이겠지.

—엄청 조심스럽네.

황제가 되기 위해 여태껏 자신의 본모습을 숨겨왔던 자이다. 당연히 조심스럽겠지. 물론 그렇다고 해도 내 호기심을 없앨 수 있는 것은 아니지만.

—그러면 그렇지.

소담검 녀석이 키득거렸다.

처소로 들어왔는데도 여전히 은신한 자들이 바깥을 지키고 있었다. 내가 계속 이 안에 머무는지 확인하고 싶은 거겠지. 한 명은 지붕 위로 올라갔고 또 다른 두 명은 처소 입구와 창문 쪽을 지키고 있었다.

나는 손등의 북두칠성 점을 쳐다보았다.

'되려나 모르겠네.'

—뭐가 말이야?

향화열락궁의 궁주 주사련의 원념이 담긴 백을 흡수했다. 그녀의 기억의 일부가 머릿속에 박혔다. 주사련은 악명 높은 사파답게 무공 외에도 수많은 사술을 익혔는데, 그것들 중에는 암시와 관련된 것도 있었다. 이를 잘 접목하면 환의안을 좀 더 발전시킬 수 있을 것 같다.

'후우.'

나는 허리춤의 사련검을 쳐다보며 한숨을 내쉬었다. 지금은 접목까지는 힘들기에 사련검의 도움을 받아야 할 것 같다. 녀석의 소리를 다시 들리게 했다.

'이봐, 사련검.'

나의 부름에 사련검이 퉁명스럽게 답했다.

—흥. 이제야 아는 척을 하는군. 이 몸이 하는 말은 전부 무시하더니.

무시한 게 아니라 아예 듣지도 않았다. 하나 지금은 이게 중요한 게 아니니까.

'검에 닿지 않아도 소리로 상대의 정신을 사로잡을 수 있지?'

—주사련의 백이 있을 때라면 모를까, 지금은 아주 잠깐에 불과할걸.

'네가 좀 도와줘야겠어.'

—내가?

'그래. 네가.'

—흐으으음. 아직 네 입으로 나의 노예가 되겠다는 말을 듣지 못했는데.

사련검이 끈적거리는 목소리로 유혹하듯이 말했다. 씨알도 먹히지 않는 소리를 잘도 해댄다.

'싫으면 말고. 어차피 네가 도와주지 않아도 방법은 많으니까.'

그런 나의 말에 사련검이 정색하며 답했다.

—강하게 나오네. 그런 남자는 굴복시키는 맛이 있지. 하아아아.

야릇하게 내려 하는 입김 소리에 닭살이 절로 돋았다. 소담검이 혀를 내두르며 말했다.

—얘 좀 그냥 닥치게 하면 안 될까.

나도 그 말에 동의하지만 이왕 얻은 검이니 써먹어야 하지 않겠나. 나는 사련검을 들고 검신에다 두 손가락을 가져갔다. 그리고 공력을 일으키며 검신을 천천히 아래에서 위로 쓸어 올렸다. 우우우웅! 사련검이 떨리며 검명이 울려 퍼졌다. 그와 동시에 나는 창문으로 신형을 날려 바깥으로 빠져나갔다. 정원의 수풀에 한 복면인이 숨어 있는 것이 보였다. 눈동자가 풀려 있었다. 그러나 그리 오래가지는 않았다. 언제 그랬냐는 듯이 눈빛이 돌아오며 창문을 계속 응시하고 있었다. 아주 잠깐 동안 정신을 몽롱하게 하는 것만으로도 저들의 시선을 피하는 건 그리 어려운 일이 아니었다.

—소리로 암시를 거네.

환의안과는 다른 방식이었다. 환의안은 시각을 통해 원기를 발산하여 상대의 정신에 침투한다면 사련검은 소리를 통해 상대에게 영향을 끼친다. 만약 이 두 가지 술법을 잘 접목할 수 있다면 더욱 강한 암시를 만들 수 있을지도 모른다.

처소를 빠져나온 나는 곧바로 경왕의 처소로 향했다. 거기에 있던 모든 은신자들이 정신을 차렸지만 사련검의 소리 암시를 통해 빈틈을 만들어내 지붕 처마 밑으로 숨어들었다. 경왕의 기감을 읽은 적이 있어서 어디에 있는지는 바로 알아차렸다. 아마도 이 밑이 경왕의 처소겠지. 그래도 자신의 머리 위에는 수하들을 은신시켜놓지 않았다. 수하들의 배신도 어느 정도 감안해서일까?

나는 선천진기를 귀에 집중했다.

"실망스럽군."

"상대는 무림인들조차 함부로 건드리지 못하는 사대 악인 중 한 사람입니다."

'사대 악인?'

대화가 한참 무르익은 상황이라 무슨 말을 하는지 아직은 모르겠다. 경왕의 목소리가 들렸다.

“천금을 줘도 마음을 돌리기는 어렵겠군.”

“전하께서 보낸 사자들을 보자마자 무참히 죽인 자입니다. 아무래도 절심이란 자가 가진 검은 차후로 미루시는 편이 좋을 것 같습니다.”

“어렵구나, 어려워. 삼태상이라도 움직일 수 있다면 좋으련만.”

“삼태상은 폐하의 명 없이는 움직일 수가 없습니다.”

“그걸 몰라서 그러겠느냐.”

절심의 검이라고? 사대 악인 절심의 검이라면 요검 겁살검이다. 설마 경왕은 현존하는 요검들에서 뭔가를 알아내려고 하는 것인가?

“한데 전하, 아까 전에는 상황이 그러하여 여쭤보지 못했는데, 어찌하여 혈교의 교주에게 검을 보자고 청하지 않으셨습니까?”

“영리한 자이다. 그런 자에게 검을 청하면 자칫 본 왕의 진의를 파헤치려 할지도 모른다.”

짧은 만남인데 나를 아주 잘 파악했다. 한데 내 검이라고 한다면 설마 혈마검을 말하는 건가? 의아해하는데 경왕의 목소리가 들렸다.

“급할 것 없다. 소재도 알고, 어차피 그와 연을 맺게 되었으니 그 검을 볼 기회는 머지않아 또 올 것이다.”

기회가 되면 내게 검을 보여달라고 할 생각이었구나. 혈마검, 대체 무슨 말을 하는지 알겠어?

그런 나의 물음에 이윽고 혈마검의 목소리가 머릿속을 울렸다.

—사련검을 여기서 본 게 우연인가 싶었는데 그게 아닌 모양이군.

‘뭐?’

—사련검, 저 천한 것과 이 몸은 같은 아버지의 손에서 탄생했다. 아, 이렇게 말하면 못 알아듣겠군. 아버지를 인간들은 대장장이라

고 부른다.

'…!!'

혈마검의 입에서 놀라운 진실이 드러났다. 이건 처음 알게 된 사실이었다. 혈마검과 사련검이 한 장인의 손에서 탄생했다니. 그게 누군지는 알고 있어?

—구야자다.

구야자!

—그 간장이랑 막야의 스승이라고 했던 사람 아냐?

맞다. 그들 부부의 스승이자 대명장이라 불렸던 자이다. 전국시대에 수많은 왕의 보검들을 만들어낸 그가 희대의 요검으로 악명을 떨친 혈마검과 사련검을 만들어냈다니, 이 사실을 알게 된다면 많은 중원인들이 놀랄 것이다. 나는 혹시나 하는 마음에 물어보았다.

'겁살검도 혹시 구야자가 만든 검이야?'

—인간의 살점을 도려내길 좋아하는 그놈도 아버지의 손에서 탄생했지.

세상에나. 순간 할 말이 없어졌다. 명검의 대장인 이면에 이런 비밀이 숨겨져 있었다니. 대체 구야자는 몇 자루의 요검을 만들었단 말인가?

나의 의문에 답한 것은 사련검이었다.

—다섯 자루야. 하나같이 성깔이 더러운 것들이지. 도도하고 아름다운 이 몸을 제외한다면 말이야. 깔깔깔.

—제일 천한 것이 골이 비어서는. 쯧쯧.

—말본새하고는.

…다섯 자루. 그렇다면 요검이라 불리는 다섯 자루 모두가 전부

구야자의 손에서 탄생한 것인가? 사실 이것도 확신하기는 어렵다. 실제로 악명을 떨쳤던 요검이라 해도 구야자의 검이 아닐 수도 있으니 말이다. 하지만 혈마검이나 사련검은 이 검들의 진명을 알겠지?

—악즉검과 호작검이다.

'뭐? 호작검?'

—왜 뭐가 잘못되었나?

세간에 알려진 악명 높은 다섯 요검들의 이름은 혈마검, 사련검, 겁살검, 악즉검, 비참검이다.

—비참검? 그딴 이름은 처음 듣는군.

혈마검 네 말대로라면 구야자가 만든 요검이 아니라는 소리네. 한데 호작검은 요검으로 명성을 날린 게 아니다.

—그게 무슨 소리지?

호작검은 한때 팔대 고수의 일인이자 지금은 목숨을 잃은 무천정종의 종주 무천검제 천무성의 보검이다. 명검으로 이름을 날렸던 검이 요검이라니 이런 비밀이 있는 줄은 몰랐다. 그렇다면 호작검은 무쌍성에 있는 것일까?

—왜, 탐이 나?

탐이 나는 것보다 궁금했다. 대명장이라 불렸던 구야자가 다섯 자루의 요검을 만들었다. 그런데 훗날 황제가 될 경왕이 그 다섯 요검들의 행방을 찾고 있다. 무언가 숨겨진 비밀이 있으니 찾는 게 틀림없었다.

'뭐 아는 거 없어?'

—모른다. 우리 다섯 요검들 모두 아버지의 손에 탄생했다는 것 외에는.

검이 탄생할 때 있었으니 뭔가 알 거라고 여겼는데 아무것도 모른다니 조금 실망스러웠다. 그런 나에게 사련검이 피식 웃으며 말했다.

—아버지가 유명한 장인이었으니 검들을 모으고 싶어서 그런 것일 수도 있지. 흐으응. 그런 거 있잖아, 소유욕 같은 거?

계속 소리를 소거하고 싶게 만드는 끈적거림이다. 그런데 사련검의 말은 틀린 것 같다. 그랬다면 너 같은 짐 덩이를 내게 맡길 리가 없잖아.

—…짐 덩이라고?

아, 미안. 혼자 생각한다는 게 들려버렸네. 어쨌든 경왕은 검 자체가 아니라 검에 숨겨진 무언가를 찾고 있다. 그러니 탁본을 뜬 것이 아니겠는가. 경왕의 대화를 계속 엿듣다 보면 뭔가 짐작할 만한 게 나올지도 모른다.

"그럼 편히 주무십시오, 전하."

아… 경왕이 잠들 시간이다.

* * *

처소로 돌아온 나는 궁금함에 잠을 이룰 수가 없었다. 언젠가 경왕이 혈마검을 보고 싶다고 부탁할 텐데, 아마 그때가 된다면 대부분의 요검들을 확인하고 나서일 것이다. 그렇게 된다면 이 비밀은 경왕만이 아는 것으로 묻히게 될 테지.

—그보다 애들 좀 어떻게 해보지.

소담검이 투덜기리며 내게 크게 소리쳤다. 생각에 잠기느라 이 녀석들의 소리를 작게 들리도록 했는데, 뭐가 문제인 거지? 검들의 소리를 다시 키웠다. 그러자 남천철검의 목소리가 머릿속을 울렸다.

—그대의 목소리는 참으로 아름다운 것 같소, 사련. 은쟁반에 구르는 구슬도 그대의 목소리에 비하면 그저….

—좀 닥치지.

—아아아, 이 거친 목소리도 색다르오. 더 해주시오.

—아니, 이거 완전 변태 아니야. 이 몸은 인간 노예 외에는 관심 없으니까 그만 좀 닥치고 있어.

—밤이 긴데 어찌 그런단 말이오. 나와 대화를 합시다. 전 주인께서 만리장성도 벽돌 하나에서 시작했다고 했소.

—관심 없대도!

—천한 것들끼리 잘 어울리는군. 잘해봐라.

와… 신세계다. 아주 정신이 없다. 혈마검은 그래도 소담검과 다툴 때나 한 번씩 비아냥거릴 때만 속이 시끄러웠는데, 남천철검이 적극적으로 사련검에게 관심을 보이니 머릿속이 마구 울려댄다. 사련검을 계속 가지고 있는 것에 대해 진지하게 다시 생각해봐야 할 것 같다.

—재 남자만 좋아하잖아. 그 불여우한테 줘버려.

'불여우?'

—백혜향 말이야. 딱 어울리네.

… 그래, 둘이 많이 닮기는 한 것 같다. 환의안을 좀 더 발전시키고 나면 심히 고려해봐야겠다.

—그보다 나한테 좋은 생각이 있는데.

'좋은 생각?'

—네가 그렇게 궁금하면 혈마검의 기억을 천기로 보면 되잖아.

천기? 소담검의 말도 일리가 있었다. 혈마검이 탄생했을 때 봤던 기억을 읽는다면 구야자가 저것을 만든 비밀을 알 수 있을지도 모른다.

* * *

사방이 어두워지고 연기로 휩싸이며 환상이 보였다.

뜨거운 열기로 가득한 이곳은 대장간이었다. 대장간 한복판에 커다란 모래가 쌓여 있고, 그곳에 세 자루의 검이 꽂혀 있었다. 한 자루는 혈마검, 또 한 자루는 사련검, 다른 한 자루는 검신 밑부분이 살짝 파여 있는데 처음 보는 검이었다.

—호작검이다.

저게 무천검제 천무성의 호작검이라고? 혈마검이나 사련검처럼 검신에 독특한 문양이 그려져서 하나의 예술품을 보는 듯했다.

땅땅! 풀무의 옆쪽에는 까무잡잡한 피부에 건장한 체격을 가진 노인이 상의를 탈의하고서 붉게 달궈진 검을 두드리고 있었다. 검을 단련하는 과정인 듯했다.

—저 녀석이 겁살검이다.

만드는 도중인가 보네.

—녀석과 악즉검이 완성되기도 전에 나와 사련검은 혈마와 주사련의 손으로 들어갔다.

그럼 같이 탄생한 사실만 알고 있는 거네.

—그런 셈이지.

지금 시기를 보여준 이유가 뭐야? 이때 다섯 검이 주조된 이유를 알 수 있다며?

—조급해하지 말고 기다려라.

그런 녀석의 말에 나는 입을 다물고 쇠를 두드리는 노인을 바라보았다. 아마도 그가 명장 구야자일 것이다.

끼이이익! 얼마 있지 않아 대장간의 문이 열리며 한 그림자가 모습을 드러냈다. 햇빛을 등지고 있어서 얼굴이 검게 보였다. 쇠를 두드리던 구야자가 사내의 등장에 하던 일을 멈추고 쳐다보았다. 목소리가 들렸다.

"네 자루째인가?"

응? 이상하다. 뭔가 낯익은 목소리다. 의아해하고 있는데 구야자로 짐작되는 노인이 입을 열었다.

"두 자루는 이미 주인이 정해져서 곧 가져갈 예정이오."

"잘했네, 구 장인."

역시 구야자가 맞는 것 같다. 그런데 구야자가 인상을 찡그리며 이해할 수 없다는 듯이 물었다.

"한데 이 귀한 관야흑철까지 주고서 주조된 검들을 어찌 무림인들에게 주라고 하는 건지 아직도 노부는 모르겠소이다."

"자네는 장인의 본연만 다하면 되네."

"그리 말씀하신다면야 어쩔 수 없지요. 하면 남은 검들도 주인을 찾아다 주면 되오?"

"그러시게. 검이 한자리에만 모이지 않도록 하게."

"알겠소이다. 하면 단련을 멈출 수가 없어서 계속 작업하겠소."

이에 그림자의 사내가 고개를 끄덕였다.

구야자는 다시 몸을 돌려서 붉은 기운이 수그러드는 쇠를 두드렸다. 그때 사내가 대장간의 문을 닫기 위해 손을 뻗었다. 그러면서 몸이 안쪽으로 향하며 얼굴이 보였다.

'…!!'

그 얼굴을 보는 순간 나는 경악을 금치 못했다. 방사(方士)들이 입을 법한 복장에 긴 관모를 쓰고 있는 사내였다. 두 눈동자가 금빛으로 빛나고 있었는데, 그는 바로 봉림곡 안에 갇혀 있던 그 금안의 괴인이었다. 방사의 복장을 한 사내의 반짝이는 금안. 나는 놀라움을 금치 못했다.

—안면이 있는 자인가?

그래.

혈마검은 그때 외조부의 혈맥을 조절하느라 없어서 못 봤을 것이다. 참으로 기이한 일이었다. 혈마검이 탄생한 시기는 혈마 조사가 혈교를 개파했을 때였다. 몇백 년 전일 텐데, 그렇다면 저자는 그 오랜 세월 동안 살아왔다는 소리가 된다.

—그냥 닮은 건 아니고?

그것도 어느 정도 닮아야지. 얼굴이 완전히 똑같았다. 심지어 목소리도 그때 들었던 것과 같았다. 가장 부정할 수 없는 증거는 저 금색으로 빛나는 두 눈동자다.

'저자의 정체가 뭔지 알아?'

—모른다. 딱 한 번 마주쳤는데 그게 이날이다.

'그럼 지금 이게 다란 말이야?'

—그래. 한데 신기하군. 고작 길어봐야 백 년도 살지 못하는 인간이 지금까지 살아 있다니.

그건 내가 하고 싶은 말이다.

금안의 효능이 단순히 재생 능력이 다가 아닐 수도 있게 된다.

—장수는 모든 인간이 바라는 꿈이 아닌가?

누구나가 장수를 바라지.

불로장생(不老長生). 늙지 않고 영원한 생을 살아가는 것. 지금 눈앞에 보이는 저 금안의 사내는 중원, 아니 모든 인류가 바라는 것을 이룬 자일지도 모른다.

—그런 자가 우리를 탄생시킨 기원이라….

혈마검의 말이 맞다. 지금 두 사람이 나눈 대화가 맞다면 다섯 요검이 만들어진 배후는 저 두 눈이 금안인 자였다. 문득 의문이 들었다. 불로장생에 가까운 저자가 어쩌다 봉림곡에 잡혀 있던 거지? 그때 저자는 자신을 가둔 자가 외눈, 즉 나처럼 한쪽 눈동자만 금색이 된 자가 저지른 짓이라고 했다.

—그보다 왜 우리를 만든 것인지가 더 궁금하지 않나?

당연히 궁금하다. 금안과 관련된 무언가를 알면 알수록 뭔가 복잡하게 얽힌다. 처음에는 그저 모산파와 관련 있을 거라고만 여겼는데, 저 남자가 혼란의 시기라 불리던 전국시대부터 존재해왔다는 것을 알게 되니 그저 추측만 하기도 힘들어졌다. 두 눈이 금안인 사내는 대체 누구이기에 구야자로 하여금 다섯 요검을 만들게 한 것일까?

'아!'

그러고 보니 금안의 사내가 했던 말이 하나 있다. 요검들이 한자리에 모이지 않게 하라고 했다.

—흠. 그러고 보니 우연이라도 우리가 두 자루 이상 같은 자리에 모인 적은 없었던 것 같군.

나는 모래 속에 꽂혀 있는 검들을 바라보았다. 세 자루의 검이 한 자리에 모여 있었다.

'잠시 이 상태로 멈출 수 있어?'

내 말이 끝나기가 무섭게 망치를 두드리던 구야자의 움직임이 멈췄다. 시간이 통째로 멈춰진 것 같았다. 나는 검이 있는 곳으로 다가갔다.

'무슨 비밀이 있는 걸까?'

경왕은 검을 그리 자세히 살피고 탁본까지 떴는데도 어떤 비밀도 알아내지 못했다. 금안의 사내 말대로라면 검이 한 자루밖에 없기에 숨겨진 비밀을 알아내지 못했을 수도 있다. 천천히 돌면서 세 자루의 요검들을 살펴보았다. 특별한 점은 아무것도 없었다. 세 자루 모두 검면의 일부에 독특한 문양이 새겨져 있다는 것을 제외하고는….

'세 자루 모두?'

그러고 보니 문양들이 전부 달랐다. 당연히 다른 검들이니 차이가 있겠지만, 왜 요검들 전부 이런 문양을 넣은 거지? 나는 문양들을 자세히 살펴보았다.

'임호라고 하기에는 문양들이 너무 단순해.'

첩자 노릇을 하느라 수많은 암호를 배웠다. 그렇기에 머릿속으로 여러 가지 추측을 해보았다. 지도일 수도 있겠다고 생각했지만 그러기엔 검면에 있는 문양들이 지나치게 단순하다. 탁본을 떠서 이 문양들을 이어 붙이면 비밀이 드러날까?

—계속 유지해야 하나, 인간?

'잠시만 기다려봐.'

호작검에 그려진 문양을 외워야겠다. 혈마검과 사련검의 문양이야 탁본을 뜨면 되겠지만 이건 내 수중에 없으니 말이다. 문양을 전부 외운 나는 천기를 해제했다. 연기처럼 환상이 흩어지며 다시 원래 처소로 돌아왔다.

―뭐라도 알아냈어?

'확인해봐야지.'

곧장 먹을 갈아 붓으로 기억해둔 호작검의 문양을 그렸다. 천기로 다시 확인해가며 틀린 부분이 없나 확인하느라 전부 그리는 데 반 시진가량이 소요됐다. 그러나 혈마검과 사련검의 탁본이야 먹물만 묻히면 되는 작업이라 금방 끝났다.

―여기에 뭐가 숨겨진 거야?

'흠.'

탁본 두 장과 호작검의 문양을 붙여보았다. 서로 다른 형태의 문양들을 붙였다고 뭔가 드러나는 게 아니었다. 지도가 되는 것도 아니었다.

'멀리서 봐야 하나.'

벽에 붙여놓고 좀 떨어져서 보았다. 시각적으로 가까이 했을 때와 멀리 했을 때 다른 것이 보일 수도 있으니까. 나무를 보지 말고 숲을 보라고 하지 않았나.

'…별거 없는데.'

멀리서 봐도 그저 다른 문양들끼리 붙어 있을 뿐이다. 대체 여기에 뭐가 숨겨졌다는 거지? 혹시 요검 다섯 자루가 전부 붙어 있어야만 숨겨진 비밀이 드러나는 것일까? 거의 한 시진이 넘게 계속 생각만 한 것 같다. 점점 답답해져 왔다.

'이 문양들을 조합한다고 되는 것이 아닌… 잠깐.'

내가 왜 이런 방법을 생각하지 않은 거지? 호작검의 문양을 힘들게 구현해놓아서 너무 어렵게 생각했던 것 같다. 나는 다시 혈마검과 사련검의 문양에 먹물을 발랐다.

—더! 더!

좀 닥쳐줄래. 붓으로 먹물을 바를 때마다 야릇한 소리를 내는 사련검이다.

—문양이 빠진 거라도 있어? 왜 또 탁본을 뜨려는 거야?

방법을 바꿔보려고.

나는 먼저 그려두었던 호작검의 문양을 펼쳤다.

—엥? 겹치려고?

그래.

앞뒤가 틀리면 안 되니까 검신의 방향을 똑같이 해서 찍어야 한다. 호작검의 문양에 맞춰서 혈마검의 문양을 찍었다. 그리고 이어서 사련검도 찍었다. 꾹꾹 눌렀다가 떼어내자 놀라운 일이 벌어졌다.

'하!'

문양들이 겹치자 그 사이로 두 개의 글자가 완성되어 있었다.

日 途

—오! 진짜 글자가 되었네?

—겹쳐 있지 않을 때는 몰랐는데 신기하구려.

검들도 신기해했다. 겹쳐지면서 문양들이 더해져 생겨난 이 한자는 '해 일' 자와 '길 도' 자였다. 한데 이게 무슨 의미지? 해와 길?

—글자의 간격이 좀 떨어진 것 같지 않나, 운휘?

남천철검이 날카롭게 그것을 지적했다. 녀석의 말대로 해와 길 사이가 살짝 떨어져 있었다. 혹시 다른 글자가 누락된 것일까?

—흐으응. 문양의 끝 쪽에도 글자가 생기다 만 것 같지 않아?

콧소리는 빼고 말하자, 사련검. 한데 사련검의 말대로 마지막에 한 글자가 획이 몇 개 빠진 것 같은 형태가 되었다. 이 정도면 추측이 가능할 것 같다.

'…여기서 획이 빠진 네 개를 더 그리면….'

陵.

'무덤 능' 자가 된다.

—해와 길과 무덤?

대체 이게 무슨 조합이지? 조합 자체가 전혀 안 되는 글자들이다. 역시 나머지 두 개의 요검까지 있어야만 완전한 글자가 되는 것일까? 해와 길, 무덤이 들어갈 만한 말이 있는 걸까? 혹시 공맹이나 그런 것에 나오는 시편이나 성어를 적어놓은 것일까? 여러 가지 추측이 머릿속을 맴돌았다.

—너 글 꽤나 읽었다며?

그걸 내가 일일이 기억하고 있으면 향시를 보든 관에 가든 했겠지. 그리고 서책이 한둘이야? 적어도 구야자가 활동하던 시대에 만들어진 서책이거나, 아니면 그와 관련된 사기(史記)를 봐야 조합이라도 해볼….

'…사기?'

사기, 역사를 구술한 기록을 말한다.

'《자장사기》!'

—《자장사기》?

수많은 영웅호걸이 활동했던 전국시대와 관련된 서책들은 수천 수만에 이른다. 그중에 사기라 할 만한 것들은 몇 개 안 되는데, 가장 유명한 것이 자장(子長) 사마천이 완성한 사기이다. 사마천은 대연제국 전 전한시대의 역사가이자 관료다. 그가 남긴 사기는 본기(本紀) 열두 권, 연표(年表) 열 권, 서(書) 여덟 권, 세가(世家) 서른 권, 열전(列傳) 일흔 권으로 총 일백서른 권에 달한다.

—힉! 일백서른 권이면 너무 많은 거 아냐?

이를 대연제국의 가홍이라는 대학사가 다섯 권으로 축약해서 만든 것이 바로《자장사기》이다. 사마천의 자를 따서 앞의 이름을 붙였다.

—그게 어쨌다는 거냐, 인간?

소위 정파의 명문가 자제라면 꼭 읽어야 할 필독 서책에《자장사기》가 포함된다.《자장사기》는 역사적으로 유명한 고사들을 모아서 쉽게 풀어놓은 서책인데, 그중 전국시대와 관련된 수많은 고사가 담겨 있다. 공교롭게도 단전이 폐해졌던 시절, 나는 이《자장사기》를 수십 번도 넘게 읽었다. 서책을 보면 이런 구절이 나온다.

일모도원(日暮途遠).

—날은 저물고 갈 길은 멀다?

그래.

《자장사기》 오월 편에 나오는 말이다. 오나라와 월나라는 오월동주(嗚越同舟)라는 말이 있을 만큼 숙적이었던 나라다.

―알아낸 건 대박인데, 이게 무슨 비밀이라는 거야?

일모도원이 누구에게서 비롯된 말인지가 중요하다.

―누군데?

'오자서(伍子胥)!'

원래 초나라 사람이었으나 일가 부친과 친형이 살해당한 후 오나라를 섬겼던 자이다. 오나라의 충신인 그는 복수를 위해 평왕의 묘를 찾아가 시신에 채찍질을 삼백 번 했는데, 이를 두고 벗인 신포서가 그를 나무란다. 그때 오자서가 '해는 저물고 갈 길은 머니 도리에 어긋난 일을 할 수밖에 없었다'라고 답하는데, 이 말이 유명해져서 '일모도원'이라는 성어가 생겨났다.

한데 왜 이 성어 뒤에 '능(陵)'이 붙었을까 의아했다. 그 말인즉, 일모도원 자체가 중요한 것이 아니라, 결국 이 말을 파생시킨 오자서를 가리키는 것이었다.

―앗! 그럼 뒤에 '능'이 붙은 건?

'아마도 오자서의 무덤을 뜻하는 것 같다.'

그런 나의 말에 소담검이 혀를 내둘렀다.

―야… 너는 진짜 머리 하나는 기가 막히게 돌아가네.

칭찬은 고래도 춤추게 한다고 나는 어깨를 으쓱했다. 그때 남천철검이 의아하다는 듯이 물었다.

―한데 통상적으로 '능'이라 하면 임금의 무덤이 아닌가, 운휘?

임금의 무덤? 아… 그건 그렇다. 오자서는 왕이 아니었다. 신료였기에 능을 크게 만들지도 않았고, 그는 모함을 받아 자결했다. 합려의 아들인 오왕 부차는 격노해서 죽은 오자서의 시신을 강물에 던진 것으로 알고 있다. 여기서 헷갈린다. 오자서를 모시는 사당인 서

산(胥山)을 가리키는 건지, 오자서가 모셨던 오왕 합려의 능을 말하는 건지 확신할 수가 없다.

—누락된 글자를 전부 알아야 보다 확실해지겠군.

혈마검의 말대로인 것 같다. 일모도원 뒤에 둘 아니면 셋 정도 글자가 더 들어갈 공간이 있다. 여기에 아마도 어느 능을 뜻하는지 나와 있지 않을까….

'아!'

아니다. 내가 착각했다.

—왜?

일모도원은 오자서를 뜻하지만, 그나 그가 모셨던 왕의 능을 말하는 게 아니다.

—그럼?

일모도원의 고사가 나온 원인. 바로 오자서가 복수를 감행했던 초나라의 평왕을 뜻하지 않을까? 결국 요검 다섯 자루가 가리키는 것은 오자서에게 굴묘편시를 당한 평왕의 능을 말하는 것이다.

—무공보다 머리를 더 잘 굴리는군, 인간.

혈마검이 끌끌거리며 말했다.

—이야, 그럼 답이 나왔네. 평왕의 능에 그 눈 두 개가 금인이던 녀석의 감춰둔 보물이라든가 비밀이 있다는 거 아냐?

소담검이 신이 나서 호들갑을 떨었다. 그런데 나는 아니었다. 이렇게나 공교로울 줄이야.

—야, 머리 잘 굴려서 요검들을 다 모으지도 않고 비밀을 풀었는데 표정이 왜 그리 무거워?

'쉽지 않아서.'

—뭐가 쉽지 않아?

'평왕의 능 위치 때문에.'

—거기가 어디인데?

'초나라의 도읍이라 불리던 영(郢)이야.'

—그럼 거기 가서 한번 뒤져보면 뭐라도 건질 수 있을 거 아냐?

가면 뭐라도 알 수 있겠지. 그런데 지금은 그게 힘들다는 게 문제였다.

—뭐가 문제인데?

초나라의 도읍 영… 그곳은 현재 무한시라고 불린다.

—무한시…? 거기 무림연맹이 있잖아!

그래. 정파 무림의 성지라 불리는 호북성 무한시, 그 한복판에 평왕의 능이 있다.

＊ ＊ ＊

다음 날 이른 새벽, 우군도독부의 동쪽 관사 처소.

무림연맹의 제이군사인 사마중현과 전진교의 교주이자 무림연맹의 제육장로인 천둔검객 만종 진인이 대화를 나누고 있었다.

"제이군사, 정말 괜찮겠소? 혹여 영왕 전하께서 혈마를 두둔하게 되면 아무리 진왕 전하라고 해도 몰아붙이기가 힘들지 않겠소이까?"

만종 진인이 우려된다는 듯이 말했다.

이에 제이군사 사마중현이 빙그레 웃으며 무언가를 꺼냈다. 그것은 전서구로 보이는 서찰이었다.

“그게 무엇이오?”

“기다렸던 소식이오.”

그 말에 만종 진인의 얼굴이 환해졌다.

“하면 종선 진인께서 당도하신 것이오?”

“지금 신녕에서 무당파의 제자들이 호남성 무림연맹 지부의 전력과 합류하여 주둔 중이라고 하오.”

“허허허, 됐구려. 하면 혈교 쪽에서도 급히 움직였겠소이다.”

“그렇소. 일존인 파혈검제가 급히 광서성과 호남성의 경계 쪽으로 삼천여 명의 혈교도를 이끌고 올라가고 있다는 소식도 들어왔소.”

이로써 광서성의 경계를 무림연맹의 전력들에 의해 완전히 틀어막은 것이었다. 가장 성가시다고 할 수 있는 혈교 최대의 전력이자 최고수인 일존 파혈검제마저 두 발이 묶이게 되었다. 결과적으로 혈교의 교주는 홀로 귀주성에 고립된 꼴이었다.

“과연 전대 군사 방 노사답소. 이렇게 쉽게 혈교주를 몰아가다니.”

“군략과 병법이란 게 그런 법이오. 어떻게 활용하느냐에 따라 상대를 벼랑 끝으로 몰 수 있소. 관건은 혈교주의 생포요. 놈을 사로잡으면 잔당들도 자연스레 무너져 내릴 것이오.”

그런 사마중현의 말에 만종 진인이 자신감을 내비치며 말했다.

“걱정 마시오. 이날을 위해 전진의 제자들이 칠십이칠성검진(七十二七星劍陳)을 준비했소. 설령 맹주께서 상대하신다고 해도 밀리지 않을 절진이오.”

“든든하오. 하면 조식을 하고 재판에 참관토록….”

쿵쿵! 그때 누군가 처소의 문을 두드렸다. 만종 진인이 답했다.

“무슨 일이냐?”

문밖에서 소리가 들렸다.

"교주, 손님이 찾아오셨습니다."

전진교의 삼대 제자였다.

"손님?"

아직 해조차 뜨지 않은 이른 새벽에 누구란 말인가? 설마 우군도독부의 관료들일까? 제이군사 사마중현이 의아해하며 물었다.

"누구라고 하더냐?"

"이신성 중 한 사람인 남천검객의 제자 소운휘라고 합니다."

"이신성?"

그 말을 듣자마자 두 사람이 서로를 쳐다보며 놀라워했다. 뜻밖의 손님이었다. 다시 창궐할 혈교를 상대하기 위해 내세운 무림연맹의 상징적인 두 후기지수 중 한 사람이 바로 남천검객의 제자였다.

"들라 해라."

처소의 문이 열리며 한 청년이 모습을 드러냈다. 청년이 자리에서 일어나는 두 무림연맹의 중진들에게 포권을 취하며 인사했다.

"연맹의 선배님들께 무림 말학 소운휘가 인사드립니다."

"아니, 소 소협이 이곳에는 어쩐 일인가?"

만종 진인이 그를 반갑게 맞이했다. 이에 소운휘가 의미심장한 미소를 지으며 말했다.

"간악한 혈교의 교주가 이곳까지 왔다고 하여, 정파의 일원으로서 한 손 거들기 위해 이렇게 한달음에 달려왔습니다. 부디 받아주시지요."

변수

사흘 전 늦은 밤, 우군도독부의 군영 야영지.

모두가 잠든 새벽 무렵, 나는 모닥불 앞에 앉아 천기로 수련 중이었다. 그때 누군가의 목소리가 나를 불렀다.

[교주님.]

전음 소리였다. 나는 천기에서 깨어나며 기감을 집중했다. 숲의 우거진 나무 위에서 익숙한 기척이 포착되었다.

[어찌 되었지?]

나의 물음에 전음 소리가 답했다.

[확실해졌습니다. 무당파의 태극검제가 움직였습니다. 지금 무당파의 도사들과 함께 빠르게 남하하고 있습니다.]

…가장 우려하던 상황이 발생했다. 애초에 이 상황은 무림연맹이 만든 것이었다. 숨겨진 함정이 있으리라 여겼다. 그리고 예상대로 내가 홀로 귀주성에 올라가자 광서성 전체의 길목을 틀어막았다. 여기까지는 어느 정도 대응할 수 있었다. 한데 팔대 고수까지 움직였다.

[본교는?]

[지금 귀주성 부근까지 올라와 교주님을 모시려고 했던 일존께서 신녕의 경계면 쪽으로 방향을 틀었습니다.]

그게 옳은 수순이기는 하다. 팔대 고수를 유일하게 막을 수 있는 자는 벽을 넘어선 일존 파혈검제 단위강뿐이다. 전음이 내게 간곡한 목소리로 말했다.

[교주님, 돌아가셔야 합니다. 상황이 위태롭습니다. 이건 명백히 교주님을 몰아넣기 위한 무림연맹의 함정입니다.]

알고 있다. 하지만 돌아갈 수가 없다. 그렇게 되면 관과 무림연맹을 동시에 상대하게 될 수도 있다. 파훼법을 찾아야만 한다. 이 상황을 역으로 이용할 수 있는 방법을.

* * *

"간악한 혈교의 교주가 이곳까지 왔다고 하여, 정파의 일원으로서 한 손 거들기 위해 이렇게 한달음에 달려왔습니다. 부디 받아주시지요."

이런 나의 말에 무림연맹의 제이군사 사마중현과 전진교의 교주이자 무림연맹의 제육장로인 만종 진인의 표정이 제각기 달라졌다.

"허어."

만종 진인은 기특한 후배 무림인을 보는 듯이 대견하다는 표정을 짓고 있었다.

—너도 참 대담하다. 이걸 이용할 생각을 하다니.

소담검이 내게 혀를 내둘렀다. 나 역시도 이런 방법을 취하게 되리라고는 여태껏 생각지 못했다. 정도 무림에 있어 후기지수들의 정점이라 불리는 이신성(二新星)이라는 호칭. 이것을 이용한다면 지금의 상황을 이용할 수 있을지도 몰랐다. 혈교의 교주가 정도 무림연맹에서 내세우는 후기지수이리라고 그 누가 예측하겠는가.

문제는 이자였다. 무림연맹의 제이군사 사마중현. 만종 진인과 다르게 묘한 눈빛으로 나를 쳐다보고 있었다. 일말의 미심쩍음이 엿보였다.

—의심하는 걸까?

의심이라기보다는 의구심이겠지.

아직까지 무림연맹에서 내 정체를 아는 자는 존재하지 않았다. 외조부나 아버지, 사마영을 제외하고는 나에 관한 모든 것을 아는 자는 없었다. 다만 상대는 무림연맹의 제이군사다. 총군사였던 제갈원명의 그림자에 가려져 두각을 드러내지 못했지만, 회귀 전 기억에 의하면 그는 군사로서의 재능이 뛰어난 자였다.

"이 소식은 어찌 알고 왔는가?"

제이군사 사마중현이 내게 물었다.

"운남성으로 돌아가는 길에 우군도독부에서 혈교의 교주를 압송한다는 이야기를 들었습니다."

"소문이 제법 퍼져 나갔군."

만종 진인이 고개를 끄덕거렸다. 그리고 내게 말했다.

"후기지수 논무 때 소 소협의 활약은 아주 귀가 따갑도록 들었다네. 특히 호양 진인에게서 말이네. 해서 자네를 참 보고 싶었지."

무림연맹의 제이장로 매화백검 호양 진인. 그는 후기지수 논무를 진행했었다. 당시 내 얼굴을 보았던 몇 안 되는 무림연맹의 간부들 중 한 사람이다. 탈출을 위한 것이라고는 하나, 백혜향 측에서 폭탄을 터뜨리려던 것을 폭로했던 걸 생각보다 좋게 보았던 모양이다.

"과찬의 말씀이십니다. 저도 이렇게 진인과 군사를 뵙게 되어 영광입니다."

"허허허. 과연 남천검객의 후인다운 기개와 겸양을 지녔군."

만종 진인은 내가 마음에 들었나 보다. 특별히 면식도 없는데 이렇게 호의적으로 나올 이유가… 아! 전진교의 후기지수인 도사 현진과 만난 적이 있었다.

—잘 이야기했나 보네.

그런가 보다. 역시 사람 인연은 어떤 식으로 영향을 미칠지 아무도 모른다. 기세를 몰아서 이들이 과연 어떤 함정을 파놓고 있을지 알아내야 한다.

"이쪽으로 와서 앉게나."

만종 진인이 자신들이 앉아 있는 원탁의 빈자리 중 하나를 권했다. 이에 그곳으로 다가가 두 사람에게 가볍게 묵례를 하고서 남천철검의 검집을 등에서 빼내어 의자에 걸쳐두고 앉았다.

만종 진인이 기분 좋은지 웃으면서 말했다.

"이렇게 든든한 후배가 정파의 미래를 위해 자진하여 이곳까지 오다니 빈도가 여러모로 기분이 좋소이다, 군사."

"…그렇군요."

나는 정중하게 그들에게 포권을 취하며 말했다.

"선배님들에 비해 부족한 점은 많지만 정파의 일원으로서 한 손 거들게 허락해주십쇼."

"허허허, 이를 말인가. 이신성인 자네가…."

그런 나의 말에 만종 진인이 뭔가를 말하려 했다. 그때 제이군사 사마중현이 말을 끊었다.

"이렇게 와줘서 고맙네만, 이건 본 맹의 기밀과 관련된 것이라 잠시 자리를 비켜줄 수 있겠나?"

역시 신중했다. 하긴 아무리 이신성의 칭호를 받았다고 해도 갑작스레 이곳에 나타났으니 의심하는 것은 당연한 일이었다. 만종 진인이 뭔가를 말하려다가 입을 다물었다. 사마중현의 목젖이 떨리는 것을 보니 전음으로 무언가를 말하는 모양이었다. 이에 나는 자리에서 일어나며 말했다.

"후배가 생각이 짧아 무작정 찾아온 것 같습니다. 군사께 사죄드리겠습니다."

"이게 어찌 사죄할 일인가. 이번 일이 워낙 중차대하기에 매사에 신중을 기할 수밖에 없음이니, 자네에게 양해를 부탁하네."

"알겠습니다. 하면 잠시 나가 있겠습니다. 아, 혹시 금방 부르실 거면 검은 잠시 두고 가도 되겠습니까?"

그런 나의 말에 사마중현이 옅은 미소를 지으며 고개를 끄덕였다. 이에 나는 포권을 취하고서 처소 바깥으로 나갔다.

* * *

소운휘가 밖으로 나가고 기척이 멀어지자 사마중현이 전음을 보냈다.

[혹시 모르니 전음으로 대화를 나눕시다.]

"그럴 필요 없소. 빈도가 진기로 주변의 소리를 차단했소이다."

그 말에 사마중현이 고개를 끄덕였다. 만종 진인이 웃으면서 입을 열었다.

"그보다 그 친구가 아직 젊기는 젊구려. 혹시나 부르지 않을까 싶어 자신의 검집을 두고 가는 것을 보오."

"여지를 남겨둔 것이겠지요. 혈기가 넘칠 시기이니."

만종 진인이 의자에 걸쳐놓은 남천철검을 쳐다보며 말했다.

"혈교의 잔당들이 창궐했다고 하나 아직 정파가 살아 있다는 것이 느껴지오. 남천검객 호종대 그자도 대단하구려. 저런 제자를 키우다니."

"마음에 드셨나 보오?"

"이신성의 칭호가 전혀 부족함이 없소이다. 비록 무림 대회가 있을 때 활약을 했으나 무위에서 맹주와 종선 진인의 공동 제자인 이정겸에 비해 떨어질 거라 여겼는데, 전혀 아니올시다."

그 말에 사마중현이 의아해하며 물었다.

"그 정도요?"

제이군사의 직책을 맡았으나 사마중현의 무위는 절정에 불과했다. 반면 만종 진인은 전진교의 교주이자 무림연맹의 장로답게 초절정의 경지에 이른 무인이었다. 만종 진인이 진지하게 말했다.

"솔직히 기운을 갈무리하고 있어서, 빈도도 제대로 겨뤄봐야 저 친구의 실력을 가늠할 수 있을 것 같소이다."

기감으로 계속해서 소운휘의 무위를 탐색했던 만종 진인이었다. 하나 기운을 갈무리하고 있어서 잘 드러나지 않았는데, 그 정도로 숨기는 것은 적어도 서로의 무위가 근접해야 가능한 일이었다. 그렇기에 정파의 미래가 밝다고 한 것이었다.

"한데 군사, 굳이 저 친구에게 이리 뜸 들일 필요가 있겠소이까? 곧장 심평으로 보내서 내 제자들과 기다리게 하면…."

"신중해야 하오."

"왜 그러는 게요?"

"본 맹에서 이신성이라는 칭호를 주기는 했으나, 남천검객은 오랫동안 자취를 감춘 채 본 맹의 소환에도 응하지 않았소이다."

"그야 그렇지만…."

"만에 하나라는 게 있으니 조심하자는 거지요."

"저 정도 전력이라면 당대 혈마를 제압하는 데 큰 도움이 될 텐데 말이오?"

"갑자기 찾아온 것이 마음에 걸려서 그렇소. 어차피 지금 전력만으로 충분히 혈마를 제압할 수 있지 않소."

"하면 돌아가라 할 것이오?"

"아니오. 무조건 의심만 할 일도 아니지요. 이참에 본 맹에서 확실히 믿고 중용할 수 있을지 시험해봅시다."

만종 진인이 의아해하며 물었다.

"어찌 말이오?"

제이군사 사마중현이 탁자 위에 둘둘 말려 있던 지도를 펼치고서 이를 짚어가며 말했다.

"매복조가 있는 곳은 총 다섯 곳이오. 어떤 식으로든 도망치기에 가장 적절한 경로들이올시다. 이곳을 다르게 알려줄 것이오."

"허어, 그렇게 된다면…."

"만약 혈마가 얼토당토않은 위치로 가서 이 경로로 오게 된다면 의심할 여지가 없을 것이오."

"흐음."

턱수염을 쓰다듬은 만종 진인이 고개를 끄덕이며 동의했다. 신중을 기해서 나쁠 것은 없었다. 제이군사의 말대로라면 정보가 풀려도 절대 혈마를 놓칠 일은 없었다. 애초에 모든 탈출 경로를 봉쇄했으니 말이다. 하나 이것으로 남천검객의 제자가 혈교의 끄나풀일 수도 있다는 일말의 가능성을 확인할 수 있게 된다. 자신들의 주변을 진기로 차단했던 만종 진인이 이것을 풀고서 소리 높여 말했다.

"밖에 있느냐?"

* * *

"…하니, 자네가 이 길목을 지켜줬으면 하네."

제이군사 사마중현이 손가락으로 짚은 곳을 보면서 나는 고개를 끄덕였다. 역시 군사는 군사였다. 이 상황에서 나를 의심하고 시험해보려고 하다니. 남천철검을 두고 가지 않았다면 도리어 의심을 샀을지도 모른다. 아니, 전음으로 대화만 했어도 위험했을 것이다. 운이 좋았다고 할 수 있었다.

"알겠습니다. 제가 이곳에 매복하여 지키고 있겠습니다. 막중한 임무를 주셔서 감사합니다."

"아니네. 이렇게 정도를 위해서 발 벗고 나서주는 것만으로 감사할 일일세. 아직 재판까지 여유가 있으니 조식이라도 하고 가는 게 어떻겠는가?"

"아닙니다. 괜히 이곳에 있다가 혈마에게 모습이 발각되면 안 되니, 저는 미리 가서 길목을 지키고 있겠습니다."

나의 말에 사마중현이 가볍게 웃으며 고개를 끄덕였다. 나는 그들에게 포권을 취하며 자리에서 일어났다. 그런 나에게 만종 진인이 말했다.

"일이 잘 풀리면 같이 무림연맹으로 가세나. 그렇지 않아도 혈교의 잔당들을 처리하기 위해 맹주께서 새로운 당들을 창설한다고 하는데, 자네 같은 친구가 당주 자리를 맡아줘야 하지 않겠나."

'새로운 당?'

무림 대회가 혈마검 사태로 흐지부지하게 끝나서 이걸 빌미로 창설하려는 모양이구나. 그렇지 않아도 무림연맹에 자연스럽게 들어갈 방법을 찾고 있었는데, 이걸 이용하면 좀 더 자연스러울까? 하지만 너무 깊이 파고드는 것도 위험부담이 크다. 당주 자리라도 덜컥 맡아버리면 덜미를 붙잡힐 수도 있으니 말이다.

"제가 어찌 그런 중책을 맡겠습니까? 말씀만이라도 감사합니다."

"허허허, 젊은 친구가 겸양이 과하군. 남천검객이 참으로 제자를 잘 키웠어."

겸양이 아닌데 졸지에 겸양이 되어버렸다.

그때 누군가 처소 문을 다급히 열고 들어왔다. 쿵!

"스, 스승님!"

도복을 보아하니 전진교의 제자였다. 헐레벌떡 뛰어온 모습에 만종 진인이 인상을 찡그리며 물었다.

"무슨 일이냐?"

"지금 바로 우군도독부의 본관 재판장으로 가보셔야 할 것 같습니다."

"아니, 어찌 그러느냐? 아직 정오가 되려면 두 시진은 더 있어야 하는데.”

만종 진인의 물음에 전진교의 제자가 황급히 말했다.

“경왕 전하의 명으로 재판을 앞당겨서 지금 하고 있다고 합니다.”

“뭐야!”

제이군사 사마중현과 만종 진인이 화들짝 놀라 자리에서 벌떡 일어났다. 그런 그들의 모습에 나는 속으로 웃었다.

“경왕 전하가 어찌하여?”

늦은 새벽에 진왕이 보낸 은신한 자들에게 영왕과 함께 있는 모습을 보이길 잘한 것 같다. 온통 영왕의 움직임만을 주시하고 있었나 보다. 만종 진인이 당최 이해할 수 없다는 표정으로 제이군사 사마중현을 쳐다보며 말했다.

“대체 이게 어찌 된 일이오?”

“아뿔싸! 당했소. 영왕 전하는 눈가림이었소.”

“그게 대체….”

“혈마와 손을 잡은 건 경왕 전하인 것 같소이다!”

이제 눈치채봐야 늦었다. 이미 재판은 진행 중일 테니까. 물론 경왕의 자체적인 권한으로 피고인인 나는 그 자리에 있지도 않다. 사실 이건 경왕 쪽에서 내게 제안한 것이었다. 재판이 제대로 진행되면 두 황자를 홀로 상대해야 하기에, 차라리 재판을 서둘러 끝내는 게 수습하기에도 좋다고 하였다.

“간악한 놈이오. 우리가 혈마 그자를 너무 가볍게 보았던 것 같소이다.”

“재판이 시작된 지는 얼마나 되었느냐?”

“알 수 없습니다. 재판장의 입구가 막혀 있어서 확인할 길이 없습니다.”

그 말에 제이군사 사마중현이 다급히 말했다.

“큭… 서둘러야겠소. 만종 진인께서는 당장 진왕 전하와 영왕 전하를 모셔와 주시오. 나는 바로 재판부로 가겠소이다. 전진의 삼대제자는 당장 매복 장소로 가서 일이 앞당겨졌음을 알리시게.”

“알겠소이다.”

“명을 받듭니다.”

사태가 긴박해졌다. 물론 그들에게 말이다. 나에게는 전혀 급할 것이 없었다. 하나 장단은 맞춰줘야겠지.

“군사 어른, 저도 서둘러 매복지로 가보겠습니다.”

“자네….”

제이군사 사마중현이 뭔가를 말하려다 이내 멈추더니, 고개를 저으며 말했다.

“아니네. 서둘러 가주시게.”

* * *

나는 유유자적하게 제이군사 사마중현이 알려준 장소로 향했다. 우군도독부에서 남쪽으로 사 리 정도 내려가면 숲이 우거진 장소가 나온다. 어차피 그곳에서 시간을 때우고 있으면 알아서 그들이 와서 ‘혈교주를 놓쳤다’며 난리법석을 부리겠지. 이들은 혈교주로서의 내가 광서성으로 복귀했다고 믿을 수밖에 없게 될 것이다. 계획은 완벽했다.

—아까 그 군사인가 하는 사람이 뭐라 말하려고 그랬던 걸까?

아마도 사태가 급박하게 돌아가니, 제대로 된 매복 장소를 가르쳐줘야 하나 망설였겠지. 그래도 끝까지 참은 것을 보면 제삼군사 백위향 그놈보다는 신중한 자였다. 나야 제대로 된 장소를 알아도 알지 못해도 상관없었다. 어차피 지금의 신분은 이신성이자 남천검객의 제자 소운휘이니까.

—하긴 그렇네. 나중에 당한 걸 알면 엄청 분해하겠네.

소담검이 키득거리며 재미있어했다.

그렇게 정해준 가짜 매복지로 향하고 있을 때였다. 숲으로 들어와 한참 내려가고 있는데, 묘하게 코끝을 자극하는 향이 느껴졌다. 흡사 피 냄새 같았다. 그때 멀지 않은 곳에서 기척이 느껴졌다. 그곳을 보니 누군가 비틀거리며 힘겹게 걸어오고 있었다.

'전진교 도사?'

복장이 그러했다. 피가 흘러내리는 복부를 부여잡고 있었는데, 창백한 얼굴만 봐도 상태가 위급하다는 걸 알 수 있었다. 대체 무슨 일이 있었던 거지?

"도, 도와주시오."

전진교의 도사가 바닥에 엎어지며 내게 소리쳤다. 내버려둬야 하나 망설이던 나는 어차피 이신성인 남천검객의 역할에 충실해야 했기에 그에게 달려갔다.

"대체 무슨 일이오?"

그런 나의 물음에 전진교의 도사가 숨을 헐떡이며 말했다.

"헉… 헉… 누구신지 모르겠으나… 이곳…은 위험하…오."

"정신 차리시오!"

도사의 상태가 좋지 않았다. 당장에라도 숨이 끊어질 것 같았다.

이 몸으로 여기까지 달려온 게 용할 정도였다.

"이…럴 시간이… 없소. 당장… 우군도…독부로 가서 스승님, 아니 만종 진인께… 매복 장소로… 혈마가 급습해왔다고…."

'…?!'

이건 대체 무슨 헛소리야? 나는 여기에 있는데… 혈마라니? 이게 무슨 뜬금없는 소리지?

전혀 예상치 못했던 변수가 생겨났다. 나는 숨을 헐떡이고 있는 전진교의 도사에게 진기를 불어넣으며 물었다.

"나는 남천검객의 제자인 소운휘요. 군사 어른과 만종 진인의 명을 받고서 매복지로 향하던 중이요. 자세히 말해보시오."

그런 나의 말에 죽어가는 도사의 눈에 이채가 띠었다.

"이… 이신성…."

"적습을 당한 것이오? 아직 혈마는 우군도독부에 있소."

물론 거짓이다. 진짜 혈마는 당신 앞에 있다. 그런 나의 말에 전진교 도사의 눈동자가 이해할 수 없다는 듯이 흔들렸다. 진기를 불어넣는데 그의 몸에서 격심한 경련이 일어났다.

"끄으으으으."

"이보시오!"

아무리 진기를 불어넣어도 소용없었다. 결국 전진교의 도사는 숨이 끊어지고 말았다. 어떻게 해볼 도리가 없었다.

—어떡할 거야? 누가 네 행세를 하고 있나 본데.

행세를 하는지 아니면 이들이 오해를 했는지는 알 수 없다. 하지만 내가 하지도 않은 짓에 혈마라는 오인이 씌워지는 것은 내버려 둘 수 없지. 나는 다급히 도사가 걸어온 길을 역추적했다. 떨어진 핏방울들만 보면 알 수 있었다.

—….

—….

얼마 지나지 않아 수많은 이명이 귓가를 울렸다. 전진교의 도사들은 대대로 검을 주 무기로 사용해온 문파였다. 소담검이 내게 심각한 목소리로 말했다.

—운휘야, 검들이 울부짖고 있어.

그건 나도 들린다.

검들이 하나같이 주인들의 이름을 부르며 오열하고 있었다. 수많은 희생이 멀지 않은 곳에서 벌어지고 있는 것 같았다. 나는 서둘러 그곳으로 경공을 펼쳤다.

채채채채챙! 병장기가 부딪치는 소리가 사방을 울리고 있었다. 수풀을 헤치고 소리의 진원지로 다가간 나의 눈에 피로 얼룩진 참극이 들어왔다. 곳곳에 널린 전진교 도사의 시신들. 멀쩡한 것이 없었다. 대부분이 반 토막이 나거나 잘려서 죽었다. 수풀 이곳저곳에 널려 있는 살점과 피는 절로 눈살을 찌푸리게 했다.

—저걸 봐, 운휘야!

조금 떨어진 곳에서 일곱 명의 전진교 도사들이 합공으로 검진을 펼치며 어떤 자를 상대하고 있었다. 그들 복장이 다른 도사들과 다르고 초식을 펼치는 검 놀림을 봐서는 전진교의 일대 제자들인 것 같았다.

'저게 칠성검진인가.'

전진교의 도사들이 펼치는 검진은 흡사 북두칠성을 연상케 했다. 정파 무림에서 가장 뛰어나다고 불리는 삼대 절진 중 하나답게 검진을 펼친 위력만으로 초절정의 고수에 버금가는 위력을 보여주고 있었다. 다만 상대가 너무 나빴다. 한 발짝도 움직이지 않고 검진을 상대할 만큼 절세고수였다. 검을 휘두르는 것도 적재적소에만 움직이고 있었다.

―운휘야, 저자가 쓰고 있는 가면… 꼭….

내 것과 흡사했다. 칠성검진을 상대하고 있는 저자는 악귀 가면에 죽립을 쓰고 있었다. 게다가 검은 혈마검과 닮았는데, 검신이 붉었다.

―대체 뭔 일이야?

'…혈천대라공에 의한 것이 아니야.'

저건 말 그대로 검신을 붉게 도금한 것이었다. 하나 저 정도만으로도 상대가 무슨 의도를 가지고 있는지 확실히 알 수 있었다. 세간에 알려진 내 모습을 흉내 내서 혈마인 척하고 있었다.

―어떻게 할 거야?

저놈이 누구인지는 모르지만 나를 흉내 내서 뭔가 음모를 꾸미고 있었다. 일단 전진교의 도사들에게 합류해서 저놈이 가짜라는 사실을 밝혀야겠다. 어차피 무림연맹과 전쟁을 치를 운명이긴 하나, 하지도 않은 짓을 했다고 누명 쓰게 되는 일만은 피하고 싶었다. 팟! 결정을 내린 나는 그들이 싸우는 곳을 향해 신형을 날렸다. 그리고 남천검객의 제자라고 정체를 밝히면서 도우려던 찰나였다.

촤촤촥!

"끄억!"

"컥!"

"사제에에에!"

순식간에 칠성검진을 펼치던 세 명의 전진교 일대 제자들의 몸이 반 토막 나며 상반신과 하반신이 갈라졌다. 빌어먹을! 애초에 저놈은 칠성검진을 단숨에 파훼할 수 있었다. 방금 전의 움직임은 나조차 흐릿하게 보일 만큼 엄청난 쾌검이었다. 결국 저들을 가지고 놀았다는 의미였다.

스릉! 나는 풍영보를 펼쳤다. 놈이 휘두르는 검의 궤적이 사제들을 보며 절규하는 다른 전진교의 일대 제자들을 늑대의 발톱처럼 갈가리 찢어발기려는 것을 막아야 한다. 채앵! 붉은 도금을 한 가짜 혈마검과 남천철검이 부딪쳤다. 그 순간 강렬한 풍압이 일어났다. 파파파파파파파팍! 나의 신형이 뒤로 열 보 가까이 밀려났다. 하단전의 공력만으로 상대의 검을 막아내기는 했지만, 이 정도로 심후한 공력을 지녔을 줄이야. 나는 다급히 전진교의 제자들에게 소리쳤다.

"남천검객의 제자 소운휘요. 당장 물러나시오!"

"이, 이신성!"

정체를 밝히자 그들의 표정이 잠시 밝아졌다가 금방 지는 석양처럼 어두워졌다. 구원자가 왔다고 하기엔 그들의 희생은 참혹했기 때문일지도 몰랐다. 전진교의 제자들 중 한 사람이 외쳤다.

"혈마입니다! 저희도 돕겠습니다."

미치겠네. 가짜를 혈마라 하네. 그렇다고 대뜸 나타나자마자 저자는 가짜라는 식으로 외칠 수도 없었다. 차라리 이들이 멀어지게 만들어야겠다.

"오히려 방해되오! 차라리 도움을 요청하시오! 어서!"

그런 나의 외침에 네 명의 전진교 제자들이 망설였다. 그래도 정파의 기개가 남아 있는지 차마 발걸음이 떨어지지 않는 모양이다.

그때 죽립에 악귀 가면을 쓴 가짜 혈마가 입을 열었다.

"보내주지. 가라."

목소리를 굵게 내는 것은 변조한 것 같았다. 선뜻 자비를 베푼다는 듯이 말하는 놈의 태도에 전진교 제자들의 표정이 말로 이르기 어려울 만큼 비참해졌다.

"이 악독한 사도 놈이!"

결국 참지 못한 한 전진교의 제자가 신형을 날렸다. 가짜 혈마가 고개를 절레절레 흔들었다. 그리고 쇄도해오는 전진교의 제자를 향해 웅장한 힘이 실려 있는 검을 뻗으려 하는데, 그것을 도중에 내가 막아냈다. 챙! 파파파파팍! 놈과 부딪치자 역시나 신형이 또다시 밀려났다.

"허튼짓하지 말고 가시오!"

"하나 사형제들의 죽음이…."

정말 말 안 듣네. 차라리 한두 사람 정도 더 죽게 내버려둘까.

다행스럽게도 다른 전진교의 제자가 그를 붙잡고서 만류했다. 그리고 서둘러 도망치며 소리쳤다.

"조금만 버텨수십쇼! 스승님과 돌아오겠습니다!"

아니, 안 와도 돼. 자비를 베푼 가짜 혈마가 검을 쥔 채 뒷짐을 지고서 나를 바라보고 있었다. 그의 시선은 정확하게 내가 들고 있는 검으로 향했다.

"남천철검."

검이야 나 스스로 남천검객의 제자라 밝혔으니 당연히 추측할 수 있다. 그런데 놈의 입에서 전혀 예상치 못한 말이 튀어나왔다.

"죽은 자에게서 검을 배운 것이냐?"

마치 뭔가를 안다는 투였다. 나는 놈에게 검을 겨냥하며 말했다.

"무슨 헛소리를 하는 거지?"

"그대야말로 내가 하는 말이 무슨 소리인지 잘 알 터인데?"

잔인한 손속과 다르게 말투에서 교양이 배어났다. 이자는 대체 누구지? 아직 중단전을 개방하지 않았지만 본능적으로 그의 강함이 느껴졌다. 놈의 오른팔이 살짝 움직였다. 그 순간 나는 다급히 검을 횡으로 들어 올렸다. 채애애애앵! 고막이 찢어질 듯한 철 소리. 놈의 신형이 어느새 내 앞에 와서 서로 검을 맞부딪치고 있었다. 손바닥이 찢겨 나갈 만큼 아려왔다.

"신기하군. 벽에 걸쳐 있는데 어떻게 기를 연 거지?"

정기신의 기를 열었다는 것을 알아차렸다. 그것은 이자가 벽을 넘은 고수라는 얘기였다. 여태껏 팔대 고수의 역량에 이른 초인이 아니고는 정확하게 나를 관조한 자들이 없었다. 파르르르! 부딪치고 있는 검신이 떨려왔다. 가면을 쓰고 있는 놈이 나를 빤히 쳐다보며 물었다.

"가진 무공에서 비롯된 것인가?"

나를 분석하고 있었다. 이대로는 안 될 것 같다. 나는 왼쪽 눈을 감고 중단전을 개방하고서 단숨에 성명신공을 칠성으로 끌어올렸다. 그러자 떨리던 남천철검의 검신이 놈의 검을 밀어내기 시작했다. 채앙! 나는 검을 밀어냄과 동시에 놈의 복부에 발차기를 날렸다. 가짜 혈마가 뒤로 가볍게 신형을 날리며 이를 피해냈다. 나는 놓치지 않기 위해 놈을 향해 진각을 밟았다. 쾅!

'진축아회검.'

진성명검법 육초식 축아회검. 검이 회전하며 회오리를 일으키려는 순간이었다.

스륵! 놈의 신형이 빠르게 내 앞을 파고들며 검을 쥐고 있는 손목을 베려고 했다. 이에 나는 축아회검을 펼치려던 것을 멈추고서 방향을 틀어 팽이처럼 회전하며 놈의 목을 향해 검을 휘둘렀다. 차아아앙!

'이런….'

휘두르는 검을 놈이 맨손바닥으로 막아냈다. 그러더니 나의 미간으로 검을 찔렀다. 뒤로 몸을 젖히며 나는 공중제비를 돔과 동시에 놈의 턱을 발로 걷어찼다. 놈이 뒤로 살짝 몸을 날리며 이를 피해냈다. 그러고는 내 발목을 낚아채려 했다.

'그렇게는 안 되지.'

나는 바닥에 검을 꽂고서 이를 지지대 삼아 발의 방향을 틀었다. 몸이 회전하며 놈의 팔목으로 발차기가 날아갔다. 팍! 놈이 손목을 들어 이를 그냥 막아냈다. 조금이라도 밀릴까 했는데, 전혀 밀리지 않고 도리어 발등이 아파왔다. 놈이 검으로 발목을 잘라내려 했다. 발등에 힘을 주고서 놈의 손목을 밀어내며 이를 피했다. 촥! 조금만 늦었어도 발목이 살릴 뻔했다.

가면 속에서 나를 바라보는 놈의 눈매가 초승달 모양을 그리고 있었다.

"즐길 만한 가치가 있군."

…이놈 지금 적당히 하고 있다. 전력을 다하면 나를 밀어붙일 수 있는데, 일부러 여지를 둔다. 무슨 의도인지 알아내야 할 것 같다. 나는 놈에게 말했다.

"혈마를 왜 사칭하는 거지?"

그런 나의 물음에 눈웃음을 보이던 눈매가 가늘어졌다.

"무슨 말을 하는 거지?"

놈이 내게 반문했다. 시치미를 뗀다고 통할 리가 있나.

"혈마는 지금 우군도독부에서 재판을 받고 있다. 그리고 그 붉게 도금한 검도 가짜잖아."

그런 나의 말에 놈이 갑자기 웃음을 터뜨렸다.

"하하하하하핫."

"왜 웃는 거지?"

"나는 누구에게도 혈마라고 한 적이 없다."

스륵! 그 말이 끝남과 동시에 놈의 신형이 흐릿해졌다.

—숙여!

머릿속을 울리는 소담검의 외침 소리. 나는 생각할 겨를도 없이 몸부터 움직였다. 촥! 머리 위로 날카로운 검이 붉은 궤적을 그리며 스쳐 지나갔다. 나는 앞을 향해 검을 뻗었다. 그러자 놈이 갑자기 찔러오는 검을 그대로 움켜잡았다. 그러고는 그 자리에서 내 복부를 발로 걷어찼다. 퍽!

"크헉!"

속이 뒤집히는 고통과 함께 내 몸이 뒤로 튕겨 나가며 바닥을 거칠게 뒹굴었다. 엄청난 공력이었다. 목구멍을 타고서 핏물이 왈칵 올라왔다. 금안으로 놈의 움직임을 파악하고 싶어도 온통 빛투성이라 어떤 식으로 공격하는지 파악하기가 어려웠다. 놈이 어딘가를 쳐다보며 내게 말했다.

"올 놈들은 다 온 것 같군."

"뭐?"

"거기서 가만히 있어라. 그러면 혈마를 패퇴시킨 영웅으로 거듭날 수 있을 거다."

무슨 소리를 지껄이는 거지?

—….

그때 머릿속으로 이명이 느껴졌다. 익숙한 이명이었다. 얼마 지나지 않아 그 이명을 지닌 검을 가진 자가 도착했다. 전진파의 교주이자 무림연맹의 제육장로인 만종 진인이었다. 전진교의 제자들이 간 지 얼마 되지도 않아서 그가 이곳에 나타났다는 것은 재판이 끝났고 그 자리에 내가 없음을 알았다는 거겠지. 만종 진인이 나를 쳐다보며 물었다.

"괜찮은가?"

"…괜찮습니다."

그 말에 만종 진인이 주변을 쓸어보았다.

"감히!"

죽은 전진교 제자들의 모습에 그의 얼굴이 악귀처럼 일그러졌다. 만종 진인이 허리춤에서 검을 뽑았다. 은광이 선명한 저 보검이 전진교의 신검이라 불리는 중앙보검인가 보다. 만종 진인이 기찌 혈마를 향해 검을 겨냥하며 소리쳤다.

"오늘 이 자리에서 빈도와 같이 죽자꾸나, 혈마!"

죽음을 각오한 결의를 보이고 있었다. 나는 그런 그에게 외쳤다.

"그자는 진짜 혈마가 아닙니다, 진인."

그런 나의 말에 만종 진인이 미간을 찡그렸다.

"무슨 말을 하는 겐가?"

"진짜 혈마는…."

나의 말이 미처 끝나기도 전에 가짜 혈마의 신형이 만종 진인을 향해 쇄도했다. 그 속도가 어찌나 빠른지 만종 진인이 당혹스러워하며 다급히 검초를 펼쳐 견제하려 했다. 채채채채채챙! 만종 진인이 허겁지겁 놈의 검을 막아냈다. 정파 무림에서도 명성이 두텁고 강한 무인인데도 상대가 되지 않았다. 가짜 혈마는 나를 상대할 때보다도 더욱 쾌속한 검초로 만종 진인을 압박하고 있었다. 이대로는 몇 초식도 버티지 못하고 끝날 것이다.

"큭!"

만종 진인의 신형이 뒤로 계속 밀려났다. 놈이 만종 진인을 끝장내려는지 절초를 펼치려고 했다. 팍!

"억!"

그 순간 만종 진인이 뒷목의 강한 통증으로 인해 정신을 잃고 말았다. 절초를 펼치려던 가짜 혈마가 이해할 수 없다는 눈빛으로 나를 쳐다보며 말했다.

"무슨 짓이지?"

왜냐하면 그를 기절시킨 자가 나였으니까. 나는 멈추지 않고 만종 진인의 혈도를 점해서 깨어나지 못하도록 한 후, 목덜미의 옷깃을 잡고서 그를 뒤쪽으로 던져버렸다.

나는 놈에게 비릿한 미소를 지으며 말했다.

"내가 혈마를 패퇴시킨 영웅으로 거듭날 수 있게 해준다고 하지 않았소."

그런 나의 말에 놈의 눈매가 가늘어졌다. 잠시 나를 뚫어져라 쳐다보던 놈이 이윽고 눈웃음을 지었다.

"오랜만에 물건을 만났군."

"멀쩡한 사람을 물건 취급하진 않았으면 좋겠소만."

불쾌하다는 나의 말에 놈이 피식 웃으며 말했다.

"기분 나빴다면 사과하지. 이렇게 알아서 대세를 판단할 줄 아는 젊은이는 오랜만이라서 반가운 마음에 한 소리라네."

놈의 태도가 호의적으로 바뀌었다.

"한데 어떻게 나를 영웅으로 만들어주겠다는 건지?"

놈이 주변의 죽은 자들을 눈짓으로 가리키며 말했다.

"이들을 죽인 혈마를 패퇴시켰다는 명성을 날리기에 충분하지 않나, 이신성?"

"대가는?"

"말이 통해서 좋군. 그렇지 않아도 무림연맹에서 움직일 만한 패가 더 필요하던 차였지."

'더 필요해?'

의아해하는데 놈이 말을 이어갔다.

"그 나이에 이 정도 경지에 오른 인재라면 그분께서도 달가워하실 거다. 다만 한 가지 의문을 풀어줬으면 하는데."

"그게 뭐지?"

"남천검객이 아직 살아 있나?"

그의 말에 나는 고개를 저었다.

"아니오. 그분께서 돌아가시기 전에 남겨놓은 유품을 발견한 것뿐이오."

"역시 그랬었군."

…아무래도 이자 뭔가를 알고 있다. 가짜 혈마가 잘됐다는 듯이

혼자 중얼거리더니 내게 고갯짓으로 얼굴을 가리키며 말했다.

"아까부터 묻고 싶었는데 한쪽 눈은 왜 감고 있는 거지?"

그 말에 나는 개방했던 중단전을 닫고서 감았던 눈을 떴다. 중단전을 닫은 이상 금안은 보이지 않는다.

"한쪽 눈이 원래 좋지 않아 공력을 끌어올릴수록 더욱 흐릿하게 보여서 집중하기 위해 감은 것뿐이오."

그런 나의 말에 놈이 물끄러미 쳐다보다 납득했는지, 고개를 끄덕거렸다. 놈이 품속에서 뭔가를 꺼내서 내게 던졌다. 둥근 환약 같은 것이었다.

"이게 무엇이오?"

"동료가 되기 위한 작은 의례 절차지."

"의례?"

"그것을 먹고서 기다리면 우리가 알아서 찾아갈 것이다."

"우리라니 대체 당신이 속한 조직이 어디이기에 그런 말을 하는 것이오?"

"그건 그대가 얼마나 우리에게 쓸모 있는지를 증명한다면 자연스럽게 알 수 있을 일이다."

다른 정보는 주지 않겠다는 거로군. 나는 환단을 들어 보이며 말했다.

"이걸 먹지 않겠다면?"

"그렇다면 영웅이 될 기회를 버리는 거지."

말투에서 묘한 위압감이 느껴졌다. 따르지 않는다면 당장에 살수를 가할 기세였다.

"선택권이 없군."

"그걸 먹고 저자를 죽여라. 그리고 무림연맹에 들어가 있으면 조만간에 다시 만나게 될 것이다."

나는 놈을 뚫어지게 쳐다보았다. 지금 나의 추측이 과연 맞는 것일까 고민되었다. 만약 맞다면 저자는 내가 생각하는 그 조직의 사람이 틀림없었다. 그런 자가 내 행세를 한다라….

놈이 내게 말했다.

"서둘러라. 그리 시간이 많지 않다."

…밑져야 본전이다. 나는 가짜 혈마가 준 환단을 품속에 집어넣었다. 그러자 놈이 날카로워진 눈빛을 보이며 내게 말했다.

"…영웅이 되길 저버리는 것이냐?"

푹! 그런 놈의 말에 나는 남천철검을 바닥에 꽂고서 뒷짐을 지며 오만한 표정을 지었다.

"얼굴이 달라졌다고 나를 몰라보는군."

"…지금 무슨 말을 하는…."

놈의 말이 미처 끝나기도 전에 나는 중단전을 개방했다. 이번에는 왼쪽 눈을 감지 않고서 말이다.

'…!!'

그러자 가면 틈새로 보이는 놈의 두 눈이 커졌다. 금안을 보고 놀란 듯했다.

"대체…."

나는 당혹스러워하는 그에게 위압감이 가득한 목소리로 말했다.

"왜 뚫어지게 쳐다보고 있는 거지?"

그 말이 끝나기가 무섭게 가짜 혈마 놈이 한쪽 무릎을 꿇고서 머리를 숙이며 예를 갖췄다.

"존주를 뵙습니다!"

—…이게 통하네?

소담검이 혀를 내둘렀다. 녀석은 통하지 않으면 어떡하냐며 호들갑을 떨었었다. 나 역시 반신반의하며 밑져야 본전이다 싶어서 던져봤는데 통했다. 중단전만 개방한 상태에서 내 무위는 가짜 혈마에게 미치지 못하기에 속을까 의문이 들었지만 아마도 이 금안 때문에 통했을 것이다. 한쪽 눈만 금안인 자가 흔하다면 모를까, 현재로서는 그 정체불명의 조직을 이끄는 금안이라는 자와 나밖에 없다. 그 추측에서 기인한 도박이 성공했다.

가짜 혈마가 머리를 숙인 채 가만히 있었다.

—이제 어떻게 하려고?

뭐라도 최대한 뽑아먹어야지. 눈치채는 것은 시간문제였다. 그 전에 놈의 입으로 금안과 조직에 관한 것이 조금이라도 나오게 해야 한다. 문제는 어떤 상황인지를 예측해서 상대의 반응을 끌어내야 한다는 것이다.

—무슨 수로?

첩자 시절에 모르는 자와 접선할 때 가장 많이 써먹었던 방법이 있다.

"왜 나를 알아보지 못했지?"

—…?!

상대를 압박하는 것이다. 기가 죽어서 움츠러들어서도 안 되고, 그렇다고 상대에게 대뜸 정보를 떠보는 식으로 곧장 넘어가서도 안 된다.

"왜 대답이 없지?"

그런 나의 물음에 가짜 혈마가 고개를 숙인 채 답했다.

"저 같은 자가 어찌 존주를 함부로 재단할 수 있겠습니까? 다만 존안이 달라 미처 몰라뵌 것이 송구스럽습니다."

—오… 넘어가는 것 같은데.

방심하면 안 된다. 작은 말실수 하나만으로도 상대는 이질감을 느낀다. 이럴 때는 적이 모르는 상황을 계속 나열해주는 것이 좋다.

"의도치 않았는데 나 혼자 움직이는 신분 하나를 알리는 꼴이 되었구나."

"함구하겠습니다."

"그래야지. 혈마는 지금 우군도독부에 없다. 영악한 것이 재판을 벌써 끝냈더군. 이곳에서 놈을 발견했나?"

그런 나의 물음에 가짜 혈마가 고개를 살짝 움직였다. 의아해하는 것 같았다. 뭔가 실수를 한 걸까? 서둘러 화제를 돌려야겠다.

그때 놈이 입을 열었다.

"혈마는 이 경로로 오지 않았습니다."

"뭐라?"

"재판은 정오 중에 이뤄질 거라고 들었습니다. 이렇게 되면 당초의 계획대로 혈교와 관이 틀어지고 혈마섬을 회수하는 것이 힘들어졌습니다."

'아!'

이들의 목적이 그거였구나. 어째서 내 행색을 했는지 알 것 같았다. 아침에 나로 분해 전진교의 제자들과 무림연맹 지부의 사람들을 참살한다. 재판이 시작되면 나는 혐의에서 벗어나기도 전에 우군도독부를 빠져나가 참극을 벌인 혐의가 더해진다. 그리된다면 경왕이라고 해도 나를 비호하기 어려워진다.

'내가 재판을 무시하고 탈출하여 관과 부딪치도록 하려는 것이었나. 한데 이들을 전부 몰살한 이유가 뭐지?'

목적을 이루기 위한 것치고는 상당히 과했다. 일부만 처리했어도 충분히 궁지에 몰렸을 것이다. 관과의 관계는 악화시키더라도 내가 빠져나갈 수 있는 활로를 만들어놓은 것 같다.

일단 이게 중요한 게 아니지.

"계획이 힘들어진다면 다음 계획으로 가는 것이 순리지."

분명 계획이 틀어질 경우 차선책이 있을 것이다. 과연 그게 뭘까?

가짜 혈마가 자리에서 일어났다. 그리고 내게 두 손을 모아 포권을 취한 상태로 말했다.

"지금 당장 우군도독부를 한바탕 휘젓겠습니다."

…젠장. 가짜 혈마로 분한 상태에서 우군도독부를 한바탕 휘젓겠다는 건 끝까지 혈교와 관의 관계를 악화시키겠다는 것이다.

—어떡할 거야? 그냥 내버려둘 거야?

내버려두긴 뭘 내버려둬. 그랬다가 이들이 원하는 대로 된다. 다소 무리가 따르더라도 방향을 틀게 해야겠다.

"…아니다. 이번 계획은 철회한다."

"그게 무슨?"

"우군도독부에서 이미 혈마가 빠져나갔는데, 다시 돌아와 그곳을 휘젓는다면 오히려 제삼자의 개입으로 의심을 살 수도 있다."

그런 나의 말에 가짜 혈마가 의아해하며 말했다.

"의혹만 심어줘도 충분하지 않겠습니까?"

"지금 나의 명에 이의를 제기하는 것인가?"

최대한 목소리를 깔고서 말했다. 그러자 놈이 한쪽 무릎을 꿇고서 내게 사죄했다.

"송구합니다."

여기서 더 캐묻고 싶었지만 놈의 행동 방향 자체를 바꿨기에 그 이상은 위험부담이 커질 수 있었다. 소기의 목적은 달성했으니 이대로 놈을 보내는 편이 낫겠다.

"돌아가서 명을 기다려라."

팍! 가짜 혈마가 두 손을 모아 포권을 취했다. 긍정의 의미였다.

하아, 다행이다. 놈들의 우두머리로 짐작되는 금안의 행세를 한 것이 통했다. 이대로 놈을 보낸 후에 만종 진인을 데리고 우군도독부로 가야겠다. 어차피 숨겨두었던 혈마검과 사련검도 회수해야 하니까.

그때 놈이 점혈로 인해 기절해 있는 만종 진인이 있는 방향으로 다가가려 했다. 아무래도 죽이려는 것 같았다.

"그자는 내버려둬라. 그렇지 않아도 알아볼 것이 있어서 직접 처리할 것이다."

그런 나의 말에 가짜 혈마가 멈춰 섰다. 그리고 몸을 돌려서 내게 말했다.

"명대로 하겠습니다. 가기 전에 존주께 하나만 여쭤봐도 될지?"

여쭤본다고? 제일 난감한 상황이었다. 뭐라고 말하기도 전에 놈이 먼저 포권을 취하며 내게 말했다.

"지난번에 청을 드렸던 것을 허락해주십쇼."

아아… 긴장했던 것이 풀렸다. 이런 질문은 유야무야 넘어가기 쉽다. 지난번의 청이 무엇인지는 모르겠지만 안 된다는 식으로 말하면 왜 안 되냐는 식으로 의문을 가질 수도 있으니 된다고 하면 대화를 끝낼 수 있다.

"좋다."

나는 짧게 놈에게 답했다. 그러자 놈의 눈매가 갑자기 싸늘해졌다. 뭐지?

"존주께 청 같은 걸 드린 적이 없는데, 무엇이 좋다는 겁니까?"

…빌어먹을! 너무 술술 잘 풀린다고 했다. 이 상황에서 이런 식으로 머리를 굴리다니. 다급히 검을 잡으려는 순간, 놈의 가짜 혈마검이 내 목을 겨냥했다. 쾌검으로는 거의 최고의 경지에 이른 것 같았다.

"움직이지 않는 게 좋을 거야."

"…어떻게 알았지?"

그 물음에 놈이 차갑게 식은 목소리로 말했다.

"존주께서는 한 번 내리신 명을 쉽게 거두시지 않는다. 그리고 그분치고는 특유의 위압감이 적은 게 이상하다 싶었더니 아주 영악한 놈이로구나."

역시 무리수였다. 적의 행동 방향을 트는 것은.

놈이 검을 좀 더 내 목 가까이로 찔러오며 말했다.

"그 눈… 대체 어떻게 그리된 거지?"

금안의 밑에 있으면서 그 비밀을 모르는 건가? 한번 떠봐야겠다.

"네놈들이 더 잘 알 텐데 왜 묻는 거지?"

슥! 날카로운 검 끝이 목에 닿았다.

"죽기 싫으면 묻는 말에나 답해라."

"말하기 싫다면."

"입을 여는 것에 한 가지 방법만 있으리라 생각한다면 오산이다."

놈에게서 살기가 짙어졌다. 이에 나는 한숨을 내쉬며 졌다는 듯이 말했다.

"알려주면 목숨을 보장할 수 있나?"

"…홍정할 처지가 아닐 텐데."

"목숨을 부지하는 것 정도는 큰 홍정에 속하지 않을 것 같은데."

놈이 나의 눈을 뚫어지게 쳐다보았다. 그러더니 말했다.

"네놈 실력으로 내게서 벗어나는 것은 불가능하다는 걸 인지하고 있겠지."

"홍정을 받아들이는 건가?"

"이야기…."

팟! 놈의 말이 끝나기도 전에 나는 뒤로 신형을 날렸다. 그와 동시에 소담검에 왼쪽 은연사의 고리를 채우고서 날려 보냈다. 챙! 놈이 검을 휘둘러 그것을 막아냈다. 그 찰나에 오른손을 뻗어 은연사를 발사해 남천철검을 낚아채서 잡아당겼다. 그 광경을 본 가짜 혈마가 이를 막기 위해 검을 휘두르려고 했지만, 내 왼손이 가만히 있을 리가 있나. 슈슈슈슉! 소담검이 뱀처럼 이리저리 방향을 틀며 놈을 노렸다. 섬영비도술 오초식 사행비검(蛇行飛劍). 무쌍성에서 비도살왕의 스승이라고 자처하는 자를 만난 후로 틈틈이 단련했다. 그러나 놈이 너무도 쉽게 사행비검의 궤로를 파악했다. 채챙! 검을 가볍게 휘두르는 것만으로 사행비검의 초식을 파훼했다. 하지만 덕분에 남천철검이 내 손으로 다시 돌아왔다. 은연사로 검을 회수한 나의 모습에 가짜 혈마가 다소 노기 서린 목소리로 말했다.

"네놈이 어떻게 그것을 가지고 있지?"

역시 은연사를 알아보았다. 무쌍성에 잠입했던 비도살왕의 스승이라 자칭한 자를 알고 있는 것이다. 하지만 내가 답해줄 이유는 없지. 어차피 놈과 겨뤄야 하니 더는 실력을 숨길 필요가 없었다. 나는 상단전을 개방하고 염을 일으켜 혈마화를 하였다.

'…!!'

머리카락이 붉게 변하고 다른 한쪽 눈이 붉어지는 모습에 놈의 눈동자가 흔들렸다. 내 진짜 정체를 알게 되어 많이 당혹스러운 모양이었다.

"네놈… 대체 그 모습은?"

"내 흉내를 냈던 놈이 이건 알아보지 못하나 보지."

촥! 나는 놈을 향해 날카로운 예기를 날렸다. 공간이 일렁이며 날아가는 예기에 놈이 검을 내리치며 이를 갈랐다. 혈천대라공을 펼쳤을 때 나오는 붉은 예기에 비해서 그냥 예기는 그 위력이 약한 것 같다. 너무 쉽게 막아냈다. 가짜 혈마가 어처구니없다는 듯이 헛웃음을 터뜨렸다. 그러고는 내게 말했다.

"금안에… 은연사, 남천철검… 그리고 혈마라고? 네놈 대체 진짜 정체가 무엇이냐?"

"능력껏 알아봐라."

슈우우우우우! 진혈금체를 펼치자 전신의 혈액이 빠르게 돌며 몸에서 수증기가 피어올랐다. 놈은 정체를 알 수 없지만 벽을 넘은 초인이었다. 팔대 고수급이라면 모든 전력을 다해야만 일말의 승산이 있었다. 팟! 놈에게 신형을 날린 나는 단번에 최고의 검초 중 하나를 펼쳤다. 신로성명검법 삼초식 비추형검(泌鰍形劍). 검이 미꾸라지처럼 기묘하게 움직이며 수 갈래로 갈라져 가짜 혈마의 요혈을 노렸다. 가짜 혈마의 눈빛이 사뭇 진지해졌다. 놈이 제대로 검을 잡고서 검초를 펼쳤다. 채채채채챙! 검이 거미줄처럼 복잡하게 궤적을 그리며 비추형검의 궤로를 방해했다. 보통 실력이 아님은 알고 있었지만 검을 다루는 능력이 예상을 훨씬 상회했다. 검과 검이 부딪치면서 튀는 푸른 불꽃들. 그 사이로 놈과 나의 검이 끊임없이 부딪치며 서로의 허실을 노렸다.

'궤적 사이의 틈을 노려야 해.'

놈의 기운은 볼 수 없지만 금안으로 궤적에 집중하자. 그 안에 분명 허점이 있을 것이다. 검선은 신로성명검법뿐만이 아니라 세상에 존재하는 어떠한 검초도 완벽할 수는 없다고 했다. 차창! 그때 놈의 검이 먼저 비추형검의 틈을 뚫었다. 그러더니 나의 가슴 정중앙으로 파고들었다. 나는 왼손에 쥐고 있는 소담검으로 쇄도해오는 가짜 혈마검을 위로 쳐냈다. 그러자 놈의 발차기가 복부에 꽂혔다. 팍!

"큭!"

진혈금체로 몸을 보호하고 있지만 신형이 뒤로 두 보 가까이 밀려났다. 그 틈을 놓치지 않고 놈이 절초를 펼쳤다.

"대붕의 날갯짓을 보여주마."

촤르르르르르! 마치 날개를 활짝 편 대붕을 보는 것처럼 놈의 검이 상하좌우로 헤아릴 수 없는 검영을 만들어냈다. 대붕이 아니라 흡사 수백의 손을 가진 아수라 같았다. 그렇게 활짝 편 검영의 날개가 악마의 손처럼 나를 움켜쥐려 했다.

피할 길이 없다면 맞부딪쳐야 한다. 나는 검에 모든 것을 집중했다. 그러자 남천철검의 검신이 흰빛으로 일렁였다. 신검합일이었다. 쾅! 나는 세차게 진각을 밟고서 놈을 향해 검을 회전시키며 찔렀다.

신로성명검법 육초식 축아광회검(逐亞廣回劍). 놈의 검초가 수많은 검영으로 나를 움켜쥐려 하자, 축아광회검의 검초가 회오리를 치며 부딪쳤다. 채채채채채채챙! 귀가 찢어질 듯한 쇳소리와 푸른 불꽃이 눈앞을 가렸다. 신검합일을 했기에 일 식의 위력은 이쪽이 위라고 여겼지만 놈은 쾌검으로 일 검마다 두세 차례 검을 부딪치며 검의 합을 맞췄다. 괴물 같은 놈이었다.

'…밀린다.'

촤! 회오리를 뚫고 들어오는 검영에 어깨를 베였다. 이게 진짜 벽을 넘어선 고수의 역량인 건가. 놈이 펼치는 검속은 혈마화와 진혈금체를 하고서도 따라잡을 수 있는 영역이 아니었다. 채채채채채챙! 가면 틈으로 보이는 가짜 혈마의 눈이 웃고 있었다. 마치 허물을 벗은 나를 비웃듯이 말이다. 촤촤촤촤! 축아광회검의 검초를 뚫고 들어온 검영이 좌측 쇄골과 허벅지, 복부, 가슴을 찔렀다.

"큭."

고통으로 신형이 무너지려 했다. 이렇게 밀리면 나는 결국 놈의 검초에 먹히고 만다. 등골이 서늘해지면서 감각이 날카로워졌다. 죽음이 다가오고 있음이 느껴졌다. 벽을 넘지 못했기에 한계에 부딪히게 된 건가. 그 간극이 나를 이렇게 몰고 가는 것일까?

—정신 차려! 실력에서 밀린다고 포기할 작정이야? 벽이니 뭐니 그런 걸 따져서 뭐 해!

소담검의 다그침이 머릿속을 울렸다.

내가 방금 무슨 생각을 한 거지? 녀석의 말이 맞다. 적과 싸우면서 벽이니 뭐니 그게 무슨 상관이지? 적을 죽이려는 자가 죽을 각오를 하는 건 당연한 일이잖아. 으득! 이를 악물었다. 그리고 발가락에 힘을 주었다. 벽은 중요하지 않았다. 죽이고 죽는 싸움에서 승자는 살아남는 자였다. 놈을 죽이겠다는 일념이 중요했다.

'죽인다!'

어떻게든 놈을 죽인다. 적이 빠르게 움직이면 더 빠르게 움직이고, 적이 강하게 검을 휘두르면 나는 그보다 더 강하게 휘두르면 되는 것이다. 채채채채채챙! 놈의 눈빛이 달라졌다. 방금 전까지만 해도 밀릴 듯했는데, 내가 한 발짝 더욱 앞으로 내디뎠기 때문이다. 덕분에 검영이 뚫고 들어오는 횟수가 많아졌다. 촤촤촤촥! 몸이 상처투성이가 되어가고 있었다.

"네놈… 미쳤구나. 스스로 죽고 싶어 안달이 난 것이냐?"

검초를 펼치던 놈이 내게 이해할 수 없다는 듯이 말했다. 이에 나는 놈에게 말했다.

"아니, 네놈을 죽일 거다."

그리고 앞으로 한 발짝 더 내디뎠다. 마치 죽음으로 나아가는 것처럼 말이다.

"멍청한 놈, 그리 죽고 싶다면 지옥으로 보내주마."

놈이 더 이상 앞으로 다가오는 것을 허락지 않겠다는 듯이 더욱 검속을 높였다. 검영들이 하나가 되는 것처럼 보일 지경이었다. 죽음을 각오하지 않고 어떻게 네놈을 죽일 수 있겠나.

'뚫는다. 놈의 검영을 뚫는다!'

오직 이 생각뿐이었다. 그 순간 남천철검에 일렁이던 흰빛이 진해졌다. 마치 검선이 내게 보여준 것처럼 검이 새하얀 빛으로 뒤덮여 갔다. 그러자 축아광회검이 새하얀 돌풍으로 바뀌며 날갯짓을 하는 대붕과도 같은 검영을 밀어냈다.

'…?!'

놈의 동공이 심하게 흔들렸다.

"네놈… 설마 이 와중에 벽을…."

"죽인다!"

쾅! 앞으로 한 발짝 진각을 내디뎠다. 그와 동시에 검병을 양손으로 잡고 그 궤적을 위로 비틀었다. 그 순간 하얀 돌풍이 위로 솟구치며 태풍처럼 예기의 소용돌이를 만들어냈다.

"이… 이런…."

채채채채채채챙! 대붕처럼 몰아치던 검영이 산산조각 나며 놈의 신형이 돌풍에 휩쓸렸다.

"이노오오옴!"

휩쓸리는 와중에 놈이 내게 검을 던졌다. 푹! 초식을 펼치던 도중이었기에 피할 겨를도 없이 검이 복부에 박혀버렸다.

—운휘!

그러나 이를 악물었다. 여기서 검초를 멈추면 놈이 살아남는다. 위로 솟구친 놈의 신형이 돌풍에 휩쓸려 날아가 버렸다. 촤촤촤촤촤촤촥! 귓가로 뭔가 베이는 소리들이 들려왔다. 쉬지 않고 움직이던 손이 멈추자 하얀 돌풍이 수그러들며 거세게 휘몰아치던 예기의 바람이 사라졌다.

"하아… 하아…."

거친 호흡이 터져 나왔다. 모든 것을 다한 검초에 머릿속이 투명해지는 것 같았다. 그때 눈앞으로 뭔가가 떨어졌다. 쿵! 축아광회검에 위로 솟구쳤던 가짜 혈마였다.

—미친… 그걸 버틴 거야?

—…정말 괴물이구려.

전투에 집중할 수 있게 입을 다물고 있던 남천철검마저도 질린다는 듯이 말했다. 수많은 검상을 입었는데도 저리 서 있는 게 신기할 지경이었다. 놈이 예기로 반쯤 부서진 가면을 거칠게 벗어던졌다. 팍! 얼굴에도 수많은 검상이 나 있었는데, 처음 보는 얼굴이었다. 오십 대로 보이는 강인한 인상의 중년인이었다. 그가 노기 서린 목소리로 내게 말했다.

"근 십 년 만이구나. 누군가가 나를 이렇게 몰아붙인 건."

자존심에 꽤나 금이 간 모양이었다. 초식에서 압도하다 이렇게 밀려서 상처투성이가 되었으니 그럴 만도 했다. 놈이 비릿하게 입꼬리를 올렸다.

"하나 네놈과 나의 결정적인 차이가 있지."

스르르르! 놈의 상처 부위들이 빠르게 아물고 있었다. 얼굴의 상처도 핏줄이 일렁이면서 베인 부위들이 사라져갔다. 무쌍성에서 보았던 그자와 같았다. 역시 믿는 구석이 있었다.

"검이 장기를 관통했으니 네놈에게 승산은 없다."

놈이 내게 다가오려 했다. 그런 놈에게 나는 천천히 고개를 들어 올리며 말했다.

"…뭔가 하나 잊은 것 같은데."

"뭐?"

"이 금안이 뭘 의미하는지 말이야."

나는 복부를 관통한 검을 뽑았다. 그리고 선천진기를 운용했다. 그러자 피가 쏟아져 나오던 부위가 놀랍게도 빠르게 아물어갔다.

—속도가 더 빨라졌어.

나도 확실히 느껴진다. 회복 속도가 전보다 더 빨라졌다. 통증도 빠르게 사라지고 있었다. 그 광경을 본 놈의 표정이 굳었다. 놈이 입술을 질끈 깨물었다. 그러고는 내게 말했다.

"…네놈을 기억해두겠다."

이성적인 녀석이었다. 경험이 많아서 그런지 전력을 분석한 후 싸우는 것을 포기했다. 아마도 승패를 장담할 수 없는 싸움보다 나에 관한 정보를 자신의 조직 사람들에게 알리는 것이 더 이득이라 판단한 거겠지.

"머지않아 다시 보게…."

"아니, 그럴 거 없어. 지금 이 느낌이라면 네놈을 죽일 수 있을 것 같다."

"네놈이 하나 잊었나 본데, 내 검의 속도도 따라잡지 못하면서 경공으로 나를 잡을 수 있을 것 같으냐?"

팟! 놈이 뒤도 돌아보지 않고 신형을 날렸다. 이에 나 역시 신형을 날렸다. 풍영보를 펼치는 순간 마치 바람을 타고 가는 것처럼 주위 풍경들이 빠르게 스치고 지나갔다. 그리고 얼마 지나지 않아 놈의 앞을 가로막았다. 놈이 당혹스럽다 못해 표정이 굳어버렸다.

"어떻게 네놈이…."

이에 나는 빙그레 웃으며 말했다.

"느리네."

휘릭! 말이 끝나기가 무섭게 나의 몸이 잔상을 일으키며 여덟 개로 나뉘었다. 벽을 넘어야만 여덟 잔영으로 나뉠 수 있다는 풍영팔류의 진수가 내게서 펼쳐졌다. 그걸 본 놈이 경악을 금치 못했다.

"푸, 풍영팔류? 네놈 대체 뭐야? 어떻게 무정풍신의 무공까지?"

"알 거 없어."

곧 죽을 운명이니까.

악인의 칭호

풍영팔류(風影八類). 팔대 고수 중 바람의 신이라고 불리는 무정풍신 진성백의 비기이다.

이것을 아무리 연마해도 벽을 넘기 전에는 잔상을 넷 이상 만들기 어려웠는데, 한순간의 깨달음이 비기의 진수를 한층 위로 끌어올렸다. 여덟로 나뉜 잔상들이 각기 다른 무공을 펼쳤다. 권(拳), 장(掌), 각(脚), 지(指), 조(爪), 도(刀), 검(劍), 창(槍)의 초식들이 조화를 이루는데, 마치 여덟 절세고수가 합공을 하는 듯했다. 차차차차차차창!

여덟 잔영이 만들어낸 절초의 향연을 가짜 혈마가 검결지로 만들어낸 예기의 검망으로 정신없이 막아내고 있었다. 확실히 벽을 넘은 초인은 초인이었다. 비기 풍영팔류의 끊임없는 압박에도 어떻게든 힘겹게 검초를 막아내고 있었다. 경험이란 역시 무시할 수가 없나 보다. 결정적인 수들은 어떻게든 피하고 있었으니까.

'서둘러야 해.'

—버틸 수 있겠어?

소담검이 걱정스러운지 물었다. 놈과 겨루는 도중 나 자신의 한계를 깨면서 벽을 넘어섰다고 해도 지금 나는 꽤나 오랫동안 혈마화와 진혈금체를 펼친 상태였다. 그 덕분에 막 벽을 넘어선 내가 가짜 혈마를 밀어붙이고 있었지만, 곧 육체적으로나 정신적으로나 한계에 부딪힐 것이다. 그 전에 빠르게 승부를 봐야 했다.

—경신술에서 앞선다고 해도 저자의 쾌검은 여전히 너보다 빠르다, 운휘.

알고 있어. 저 손을 멈추게 해야 한다. 아니면 저 속도로도 감당할 수 없는 공격을 가하거나.

—꼭 풍영팔류의 검법으로 해야 해?

소담검의 그 말에 나는 잠시 고민에 빠졌다. 지금 내가 펼치고 있는 검법은 풍영팔류의 무영검법이었다. 풍영팔류는 여덟 무공이 조화를 이루는데 거기서 다른 무공을 펼친다면 과연 이 조화가 유지될지, 내 몸이 버텨낼지 장담할 수가 없었다.

—무리하지 마라, 운휘. 기존의 무공을 갑자기 변형하기 위해서는 그만큼의 위험부담을 져야 한다.

알고 있어. 한데 너희 둘의 말이 모두 일리가 있다. 만약 풍영팔류에 기존의 팔류종이 아닌 더 강한 무공을 활용한다면 초식의 위력은 기존을 훨씬 상회할 것이다. 충분히 위험부담을 질 만한 가치가 있었다. 팟! 나는 무영검법에서 검초를 변화시켰다. 신로성명검법 일초식 호아세검(虎牙勢劍).

두드드득!

'으윽.'

검초를 펼치는 순간 기존의 풍영팔류를 펼칠 때와 달라졌다. 그렇지 않아도 풍영보로 엄청난 속도로 움직이며 여덟 절초를 펼치고 있는데, 그중 한 초식이 절세 검초가 되자 육체의 부담이 배가 되었다. 무리한 움직임으로 근육이 파열되어 비명을 지르는 것이 느껴질 정도였다. 하지만 그 효과는 곧바로 나타났다. 차차차차차차창!

"이, 이게 대체…."

정신없이 풍영팔류의 초식을 막는 데 급급했던 가짜 혈마의 얼굴이 일그러졌다. 그렇지 않아도 겨우 막고 있었는데, 신로성명검법이 더해지자 결국 그 아슬아슬하던 고비가 무너지고 말았다. 파파파파파파파팍!

"크헉! 컥!"

호아세검을 비롯한 풍영팔류의 여덟 초식을 펼치는 잔상들이 그를 관통하듯이 스쳐 지나갔다. 잔상은 온몸을 난도질하듯이 베고 찌르고 타격을 가했다. 풍영팔류에 갇힌 놈은 허공을 이리저리 튕겨 나가며 정신을 못 차리고 있었다.

'끝을 낸다!'

마지막 일 검으로 놈의 목을 노려야만 한다. 목이 잘리면 아무리 재생력을 가져도 살아날 수가 없다. 나는 놈의 목을 향해 검을 휘둘렀다.

"기다렸다!"

팟! 목으로 검이 날아가는 순간 놈의 검결지가 내 미간을 찔러왔다. 날카로운 예기가 전광석화처럼 날아들었다.

'…!!'

당하면서도 마지막 한 수를 숨겨두고 있었던 것이다. 찰나의 순간 나는 빠르게 몸을 밑으로 비틀었다. 그리고 놈의 검결지를 아슬아슬하게 피함과 동시에 원래 목표였던 목이 아닌 허리를 통째로 베어냈다. 촤악!

"끄아아아악!"

허리가 갈라지며 놈의 입에서 절규에 가까운 비명이 터져 나왔다. 상반신이 흘러내리며 놈이 앞으로 고꾸라졌다. 갈라진 하반신에서 피가 분수처럼 뿜어져 나왔다.

—목을 잘라!

그래야지. 몸을 반 토막 냈다고 해도 방심할 수 없다. 나는 앞으로 고꾸라진 놈에게 서둘러 다가가려 했다. 그 순간이었다. 두드득! 두드득! 번개를 맞은 것처럼 온몸에서 엄청난 통증이 느껴졌다. 털썩! 댕그랑! 그 고통이 얼마나 강한지 저절로 무릎이 꿇어졌다. 검마저 떨어뜨렸다.

—운휘!

—괜찮아?

전혀 안 괜찮다. 풍영팔류에 성명검법을 더한 반작용이 이렇게나 심할 줄은 몰랐다. 전신의 근육이 완전히 파열되었는지 움직일 생각을 하지 않았다. 슈우우우우우! 유지하고 있던 진혈금체도 의지와 상관없이 풀려버렸다.

—혈마화도 풀렸어.

그렇겠지. 상단전의 염도 거의 바닥났으니까. 호흡도 거칠어졌다.

"하아… 하아…."

벽을 넘어서기 전부터 한계 이상으로 육신을 몰아붙인 것 같다. 회복 능력으로도 이를 감당할 수 없었다. 그때 눈앞에 꿈틀거리며 다가오는 뭔가가 보였다.

—세상에, 저러고도 움직이다니.

소담검이 혀를 내둘렀다.

꿈틀거리며 기어오고 있는 것은 다름 아닌 몸이 반으로 잘려 나간 가짜 혈마였다. 상반신만 남았는데 용케 숨이 붙어 있었다.

"쿨럭… 쿨럭… 나… 혼자… 갈 것 같으냐."

지독하다. 회복 능력 때문에 목숨을 부지하고 있는 것 같았다. 반면 나는 단순한 상처가 아니라 육신을 한계 이상으로 혹사시켜서 몸을 움직일 수가 없었다. 조금이라도 회복되면 놈의 목을 벨 수 있을 텐데 꿈적할 수가 없었다.

"크흐흐… 기다려라. 다 와간다."

기어오는 놈과 나 사이의 거리는 고작 두 보 정도에 불과했다. 놈이 바닥에 떨어진 남천철검으로 손을 가져갔다.

'움직여! 움직이라고!'

가짜 혈마가 검을 움켜쥐려는 순간이었다. 푹!

"컥!"

놈의 입에서 비명이 터져 나왔다. 무슨 일인가 싶어 고개를 들었는데 놈의 등에 검이 꽂혀 있었다.

"우리 혈마님은 늘 위험을 달고 사시는군."

이죽거리는 목소리를 듣는 순간 온몸의 긴장이 풀렸다. 가짜 혈마의 등을 찌른 자는 바로 백혜향이었다. 무림연맹의 포위망에 갇혀서 못 나올 거라 여겼는데, 이곳까지 오다니…. 이렇게 반가울 수가 없었다.

하지만 그보다 먼저 해결할 일이 있었다.

"아쉽게 되었군. 나를 죽이고 싶었을 텐데."

놈이 분노로 일그러진 얼굴로 나를 노려보았다. 그런 놈에게 물었다.

"네놈들 조직은 대체 뭘 하려는 거지?"

"…그걸… 내가… 이야기할 것… 같으냐?"

역시 입이 무겁다. 백혜향이 그런 놈의 머리통을 밟으며 이죽거리는 목소리로 말했다.

"다 죽어가는 놈이 꼴에 의리를 지키는 거냐?"

콰악! 그녀가 발에 힘을 주자, 놈의 머리가 바닥에 짓눌리며 파고들었다. 금방이라도 머리통이 박살 날 것만 같았다.

"끄으으으으."

"말해."

"끄으으… 죽여라."

"원하는 대답이 아닌데."

그녀가 더욱 힘을 주는데도 놈은 죽이라는 말만 되풀이했다. 이에 백혜향이 어깨를 으쓱하며 나를 쳐다보았다.

"죽이라는데?"

어차피 놈이 입을 열 거라는 기대는 하지 않았다.

"죽여야 해."

"이 상태라면 고통스럽게 죽을 텐데, 설마 편안하게 보내주려는 거냐? 자비로운 혈마님이시로군."

"…목을 자르지 않으면 계속 숨이 붙어 있을 거야."

"뭐?"

그녀가 그 말에 신기하다는 듯이 놈을 내려다보았다. 고통스러워했지만 여전히 살아 있었다.

"끄으으으."

"몸이 반 토막 나고 심장이 찔렸는데도 죽지 않는다라…. 고문하기 딱 좋은 몸이로군."

'…?!'

그 말에 가짜 혈마의 표정이 굳었다. 저런 발상을 떠올리다니, 한편으로는 참 대단하다. 놈을 잠시 동안 흥미롭게 쳐다보던 그녀가 이내 심장부에 꽂았던 검을 뽑고는 단번에 목을 내리쳤다. 촥! 놈의 머리가 바닥을 뒹굴었다. 눈을 부릅뜨고서 죽은 놈을 보니 이제야 안도가 됐다. 벽을 넘어선 고수가 회복 능력까지 갖추니 정말 까다롭기 그지없었다.

대체 이놈의 정체가 뭘까? 의아해하는데 백혜향이 내게 다가왔다.

"주위를 보아하니 한바탕 전쟁이라도 치른 것 같군."

그녀의 말대로 주변 일대가 아수라장이 되어 있었다. 나무들이 부러지고 수많은 검흔에 난리도 아니었다. 초인의 영역에 이른 두 고수가 겨룬 것이니, 이 정도로 끝난 것이 오히려 양호하다고 할 수 있을까. 백혜향이 나를 빤히 쳐다보며 물었다.

"…너 혹시 벽을 넘었나?"

그런 그녀의 물음에 나는 부정하지 않았다. 이에 그녀가 어처구니없다는 듯이 헛웃음을 터뜨렸다.

"하!"

나의 성장 속도에 기가 막혔나 보다. 나 역시도 이런 상황에서 벽을 넘을 줄은 몰랐다. 확실히 위기는 사람을 성장시키는 큰 원동력이 되는 것 같다. 나도 그녀에게 궁금한 것을 물었다.

"한데 광서성 일대를 무림연맹에서 틀어막았을 텐데, 어떻게 온 거지?"

"경공으로."

"…."

설마 농담을 한 건가? 그녀의 농담은 처음 들어보는 것 같다.

백혜향이 피식 웃더니 말했다.

"소수 정예로 왔다. 명색이 본교의 교주인데 고작 무림연맹의 함정 따위에 죽게 내버려둘 순 없잖아."

"내가 죽으면 당신이 교주가 될 수 있을 텐데?"

"뭐, 그것도 나쁘지 않지만 아직 너를 맛보지 않아서 말이야."

'…?!'

색기 넘치게 혓바닥으로 윗입술을 핥으며 내뱉는 그녀의 말에 헛웃음이 나왔다. 지극히 그녀다운 이유였다.

두드드드득! 온몸의 근육이 풀리는 것이 느껴졌다. 확실히 벽을 넘고 나니 회복 속도가 빨라진 것 같다. 전신의 근육이 파열된 것조차 고작 일다경 안에 낫는 것을 보면 말이다.

"소수 정예면 나머지는?"

"그 느려터진 것들은 언제 도착할지 모르겠군."

나를 도우려고 홀로 서눌러 왔다는 선가. 묘한 기분이 들었다. 누구도 따를 것 같지 않던 그 오만하던 여자가 갈수록 색다른 모습을 보여주고 있었다. 백혜향이 내게 말했다.

"아무튼 계속 여기 있으면 귀찮은 것들이 달라붙을 테니, 이제 본교로 돌아가도록 하지."

본교로 돌아가자는 그녀의 말에 나는 고개를 저었다. 이에 그녀가 의아해하며 물었다.

"설마 이 와중에 우군도독부와의 일을 마무리하려는 거냐?"

"그건 이미 해결했어."

"뭐?"

그녀의 눈이 휘둥그레졌다. 내가 그 문제를 해결하지 못할 거라고 여겼었나?

"경왕과 거래를 했으니 더 이상 무림연맹에서 관을 움직여 본교를 노리는 짓은 하지 못할 거야."

"경왕이라면… 설마 황자를 말하는 거냐?"

"맞아."

황자까지 거론되니 그녀가 놀라워했다. 그저 우군도독부에서의 재판 정도로 여겼는데, 대연제국의 황위 계승자로 거론되는 세 황자 중 한 사람과 거래를 했다니 이런 반응이 나오는 것도 당연했다. 나는 그 거래에 관해 그녀에게 간략하게 이야기해주었다. 물론 요검에 관한 것은 제외하고 말이다.

"하! 하다 하다 황족과 거래를 한 거냐? 너란 녀석은 정말…."

뒷말을 잇지 못한 백혜향이 나를 보며 혀를 내둘렀다. 그러다 내게 말했다.

"하면 이제 본교로 돌아가도 될 텐데, 왜 가지 않겠다는 거지?"

"그리된다면 광서성 일대가 막혀서 계획대로 사파를 통합하는데 지장이 생길 거다."

그런 내 말에 그녀가 고운 미간을 찡그리며 말했다.

"벽을 넘어섰으니 너와 일존이 함께 움직여서 태극검제와 무당파를 처리하면 활로가 생길 텐데?"

나는 고개를 저으며 말했다.

"그렇게 된다면 무림연맹은 그걸 빌미 삼아 전력으로 싸우려 들 거다."

지금은 중독된 포로들의 해독제를 찾는다는 명분으로 잠시 휴전 상태로 머무는 것이었다. 그런 와중에 무림의 명숙이자 무림연맹의 상징이라 할 수 있는 두 팔대 고수 중 한 사람이 죽기라도 한다면 대대적인 전쟁의 명분을 주게 되는 셈이었다. 사파를 통합하기도 전에 말이다.

"그럼 어쩌려고?"

그녀의 물음에 나는 빙그레 웃으며 말했다.

"마침 내게는 무림연맹의 이신성 중 하나인 남천검객의 제자라는 신분이 있거든."

아직까지 정파 무림연맹의 누구도 눈치채지 못한 신분이었다. 그 말에 그녀의 한쪽 눈썹이 치켜 올라갔다.

"너… 설마 혼자서 움직일 셈이냐? 제정신이 아니군. 지금 네 신분은 단순한 교인이 아니라 혈마…."

"여기 나를 대신해줄 혈마가 있잖아."

그런 나의 말에 백혜향의 표정이 묘해졌다.

* * *

타타타타탁! 혈도를 점한 것을 풀자, 얼마 있지 않아 전진교의 교주 만종 진인이 정신을 차렸다. 그는 깨어나자마자 영문을 모르겠다는 듯이 내게 물었다.

"소 소협…? 이게 어찌 된 일인가?"

"진인, 도중에 또 다른 혈마가 나타났었습니다."

"또 다른 혈마?"

"그자가 아니었으면 진인과 저 모두 죽을 뻔했습니다."

만종 진인이 도통 이해할 수 없다는 표정을 지었다.

"그게 대체 무슨 소리인가? 그러고 보니 자네 아까 전에…."

바로 그때였다. 우리 앞으로 뭔가가 굴러떨어졌다. 그것은 부서진 가면을 쓰고 있는 머리통이었다.

"이, 이자는…."

한 번 싸워봐서 그런지 곧바로 알아보았다. 팍! 여기서 끝이 아니었다. 머리통 옆으로 붉은색으로 검신이 도금되어 있는 가짜 혈마검이 꽂혔다.

"이건 대체?"

"진인, 저기입니다!"

나는 막 뭔가를 눈치챈 것처럼 손가락으로 어딘가를 가리켰다. 그곳에 악귀 가면을 쓰고 붉은 머리카락에 흑포를 두르고 있는 누군가가 서 있었다. 만종 진인이 놀라서 벌떡 일어났다.

"혈마!"

그런 만종 진인에게 악귀 가면을 쓰고 붉은 머리카락을 흩날리는 혈마가 말했다.

"고작 가짜 따위에 휘둘리다니 어리석기 짝이 없군."

"뭐?"

악귀 가면의 혈마가 허리춤에 차고 있던 검을 뽑았다. 그러자 은빛 검신에 독특한 문양이 있는 혈마검이 모습을 드러냈다. 이윽고 붉은빛이 일렁이며 혈마검의 검신이 붉게 변했다.

'…!!'

"구리에 금칠을 한다고 진짜 금이 될까?"

그 말에 만종 진인이 붉게 도금된 가짜 혈마검을 어처구니없어하며 쳐다보았다. 무슨 의도에서 저 말을 했는지 알아들었기 때문이다. 가짜와 진짜도 구분 못 하느냐고 꼬집은 것이었다. 나는 다시 검집에 혈마검을 집어넣는 악귀 가면의 혈마를 향해 눈을 찡긋했다.

팟! 그러자 그가 어딘가로 신형을 날렸다. 나는 혼란스러워하는 만종 진인에게 경악하는 척하며 말했다.

"이럴 수가! 만약 저자가 진짜 혈마라면 이자는 대체 누구란 말입니까?"

"가짜라니? 어찌 이런 일이… 허어."

만종 진인이 붉게 도금된 가짜 혈마검을 보며 탄식을 내뱉었다. 진짜 혈마가 이런 짓을 벌였을 거라 여겼는데, 뜻밖에도 전혀 관련 없는 제삼자가 개입한 셈이었으니 저런 반응도 당연했다. 어찌 보면 전진교의 제자들은 운이 없다고 할 수 있었다. 내 계획대로만 되었다면 그들이 이렇게 억울하게 희생당할 일도 없었을 것이다.

"이자의 얼굴부터 확인해야겠군요."

나는 바닥을 뒹굴고 있는 수급으로 다가갔다. 이미 얼굴을 알고 있지만 모르는 척 수급에 씌워진 부서진 가면을 벗겼다.

"언뜻 보기에 오십 대 중반 정도는 된 것 같군요."

그런 나의 말에 만종 진인이 가까이 다가왔다. 처음 보는 얼굴인데 과연 그는 이자를 알아볼까?

"이게… 대체…."

뭐지? 만종 진인의 반응이 심상치 않았다.

"아시는 얼굴입니까?"

"잠시 비켜보게."

만종 진인이 무릎을 구부리고서 얼굴을 자세히 살폈다. 회귀 전에도 첩자 노릇을 하면서 수많은 무림연맹 인사들을 보았지만 이런 얼굴은 본 적이 없었다. 게다가 벽을 넘은 고수가 아니던가.

만종 진인이 떨리는 목소리로 중얼거렸다.

"섬뢰검 자균."

"섬뢰검?"

—아는 자야?

아니, 들어본 적이 없다. 알았다면 무공을 통해서 조금이나마 짐작했을 수도 있겠지. 만종 진인에게 물어봐야겠다.

"아시는 자입니까?"

"어찌 이런 일이…."

왜 이렇게 놀라는 거지? 의아해하는데 그 비밀이 만종 진인의 입에서 드러났다.

"삼십여 년 전 안휘성의 패자라 불리던 검객일세."

안휘성이라고? 그곳은 남궁 세가의 영역이었다. 남궁 세가는 대대손손 안휘성을 거점으로 맹위를 떨쳐왔는데, 그들을 제치고서 패자의 칭호를 들은 자가 있었단 말인가?

"이자는 죽었어야 할 자인데 어찌…."

"그게 무슨 말씀이십니까?"

"빈도는 예전에 이자를 본 적이 있네. 그때만 하더라도 세수가 예순이 넘었으니, 지금이라면 백 세에 가까울 연배일세. 한데 이렇게 젊은 얼굴이라니…."

만종 진인의 그 말에 문득 무쌍성에서 있었던 일이 떠올랐다. 고작 삼십 대에 불과해 보였는데, 스스로를 비도살왕의 스승이라고 칭했었다. 벌써 두 번째다. 원래 연배와 맞지 않는 젊음을 지닌 자가 말이다.

"이자가 죽었어야 할 자라는 건 대체 무슨 말씀이십니까?"

"…섬뢰검 자균은 열왕패도 진균에게 도전했다가 재기 불능의 심각한 부상을 입고 사라진 것으로 알고 있네."

"열왕패도와 겨룬 겁니까?"

"당시 매우 떠들썩했던 사건이었네. 막 팔대 고수가 되어 명성을 떨치던 열왕패도와 백여 초식이 넘게 자웅을 겨뤘었으니 말일세."

벽을 넘어 초인의 영역에 든 무인과 백여 초식을 겨뤘다고? 그 말은 거의 벽을 넘어서기 직전에 이르렀다고 해도 과언이 아니었다.

"빈도는 도통 이 상황을 이해할 수가 없군."

그럴 만도 했다. 과거 명성을 떨쳤으나 죽었다고 알려진 고수가 회춘해서 나타났다. 그런데 그자가 혈마인 척 분장을 하고서 흉계를 꾸몄다. 누가 들어도 이해하기 힘든 상황이었다. 금안의 존재와 그 조직을 집어넣지 않는다면 말이다.

—알려줄 거야?

무작정 알려준다고 믿진 않을 것이다. 어느 정도 신빙성이 있을 만한 정보로 각색하는 편이 좋을 것 같다. 나는 조심스럽게 그에게 말을 건넸다.

"…사실 진인께 말씀드리지 않은 사실이 있습니다."

"그게 뭔가?"

"이자가 저를 회유하려고 했었습니다."

"자네를 회유해?"

만종 진인이 인상을 찌푸리며 말을 이어갔다.

"어떻게 말인가?"

"저를 정파의 영웅으로 만들어주겠다고 하더군요."

"정파의 영웅?"

"전진교 도사들을 살육한 혈마를 패퇴시킨 영웅으로 말입니다."

"이런 고얀 놈을 보았나!"

인자한 인상이었던 만종 진인의 얼굴이 노기로 사납게 일그러졌다. 자신의 제자들 목숨을 가지고 이용하려 했다는 것에 분통이 터진 것 같았다.

"그래서 자네는 어떻게 한 건가?"

"정도를 숭상하는 무인이 어찌 그런 간악한 술수에 넘어가겠습니까? 힘이 모자라기에 그자에게 욕보이지 말고 그냥 죽이라고 했습니다."

—히야… 입에 침도 안 바르고.

그런 나의 거짓말에 소담검이 혀를 내둘렀다.

그래. 나는 절대로 나를 죽이라는 말을 하지 않는다. 어떻게든 살 궁리를 찾겠지. 하지만 정파의 이신성이라면 그 정도 절개를 보여줘야 하지 않겠나.

만종 진인이 내 어깨를 두드리며 칭찬했다.

"장하군. 자네 같은 후학도가 있어서 정파의 미래가 밝은 걸세."

"과찬이십니다. 여하튼 그자의 말을 따르지 않겠다고 하자 저를 죽이려고 하더군요."

"그때 혈마가 나타난 건가?"

"아닙니다. 저를 죽이려고 하기에 제가 말했습니다. 지금 혈마는 우군도독부에서 재판 중에 있는데 당신의 정체가 뭐냐고 말입니다."

"그러니 뭐라고 하던가?"

"그 말에 뭔가 당혹스러워하는 기색을 비쳤습니다."

만종 진인이 턱수염을 쓰다듬으며 고민하더니 말했다.

"계획이 틀어져서 그런 걸세."

내가 의도했던 대로 추측해서 답하고 있었다. 나는 모르는 척 물었다.

"계획이요?"

"혈마인 척하고서 이른 아침에 일을 저지르려고 했던 자일세. 계획이 어긋났으니 당혹스러워하는 것도 당연한 일일세. 그래서 어찌 되었는가?"

나는 품속에서 놈에게 받은 환단을 꺼내 들었다.

"제게 이것을 강제로 먹이려고 했습니다. 이걸 먹으면 자신들을 따를 수밖에 없다고 겁박하더군요."

"자신들을?"

"네, 마치 혼자가 아닌 조직인 것처럼 말했습니다."

"…그게 정말인가?"

"확실하게 들었습니다."

"대체 누가 이런 자를 움직였단 말인가."

만종 진인이 이를 심각하게 여겼다. 직접 겨뤄봤으니 이 정도 고수를 움직일 정도의 배후 세력이 있다는 것을 경계할 수밖에 없을 것이다.

"저도 모르겠습니다. 혈교도 아니라면 대체 어느 세력일까요?"

"…큰일이로군. 그걸 줘보겠나."

"여기 있습니다."

만종 진인이 환단을 받아서 코를 킁킁거리며 향을 맡았다. 하나 그가 의원이나 약사도 아니고 이를 냄새만 맡는다고 어찌 알겠는가. 지레짐작하며 내게 말했다.

"향을 맡으니 묘하게 몽롱해지는 것이 아무래도 환독의 일종으로 보이네. 자네를 움직여서 뭔가를 꾸미려고 했던 것 같네."

"큰일 날 뻔했군요. 다행히 때마침 진짜 혈마가 나타났습니다."

"허어…."

그 말에 만종 진인이 탄식을 내뱉었다.

"참으로 공교롭군."

그가 왜 이런 말을 하는지 알 것 같았다. 함정을 파서 몰아붙이려고 했던 혈마에게 도리어 도움을 받은 셈이 되었다. 정파인으로서 착잡한 감정이 들 것이다.

"참으로 일이 복잡하게 되었네."

"어쩌면 이자나 이자와 관련된 조직은 배후에서 무림연맹과 혈교가 더 빨리 전쟁을 치르도록 만드는 것이 목적일지도 모르겠군요."

"빈도 역시도 자네의 짐작이 맞는 것 같네."

내 의도대로 되어가고 있었다. 이제 무림연맹에 가서 배후 조직에 관해 공론화해주기만 하면 된다. 그런데 만종 진인의 입에서 예상 밖의 말이 나왔다.

"이를 꾸민 자들도 문제지만 당대 혈마도 문제로군."

"…그게 무슨 말씀이신지?"

"섬뢰검 자균은 혼자서 본교의 백여 명이 넘는 제자들과 매복해 있던 무림연맹 지부 사람들을 전멸시켰네. 그 말인즉, 그자는 벽을 넘어선 게 틀림없네."

"그야 그렇지만…."

"아까 자네도 보았지? 당대 혈마에게 아무런 상처도 없는 것을 말이네."

…부상은 많이 입었다. 배에 구멍까지 뚫렸을 만큼 강적이었다. 한데 이 노인네도 보통이 아니다. 그 와중에 예리하게 복장을 확인하다니. 이럴 줄 알았으면 옷도 좀 찢어서 넝마 비슷하게 만들어놓을 걸 그랬다. 만종 진인이 혀를 내두르며 말했다.

"그런 자를 상처 하나 없이 이리 제압할 정도면 당대 혈마의 무위가 얼마나 강할지 빈도는 짐작조차 가지 않는군."

음… 이걸 더 심각하게 여기는 것 같다. 정체를 모르는 배후 세력보다 드러나 있는 적의 위험성을 더 경계하는 건가. 만종 진인이 나를 바라보며 의미심장하게 말했다.

"이십 년 만에 사대 악인 체제에 변화가 생길 것 같네."

'…!!'

* * *

그날 저녁, 우군도독부의 관사 처소.

첩자 경력 때문인지 내가 생각해도 참 대담하다 못해 뻔뻔하다. 나는 혈마로서가 아닌 정파의 이신성으로서 이곳에 머물고 있다.

"후우."

거의 네 시진가량을 계속 운기조식만 했다. 날이 벌써 어두워져 있었다. 섬뢰검 자균이라는 자와 싸웠을 때만 해도 막 벽을 넘어선 상태라 몰랐는데, 하단전과 중단전, 상단전의 그릇이 전보다 커졌다. 정기신이 모두 한층 성장하게 된 것이다. 참 기묘한 일이었다. 이들은 서로 공명하는 것처럼 함께 강해지고 있었다.

—참 감회가 새롭다, 운휘.

남천철검이 감격스럽다는 듯이 말했다.

'왜?'

—처음 봤을 때만 해도 단전조차 형성하지 못했던 네가 전 주인을 뛰어넘다니.

그렇다. 나는 진정한 의미에서 남천검객을 뛰어넘었다. 벽을 넘어서면서 신기하게도 그동안 깨달음이 없어 이룰 수 없던 성명신공 팔성까지 운용할 수 있게 되었다. 남천검객마저도 이루지 못한 경지였다. 지금에 와서 돌아보면 청출어람이라는 생각마저 들었다.

—전 주인께서도 기쁘게 생각하실 거다.

그랬으면 좋겠다. 어찌 되었든 그분의 진전을 이었으니까.

그때 처소 바깥쪽에서 인기척이 느껴졌다. 익숙한 기감이었기에 누군지 알 것 같았다.

똑똑!

"네."

"소 소협, 나일세."

제이군사 사마중현의 목소리였다. 시신을 수습하는 현장에서 잠시 봤을 뿐인데, 그가 나를 찾아왔다. 지금쯤이면 무림연맹에 보낼 보고서를 작성하느라 꽤나 바쁠 사람이 이 시각에 무슨 일인 걸까?

"들어오십쇼."

그 말에 방문이 열렸다. 나는 사마중현에게 포권을 취하며 살짝 고개를 숙였다. 그러자 그 역시도 고개를 숙이며 가볍게 응대해줬다.

"군사 어른께서 무슨 일로 이리 직접 오셨는지?"

사마중현이 문을 닫고서 내게 말했다.

"우선 자네에게 사과부터 하고 싶네."

"그게 무슨 말씀이신지?"

"사실 만종 진인과 본 군사는 자네를 확실히 신뢰할 수 없기에 시험했다네."

시험이라… 당연히 알고 있다. 엉뚱한 매복지를 알려줬었지. 어차피 남천철검을 통해 엿들은 것도 있고, 이제 와서는 무의미한 이야기였다. 나는 모른 척하며 말했다.

"시험이라뇨?"

"혹 자네가 간자일 수도 있다고 여겼기에 매복지를 달리 알려줬네. 그럼에도 불구하고 자네 덕분에 다섯 사람이나 목숨을 구할 수 있었네."

다섯 사람? 전진교의 일대 제자들 네 명 말고도 또 있었나? 의아해하자 제이군사 사마중현이 옅은 미소를 지으며 말했다.

"만종 진인도 자네가 아니었다면 목숨을 잃을 뻔하지 않았나."

"아닙니다. 저야말로 만종 진인께서 오셔서 목숨을 연명할 수 있었는데, 어찌 공이 뒤바뀔 수 있단 말입니까?"

그 말에 사마중현이 고개를 저었다. 그리고 가까이로 다가와 말했다.

"목숨을 걸고 적에게 대항해서 시간을 벌어주지 않았나. 만종 진인께서 자네를 극찬하셨네."

"이것 참…."

제대로 싸우려고 기절시켰을 뿐인데 이런 식으로 오해를 샀네. 뭐 나야 그리 생각해준다면 나쁠 것은 없지만.

"이 일을 맹주께는 아뢰었네."

"이번 사태를 말입니까?"

"그렇네. 이번 일로 혈마의 명성이 걷잡을 수 없을 만큼 커질지도 모르네."

그렇겠지. 뒤통수를 치려 했던 무림연맹의 장로를 구해준 셈이니까 말이다. 설마 이걸 가지고 거짓 정보로 바꿔서 교란하는 건 아니겠지.

—어떤 식으로 말이야?

가령 가짜 혈마를 분장했던 섬뢰검 자균이라는 자를 혈마의 수하였다는 둥 사실과 다르게 조작하여 소문을 낼 수도 있었다. 제삼군사 백위향이라면 충분히 그러고도 남았다. 눈앞의 이자는 어찌 나올지 모르겠지만 말이다.

그때 제이군사 사마중현이 내 어깨에 손을 얹고서 진지한 목소리로 말했다.

"자네만 괜찮다면 본 맹에서는 자네를 더욱 키워줄 용의가 있네."

"…그게 무슨 말씀이신지?"

"우리가 정체를 모르는 제삼의 세력이 있을지도 모르네. 그것도 모자라 혈교의 힘은 우리가 상정했던 것 이상일지도 모르고."

"그것과 제가 무슨 상관인지…."

"전쟁에 있어서 가장 중요한 게 뭐라고 생각하나?"

무슨 의도로 이런 질문을 하는 것일까? 굳이 주목받거나 튀고 싶은 마음은 없으니 아무렇게나 대답하자.

"사기입니다."

"맞네. 사기일세."

어…? 정답이라고? 이런 의도가 아니었는데.

사마중현이 숨을 깊게 들이쉬었다 내쉬며 말했다.

"혈교에는 새로운 혈마라는 상징적인 존재가 나타났네. 그런 존재는 혈교나 더 나아가 사파의 사기를 증진시킬지 모르나 본 맹과 정파에는 정반대로 작용할 걸세. 사기를 저하시킬 걸세."

"정파에는 맹주께서 계시지 않습니까?"

내 말에 사마중현이 고개를 저었다.

"물론 맹주께서도 그런 역할을 하실 수 있지만 그분은 이제 정파의 중심일세. 선봉장이나 사기를 증진시키기 위한 영웅의 역할이 아니네."

뭔가 불안하다. 설마….

"본 군사는 자네가 그 역할을 해주길 바라네."

"…제가 말입니까?"

"내 눈이 틀리지 않았다면 자네는 차후에 무림연맹, 아니 정파를 이끌어갈 상징적인 영웅이 될 걸세."

이걸 뭐라고 대답해야 하나. 사실 당신 눈앞에 있는 사람이 혈마인데.

—알면 까무러치겠네.

그럴지도. 이거 점점 내가 알고 있는 회귀 전과 상황이 달라지고 있다. 원래 정파에서 작정하고 영웅으로 밀려는 자는 팔대 고수 두 사람의 공동 전인 이정겸이었다. 그런데 이 말을 혈교의 교주인 내가 듣고 있네.

* * *

그로부터 열흘이 지났다. 지금 나는 호남성 북부 안향현의 오현포구 쪽에 도달해 있다. 그사이에 여러 일들이 있었다. 전진교의 교주인 만종 진인은 제자들의 시신을 수습해서 전진교로 돌려보내야 한다며 간단히 상을 치르고 사천으로 떠났다. 무림연맹의 제이군사 사마중현은 자신과 함께 귀주성 무림연맹 지부에 들러 섬뢰검 자균의 시신에 부패를 막는 처리를 한 후에 무한시로 가자고 권했지만 나는 이를 거절했다. 그와 함께 가면 무림연맹에 자연스럽게 입성할 수야 있겠지만 목적을 달성할 수 없었다.

—그 인간이 부담스러워서 그런 건 아니고?

그래서 도망치다시피 먼저 떠난 거잖아.

지금 내가 향하려고 하는 곳은 장강수로십팔채의 근거지였다. 사파 통합을 위해 최우선적으로 필요한 세력이다. 물론 혼자 온 것은 아니었다. 일행으로 사마영과 개방의 제자였던 조성원, 그리고 송좌백, 송우현 쌍둥이 형제가 함께하고 있었다. 백혜향이 느려터졌다고 한 소수 정예는 바로 이들이었다. 원래는 이들 외에도 좌호법과 교주 호위대 등이 있었지만 이들에겐 다른 임무를 맡겼다. 지금 일행들이 내겐 가장 편했고 정파에서도 움직이기 좋은 최정예라 할 수 있었다.

일단 안항에 오기는 했으나 배를 구해야 했다. 본교에서 운용하는 선박도 있지만 조성원의 말에 의하면 상단의 선박을 이용하는 편이 수로채의 수적들을 더 빨리 만날 수 있는 방법이라 하였다. 확실히 오현 포구는 상단들이 수로를 이용하기 위한 곳이라 그런지, 사람들이 북적거렸다.

—어이, 인간, 언제까지 이딴 목갑 안에 있어야 하는 거지?

혈마검이 불만스러운 목소리로 내게 말했다.

답답한 건 알겠는데 참아. 전에 무림연맹에 갔을 때처럼 여러 자루를 동시에 넣을 수 있는 검집을 만들지 않으면 너와 사련검은 대놓고 보일 수가 없다.

—흐으응. 답답해. 밖에 남자들 소리가 많이 들리는데, 꺼내주면 안 될까?

사련검이 입맛을 다시며 말했다.

그래서 안 된다는 거다. 괜히 현혹이라도 하려 하면 곤란해지니까.

—천한 것.

혈마검이 혀를 찼다.

—참 말 예쁘게 하네. 너도 내 취향 아니거든.

싸우지들 마라. 너희들이 싸우면 나는 두통이 난다. 검들이 많아지니까 이게 참 힘들다. 전에 소담검이 말했던 것처럼 다른 주인을 찾아주는 것도 고려해봐야겠다. 그러던 와중에 송좌백이 말했다

"상단 선박을 알아보기 전에 객잔에 들러서 식사라도 하는 게 어때? 얘 상태가 안 좋다."

혈마 진운휘로서가 아니라 정파 소운휘로 대하라고 했더니 신이 나서 반말로 이야기하는 녀석이다.

"반말 잘하네?"

"아니, 그렇게 대하라며…언서요."

면박을 주면 슬그머니 눈치를 본다. 역시 좌백이 넌 놀리는 맛이 있어. 피식 웃는 나의 모습을 보고 내가 놀렸다는 것을 알았는지 발을 동동 굴렀다.

"아오!"

녀석의 말대로 송우현이 객잔 거리를 뚫어지게 쳐다보고 있었다. 향신료부터 불 맛이 여기까지 풍겼다. 식탐이 강한 녀석이라 요 며칠 육포만으로 때웠더니 제대로 된 식사가 하고 싶은 모양이었다. 이에 나는 사마영을 쳐다보았다. 사마영이 빙그레 웃으며 고개를 끄덕였다.

"그럼 식사부터 하도록 하지."

그 말에 송좌백이 입술을 실룩거리며 중얼거렸다.

"다음부터는 사마 소저한테 묻는 게 훨씬 빠르겠네."

그런 건 속으로 생각해라. 입 밖으로 뱉지 말고.

조성원이 앞으로 나서 객잔 거리 쪽을 가리키며 말했다.

"주군, 예전에 망할 노친네와 갔었던 오리탕이 유명한 객잔이 있습니다. 담백한 맛이 일품인데 그리로 가시죠."

"…오리탕. 좋다."

송우현이 군침이 돌았는지 오랜만에 입을 열었다. 조성원이 이럴 때는 쓰임새가 좋았다. 개방의 거지 출신답게 이것저것 아는 것이 많았다.

—먹을 거 관련된 것만 잘 알더만.

맛집을 잘 아는 게 얼마나 중요한데. 먹는 건 인생의 낙이지. 아무튼 녀석의 안내를 따라 객잔 거리로 들어갔다. 사람들이 북적거리는 한 낡은 객잔이 보였다. 신시(申時) 무렵이라 식사 시간이 아닌데도 저리 사람이 많은 것을 보면 확실히 유명하긴 한가 보다. 객잔 안으로 들어가니 역시 사람들이 붐볐다. 자리가 있으려나. 점소이 한 명이 달려와서 우리를 맞았다.

"어서 오십쇼. 마침 한 자리가 비었는데 운이 좋으십니다."

다행이네. 기다리는 것만큼 지루한 일도 없는데. 점소이의 안내를 받아 객잔 안쪽으로 들어갔다.

[수기를 가진 자들이 많네요?]

사마영이 내게 전음을 보냈다. 안으로 들어가면서 눈에 띄는 여러 무리들이 보였는데, 전부 무림인들이었다. 단순히 문파, 방파의 무림인들은 아니었다. 봇짐에 꽂혀 있는 글자가 새겨진 수기들을 보아하니 표사(鏢士)들인 것 같았다.

[표사들인 것 같네요.]

표사는 표국에서 의뢰를 받아 물건을 배송하는 임무를 행하는 무사들이다. 일반 무림인들과는 그 성격이 다소 다른 자들이다. 확실히 상단들 선박이 주를 이루는 포구라서 그런지, 이런 일에 관련된 자들이 많은 것 같았다.

[아아, 표사들이 저렇게 하고 다니는군요. 처음 봐요. 근래 들어서 한 유명한 표사 때문에 표사들 위상이 올라갔다는 이야기는 들었거든요.]

그 말은 들어본 적이 있는 것 같다. 회귀 전에 워낙 수많은 기행을 하여 명표라 불린 자가 있었다. 무위도 꽤나 뛰어난 자라 들었는데, 무림연맹과는 연이 없어서 직접 볼 기회가 없었다.

"이쪽에 앉으시죠."

점소이가 안내한 자리는 가장 구석에 있는 곳이었다. 눈에 띄는 자리보다는 나았다. 조성원이 물었다.

"오리탕으로 통일할까요?"

모두가 동의하는지 고개를 끄덕이는데, 송좌백 녀석이 혼자 고기국수를 시켰다.

"나는 고기국수!"

모두가 네, 라고 말할 때 아니, 라고 할 수 있는 녀석이라니. 뭐 음식이야 남이 뭐라 하든 자신이 먹고 싶은 걸 먹어야 진리지만.

"그렇다네?"

"알겠습니다. 금방 대령하겠습니다."

점소이가 부리나케 주방 쪽으로 달려갔다. 음식을 기다리는 동안 이런저런 이야기를 하고 있는데, 사마영이 눈짓으로 표사들을 가리키며 나지막한 목소리로 내게 말했다.

"공자님, 어차피 상단 선박에 타야 한다면 표사로 위장하는 건 어떤가요?"

"표사로요?"

흠, 그것도 나쁘진 않을 것 같다. 상단이 운용하는 선박은 적하인원을 넘어서면 받지 않는다고 들었다. 그렇다면 표사로 위장하는 것도 방법이 될 듯했다. 다만 그러려면 제법 그럴듯한 표국의 표사로 위장해야 할 텐데, 어떻게 하면 좋을까? 고민하던 차였다.

"원성?"

나는 조성원의 가명을 불렀다. 녀석이 갑자기 객잔 입구 쪽을 심각한 얼굴로 쳐다보고 있었다. 왜 그러나 싶어서 그곳을 바라보았더니, 한 무리의 표사들과 몇몇 거지들이 일행이라도 되는 것처럼 같이 들어오고 있었다.

'아!'

녀석이 왜 저런 표정을 짓는지 알 것 같았다. 거지들 중에 자루 주머니를 여덟 개가량 걸쳐 멘 젊은 거지가 있었다. 저것이 뜻하는 바는 팔결이었다. 즉, 개방의 후개, 소방주를 의미했다.

'홍걸개?'

설마 이곳에서 개방의 소방주를 보게 될 줄은 몰랐다. 조성원 녀석의 눈동자가 분노로 이글이글 타오르고 있었다.

[진정해.]

아무리 인피면구를 쓰고 있어도 그렇게 살기 어리게 노려보면 상대가 눈치챈다. 녀석이 놈에게서 눈을 떼지 않고서 이를 갈며 전음을 보냈다.

[…주군, 저와의 약조를 잊지 않으셨겠죠?]

[그래.]

후개의 자리를 빼앗긴 복수를 하게 해주겠다고 했지. 그 대가로 내게 충성을 맹세한 거니까. 이제 때가 되었나 보다. 후개 홍걸개를 물끄러미 쳐다보며 나는 녀석에게 물었다.

[궁금한 게 있는데, 만약 현재의 후개가 죽고 원래 후개 후보였던 자가 나타나면 어떻게 될까?]

그 물음에 조성원이 놀란 눈으로 나를 쳐다보았다.

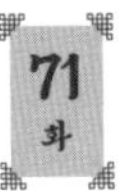

표물 운송 입찰

[그건….]

돌발 질문에 많이 당혹스러웠나 보다.

나도 그냥 떠올린 것이었다. 원래 조성원 역시도 유력한 후개 후보였고 오히려 재능 면에서 본다면 홍걸개를 훨씬 뛰어넘는다고 해도 과언이 아니었다. 그를 처음 보았을 때가 일류 고수였는데, 지금은 절정의 고수였다. 개방의 항룡십팔장은 열여덟 초식을 전부 익혀야 외공과 내공의 운기가 막힘없이 통한다고 하는데, 고작 열 장만 익히고도 이 정도면 대단한 무재라 할 수 있었다. 당황해하던 조성원이 내게 전음을 보냈다.

[저 녀석이 죽고서 제가 나타나면 누가 봐도 절 의심하지 않겠습니까?]

[그렇겠지.]

바보는 아니네. 그 정도까지 머리가 돌아가는 걸 보면. 당연히 의심의 화살은 조성원에게 돌아갈 수밖에 없다.

[그럼 그냥 죽이는 걸로 만족해?]

[….]

그 물음에는 답이 없었다. 죽이는 것만으로는 한이 풀리지 않겠지. 어찌 보면 저들 조손 때문에 정파에서 혈교로 전향하게 되었으니 말이다.

[…그냥 죽이는 걸로는 성이 찰 것 같지 않습니다. 그 이상의 고통을 느꼈으면 합니다.]

[혈교인이 다 됐네.]

[별로 칭찬처럼 들리지 않는군요.]

[혈교인한테 혈교인답다는 게 칭찬이지.]

그런 내 말에 조성원이 인상을 찡그리며 고개를 돌렸다. 혈교인으로서의 숙명을 완전히 받아들였다고 여겼는데, 그건 아닌가 보네.

그건 그렇고 개방의 거지들과 표사들이 왜 저렇게 같이 움직이는 거지? 개방은 무림연맹의 일이 아니라면 평소 거지 신분에 충실하게 살아가는 것으로 알고 있는데. 거지들이 맡길 표물이 있긴 한가? 미리 자리를 잡아둔 표사들이 있는 자리로 가는 그들이었다. 객잔 한가운데 자리였다.

"구석 자리에 등지고 앉아서 그런가 공자님을 아무도 못 알아보네요?"

사마영의 말에 나는 아무렇지 않게 어깨를 으쓱했다. 사실 벽을 넘어선 후로 하단전의 내공조차 완벽하게 통제할 수 있게 되어 기감을 최저치로 낮출 수 있었다. 그렇기에 팔대 고수나 그에 근접한 자가 아니고는 기감으로 나를 알아차리기는 어려웠다. 그리고 저렇게 이야기 삼매경에 빠져 있어서야 뒷모습만 보고 누굴 알아보겠는

가. 개방 방주가 와도 못 알아볼 것이다.

“음식 대령이오!”

마침 점소이가 넓은 나무 쟁반에 음식을 가져왔다. 무뚝뚝하게 있던 송우현의 얼굴이 환해졌다. 김이 모락모락 피어오르는 오리탕에서 풍기는 특유의 향이 코끝을 간지럽혔다.

“내 거는?”

송좌백이 자신의 자리에만 음식이 없는 것에 대해 물었다.

“아이고, 죄송합니다. 지금 숙수께서 면을 새로 뽑고 있으니 조금만 기다려주세요.”

“으으. 알겠소.”

그러게 통일하지 그랬어. 보통 이렇게 한 음식이 유명한 집은 다른 음식이 충분히 준비되어 있지 않다. 당연히 기다릴 수밖에 없겠지. 그럼 어디 육수부터 먼저 맛을 봐볼까나. 후루룩!

“크.”

“후우.”

국물을 살짝 들이켠 모두의 입에서 각양각색의 탄성이 흘러나왔다. 담백하면서 구수한 육수가 일품이었다. 홍걸개에게 분노를 토해내던 조성원마저도 이 맛에 얼굴이 살짝 펴졌다.

“맛있냐?”

“건드리지… 마라.”

“아오. 누가 뺏어 먹는데?”

모두가 먹는 모습에 송좌백이 입맛을 다셨다. 그렇게 식사를 하는 와중에 가운데 자리에서 왁자지껄 떠드는 소리가 들려왔다. 누가 거지 놈들 아니랄까 봐 말하는 소리들도 크다. 저것들 정말 정보

조직 맞아?

“일부러 정보를 흘리는 겁니다.”

조성원이 나지막한 목소리로 내게 말했다.

“정보를 흘리다니?”

“일반적으로 많이 써먹는 방식입니다. 저렇게 떠들어대는 것은 보통 소문을 퍼뜨리거나 정보를 교란하기 위한 겁니다.”

개방 출신이 아니랄까 봐 내게 알려주는 조성원이다. 지금 저렇게 떠들어대는 게 그런 용도란 말이군. 정보를 주로 다루는 조직에도 나름 자신들만의 수단과 방법이 있었네. 그때 모두의 귀를 쫑긋하게 하는 말이 나왔다.

“…들었소이까, 오대 악인이 나타났다는 소문을?”

‘오대 악인?’

누구를 말하는 거지? 회귀 전에도 사대 악인 체제가 쭉 이어졌었는데. 의아해하고 있는데 순간 국물이 입 밖으로 튀어나올 뻔했다.

“아아, 당대 혈마를 말하는 것이구려.”

나? 일행들의 시선이 내게로 향했다. 물론 귀는 저들이 하는 대화에 집중하고 있었다.

“그자의 무위가 그리 무섭다고 귀수성과 광주성 일대에 소문이 파다하게 났다고 하오.”

“광서성 전투에서 살아 돌아온 포로 출신들이 혀를 내두를 정도라고 하였소.”

“그뿐이 아니외다. 듣기로는 벽을 넘어선 은거 고수가 몇 초 지적도 버티지 못하고 목이 베였다던데.”

“허어….”

참 소문이 빠르다. 겨우 열흘 만에 호남성 일대까지 퍼지다니. 정말 만종 진인의 말대로 되어버렸다. 고작 몇 가지 사건만으로 새로운 악인이라고 불릴 줄은 몰랐다. 나름 굵직한 사건들이라서 그런가?

—명성이 아주 자자해졌네, 우리 운휘. 출세했네, 출세했어.

그러지 마라. 뭐가 좋은 일이라고. 아무런 악행도 저지르지 않았는데 악인이라는 칭호가 붙어버렸다.

—그건 그렇네.

그저 혈교라는 이유 때문인 것 같다. 당금 무림에 사파와 혈교의 인식은 어떤 식으로 포장해도 이렇게 부정적이다. 어찌 보면 참 씁쓸한 일이다. 그런 나의 귓가로 사마영의 전음이 들려왔다.

[헤에. 공자님이 악인이라니, 이제 아버지와 같은 선상에 섰네요?]

사마영이 헤벌쭉 웃었다. 좋아하고 있었다. 그녀에게 악인이란 칭호는 나쁜 것이 아니라 그저 무림에서 손꼽히는 강자를 의미하는 정도에 불과한 것 같다.

—장인한테 인정받을까 봐 그런가 보지. 장인과 사위가 나란히 악인이라니.

소담검 녀석이 키득거리며 재밌어했다. 반면 송좌백 녀석은 뭔가 시기 어린 눈빛으로 나를 쳐다보고 있었다. 마치 자신보다 먼저 명성을 떨친 것에 분하다는 듯이 말이다. 쓸데없는 데서 열의를 불태운다.

그때 누군가가 소리 높여 말했다.

"참 말세요. 팔대 고수 중 한 사람이 죽은 지 얼마 되지도 않았는데, 벌써 악랄한 악인이 탄생하다니 말이오. 장차 이 무림이 어찌 되려는지 알 수가 없구려."

뒤를 슬쩍 쳐다보니 이 목소리의 주인은 개방의 후개 홍걸개였다. 누가 들으면 내가 무림의 해악인 줄 알겠다.

뿌득! 젓가락 부러지는 소리가 났다. 옆을 보니 헤벌쭉 웃고 있던 사마영의 눈매가 날카로워져 있었다.

"거지 새끼가 말이 좀 심하네요."

심기가 불편했나 보다. 요즘 이런 일이 없어서 한동안 잠잠했는데, 한 성깔 하는 그녀가 당장에라도 일어나서 홍걸개의 면상을 후려칠 기세였다. 그런데 객잔 한쪽 편에서 또 다른 목소리가 들렸다.

"소문대로라면 오대 악인이 아니라, 새로운 팔대 고수라고 불러야 하는 게 아닌가요?"

응? 우리의 시선도 자연스럽게 그곳으로 향했다. 주방으로 들어가는 쪽에 앉아 있는 네 명의 무리가 있었다. 정갈한 황색 경장에 수기를 가진 자들이었는데, 저들도 표사인 것 같았다.

"…세상에."

송좌백 녀석의 입에서 탄성이 흘러나왔다. 녀석이 왜 이런 반응을 보이는지 알 것 같았다. 탁자 위에 걸치다시피 할 정도로 풍만한 가슴을 자랑하는 여인이 있었기 때문이다. 이십 대 중반 정도로 보였는데, 눈매가 서글서글하면서도 귀여운 인상의 소유자였다.

사마영이 그녀를 보고 인상을 찡그리더니 자신의 턱 밑을 슬쩍 내려다보았다. 설마 자신과 비교해보는 건가?

—너 얼굴 빨개졌다.

무슨 헛소리야.

—야한 생각 했지?

아니거든.

아무튼 간에 방금 그 말은 저 여자가 한 것 같았다. 팔에 차고 있는 줄무늬 완장을 보면 설마 저 여자가 표사들의 우두머리인가? 의아해하는데 홍걸개가 그녀에게 정색하며 말했다.

"무슨 말 같지도 않은 소리를 하는 거요. 혈교의 교주가 팔대 고수라니? 하하하하핫."

"그러게 말입니다. 푸하하하핫."

녀석이 웃자 다른 거지들이 따라 웃었다. 하는 짓거리가 어째 명문 정파인이 아니라 뒷골목 왈패 같지? 이에 여자 표사도 소리를 높여 말했다.

"악인이라 하면 그만큼 악행을 저질러야 하는 것 아닌가요? 들리는 소문에 의하면 전진교의 도사들을 참살하려 했던 은거 고수를 죽여서 악행을 막은 자가 혈마라고 하더군요. 그런 자가 뭐가 악인이라는 건지 모르겠군요."

그녀의 비아냥거림에 홍걸개의 인상이 무섭게 일그러졌다. 입바른 소리에 심사가 뒤틀렸나 보다. 반면, 조성원은 그 모습에 기분이 좋은지 입꼬리가 올라갔다. 그때 홍걸개와 같은 탁자에 앉아 있던 표사들 중 한 사람이 입을 열었다.

"누가 사파들의 의뢰도 받는 황영표국이 아니랄까 봐 이제는 하다못해 과거 무림에 혈사를 일으켰던 혈교마저 두둔하는구려."

저들 중에 제일 연륜이 있어 보이는 자였다. 절정의 극에 이르렀는데, 객잔에 있는 표사들 중 가장 강했다. 내가 쳐다보자 조성원이 조용히 말했다.

"옥양표국의 장경이라는 표두일 겁니다."

"아는 자야?"

"호남성 북부 일대에서 굵직한 의뢰만 받는 것으로 유명한 표사라 알고 있습니다. 옥양표국이 워낙 커서 정파의 문파, 방파 들이 많이 의뢰하기도 하고요."

"황영표국은?"

"…잘 모르겠습니다."

조성원이 모르는 걸 보니 최근에 생긴 표국이거나 규모가 굉장히 작거나 둘 중 하나인 것 같았다. 아니면 둘 다인가?

그때 여자 표사가 자리에서 일어났다. 그리고 탁자에 앉아 있는 장경이라는 표두를 노려보며 말했다.

"과거에 그랬다고 현재까지 그럴지는 지켜봐야 알 수 있는 일이죠. 저는 사실 관계만 놓고서 이야기했을 뿐이에요. 그리고 저희 황영표국은 당신들처럼 사람을 가려가면서 의뢰를 받지 않았을 뿐이에요. 아 다르고 어 다른데 그런 식으로 오해의 소지가 다분한 말을 지어내지 마시죠."

언성이 높아진 것을 보니 많이 화가 났나 보다. 그런 그녀를 보면서 표두 장경이 피식 웃으며 말했다.

"아니면 아닌 거지 뭘 그리 열을 내고 그러시오. 아니 땐 굴뚝에 연기 날 리가 없다고, 그럴수록 사람들이 오해할까 봐 두렵소."

능글맞게 약을 올리는 표두 장경이었다. 표국이나 다른 표사들끼리도 서로 알력 싸움이 심하다고 하던데, 이걸 보니 없는 말은 아닌 것 같았다.

"당신!"

"표두, 참으시오!"

그녀가 화를 내려고 하자 황영표국의 다른 표사들이 만류했다. 괜한 시비에 휘말리는 것을 피하려는 듯했다. 여자 표사도 그걸 인지했는지 입술을 질끈 깨물며 자리에 앉으려 했다. 그러나 저자는 아니었다.

"남부인 시골 영흥에서 여기까지 올라온 걸 보면 금화평상단의 입찰 건으로 올라온 것 같은데, 괜한 헛짓거리하지 마시고 내려가시오. 고작 마흔 명도 채 되지 않는 신생 표국에서 아무리 날고 기어봐야 표물을 따낼 수 있을 것 같소?"

어지간한 자였다. 상대가 물러나면 적당히 끝낼 줄 알아야 하는데 자존심을 짓밟으려고 한다. 명성만큼이나 인품이 따르는 것 같진 않았다. 주변의 일부 표사들도 고개를 절레절레 젓는 것을 보면 꽤 유명한가 보았다.

"차라리 다른 일을 하는 게 어떻겠소? 소저 정도의 미색과 몸이라면 더 어울리는 일이 있을 것 같소만. 하하하하핫."

하다못해 음담까지 일삼고 있었다.

"조용한 곳에 끌고 가서 두드려 패도 될까요?"

사마영이 살기 어린 목소리로 허락을 구했다. 나도 그러라고 하고 싶지만 지금 우리는 정파인의 신분이었다.

"참으시죠, 소저. 저희 일도 아닌데, 표사들 일에 관여하면 괜히 피곤해집니다."

조성원이 그녀를 만류했다. 그러는 사이에 일이 좀 더 커질 기세였다. 참으려고 했던 여자 표사가 상기된 얼굴로 일어나서 쏘아붙였다.

"길고 짧은 건 대봐야 알 일이에요!"

"길이를 대보지 않아도 견적이 나오는데 뭐가 길고 짧은 것이오."

"뭐예요?"

"이쪽은 백여 명의 표사들과 개방의 후개께서 특별히 객원표사로 참여하셨소. 금화평상단에서 황영표국의 뭘 보고 입찰을 받을 것 같소이까? 하하하하핫."

의기양양해하는 그 말에 주변의 표사들이 술렁였다. 이들도 장경이라는 표두가 말했던 금화평상단의 표물 입찰에 참여하러 온 모양이었다. 그래서인지 객원표사로 개방의 후개가 있다고 하니 난처한 기색이 역력했다. 그런데 뭔가 이상했다. 나는 조성원에게 전음으로 물었다.

[원래 표국의 일에 개방이 관여를 하나?]

[…하지 않습니다. 개방의 이념은 충의보국과 강호정의입니다. 그와 관련되지 않은 일은 어디에도 관여하지 않습니다.]

내가 알기로도 그러했다. 그렇기에 개방의 사람들은 부를 멀리하고 거지로 살아간다. 한데 표물 입찰 건에 객원표사로 끼어든다라…. 뭔가 구린 냄새가 났다.

[금화평상단이 굳이 포구에서 입찰을 한다는 건 수로 운송 건이겠지?]

[그럴 겁니다.]

잘됐네. 운 좋게도 일석이조의 기회가 생겼다. 나는 사마영을 쳐다보며 물었다.

"표사로 위장하면 좋을 것 같다고 했죠?"

"네."

"마침 좋은 자리가 났네요."

자리에서 일어난 나는 저들이 있는 곳으로 걸어갔다. 객잔에 있는 모든 사람의 시선이 두 표국의 알력 다툼에 집중되고 있었기에 아무도 나를 쳐다보지 않았다. 그러나 의외의 한 사람이 나를 알아보았다. 개방의 후개 홍걸개였다.

"엇?"

후기지수 논무에서 내 모습을 보았을 테니 몰라볼 리가 없었다. 나의 등장에 잠시 놀라던 그가 괜히 너스레를 떨면서 소리쳤다.

"소 형! 이곳에서 뵙게 되다니 반갑습니다."

그 말에 모두의 시선이 내게로 집중되었다. 여자 표사도 마찬가지였다. 표두 장경이 의아해하며 쳐다보자, 홍걸개가 친한 척 가까이 다가오며 말했다.

"허참, 이분을 모른다는 게 말이 되오. 이신성 중 한 사람인 소운휘요."

"이신성!"

"남천검객의 제자!"

그 말에 객잔 안이 소란스러워졌다. 몰랐는데 정파의 이신성으로서의 명성이 생각보다 대단한가 보았다. 홍걸개가 거론되었을 때보다도 난리가 났다. 표두 장경의 표정이 백팔십도로 변해 내게 포권을 취하며 살가운 목소리로 말했다.

"이신성 중 한 분인 소운휘 대협을 이리 뵙게 되다니 영광입니다."

"대협이라니, 과찬의 말씀입니다."

나는 겸양을 떨며 답했다.

표두 장경은 그 와중에도 콧대가 높아졌다. 마치 이런 명성이 자자한 자들이 자신과 함께한다는 것을 뽐내듯이 말이다. 이에 그와 실랑이를 벌이던 여자 표사의 표정이 무거워졌다. 홍걸개가 의아해하며 내게 물었다.

"소 형께서는 언제부터 여기에 계셨던 겁니까?"

"계속 있었습니다. 여러분들이 오기 전부터."

그 말에 홍걸개의 표정이 살짝 굳었다. 나름 후기지수로서 자부심을 갖고 있는데, 내가 이곳에 있었다는 것조차 인지하지 못한 것에 자존심이 흔들렸나 보다. 이를 알아차렸는지 눈치 빠른 표두 장경이 내게 말했다.

"이럴 게 아니라 합석해서 식사라도 함께하심이 어떻습니까?"

"괜찮습니다. 식사는 거의 다 했습니다. 그보다 저희 표두가 곤란한 일에 휘말린 것 같아 가만히 지켜볼 수가 없어서 이렇게 나섰습니다."

"표두? 그게 무슨 말씀이신지?"

나는 뒤에 있는 황영표국의 여자 표사를 가리키며 말했다.

"저와 제 동료들이 이번에 황영표국의 객원표사로 참여하게 되었습니다."

'…!!'

그 말에 표두 장경의 표정이 굳었다. 여자 표사도 내 말에 순간 놀랐는지 살짝 입이 벌어졌다. 자신도 모르는 사이, 정파 무림의 이신성 중 한 사람이 객원표사가 되어 있었으니 말이다. 나는 웃음기를 지우고 싸늘한 목소리로 표두 장경에게 말했다.

"아까 저희 표두께 뭐라고 하셨죠?"

살갑게 인사를 나누던 분위기가 한순간에 싸늘해졌다. 소란스럽던 객잔도 정적에 휩싸였다. 당혹스러운지 표두 장경의 말문이 막히자, 자신의 위치를 각인시키기 위해 내게 살갑게 대하던 개방의 후개 홍걸개가 다소 식은 목소리로 말했다.

"객원표사라니 그게 무슨 말씀입니까, 소 형?"

"말 그대로요. 황영표국의 객원표사로 일하기로 했습니다."

"하…."

홍걸개가 나와 황영표국의 표두인 여자 표사를 번갈아 쳐다보았다. 이렇게 되면 표두 장경이 지금까지 했던 행동들은 황영표국만이 아니라 나조차 모욕한 게 되어버린다.

—이런 쪽으로는 비상하단 말이야.

소담검이 키득거렸다. 주위에서 조금씩 수군거리는 소리가 들려왔다. 이를 의식했는지 후개 홍걸개가 불쾌함을 감추지 않고 내게 말했다.

"정말 객원표사가 확실하십니까?"

그리고 시선을 여자 표사에게로 가져갔다. 잠시 놀랐던 여자 표사가 아무렇지 않은 듯이 고개를 끄덕이며 말했다.

"맞아요. 저희가 이번 표물 입찰을 위해 고용했어요."

눈치가 없진 않았다. 전음을 보낸 것도 아닌데 알아서 맞춰주는 걸 보니 말이다. 이 기회를 놓칠 수야 없지. 나는 표두 장경을 더욱 밀어붙였다.

"아까 저희 표두께 다른 어울리는 일이 있을 것 같다고 말씀하셨는데, 대체 무슨 일인지 말씀해줄 수 있겠습니까?"

"…."

표두 장경이 굳은 얼굴로 나를 뚫어지게 쳐다보았다.

—기분이 나쁜가 봐.

아니, 기감을 열어서 날 살피고 있어.

—기감을?

나도 처음 알았다. 벽을 넘고 나니 상대가 나를 가늠하는 것이 느껴졌다. 기감이라는 것은 상대에게서 흘러나오는 기운으로 어느 정도 무공 수위에 이르렀는지 추측할 수 있게 해준다. 지금 나는 모든 기운을 갈무리하고 있었다. 작정하고 숨겨두고 있기에 이곳에 있는 누구도 나를 가늠할 수 없었다. 하지만 이신성으로 알려진 명성이 있으니, 기운을 숨기고 있다는 것 정도는 바보가 아니라면 어느 정도 추측할 수 있을 것이다.

'살짝 자극해볼까?'

기감에 경계심을 줄 수 있을 것 같다. 기운을 저자에게로 집중하면….

흠칫! 표두 장경의 눈동자가 흔들렸다. 많이 놀랐는지 당혹스러운 기색으로 후개 홍걸개를 쳐다보았다. 개방의 차기 방주인 그에게 도움을 요청하는 것 같았다. 눈치가 빠른 표두 장경과 달리 약관의 나이에 불과한 후개 홍걸개는 젊은 데다 자신의 위치를 과신하는지 내게 힘을 주어 말했다.

"소 형, 그대가 황영표국의 객원표사라면 나 역시 옥양표국의 객원표사요. 우리 표두를 압박하는 것은 곧 나를 무시하는 것이고, 나아가서 개방을 무시하는 것이오."

역시 개방을 내세웠다. 그래, 조직도 하나의 힘이니 충분히 그럴 수 있다.

아쉽네. 내세울 조직이 세 곳이나 있어도 지금 당장 써먹을 수 있는 곳은 별로 달갑지 않은 익양 소가 한 곳뿐이라니. 아무리 명성이 자자하더라도 구파일방의 하나인 개방에 비하면 조족지혈이니 굳이 내세울 가치가 없었다. 그때 누군가가 나섰다.

"개방의 이념은 충의보국과 강호정의인데, 언제부터 표국의 일에 자신들의 이름을 걸고 나섰는지 모르겠구려."

다름 아닌 조성원이었다. 그와 함께 사마영과 송우현이 오고 있었다. 스승님만큼은 아니지만 근육질의 거구에 머리털과 눈썹까지 없어서 험악한 인상을 하고 있는 송우현은 위압감을 주기에 충분했다. 그런데 송좌백 저 녀석은 뭐 하고 있는 거야?

'나 참.'

송우현 뒤쪽에 가려져 있었는데 볼이 잔뜩 부풀어 있었다. 이제 국수가 나왔는지 허겁지겁 입에 쑤셔 넣고 나온 모양이다. 후개 홍걸개가 불쾌하다는 듯이 조성원에게 말했다.

"당신은 뭔데 개방이 어쩌고저쩌고 따지는 거요."

"나는 소운휘 공자를 주군으로 모시는 원성이요."

이성을 잃어 난리라도 칠까 봐 우려했는데 다행히 조성원은 침착했다. 목소리도 변조해가면서 홍걸개가 자신의 정체를 눈치채지 못하게 하고 있었다. 홍걸개가 조성원을 향해 피식 웃더니 내게 빈정거리며 말했다.

"고작 아랫사람이었군. 소 형은 아랫사람들 관리가 잘 안 되는 모양이오? 눈치도 없이 이리 끼어드는 것을 보면 말이오."

"거지 주제에 아랫사람 윗사람 따지는 게 웃기네요."

역시나 가만히 있을 사마영이 아니었다. 안 그래도 계속 벼르고 있던 그녀였다. 홍걸개가 얼굴이 확 달아올라서 그녀를 노려보며 말했다.

"하! 거지 주제에? 네놈은 내가 누군 줄 알고 그딴 소리를 지껄이는 거냐?"

"거지가 거지라고 했다고 성질내는 건 처음 보네."

맞는 말이었다.

"뭐!"

"하긴 거지가 구걸하지 않고 객잔에 들어와 멀쩡한 사람들이랑 겸상하는 것부터가 문제 있는 거지만."

"이놈!"

결국 참지 못한 후개 홍걸개가 사마영을 향해 장법을 펼쳤다. 항룡십팔장의 항룡유회(亢龍有悔)였다. 과연 장법으로는 무림에서 세 손가락에 꼽힌다는 명성만큼이나 웅후한 위력을 지녔다. 재능이 떨어진다는데도 장세가 굉장했다. 다만 사마영의 무공 실력이 녀석보다 훨씬 위라는 게 문제였지만. 스스스슥! 사마영이 가볍게 상반신만을 움직이며 홍걸개의 장법을 피해냈다. 그 광경에 객잔 내 사람들의 입에서 탄성이 흘러나왔다. 명색이 개방의 후개 체면이 말이 아니었다.

"아…."

사마영을 여자 표사도 눈을 반짝이며 쳐다보고 있었다. 거지인 홍걸개와 달리 인피면구로 잘생긴 귀공자 같은 모습을 하고 있는 사마영이 멋있어 보였나 보다.

"이놈, 한 수 재간이 있었구나. 좋다. 네놈의 그 건방진 주둥이를 부숴주마!"

화가 난 홍걸개가 장초를 이어가려고 했다. 초식에 살기마저 실려 있었다. 나는 그런 그의 손목을 전광석화처럼 움켜잡았다. 팍!

"이거 놔!"

홍걸개가 공력을 끌어올려 억지로 손목을 뿌리치려 했으나, 꿈쩍도 하지 않았다. 놈의 동공이 지진이라도 난 것처럼 흔들렸다. 초인의 영역에 이른 내게 녀석의 공력은 그야말로 조족지혈에 불과했다.

"홍 형, 이쯤 합시다."

나는 그에게 낮은 어조로 경고했다. 홍걸개의 눈이 좌우로 빠르게 돌아갔다. 주위에 보는 눈이 많아서 그런지 눈치를 보던 홍걸개는 결국 공력을 거두었다. 계속해봐야 망신만 당할 뿐이라는 걸 본인이 더 잘 알 것이다.

"…동료들이라고 했소? 이번만큼은 소 형의 체면을 봐서 이쯤으로 끝내겠소."

그 와중에 자신의 체면을 챙겼다. 사마영이 한마디 더 쏘아붙이려는 걸 고개를 저어 만류했다. 그녀가 아쉽다는 듯이 입맛을 다셨다. 어차피 이들의 체면은 구겨진 상태였고 이 이상 더 해봐야 실력으로 갑질하는 것밖에 되지 않는다. 정도의 이신성에 걸맞은 모습을 보여주려면 여기서 끝내는 게 깔끔했다.

"장 표두, 아까 바쁘다고 하지 않았소?"

"맞습니다."

"그럼 이럴 겨를이 없겠구려."

"아아! 그렇지요. 아쉽지만 식사는 미루시지요."

후개 홍걸개의 말에 눈치가 빠른 표두 장경이 동의했다. 그들은 오리탕이 나오지도 않았는데, 다급히 객잔을 빠져나갔다. 객잔 내 표사들과 손님들이 속 시원하다는 표정을 짓고 있었다. 명분이 받쳐주니 주위 사람들 응원도 받고 좋은 일이다.

[이 정도로는 어림도 없습니다.]

조성원이 내게 전음을 보냈다.

그래. 나도 고작 이 정도로 네 복수를 했다고 생색낼 생각은 없다. 어쨌거나 소기의 목적을 달성했으니, 이제 저 여자 표사와 대화를 나눠볼까나. 그때 송좌백이 먼저 나서서 여자 표사에게 말을 걸었다.

"소저, 괜찮습니까?"

…아.

—저거, 저거 또 치명적인 척하네.

여자 표사에게서 눈을 떼지 못하더니 기어코 말을 거는구먼. 국수를 배 속에 쑤셔 넣기 바빴던 녀석이 뭐라도 한 것처럼 낯짝도 참 두껍다.

—그보다 시선 처리부터 하는 게 좋을 것 같은데.

소담검의 말대로 송좌백 녀석이 말하는 내내 여자 표사의 가슴 쪽을 힐끔거리고 있었다. 아무리 눈을 뗄 수가 없어도 저러면 좋다가도 싫어지겠다. 그때 여자 표사가 녀석을 지나쳐 내 쪽으로 오더니 포권을 취하며 인사했다.

"황영표국의 표두 황혜주라고 합니다. 도와주셔서 감사합니다."

이에 송좌백의 표정이 일그러졌다.

그러게 목소리도 평범하게 하고 시선 처리 좀 하지. 송좌백이 저러거나 말거나 황혜주라는 여자 표사는 내게 계속 말을 이어갔다.

"과연 명성만큼이나 의협심이 높으신 분 같습니다."

"아닙니다."

"한데 어찌해서 저희를 도와주신 건지 여쭤보고 싶습니다."

나를 쳐다보는 그녀의 눈동자는 의구심으로 가득했다. 상황상 이쪽의 도움을 받기는 했으나, 쉽게 믿음이 가지 않았나 보다. 표두 황혜주가 목소리를 낮추며 말했다.

"혹 저에게 관심이 있으신 거라면…."

황혜주 뒤에 있는 사마영의 눈동자가 나를 빤히 응시하고 있었다. 무감정한 눈빛이었는데 온몸에 소름이 돋아났다. 나는 재빨리 황혜주의 말을 끊었다.

"아닙니다. 황 표두님의 말씀처럼 저희도 부탁드릴 게 있어서 부득이 이걸 기회 삼아 나선 겁니다."

"휴우."

그 말에 황혜주가 마치 다행이라는 듯이 안도의 숨을 내쉬었다.

뭐지? 이건 이거 나름대로 뭔가 기분이 찝찝한데. 묘한 기분이 들고 있는데 황혜주가 내게 조심스럽게 물었다.

"그 부탁이 뭔지 여쭤봐도 괜찮겠습니까?"

"일단 자리부터 옮기시죠."

여기서 이야기하기에는 보는 눈과 듣는 귀가 많았다. 그렇게 황영표국의 표사들과 우리들은 객잔을 빠져나와 인적이 드문 골목으로 장소를 옮겼다. 표사들의 경계심이 한층 강해졌다. 표두 황혜주가 재차 물었다.

"이제 말씀해주실 수 있나요?"

이에 나는 빙그레 웃으며 답했다.

"황 표두께서 저희를 객원표사로 고용해주셨으면 합니다."

"네?"

경계심이 가득했던 그녀의 눈이 휘둥그레졌다. 어려운 부탁이라도 할까 봐 곤란해하고 있는데, 정말로 객원표사로 써달라는 말에 당황한 듯했다. 그때 황영표국의 다른 표사 한 사람이 말했다.

"대체 무슨 의도이십니까? 아무리 저희가 작은 표국이라고 해도 이신성쯤 되시는 분의 유희거리가 아닙니다."

이걸 또 이렇게 받아들일 수 있구나. 하긴 특별한 이유도 없이 객원표사로 받아달라고 하니 의심부터 하는 것은 당연했다.

"사정이 있어서 그렇습니다."

"사정이요?"

여기서 본래 목적을 말할 수는 없다. 장강수로십팔채의 수적들과 접촉하기 위해서라고 하면 어떤 반응을 보이겠는가. 그래서 적당히 둘러댈 핑곗거리를 생각해뒀다. 나는 진지하게 그들에게 말했다.

"이 이야기는 여러분들만 알고 함구해주실 수 있겠습니까?"

"함구요?"

"다른 곳에 새어 나간다면 여러분들도 위험해질 수 있습니다."

그 말에 황영표국의 표사들이 서로를 쳐다보며 사뭇 심각해졌다. 목젖이 떨리는 것을 보니 전음으로 상의하고 있었다. 이윽고 표두 황혜주가 내게 말했다.

"설사 객원표사로 받지 않는다고 해도 죽을 때까지 함구하도록 하겠습니다."

발을 뺄 여지는 여전히 남겨놓았다. 작은 표국이라고 해서 만만하게 볼 일은 아닌 것 같다. 이에 나는 목소리를 낮추고서 말했다.

"개방의 후개나 방도들이 객원표사로 나서는 게 이상하다고 생각하지 않으십니까?"

"그건…."

이상하게 여길 수밖에 없다. 거지로 살아가는 자들이 객원표사로 지원하는 것도 이상하지만, 그들은 굳이 이런 일을 할 이유가 없었다. 십만 방도라는 말이 무색하지 않을 만큼 개방은 중원 전역에 걸쳐 큰 인력망을 갖추고 있다. 그런 그들이라면 굳이 표국과 연을 맺지 않아도 자체적으로 모든 일이 가능했다.

"우린 그걸 조사하고 있습니다."

나름 그럴듯한 이유에 표두 황혜주가 주위를 둘러보고서 내게 속삭이듯이 물었다.

"혹시 무림연맹의 밀명입니까?"

그것까진 생각해본 적이 없는데 좋은 핑곗거리네. 나는 긍정을 표하듯 슬쩍 미소 지었다.

"아아아!"

그녀가 납득했다는 듯이 고개를 끄덕거렸다. 말이 통하려나 싶었는데, 그녀가 날카롭게 지적했다.

"한데 그렇게 중요한 밀명이라면 굳이 저희 같은 작은 표국보다 중견 표국에 도움을 청하는 것이 낫지 않겠습니까?"

이 여자 순진한 것 같으면서도 은근히 날카롭다. 뭐 그렇지만 내가 이런 자들을 한둘 상대해봤겠는가.

"원래는 그러려고 했습니다. 한데 저희도 사람인지라 여러분들께 민폐를 끼치게 되었습니다."

"민폐라뇨?"

"저희가 끼어들면서 옥양표국이나 개방에서 저나 제 동료들 말고도 귀 표국을 아니꼽게 여기고 있을 겁니다."

'…?!'

이건 염두에 두지 못했나 보다.

—너 설마 그래서 거지 놈을 상대로 적당히 끝낸 거야?

그것도 어느 정도 포함되었지. 그래서 사마영이 나서서 녀석을 약 올렸을 때도 가만히 내버려둔 것이다. 이들이 스스로 우리를 원할 수 있도록 말이다. 예상대로 황혜주와 표사들이 난처해하고 있었다. 이제 쐐기를 박아야겠다.

"황 표두, 혹여 저희가 객원표사가 아니라는 게 알려지기라도 한다면 여러분들이 피해를 입을까 봐 제 마음이 무겁습니다. 하니 부디 객원표사로 받아주셔서 저희가 조금이나마 도움이 될 수 있도록 해주십시오."

"소 대협…."

그 말에 표두 황혜주를 비롯한 표사들이 감격스러운 표정을 지었다. 마치 진정한 협객을 보는 듯한 눈빛들을 하고 있었다. 반면 일행들은 나의 입에서 물 흐르듯이 나오는 거짓말에 혀를 내두르고 있었다.

* * *

그리하여 황영표국의 객원표사가 된 우리는 이들과 함께 입찰이 이뤄질 적하물 창고가 있는 곳으로 향했다. 포구의 배가 정박해 있는 곳 앞이었는데, 얼마 있지 않아 표물 운송 입찰을 시작한다고 했다. 금화평상단은 이곳 호남성뿐만 아니라 중원에서도 다섯 손가락에 꼽히는 거대 규모의 상단이기에 경쟁이 치열할 거라고 했다. 한데 아까부터 묘한 기류가 흐르고 있었다. 송좌백이 표두 황혜주에게 푹 빠졌는지 한시도 눈을 떼지 못하고 있었다. 그런데 정작 녀석의 마음을 훔친 황혜주는 나와 나란히 걷는 내내 사마영을 소녀 같은 얼굴로 힐끔힐끔 쳐다보고 있었다.

—이거 영영이 때가 생각나는데.

어쩌면 나와 한마음일꼬. 다음부터는 사마영에게 잘생긴 얼굴의 인피면구는 피하라고 말해야겠다. 아주 여심을 울린다, 울려. 피해를 막기 위해서라도 나중에 여자라고 알려줄까나. 그때 귓가로 표두 황혜주의 전음이 들려왔다.

[소 대협….]

왜 전음을 보내는 거지? 의아해하는데 그녀의 입에서 전혀 예상치 못한 말이 튀어나왔다.

[옆에 언니분은 왜 남장을 하고 계신 건가요?]

…어라. 그걸 어떻게 안 거지? 내가 놀라서 쳐다보자 황혜주가 손사래를 치면서 전음을 보냈다.

[밀명 때문에 그런 거라면 말씀 안 하셔도 돼요.]

그 말을 하고서 사마영을 힐끔 쳐다보며 얼굴을 붉혔다.

'…?!'

내가 대체 뭘 본 거지? 갑자기 머리가 지끈거리려고 한다.

그러던 차에 골목을 지나자 수많은 사람들로 붐비는 포구의 광장이 드러났다. 열려 있는 창고 안으로 커다란 목함 같은 적하물들이 보였고, 그 주위로 천여 명에 이르는 인파가 몰려 있었다.

'흠.'

아무래도 이 정도로 큰 규모라면 한 표국에만 입찰을 내어줄 것 같진 않았다. 너무 큰 판에 끼어든 건 아닌가 싶은 생각도 들었다. 황혜주가 약간 위축된 목소리로 말했다.

"저희가 입찰에 성공할 수 있을지 모르겠어요. 괜히 임… 아니, 하시는 일에 누를 끼치는 건 아닌지…."

"아닙니다."

이런 모습을 보니까 무르기도 그렇다. 저 정도 규모의 적하물이라면 확실히 수적들 표적이 될 것 같긴 했다. 물론 무사히 입찰에 성공하여 표물 운송에 참여한다는 전제하에 말이다. 지금으로선 제일 견제되는 곳은 개방이 돕고 있는 옥양표국이었다. 객잔에서는 몰랐는데 이곳에 거지들만 수십 명이 보였다.

'물량 승부인가.'

그래도 요즘에는 이신성이라는 칭호의 무게가 더욱 무거울 테니 해볼 만은 할 것이다. 그렇게 그들을 바라보고 있을 때였다.

—….

뭔가 강한 이명이 머릿속을 울렸다. 이 정도 느낌을 받으려면 상당한 보검이어야만 했다. 흠칫! 온몸에 전율이 느껴질 만큼 강렬한 기운에 나는 그곳으로 고개를 돌렸다. 포구 쪽으로 파란 깃발을 들고 있는 한 무리의 표사들 속에 범상치 않은 누군가가 눈에 띄었다. 얼굴 전체가 흉터로 가득한 중년인이었다. 등 뒤로 검 두 자루를 교차시켜 차고 있었고, 허리에는 호랑이 가죽을 둘러서 눈이 절로 갈 수밖에 없었다.

—왜 그렇게 놀라는 거야?

…벽을 넘은 고수야.

—뭐어? 정말이야?

확실해. 기운을 갈무리하고 있으나 내게는 감각을 자극할 만큼 확연하게 느껴졌다. 마치 흉포한 야수인 듯 강한 기운이 내재되어 있었다. 그때 인파 속에서 외침이 터져 나왔다.

"나, 낭왕이다!"

"낭왕이 나타나다니!"

그 외침에 난리가 났다. 수많은 인파들의 시선이 그에게로 집중되었다.

—그게 누구야?

낭왕(浪王) 혁천만. 무림 팔대 고수의 일인이자 낭인들의 정점이라 불리는 자이다. 회귀 전에는 한 번도 본 적이 없었는데 여기서 보다니. 대체 금화평상단에서 무슨 표물을 옮기기에 저런 거물급이 나타난 거지? 의아해하는데 낭왕 혁천만의 시선이 갑자기 내게로 향했다. 서로 정확하게 눈이 마주쳤다.

"이신성이다!"

"남천검객의 제자도 나타났다."

몇몇 외침 덕분에 사람들의 시선이 내게로 몰렸다. 이게 대체 무슨 소란인지 모르겠다. 다만 이신성이라는 칭호도 팔대 고수에 비하면 격이 낮기에 대다수가 여전히 낭왕 혁천만에게서 눈을 떼지 못했다.

—저자가 왜 쳐다보는 거야?

나조차도 저자의 존재를 감지했다. 그런데 저자라고 나를 느끼지 못한다는 게 말이 안 되지. 그때 낭왕 혁천만의 신형이 움직였다. 스륵! 눈 깜짝할 사이 그가 내 앞에 서 있었다. 멀리서 볼 때는 미처 몰랐는데 체구가 쌍둥이들보다 조금 컸다. 스승님인 해악천 이래로 이런 거구는 처음 봤다. 한데 왜 내 앞으로 온 거지? 의아해하는데 낭왕 혁천만이 내게 말했다.

“언제부터 팔대 고수급에 들어가야 할 자가 고작 신성이라 불리게 된 거지?”

‘…!!’

그 순간 사방에서 난리가 났다. 회귀 후 여러 초인들을 만나왔다. 무한제일검 백향묵, 열왕패도 진균, 무정풍신 진성백, 전대 악인 무악, 파혈검제 단위강, 섬뢰검 자균, 그리고 월악검 사마착. 단언컨대 그들 중에서 나를 가장 전율케 했던 자를 꼽으라면 사마영의 부친인 월악검 사마착이라 할 것이다. 사마착은 팔대 고수와 사대 악인을 통틀어 가장 강한 다섯 명에 포함된다. 그와 결착을 내기 전에 아버지께서 당부하신 것이 있다.

“조심하거라. 월악검 그자는 벽 안의 벽을 넘어섰을 것이다.”

“벽 안의 벽이요?”

아버지 무정풍신은 그렇게 말했었다. 벽 안의 또 다른 벽을 넘은 자를 두고 극경(極境)에 이르렀다고 한다고 했다. 그들은 초인들 중에서도 격이 다르다고 했다. 그 당부는 옳았다. 월악검 사마착은 나를 상대로 전력을 다하지 않았다. 당시 내가 가진 모든 것을 부딪쳤는데도 그에게는 닿지 못했다. 그런데 그때 느꼈던 그 전율이 낭왕 혁천만, 이 광폭한 야수와 같은 사내에게서도 풍기고 있었다.

—그 강하다는 다섯 명에 포함되는 거야?

아니. 내가 알기로 그는 다섯 명에 포함되지 않는다. 낭왕 혁천만은 오히려 열두 명의 초인들 중에서도 가장 열세에 속할 거라 평가받는 자였다. 한데 오감이 이자를 경계하라고 말하고 있었다. 게다가 낭왕 혁천만은 전혀 예상치 못한 폭탄 발언을 해버리고 말았다. 당연히 사방에서 난리가 났다.

"낭왕이 이신성 소운휘더러 팔대 고수급이라고 했어!"

"그럼 벽을 넘어섰단 말이야?"

"이게 무슨 일이래?"

"고작 약관을 넘었는데 팔대 고수를 언급해?"

파도가 퍼지는 것처럼 가까이 있던 자들이 그가 했던 말을 곱씹으며 퍼뜨렸다.

'아… 골이야.'

난감하기 그지없었다. 정파의 이신성으로 있는 동안에는 그에 충실하려고 했다. 무위를 감추고 웬만하면 이를 드러내지 않으려 했는데, 모든 계획이 무너지게 생겼다. 다른 자도 아니고 팔대 고수의 일인이 언급한 말이었다. 그 여파는 상상 이상이었다. 심지어 황영표국의 표사들도 휘둥그레진 눈으로 나를 쳐다보고 있었다. 나는 다급히 낭왕 혁천만에게 포권을 취하며 말했다.

"후배 소운휘가 낭왕 대선배님의 말씀에 당혹스럽기 그지없습니다. 제가 어찌 하늘 같은 무림의 대선배님들과 견주어질 수 있겠습니까? 말씀을 거두어주십시오."

공손하게 내 뜻을 피력했다. 사람들에게 그 정도에는 미치지 못한다고 알리기 위함이었다. 소운휘라는 이름으로 명성이 더 높아지면 무림연맹에서 더욱 피곤해질 것이다. 낭왕 혁천만이 물끄러미 나를 내려다보다 입을 열었다.

"아아, 실력을 숨기고 싶다 이거냐?"

'…아, 진짜.'

이 사람 사마착 이상으로 난감한 유형이다. 앞뒤를 안 가리고 질러버린다. 물론 낭왕의 입장에서야 내 무위를 공개하든 하지 않든 굳이 상관없는 일이겠지만 이래서야 운신이 힘들어지지 않겠는가. 주변 사람의 시선에 낯이 뜨거울 지경이었다.

"그런 것이 아니라 정말로 그에 못 미친다고 말씀드리는…."

흠칫! 그때 낭왕의 오른팔에서 웅후한 기운이 느껴졌다. 당장에라도 내게 손을 뻗을 기세였다. 사대 악인도 아니고 팔대 고수라 불리는 자인데, 설마 아무 은원 관계도 없는 내게 대뜸 일 수를 날릴 작정인가. 어떻게 대처해야 하나 난감해하고 있는 차였다.

"내 말이 맞는지 증명해 보이면 되겠…."

"혁 대협!"

누군가의 외침 소리가 들려왔다. 이에 낭왕 혁천만이 끌어올렸던 기운을 거두었다. 인파 속에서 청의의 비단복을 입은 반백의 노인이 호위무사들과 함께 걸어오고 있었다. 표사들이 길을 내어주는데 상당히 공손한 모습을 보였다.

표두 황혜주가 내게 전음을 보냈다.

[금화평상단의 상단주 호진웅 노사예요.]

저자가 중원 무림에서 가장 많은 재력을 가졌다는 다섯 상단주 중 한 사람이구나. 한 분야에서 대업을 쌓은 자답게 무위가 아니더라도 풍모가 상당했다. 낭왕 혁천만이 그에게 포권을 했다.

"호 노사, 오랜만입니다."

누구에게도 예를 차릴 것 같지 않았는데, 의외였다. 서로 안면이 있는 사이였나 보다. 상단주 호진웅이 친근한 목소리로 낭왕 혁천만에게 말했다.

"노부의 부탁을 들어줘서 고맙소이다."

"겸사겸사 온 거지요."

"그게 어디요. 천금을 줘도 움직이지 않는 낭왕이 노부의 마지막 부탁을 들어준다는데 어찌 고맙지 않겠소."

'마지막 부탁?'

뭔가 씁쓸하게 들리는 말이었다. 두 사람이 나누는 대화를 들어보면 돈으로 움직인 것 같지는 않았다. 하긴 낭왕 혁천만은 낭인임에도 불구하고 무림연맹이나 사파 쪽에서 천만금을 준다고 해도 움직이지 않기로 유명한 자였다. 낭왕 혁천만이 상단주 호진웅에게 말했다.

"노사께서는 잠시 물러나 계시지요. 저는 이 친구와 아직 나눌 대화가 남아…."

"오늘 해시(亥時) 무렵에 출발하려면 입찰을 서둘러야 하오."

"흐음."

다행이었다. 상단주 덕분에 상황이 수습될 것 같았다. 굳이 은원 관계도 없는데 낭왕과 부딪쳐봐야 좋을 게 뭐 있겠는가. 낭왕 혁천만이 아쉬운 눈으로 나를 쳐다보고 있었다. 그런 그에게 상단주 호진웅이 말했다.

"어차피 혁 대협에게 표국 선발권을 준다고 하지 않았소. 그때 이야기하면 되니 어서 가도록 합시다."

'…?!'

이건 또 무슨 소리야? 낭왕 혁천만이 입찰하는 표국들을 선발한다는 건가.

웅성웅성! 주위 표사들도 술렁거렸다. 상단주가 아니라 낭왕이 입찰을 주도한다는 말에 다들 난리가 났다. 개방을 비롯해 실력자들을 데려온 표국들만 회심의 미소를 짓고 있었다. 아쉽다는 듯이 상단주 호진웅을 따르려던 낭왕 혁천만이 내게 알 수 없는 말을 했다.

"그분의 진전을 확실하게 이었는지 확인해보겠다."

'…그분의 진전?'

무슨 말인지 알아들을 수가 없었다. 소운휘라는 신분으로 사람들에게 알려진 것은 익양 소가 소생에 남천검객의 제자라는 것뿐이다. 한데 누구를 말하는 거지? 의아해하고 있는데 남천철검의 목소리가 들려왔다.

—…설마.

왜, 혹시 전 주인이 알고 있는 자야?

—아무래도 그자인 것 같다.

그자라니?

—설마 저자가 팔대 고수의 일인이 되었다니 정말 놀랍다.

남천철검이 연신 탄성을 내뱉었다. 영문 모를 소리만 하지 말고 좀 알려줘.

—삼십여 년 전, 산서성에서 어린 낭인이 찾아온 적이 있었다. 고작 열일고여덟밖에 되지 않았는데 체구가 다부졌지.

그게 낭왕 혁천만이야?

—그런 것 같다.

—…네 전 주인은 뭐 그리 발이 넓냐?

내가 묻고 싶은 말이다.

—그때 한참 운남성을 떠돌며 신진 고수로 이름을 쌓아가고 있던 전 주인을 찾아와 한 수 가르쳐달라고 했던 소년이 확실한 것 같다.

중원의 최북방 중 한 곳에서 최남단까지 내려와 도진을 하다니 대단하다. 그것도 그 어린 나이에 말이다. 하면 남천검객과 겨뤘던 사이라는 거네?

—한 번만 겨룬 게 아니다.

그럼?

—열다섯 번을 겨뤘다.

열다섯 번씩이나? 고수도 아니고 하수를 상대로 말이야?

—보름 동안 전 주인께서 머무시는 객잔으로 찾아와 도전했었다. 조잡한 검술 실력을 가졌었는데, 전 주인께서 그 젊은 열정을 높이 사서 겨뤄줬었다.

그런 자가 지금 팔대 고수의 일인이 됐다고? 듣는 내가 놀라울 지경이었다. 열한 명의 초인들 중에서 살흉 절심 다음으로 가장 젊은 나이에 벽을 넘어섰다고 들었는데, 정말 천부적인 재능을 지닌 것 같다.

—이제 네가 갈아치웠잖아.

소담검이 키득거리며 말했다.

나야 재능보다 솔직히 운이 좀 받쳐준 거지. 너희들도 있었고 〈검선비록〉이나 성명신공을 익히지 못했다면 이렇게 빠르게 성장하지 못했을 것이다. 아무튼 간에 남천철검의 말이 맞다면 낭왕 혁천만은 남천검객과 인연이 있었다. 내게 저런 전의를 보인 이유가 확실해졌다. 당시 남천검객을 이기지 못했던 한을 내게 풀려는 것 같다.

—어우. 미친 늙은이보다 더한데.

그러게. 그런데 스승님과는 좀 다른 유형이다. 좀 더 순수하게 무의 본질에 가깝다고 할까. 삼십여 년 전의 패배를 계속 담아두고서 강해진 자였다. 남천검객의 진전을 확인해보겠다는 말은 결국 나더러 겨루자고 한 것이나 마찬가지였다. 의도치 않게 궁지에 몰린 기분이었다.

—어째 너는 일이 잘 풀린다 싶으면 꼬이냐?

그러게 말이다. 실컷 거짓말까지 해가며 황영표국의 객원표사가 되었는데, 낭왕과 부딪치기 싫다는 이유만으로 물러나게 되면 이신성으로서의 신분이 흔들릴 것이다. 그 때문에 입찰을 포기하는 게 어려워졌다. 난감해하고 있는데, 조성원의 전음이 들려왔다.

[…괜찮겠습니까? 팔대 고수 낭왕이 주도하는 표물 운송이라면 수로채와 접촉하기 힘들 수도 있습니다.]

후우. 그것도 문제네. 장강수로십팔채와 접촉해야 하는데, 낭왕 때문에 실패할지도 모른다. 낭왕 같은 괴물이 있다는 소식이 들어간다면 수적들이 과연 저 배를 노릴지 의문이었다. 심지어 노린다고 해도 낭왕이라면 수적들을 몰살할지도 모른다.

'일이 제대로 꼬였어.'

이래저래 진퇴양난의 상황이었다. 이미 사람들에게 객원표사로 참여한 게 알려질 대로 알려져서 표물 운송을 포기할 수도 없고, 자칫하면 시간 낭비만 하는 꼴이 되어버린다.

—차라리 낭왕이 네게 전의를 보인 게 잘된 것일 수도 있겠네.

'뭐?'

—입찰 경쟁을 어떻게 진행할지 몰라도 낭왕이라면 왠지 너와 비무를 하는 쪽으로 유도할 것 같지 않아? 만약 그렇게 되면 적당히 싸우다가 져주면 빠질 수 있지 않을까?

나쁘지 않은데? 어느 정도 명분도 갖출 수 있다. 어차피 내가 얼마나 강하든 낭왕이 입찰 심사에 통과시켜주지 않으면 운송에 참가할 수가 없다. 그렇게 되면 황영표국에는 조금 미안해지겠지만. 이 표행에 참가하려고 먼 곳에서 올라온 것 같은데 말이다.

그래도 어쩔 수 없다. 자연스럽게 입찰에 실패한 후, 그다음으로 규모가 큰 표행을 함께하자는 식으로 유도할 수밖에.

* * *

창고의 열린 문 뒤로 커다란 목함들이 보였다. 저렇게 커다란 것에는 무엇이 들어 있을까? 표물에 관해서는 입찰에 성공한 표국에게만 알려주는 게 관행이었다. 그런데 워낙 많은 표사들이 있어서 이명으로 뒤덮여 미처 몰랐는데, 입찰을 위해 가까이 다가가면서 알게 된 것이 있다.

'…들리지?'

—응. 안에 꽤 많이 있어.

목함 안에서 수많은 검들의 소리가 들렸다. 여러 목함은 아니고 다섯 개 정도 되는 가장 커다란 목함에서 들리고 있었다. 아무래도 병장기 같은 것을 실은 것 같다. 그래서 개방 사람들이 연루되었는지도 모른다.

'모르겠군.'

다만 이것만으로는 어떠한 것도 짐작하기 어려웠다. 앞선 생각대로 이 표행에는 참가하지 않는 게 오히려 나을지도 모르겠다. 괜한 일에 휘말리면 원래 목적을 달성하기 어려워진다. 창고 앞에 서 있는 상단주 호진웅이 큰 소리로 외쳤다.

"말씀드린 대로 이번 운송 표행의 총책임은 여기 계신 무량표국의 장 국주와 낭왕 혁천만 대협이 맡을 것이오."

"와아아아아아아아아!!"

광장에 있는 표사들이 함성을 질렀다. 낭왕이 표물 운송의 책임자라니 더욱 표행에 참여하고 싶은 모양이다. 정상적이라면 그게 당연하겠지. 하지만 난 빠져야겠다. 무량표국의 장 국주가 앞으로 나서며 소리쳤다.

"무량표국의 국주인 장무량이올시다. 이번 표행은 꽤나 험난할 수도 있기에 철저히 무위가 바탕이 되는 표국을 뽑으려고 하오. 그렇기에 입찰 심사는 여기 혁천만 대협께서 직접 진행하실 예정이오. 여러 표국의 표사분들께서는 그 점을 유의하시기 바랍니다!"

장 국주가 뒤로 물러나자 낭왕 혁천만이 앞으로 나왔다. 정확하게는 아예 광장 한복판으로 걸어왔다. 덕분에 창고 앞까지 몰려들어 있던 표사들이 자연스럽게 그를 중심으로 둥그렇게 둘러쌌다. 낭왕 혁천만이 등에 교차하고 있는 검들 중 하나를 뽑았다. 챙! 맑은 검명과 함께 영롱한 빛을 발하는 보검이 모습을 드러냈다. 저게 낭왕 혁천만이 자랑하는 두 검 중 하나인 은랑(銀狼)인가 보다. 주인을 닮아 난폭한 말만 지껄이고 있었다.

—크캬캬캬캬캬. 쓰레기 같은 것들, 다 덤벼라.

같이 있으면 피곤해질 것 같은 검이다. 웃음소리도 기괴했다.

푹! 낭왕 혁천만이 바닥에 자신의 보검 은랑을 꽂고서 쩌렁쩌렁한 목소리로 외쳤다.

"길게 말하지 않겠소. 한 표국당 가장 강한 표사를 내보내시오. 이 사람의 검을 세 초식 받아내는 것을 보고 통과 여부를 알려드리리다."

'…!!'

시끌벅적했던 장내가 일순간 조용해졌다. 아주 간단한 방식의 입찰 경쟁이었다. 오만하게 이야기했지만 이 중에 누구 하나 반론을 제기하지 못했다. 충분히 그만한 자격을 갖추었기 때문이다. 한데 문제는 다른 데 있었다. 판단의 기준이 되는 사람이 팔대 고수의 일인이라는 것이다. 어차피 낭왕을 상대로 겨뤄서 지는 것이라면 부끄러운 일은 아니나, 그의 심사 기준치에도 못 미치면 표국의 자존심이 무너지게 된다.

"강목표국에서 먼저 나서는 게 어떻소?"

"아니, 그쪽에서 먼저 나가시오."

"왜 이리들 빼시오. 입찰에 참여하지 않을 거요?"

그래서 이렇게 망설이다 못해 서로에게 미루고 있었다. 먼저 나설수록 불리한 입찰 경쟁이었다. 차라리 누군가 먼저 나선다면 어느 정도 수준이 되어야 통과할 수 있는지를 지켜보는 것이 현명한 판단이었다. 물론 모두가 그렇게 생각해서 계속 미뤄지고 있었지만 말이다. 심지어 개방의 후개인 홍걸개도 상황을 지켜보고 있었다.

"아무도 나오지 않는다면 내가 지목하겠소."

상황이 지연되자 결국 낭왕 혁천만의 입에서 지목까지 거론되었다. 그런데 그의 시선이 나에게 향해 있었다. 아주 뚫어져라 쳐다보고 있어서 광장에 있는 표사들의 시선도 내게로 집중되었다.

'…젠장.'

—빼도 박도 못하겠네.

결국 나는 앞으로 나섰다. 메고 있던 목갑은 사마영에게 맡겼다. 황영표국의 표사들이 내게 응원을 보냈다.

"대협, 부탁드립니다!"

표두 황혜주는 두 손을 모으고서 간절한 눈빛까지 보내왔다. 이거 어쩌나. 나는 입찰에 통과할 마음이 없는데. 미안하지만 우리는 다음 표행을 기약합시다. 물론 속으로만 생각했다.

내가 나서자 사람들이 웅성거리는 소리가 들려왔다.

"이거 세 초식만 겨루는 게 아쉬울 판인데."

"낭왕과 남천검객의 제자라니!"

"이런 대결을 어디 가서 보겠어."

"한데 낭왕이 이신성더러 팔대 고수급이라고 말했잖아."

"정말로 이신성 소운휘가 벽을 넘은 고수라면 사상 최연소 팔대 고수가 탄생하는 거 아냐?"

그 기대치를 무너뜨려야겠다. 아주 그럴듯하게 쓰러지는 모습을 연출하는 게 관건이다. 낭왕의 기세가 점점 강해지고 있었다. 아마도 내 무위를 짐작할 터이니 다른 자들에 비해 전력으로 임할 것이다. 상황을 보고 첫 초식에 절초가 나오면 두세 식 차이로 못 막고 나가떨어져야겠다.

스릉! 허리춤에서 남천철검을 뽑았다. 이를 본 낭왕 혁천만의 눈빛이 묘해졌다. 감회가 남달라 보였다.

"남천철검."

"검을 아시는군요."

"알다마다. 이 순간이 오기를 고대했다."

승부심이 정말 강한 자였다. 한데 나는 그 기대감을 채워주지 못할 것 같다. 검을 잡고서 기수식을 취하자 낭왕 혁천만이 바닥에 있는 보검 은랑을 뽑았다. 그리고 내게 말했다.

"그분의 진전을 내게 보여봐라, 사제."

"…네?"

마지막 말에 순간 귀를 의심했다. 그 순간 낭왕 혁천만이 바닥에 강하게 진각을 밟으며 검을 앞으로 뻗었다. 검 끝이 회오리를 치고 있는데….

'축아회검!'

진각과 함께 펼쳐지는 익숙한 광경. 그것은 틀림없는 성명검법 육초식 축아회검이었다. 다른 누군가가 내게 이 검초를 쓸 거라고는 한 번도 생각해본 적이 없었다. 나는 생각할 겨를도 없이 보법을 펼치며 열 보 이상 거리를 벌렸다. 초식을 막거나 받아치거나 하는 문제가 아니었다.

—어떻게 이런 일이….

남천철검 또한 놀라움에 탄성을 흘렸다. 내가 녀석에게 들었던 것은 열다섯 번의 비무 외에는 아무것도 없었다. 한데 낭왕 혁천만은 정확하게 축아회검을 구사했다. 초식에 담겨 있는 초의가 느껴질 정도였다.

[공자님, 방금 그 검초, 공자님 검법 아니에요?]

사마영의 전음이 귓가에 들려왔다. 그녀도 마찬가지로 눈이 휘둥그레져 있었다. 역시 나만의 착각이 아니었다. 사마영도 성명검법을 펼치는 내 모습을 꽤 많이 봤었기에 초식을 단번에 알아보았다. 남천철검에게 물었다.

'…남천검객이 낭왕에게 초식을 전수했었어?'

—그럴 리가 없다. 비무를 하면서 풋내기 낭인 시절의 저자에게 검을 다루는 조언 정도를 해준 적은 있지만 성명검법을 전수한 적은 없다.

남천철검이 강하게 부정했다. 끝이 비참했지만 남천검객이 임종할 때까지 그에게서 떨어진 적이 없는 남천철검이었다. 녀석이 잘못 알고 있을 리는 만무했다. 그런데 어떻게 성명검법의 검초를 펼칠 수 있지?

"이게 무슨 짓이지?"

내가 보법으로 거리를 벌리자 낭왕 혁천만이 눈썹을 치켜올리며 불쾌감을 드러냈다. 지금 당신이 불쾌할 상황인가. 지켜보는 사람들이 많았기에 나는 전음으로 그에게 물었다.

[선배님께서 어떻게 성명검법을 알고 계시는 겁니까? 그리고 어째서 저를 사제라고 부르시는 겁니까?]

남천검객에게는 제자가 없었다. 대체 그가 어떤 비밀을 가졌는지 궁금했다. 나의 물음에 그가 물끄러미 쳐다보았다.

"그게 궁금한가?"

그걸 말이라고 하나. 낭왕이 내게 검을 겨냥하며 말했다.

"그분께서는 늘 자신의 검을 향상시켰다. 네가 그분의 진전을 이었다면 그에 걸맞은 성명검법을 내게 보여야 할 거다."

원하는 대답이 아니었다.

팟! 낭왕이 나를 향해 신형을 날렸다. 그 몸놀림이 어찌나 빠른지 아마 다른 사람들의 눈에는 흐릿하게 보였을 것이다. 하나 나는 무림에서 가장 빠른 경신법 중 하나라 불리는 풍영보를 익혔다. 스륵! 혹시나 알아볼 사람이 있을지도 모르니 대놓고 펼칠 수는 없지만, 적절히 성명신공의 경신법과 섞는다면 그 이상의 효과를 낼 수 있다. 촤아아악! 내가 서 있던 곳을 기점으로 예기로 바닥이 일직선으로 갈라졌다. 덕분에 놀란 사람들이 더욱 뒤로 물러났다. 낭왕 혁천만이 뒤로 고개를 돌리더니 피식 웃으며 말했다.

“경공이 제법 쓸 만하군.”

“선배님에 비하면 부족합니다.”

“겸양 따윈 필요 없다. 내게 그분의 검법을 보여라.”

어지간하다. 이런 식으로 나와 같은 성명검법으로 겨루려는 이유가 뭐지? 대체 어떻게 성명검법을 익혔는지는 모르겠지만 어차피 나는 그와 제대로 겨룰 생각이 없었다.

[운송 입찰을 위한 시험이 아니었습니까?]

“겸사겸사지.”

제발 전음을 보내면 전음으로 답변해주면 고맙겠는데. 굳이 이런 것을 숨길 이유가 없다는 건가? 이런 식으로 나온다면 나도 이를 걸고 넘어갈 수밖에 없다.

“아무리 낭왕 선배님이라고 하지만 저희 사문의 검법을 이렇게….”

흠칫! 오싹한 감각에 나는 재빨리 고개를 옆으로 젖히며 뒤로 신형을 날렸다. 아슬아슬하게 머리카락을 가르며 예기가 스쳐 지나갔다. 허공의 일렁임이 보였다.

‘말할 틈을 안 주려고 하네.’

—목!

소담검의 외침 소리가 들려왔다. 나는 생각할 겨를도 없이 몸을 낮추었다. 어느새 내 앞에 나타난 낭왕 혁천만의 검이 은빛 궤적을 위에서 그리고 있었다. 목을 노리다니 미쳤나?

“지금 살수를 펼치신 겁니까?”

“못 피할 정도는 아니었을 텐데.”

“…그게 문제가 아니잖습니까?”

그런 나의 말에 낭왕 혁천만이 싸늘한 목소리로 말했다.

"겨루는 것이 장난 같나? 그분이 쭉정이를 키웠군. 계속 그렇게 도망만 치거라."

일부러 도발하고 있었다. 내가 넘어갈 것 같나. 나는 경신법을 펼치며 모두가 들으라는 듯이 말했다.

"도망이 아닙니다. 선배님 입으로 제게 사제라고 하지 않으셨습니까? 사문의 사람일지도 모르는데 아무것도 모른 채 겨루고 싶지는 않습니다."

웅성웅성! 그 외침에 주변 사람들이 술렁거렸다. 아까 낭왕 혁천만의 입에서 나온 말이었지만 다들 잘못 들었다고 생각한 모양이다. 하나 내가 이를 다시 거론하니 다들 놀란 것 같았다.

"사제라니 그게 무슨 소리야?"

"낭왕과 이신성이 같은 사문이라는 거야?"

"그러고 보니 아까 낭왕이 펼쳤던 검법… 남천검객의 검법 아냐?"

확실히 사람이 많으니 성명검법을 기억하는 자들도 간간이 있는 것 같다. 아마 연배가 있는 자들일 것이다. 어쨌거나 낭왕 혁천만이 난청이 있는 게 아닌 이상 이런 사람들의 반응을 무시하기는 힘들 것이다.

낭왕 혁천만이 고개를 절레절레 흔들었다.

"그분의 제자라는 녀석이 잔머리만 굴릴 줄 아는군."

"확실히 짚고 넘어가야 할 문제입니다."

"고집이 있군. 좋아, 가르쳐주지. 나 낭왕은 평생 혼자서 검을 익혀왔다. 심법, 보법, 박투술 하나조차 모두 낭인들 사이에 떠도는 삼재심법이나 흔해빠진 삼류 무공들을 조합해서 만든 것들이다."

'…!!'

이게 무슨 소리야? 그럼 스승이나 사문 없이 혼자서 저 경지에 이르렀단 말이야? 낭왕의 외침에 모두가 말문이 막혔는지 광장이 조용해졌다. 이를 전혀 개의치 않고 그가 외쳤다.

"내겐 스승이라 부를 만한 자가 없었다. 아니, 있다면 나와 겨뤘던 모든 무인들이 내게 무를 가르쳐줬지."

"…설마 그들과 초식을 겨루면서 익혔다는 겁니까?"

"그렇다."

온몸에 소름이 돋았다. 그동안 수많은 천부적인 무재를 지닌 자들을 보았다. 대표적으로 팔대 고수 두 사람의 공동 전인 이정겸이나 백혜향 같은 자들이다. 그런데 여태껏 남과 비무를 하면서 상대를 통해 무공을 익혔다는 자는 처음이었다. 이 말이 사실이라면 천재, 아니 상상을 초월하는 괴물이었다.

'잠깐….'

그런데 이건 무공을 훔치는 게 아닌가? 놀랍기는 한데 그가 내 사형인 것처럼 이야기할 거리는 아니잖아.

"사제라고 하셨는데, 그럼 선배님께선 제 스승님과 비무를 겨뤄서 성명검법을 허락 없이 익히셨다는 말씀이지 않습니까?"

"나 낭왕은 여태껏 홀로 무공을 익혔으나, 내게 유일하게 검을 가르쳐준 이가 있다."

설마 보름간의 대련을 말하는 건가?

"평생 처음 겪는 일이었다. 혼자서는 채워지지 않는 갈증을 채워주셨었지."

음. 보름 동안 겨루면서 조언해줬던 것에 많이 감격했던 모양이다. 하긴 듣도 보도 못한 낭인 출신이 도전할 때마다 겨뤄주고 조언해준다면 누구라도 마음이 동할 수밖에 없을 것이다. 그럼 낭왕 혁천만은 남천검객의 인덕에 반해 그를 스승으로 생각했던 건가?

"그분의 가르침을 받았기에 나는 유일하게 그분만이 나의 은사라고 생각하며 살아왔다."

예상이 적중했다. 뭔가 뭉클한 이야기이기는 했다. 그러나 사제관계로 친다면….

"…그건 선배님의 일방적인 의견이지 않습니까?"

"의심이 많은 녀석이로구나. 그분은 나를 인정했다."

"네?"

이건 또 무슨 소리야? 남천철검?

—그럴 리가. 내 기억에 그런 일은 없었다. 마지막으로 겨룬 보름째 되는 날, 저자가 전 주인에게 절을 하고 떠난 게 전부다.

…절을 하고 떠났다고? 그리고 남천검객께서는 어떻게 했는데?

—고개를 끄덕인 게 다였다. 그 후로 저자를 만난 적이 없다.

아아… 남천철검.

—왜 그러나?

매일 전 주인께서 말씀하셨다고 이야기하는 너도 인간을 전부 이해하지 못하는구나. 절한 것을 받아줬다는 건 자신이 가르침을 줬다는 사실을 남천검객도 인정했다는 의미이다. 그럼 어떤 의미에서 낭왕 혁천만은 남천검객에게 유일하게 직접 가르침을 사수한 제자인 셈이었다.

—너도 전 주인의 제자다, 운휘.

그야 그렇지. 그분이 임종 전에 힘겹게 남긴 흔적을 익혔으니.

어찌 보면 정말 그는 내게 사형과도 같은 존재가 확실했다. 서로가 남천검객의 가르침을 받았으니 말이다.

—인정할 거야?

인정하지 않을 수가 없다. 또 다른 스승님이라 할 수 있는 남천검객께서 인정한 남자다. 그런 자를 내가 뭐라고 부정하나. 팍! 나는 그에게 남천철검을 거꾸로 잡고 정중하게 포권을 취했다. 그리고 공손한 목소리로 말했다.

"후배, 아니 소운휘가 사형을…."

나의 말이 미처 끝나기도 전에 낭왕 혁천만이 손을 들어 멈추라는 시늉을 했다.

"겨루는 중에 그런 허례허식은 필요 없다. 의문이 풀렸다면 검을 들어라."

…정말 대단한 전의였다. 성명검법이 삼십여 년 전과 얼마나 달라졌는지 확인해보려는 건가? 아니면 내가 얼마나 남천검객의 진전을 체화했는지 시험하려는 건가?

—어떻게 할 거야?

팔대 고수의 일인인 낭왕 정도 되는 명성을 가진 자가 수많은 사람들이 보는 앞에서 스스로 남천검객의 가르침을 받았다고 말했다. 이제 제대로 하지 않을 수가 없게 되어버렸다.

—그러다 이 표행에 함께하게 되면 어쩌려고?

별수 없지. 어쩌면 낭왕과의 관계를 원만하게 하는 것이 나을 수도 있다. 누가 뭐래도 그는 팔대 고수이자 낭인들의 정점이라 불리는 자니까. 슥! 나는 검을 들고서 기수식을 취했다. 그러자 낭왕 혁천만이 피식 웃더니 천천히 내게 걸어왔다. 대치한 상태로 거리가 가까워지자 낭왕 혁천만이 먼저 내게 검초를 펼쳤다.

'비추형검.'

성명검법 삼초식 비추형검. 버들가지처럼 부드럽게 파고드는 검초다. 정말 놀라웠다. 초식의 운공 방식을 배우지 않았는데도 초식을 이 정도로 흡사하게 살려내다니. 게다가 삼십여 년 전이라면 성명검법이 더 발전하기도 전이었다. 그런데 낭왕 혁천만이 펼치는 비추형검은 진비추형검에 버금갈 만큼 허점이 없었다. 이걸 비무를 겨루면서 익혔다니 정말 괴물이었다. 여기서 제대로 하지 않는다면 그나 남천검객에 대한 모독이겠지.

'좋아.'

그럼 나 역시 비추형검을 보여줘야겠다. 신로성명검법 삼초식 비추형검. 남천철검의 검이 유영하는 미꾸라지같이 교묘하게 버들가지처럼 변화를 일으키는 낭왕 혁천만의 검초를 파고들었다.

"호오."

낭왕 혁천만의 입에서 탄성이 흘러나왔다. 검선의 손길이 닿아 더욱 향상된 신로성명검법에 놀란 모양이다. 그러나 그의 발이 움직이자, 버들가지처럼 흔들리던 검초가 철조망이 좁혀오듯이 파고드는 나의 검을 붙잡았다. 채재재재재쟁! 비추형검을 이런 식으로 쓰는 것은 처음 본다. 변화가 이렇게도 이루어지는구나.

채쟁! 나는 뒤로 보법을 펼치며 가두려고 하는 검망 속에서 검을 쏙 빼냈다. 굳이 함정으로 들어갈 필요는 없었다.

"좋군, 좋아. 그럼 이건 어떻게 대응할 건가?"

그 말과 함께 낭왕 혁천만이 진각을 밟았다. 아까 전에 펼치려고 했던 성명검법 육초식 축아회검이었다. 휘리리리릭! 검이 회오리를 치며 내게 뻗어왔다. 이게 축아회검에 당하는 사람의 시선이구나. 내가 펼치던 진축아회검보다도 더 격렬하게 회오리를 치며 위력을 증대시켰다. 한데 나는 이것의 파훼법을 알고 있었다.

'신검합일.'

남천철검의 검신이 흰빛으로 일렁였다. 그 상태로 축아회검의 중심부를 향해 단순히 검을 찔러 넣었다. 낭왕 혁천만의 눈에 이채가 띠었다. 과연 어떻게 초식에 대응하려는지 궁금한가 보았다. 모든 감각을 한 점으로 집중했다. 그러자 검 끝이 진동을 일으키며 축아회검에 복잡한 변화를 일으켰다. 이건 검선이 초식을 파훼했던 방법이었다. 차창! 나는 이 초식에 속수무책으로 검을 놓치고 말았었다. 낭왕 혁천만이 들고 있는 보검 은랑이 빠르게 떨리는 걸 보면 그 역시도 놓칠 수 있었다. 그때 혁천만이 등 뒤에 차고 있던 다른 검을 뽑았다. 그의 두 보검 중 하나인 흑성(黑星)이었다. 팍!

'엇?'

혁천만이 회오리치는 검의 한가운데로 흑성을 꽂아 넣었다. 그러자 복잡한 변화를 일으키던 나의 검 끝과 혁천만의 검 끝이 부딪치며 변화를 일으키는 것을 막아버렸다. 태애애애앵! 이걸 이런 식으로 대응하다니 기가 막힐 정도였다. 낭왕 혁천만은 정말 천부적인 무재를 지녔다. 임기응변으로 이렇게 대응하는 것이 가능하단 말인가.

"이게 끝이냐?"

다른 하나의 검으로 남천철검을 붙잡아둔 낭왕 혁천만이 내게 외쳤다. 그가 조금만 앞으로 밀어붙이면 나는 축아회검의 예기의 회오리에 먹히고 만다. 맞닿은 검을 일단 빼내야….

'착?'

검 끝이 달라붙어서 떨어지지 않았다. 상승의 묘리 중 착(着)이었다. 내공으로 검 끝이 떨어지지 않게 흡착시켜 궤적을 방해하는 수법이었다.

'섬뢰검 자균은 상대도 안 되겠군.'

검술 실력이 너무 뛰어났다. 내공도 나보다 한 수 위였고 말이다. 하면 방법을 바꿔야겠다.

'스승님이 비기도 보여줬어?'

―아니다.

좋아. 나는 왼쪽 눈을 지그시 감고 중단전을 개방했다. 그 순간 공력이 선천진기로 전환되며 더욱 강해졌다. 차앙! 그러자 착에 의해 붙어 있던 검이 떨어졌다. 갑자기 상승한 공력에 낭왕 혁천만의 눈매가 가늘어졌다. 이제 보여줘야겠다. 파팟! 뒤로 신형을 날려 거리를 벌린 나는 바닥을 박찼다.

'십이천경검(十二天景劍).'

신로성명검법 칠초식 십이천경검. 흰빛의 궤적이 허공에 수를 놓으며 순식간에 열두 검식이 물 흐르듯이 이어졌다. 그것은 하얀 섬광이 은하수처럼 뻗어 나가는 듯했다. 이를 본 낭왕 혁천만의 입꼬리가 올라갔다. 쟁! 그가 사신의 보검 은랑과 흑성을 교차했다. 그러더니 흡사 태풍 속의 격랑이라도 되는 것처럼 내게 쇄도해왔다. 두 검으로 광기를 일으키는 야수처럼 미친 듯이 난도질하면서 궤적을 그리는데, 십이천경검과 부딪치자 푸른 불꽃이 튀며 고막을 울리는 소리가 사방을 울렸다. 채채채채채채챙! 강렬한 풍압이 일어나며 사방으로 예기가 튀어 나갔다. 콰콰콰콰콰콰콰!

미리 사람들이 거리를 벌리지 않았다면 그 여파에 휘말렸을지도 모른다. 검과 검이 부딪칠 때마다 손바닥이 찢겨 나갈 것 같았다. 그만큼 낭왕의 검초는 강했다. 누가 이길지 가늠하기 어려울 정도로 격렬했다. 그때 낭왕 혁천만의 오른손에 들려 있던 보검 은랑이 크게 원을 그리며 만개하는 꽃처럼 벌어지려고 했다.

'이건….'

머릿속에 월악검 사마착과 겨뤘을 때가 떠올랐다. 그는 사마착과 같은 방법으로 십이천경검을 깨뜨리려 하고 있었다. 그 순간 나는 검로의 방향을 틀었다. 그리고 보검 은랑의 궤로를 막고서 위로 검을 들어 올려 쳐냈다.

'…?!'

채애애애앵! 금속성과 함께 보검 은랑이 위로 튕겨 나가고 말았다. 낭왕 혁천만도 내가 이를 파훼할 거라고는 예측하지 못했는지 눈동자가 잠시 흔들렸다.

'기회다!'

나는 다급히 왼손을 움직였다. 그러나 전광석화처럼 쇄도해온 낭왕의 또 다른 보검 흑성의 검날이 내 목에서 멈췄다. 서슬 퍼런 예기에 식은땀이 흘러나왔다.

'….'

졌다. 쌍검술의 제대로 된 이점이었다. 삼초식의 승부는 결국 낭왕 혁천만의 승리로 돌아갔다. 혁천만이 내게 말했다.

"네 손에 장검이 들려 있었다면 승부가 더 재밌었겠구나."

그도 그럴 것이 내 왼손에 들려 있는 소담검이 낭왕 혁천만의 팔꿈치 쪽에 멈춰 있었다. 이를 찌른다고 해도 내 목이 먼저 베였을 것이다.

"그렇다 해도 제가 이기지 못했을 겁니다."

성명검법으로만 계속 겨룬다면 과연 그를 이길 수 있을지 모르겠다. 여러 경험이 있었기에 그나마 대응이 가능했다. 그는 말 그대로 검의 천재였다. 낭왕과 제대로 합을 맞추려면 혈마화나 풍영팔류 등 모든 전력을 다해야 할 것 같다.

낭왕이 내게 말했다.

"그분의 진전을 제대로 이었구나. 내가 예상한 것보다 더 검법의 완성도가 높아졌어."

적어도 남천검객의 명예는 지킨 것 같다. 그의 표정을 보면 이 짧은 대결에도 굉장히 만족스러워하고 있었다. 진심으로 스승님을 존경했던 모양이다.

낭왕 혁천만이 내게 씨익 웃으며 말했다.

"이래도 팔대 고수급에 미치지 못한다고 겸양을 떨 거냐, 사제?"

그의 말이 끝나기가 무섭게 주변에서 우레와 같은 함성이 터져 나왔다.

"와아아아아아아아!!"

광장에 있는 모든 사람들이 흥분한 듯이 나와 낭왕을 쳐다보고 있었다. 시끌벅적한 소리 속에서 내 귓가에 박히는 목소리들.

"세상에!"

"낭왕을 상대로 그에 버금가는 무위를 보여주다니."

"누가 이런 무위를 가진 자를 고작 신성이라고 부른단 말인가."

"최연소 팔대 고수가 나타났어!"

"새로운 팔대 고수다!"

결국 이 사달이 나고 말았다. 겨루는 데 집중하느라 벽을 넘어선 무위를 많은 자들에게 보이고 말았다. 이것만으로도 피곤한데 사람들이 나와 낭왕 혁천만이 같은 사문이라면서 떠드는 소리가 여기저기서 들려왔다. 머리가 지끈거리려고 하는데 낭왕 혁천만이 내게 물었다.

"사제가 객원표사로 있는 표국이 어디지?"

아… 비무에 집중하느라 깜빡하고 있었다. 이거 느낌이 싸한데.

"…황영표국입니다."

내 말을 들은 낭왕 혁천만이 고개를 끄덕이더니 사람들 앞에서 큰 소리로 외쳤다.

"황영표국은 입찰에 통과하였소. 황영표국의 표사들은 나와 함께 선박의 첫 번째 배에서 표행의 선봉에 설 것이오!"

'…!!'

"꺄아아아아아!"

"와아아아아아!!"

표두 황혜주를 비롯한 황영표국 표사들이 환호성을 치고 난리가 났다. 반면 우리 쪽 일행들은 손으로 얼굴을 가리고 있었다. 입찰에 통과한 것도 모자라 낭왕과 같은 배라니…. 망했다.

표행의 목적

저녁 무렵, 사천성 자양의 전진교 본단.

교주가 머무는 중양전으로 한 손님이 찾아왔다. 귀주성 매복 전투에서 전사한 제자들을 위해 제를 올리고 있던 전진교의 교주 만종 진인이 이를 잠시 중단하고서 집무실에서 손님을 맞이했다. 손님은 다름 아닌 무림연맹의 제이군사 사마중현이었다. 만종 진인을 보자마자 사마중현이 포권을 취하며 인사했다.

"진인."

만종 진인이 반갑게 그를 맞으며 물었다.

"오랜만이오, 군사. 귀주성 지부에 들렀다가 곧장 무림연맹 본단으로 복귀한다고 하지 않으셨소?"

우군도독부에서 헤어졌지만 군사 사마중현의 다음 일정들을 알고 있던 만종 진인이었다. 그런데 이렇게 예고도 없이 전진교를 방문해 의아해했다.

"그랬지요. 하나 바로 돌아가기 힘들 것 같습니다."

“그게 무슨 소리요?”

“주위에 귀는 없지요?”

“어느 누가 교주의 허락 없이 중양전에 들어온단 말이오.”

“다행이군요.”

사마중현은 평소보다도 조심스러운 태도를 보였다. 원래부터 그랬지만 더욱 예민해 보이는 모습에 만종 진인이 걱정스러웠는지 물었다.

“무슨 일이 있었던 거요?”

“먼저 약조부터 해주십시오.”

“약조라뇨?”

“이 일은 오직 진인께서만 아셔야 합니다.”

“허어.”

경계심이 강한 태도에 만종 진인이 집무실의 작은 제단 앞으로 걸어가 향을 촛불에 붙여서 머리를 두 번 숙이며 말했다.

“조사이신 왕중양 진인의 위패에 맹세하겠소이다. 이 일은 누구에게도 발설치 않겠소.”

도사 왕중양. 전진교를 세운 조사이다. 조사의 이름까지 걸고 맹세하자 제이군사 사마중현이 탄식을 흘리며 말했다.

“아무래도 맹에 간자가 있는 듯합니다.”

“간자? 간자라면 늘 있어왔던 일이지 않소.”

“그 정도라면 진인께 이야기하지 않았을 겁니다.”

사마중현이 품속에서 손바닥만 한 크기로 접어뒀던 서지를 꺼냈다. 서찰이나 서신이라면 인장이든 뭐든 표시가 있을 터인데, 어떠한 것도 적혀 있지 않았다.

"이게 무엇이오?"

"암명 직통 서신입니다."

"암명 직통 서신!"

이것은 맹주와 군사부에서 은밀히 나누는 직통 서신이었다. 들어본 적이 있었다. 서찰을 받아 든 만종 진인이 안의 내용을 읽어보았다. 이렇게 적혀 있었다.

[군사의 말이 사실이라면 이 일은 본 맹에 매우 위험한 일이 되었소. 이를 은밀히 조사토록 할 터이니 서둘러서 복귀해주시오.]

"우군도독부의 보고에 대한 답신이 아니오?"

만종 진인의 물음에 제이군사 사마중현이 고개를 저었다.

"아닙니다."

"그럼?"

"공식 서신과 다른 내용을 보낸 겁니다."

"그게 무엇이오?"

"이번에 우군도독부에서 혈마로 위장하여 혈사를 일으켰던 섬뢰검 자균을 기억하시지요?"

"이를 말이겠소."

그자 때문에 수많은 전진교의 도사들이 희생되었다. 도를 닦는 수양자의 위치에 있으나 그 슬픔과 분노는 잊을 수가 없었다.

"섬뢰검 자균이라는 자는 믿을 수 없을 정도로 정확하게 매복지를 파악하고 있었습니다. 이번 사태는 정보가 유출되어서 벌어진 일이 틀림없습니다."

"…빈도도 그리 생각했소이다."

사실 만종 진인 역시도 정보의 유출을 가장 먼저 의심했다. 하나

당시에는 전진교의 제자들이 워낙 많이 희생을 당했기에 슬픔에 젖어 이의를 미처 제기하지 못했다.

"하면 군사께서는 본 맹의 내부에 간자가 있어서 이런 일이 일어났다고 보오?"

"…있습니다. 그것도 본단의 심장부에."

"그게 무슨 말이오?"

만종 진인이 화들짝 놀라서 물었다. 심장부라 한다면 수뇌부급을 의미하기 때문이었다. 이 대화를 왜 함구해달라고 했는지 이해가 갔다.

사마중현이 목소리를 낮추며 말했다.

"지금 보시는 암명 직통 서신… 맹주의 서신이 아닙니다."

'…?!'

만종 진인의 표정이 굳었다. 맹주와 군사부에서 은밀히 사용하는 직통 서신이 가짜라면 매우 심각한 일이었다.

"어째서 그리 말하는 것이오? 이 필체는 아무리 봐도…."

"맹주님의 서신이야 넘쳐나니 얼마든지 필체의 모사가 가능합니다. 다만 그 내용에 문제가 있습니다."

"어떤 것이 말이오?"

특별히 의심할 만한 부분은 어디에도 없었다. 게다가 사건을 해결하기 위해 속히 돌아오라고 적혀 있어 의심할 여지가 없었다.

"맹주께서는 암명 직통 서신을 직접 쓰시기에 한 가지 특징이 있습니다."

"그게 무엇이오?"

"군사라는 호칭으로 부르지 않고 제 자로 부릅니다."

사마중현의 자는 용현이었다. 하지만 서신에는 그런 말이 어디에도 들어가지 않았다.

"그것만으로는 단정 짓기 어렵지 않소?"

"그래서 시험해보았습니다."

"시험했다니?"

"귀주성 지부에서 자균이라는 자의 시신을 방부 처리하고서 저와 체구가 비슷한 자에게 인피면구를 씌워 먼저 무림연맹으로 보냈습니다."

"설마…."

"도중에 사라졌습니다. 그들 모두."

'…!!'

무림연맹으로 복귀하는 행렬이 사라졌다. 그것은 도중에 습격당했다는 의미가 된다.

"누가 대체 그런 짓을…."

"간자로 짐작 가는 자가 한 사람 있습니다."

"그게 누구요?"

"아시다시피 암명 직통 서신은 죽은 전 총군사인 제갈 군사가 만든 체계입니다. 그렇기에…."

그때 만종 진인이 손바닥을 내밀며 조용히 하라는 시늉을 했다. 만종 진인의 눈동자가 떨렸다. 그 모습에 뭔가를 직감한 사마중현이 전음으로 물었다.

[왜 그러시는 겁니까?]

[밖에 아무 기척도 느껴지지 않소.]

[그게 무슨?]

[중양전 안에 있던 제자들의 기척이 갑자기 사라졌소.]

만종 진인이 조용히 자리에서 일어났다. 그리고 벽면으로 다가가 서책이 꽂혀 있는 책장을 옆으로 밀어냈다. 그러자 놀랍게도 책장에 가려져 있던 통로가 모습을 드러냈다.

[이건?]

[서두르시오, 당장!]

만종 진인의 그 말에 제이군사 사마중현은 다급히 숨겨진 통로 안으로 들어갔다. 그러자 만종 진인은 서둘러 책장으로 입구를 가렸다. 얼마 있지 않아 집무실 문이 천천히 열렸다. 열린 문으로 보이는 인영의 모습에 만종 진인이 떨리는 목소리로 중얼거렸다.

"그 눈…?!"

말이 미처 끝나기도 전에 보이지 않는 날카로운 무언가가 만종 진인을 암습해왔다. 이에 만종 진인의 얼굴이 경악으로 물들었다.

* * *

해시(亥時) 무렵이 되자 표물인 커다란 수하물들을 실은 선박이 포구를 떠났다. 혈마검을 얻은 이후 오랜만의 수로행이었다. 금화평상단에서 의뢰한 이번 표행의 목적은 은퇴하는 상단주 호진웅의 모든 재화를 고향인 강서성 제남시로 옮기는 것이었다. 그 재화의 양은 가히 천문학적이라고 했다. 알고 나니 이렇게 규모가 큰 이유를 납득할 수 있었다. 이 표행에 참여한 표국의 숫자만 총 열둘이었다.

배는 거의 바다를 가로지르는 범선에 육박할 만큼 컸는데, 이 네 척의 배에 세 표국씩 골고루 배치가 되었다. 우리는 낭왕 혁천만의 공언대로 첫 번째 배에 탔다. 공교롭게도 첫 번째 배에는 개방의 후개 홍걸개가 객원표사로 있는 옥양표국도 포함되었다.

"뭔가 이상합니다."

선박의 숙소로 배정된 호실. 그곳에서 우리는 은밀히 대화를 나누고 있었다.

"뭐가 이상하다는 거예요?"

조성원의 말에 사마영이 의아해하며 물었다.

"배가 네 척이면 전력을 어느 정도 비슷하게 분배하게 됩니다. 한데 이 배에만 유독 전력이 몰렸습니다."

"어? 그렇네요?"

나 역시도 조성원과 생각이 같았다. 낭왕 혁천만이 이 배에 있는데, 굳이 신진 팔대 고수로 언급된 내가 선봉이니 뭐니 하며 같은 배에 타지 않아도 됐다. 차라리 후미의 배를 지키는 편이 나을지도 몰랐다. 한데 유독 이 배의 전력만 웬만한 대문파를 상대할 수 있을 정도였다. 만약 포구에 정찰을 나온 수적이 있다면 절대로 이 배를 건드릴 생각은 하지 않을 것이다.

"그러고 보니 그것도 이상하지 않았나요?"

"무엇이 말입니까?"

"저희가 수로행이 끝나고 정박하면 육로행에서 빠지겠다고 하니까 표행의 총괄을 맡은 무량표국의 장 국주가 아무렇지 않게 그러라고 했잖아요."

사마영의 말이 맞았다. 우리의 진짜 목적은 장강수로십팔채와 접선하는 것이었다. 그렇기에 표행을 끝까지 할 이유가 없었다. 해서 다소 미안한 감이 있었지만 황영표국에도 이 사실을 밝히고 총괄을 맡은 무량표국의 장 국주에게도 말했다. 한데 너무도 흔쾌히 받아들였다. 마치 별 상관이 없다는 투였다.

—그게 뭐가 이상하다는 거야?

이상하지. 아무리 낭왕 혁천만이라는 커다란 전력이 있다고 해도 너무 흔쾌히 받아들였다. 황영표국의 사람들만 봐도 난처해하면서 섭섭한 티를 보였다. 그런데 조금도 그런 게 없었다. 마치 수로행에서 끝나는 것처럼 말이다.

"…우현, 한데 네 형은 어디 간 거냐?"

"모… 모르겠다."

좌백이가 보이지 않았다. 배가 출발한 후에 배정된 호실로 모이라 했는데, 어딜 간 거지?

조성원이 혀를 차며 말했다.

"황 소저의 꽁무니나 좇아다니고 있을 겁니다."

어휴. 그 정도로 마음에 들었나. 황영표국의 표두 황혜주가 사마영을 보면서 눈을 떼지 못하던 걸 의식 못 할 정도로 마음에 들었나 보다.

—눈이 그 커다란 가슴에서 떨어지질 않던데 그게 보였겠어?

소담검이 키득거리며 말했다.

그렇네. 얼굴이 아닌 다른 곳에 시선이 가 있으면 그게 보일 리가 없지.

조성원이 아쉽다는 듯이 말했다.

"이 배에서 뭔가를 하는 것은 힘들겠군요."

녀석이 왜 이런 말을 하는지 알 것 같다. 낭왕 혁천만까지 있는 이 배에서는 문젯거리를 만들기가 힘들었다. 개방의 홍걸개를 상대로 조성원 녀석의 한을 풀어주고 싶어도 얌전히 있는 게 나았다. 그때 선실의 문이 열리며 누군가 슬그머니 기어 들어왔다. 송좌백이었다.

'…?!'

녀석의 왼쪽 뺨에 희미하게 붉은 자국이 보였다. 딱 손바닥 형태로 나 있었다. 남자 손이라고 하기에는 꽤 작은 크기로.

'….'

대체 뭘 한 거냐? 우리가 빤히 쳐다보니 머쓱해했다.

"너 얼굴에 그거…."

뭐라 한마디 하려는데, 송좌백이 황급히 화제를 돌렸다.

"표물이 있는 배의 창고에 아무도 들어갈 수 없도록 통제하는데, 왜 거지새끼들은 제집 드나들듯이 왔다 갔다 하는 건지 모르겠다."

"뭐?"

"창고 쪽으로 거지들이 먹을 걸 들고 들어가더라고."

녀석의 말대로 이해할 수 없는 일이었다.

아무리 거지들이라고 해도 선실이나 배의 주방에서 식사해도 될 일인데, 창고에 먹을 걸 들고 갔다고? 뭔가 수상한데.

"창고 입구는 누가 지키는데?"

"무량표국의 표사들이 지키고 있었어."

이 표행을 총괄하는 표국이었다.

'흠.'

따귀로 짐작되는 흔적에 한 소리 하려고 했는데, 제법 쓸 만한 정보를 가져왔다. 이게 더 급하니 일단 넘어가 주마. 아무래도 이 표행에는 뭔가 숨기고 있는 게 있었다. 단순히 은퇴하는 상단주의 재산을 옮기는 일이 다가 아닌 것 같다.

* * *

선벽 모퉁이로 살짝 얼굴을 내민 나는 정찰하듯 빠르게 그 앞을 살폈다. 표물이 있는 창고 입구. 그 앞을 네 명이나 되는 무량표국의 표사들이 지키고 있었다. 모두 일류 고수들이었다. 창고지기를 맡은 자들치고는 강했지만 가능할 수도 있지 않을까?

'후우.'

연습을 꽤 했지만 되려나 모르겠다. 그래도 벽을 넘어 초인의 경지에 이르러 염이 상승했으니…. 나는 손을 들어서 엄지와 중지를 붙였다. 딱! 그리고 저들이 들을 수 있도록 진기를 실어 손가락을 튕겼다. 그러자 대화를 나누던 무량표국의 표사들이 합죽이라도 된 것처럼 조용해졌다.

나는 풍영보를 펼쳐 빠르게 창고 입구로 갔다.

—오, 성공했네.

소담검의 말대로였다. 그들은 암시에 빠졌는지 멍한 눈으로 정면을 응시하고 있었다. 향화열락궁의 심결을 환의안에 응용하는 것이 어느 정도까지 되려나 시험해봤는데 성공했다. 소리로 사람의 정신을 혼미하게 만들 수 있었다. 하나 그리 길게 가지는 못하는 것 같다. 표사들이 정신을 차리려 했다. 그래도 이 정도면 충분한 시간이었다.

나는 빠르게 경신법으로 그들을 통과하여 창고 안으로 들어갔다. 범선의 크기에 육박하는 배라 그런지 창고의 크기도 남달랐다.

—좌백이 말대로네.

확실히 안에 개방의 거지들이 여섯 명 정도 보였다. 표물인 커다란 함 앞에 있는 그들 손에 먹을 것과 마실 것 등이 들려 있었다.

'뭐지?'

자신들이 먹으려고 그런 것이 아닌 모양이다. 나는 은신하듯이 어두운 천장에 붙어 기척을 죽였다. 오랜만에 첩자 노릇을 할 때가 떠올랐다. 그때 누군가의 목소리가 들렸다.

"귀식대법을 풀어라."

개방의 후개 홍걸개의 목소리였다.

'귀식대법?'

호흡을 멈추는 운기법인 귀식대법(龜息大法). 심장 박동을 정지하고 체온을 낮춰 기척을 완전히 죽일 수 있다. 예전 무쌍성에서 백혜향이 내게 이것을 걸어 무악으로부터 숨겨준 적이 있다. 한데 귀식대법이 왜 여기서 나오지?

'…?!'

그때 창고의 표물 안에서 기척이 생겨나더니, 그 기척들이 하나 둘씩 늘어났다.

'이게 무슨 일이지?'

함 안에 늘어나는 기척들. 벌써 열 명을 넘어가고 있었다. 그것도 한 명 한 명이 못해도 절정에 이르는 고수들이었다. 안에서 검의 이명이 들렸던 것이 바로 이런 이유였었나. 어째서 고수들이 저 함 안에 숨어 있던…. 쿠르르르르! 그때 배가 심하게 흔들거렸다. 암초 같은 것에 부딪힌 게 아니라 잘 가다가 갑자기 멈춘 것 같았다.

―밖에 무슨 일이 생겼나 봐.

아무래도 나가봐야겠다. 나는 천장에서 내려와 들어왔을 때와 마찬가지로 손가락을 튕겨 입구를 지키고 있는 자들의 정신을 잠시 혼미하게 한 후에 밖으로 나갔다.

"돛을 걷어라!"

선원들이 줄을 풀자 돛대의 돛들이 걷혀갔다. 돛을 걷으면 바람을 받지 못해 배가 앞으로 나아가지 못한다. 그뿐만이 아니었다. 갑판의 옆과 뒤를 보니 선원들이 쇠사슬을 강 밑으로 던진 것 같았다. 닻을 내려서 도중에 멈춘 것이다. 이게 무슨 짓이지? 왜 강 한복판에서 배를 멈춘 건지 알 수가 없었다. 그러는 사이 선두였던 우리 배를 뒤따라오던 다른 세 척의 배들이 하나둘씩 지나쳐서 앞으로 나아가고 있었다.

'어째서?'

의아해하고 있는데, 누군가의 목소리가 들렸다.

"사제, 여기 있었군."

낭왕 혁천만이었다.

"사형."

"선실에 찾아가니 자네가 바람을 쐬고 있다더군."

나를 찾고 있었구나. 조금만 늦게 나왔으면 창고 안에 들어갔던 것을 들킬 뻔했다. 그때 배 위의 선원들이 외치는 소리가 들렸다.

"돛과 닻을 올려라. 다시 출발한다."

'응?'

문제가 생긴 게 아니었다. 뒤따라오던 배들이 지나치자마자 다시 닻을 올리다니. 설마 선두에서 후미로 위치를 바꾼 건가? 그냥 모른 척하기도 그래서 나는 낭왕 혁천만에게 물었다.

"배의 후미로 옮기려고 멈춘 겁니까?"

낭왕 혁천만이 머리를 긁적이더니 내게 말했다.

"역시 눈치가 빠르군. 맞네."

"왜 갑자기 선두에서 후미로 옮긴 겁니까? 배에 무슨 문제라도 생긴 겁니까?"

"아니네."

"하면 어째서?"

"지금 바꾸지 않으면 그들이 눈치챌 수 있으니까."

"그들이라뇨?"

나의 물음에 낭왕 혁천만이 빙그레 웃었다.

"창고에 있는 녀석들이 전부 깨면 이야기하려고 했는데, 마침 잘 됐군."

뭐?

낭왕 혁천만은 창고의 표물 속에 숨겨진 고수들이 있다는 걸 알고 있었다. 나는 모른 척하며 물었다.

"그게 무슨 말입니까?"

"사제라면 슬슬 창고 쪽에서 기척이 늘어나는 게 느껴질 텐데?"

"…표물이 아닌 겁니까?"

"표물은 표물이지. 무사히 수로채의 근거지로 보내야 하니까."

'…!!'

지금 수로채라고 했어?

"사형께서 말씀하시는 수로채가 설마 장강수로십팔채를 말하는 겁니까?"

"맞네."

예상이 맞았다. 이건 단순한 표행이 아니었다. 다른 목적을 가지고 있었다.

"…금화평상단의 표행이 아니었군요."

그런 나의 물음에 낭왕 혁천만이 의미심장한 목소리로 말했다.

"그건 보이기용이지."

이제야 그림이 맞춰졌다. 표물로 둔갑한 커다란 함 안에 귀식대법을 펼친 채 숨어 있던 고수들. 포구에서 있었던 표행 입찰식에서 낭왕이 배의 선두에 설 거라고 공언한 것도 혹시 있을 수적들의 눈과 귀를 속이기 위함이었다. 늦은 밤에 출발한 것도 이렇게 배의 순서를 바꾸기 위해서였을 것이다. 미처 몰랐지만 원래라면 배 전체에 등불을 밝힐 만도 한데, 후미에만 살짝 밝힌 것도 앞서 지나갈 배들이 부딪치지 않게 하기 위함일 것이다.

나는 낭왕 혁천만에게 물었다.

"그럼 표행의 진짜 목적은 무엇입니까?"

"사제에게는 미리 말해두는 것도 나쁘지 않겠지."

짐작되는 것은 있었다. 그게 맞는지 확인하는 것뿐이었다.

"이 배는 수로채 놈들에게 나포될 걸세."

일부러 잡히려고 하는 건가?

"…배의 순서를 바꿨다고는 하나 사형께서 선두에 있는 것을 아는데, 저들이 쉽사리 그런 짓을 할까요?"

낭왕 혁천만은 벽을 넘어 초인의 경지에 이르렀다. 게다가 짧지만 겨뤄본 결과 그는 벽의 벽이라 불리는 극경에 이르렀을지도 모른다. 이 정도 고수라면 등평도수(登萍渡水)의 경공을 펼치는 것은 일도 아니었다. 강은 그에게 장애가 될 수 없었다.

"그들을 가볍게 보고 있군."

"가볍게 보다니 무슨?"

"그들은 수적일세. 건질 게 있다면 어떤 식으로든 움직이게 되어 있네."

"낭왕이 있다는 정보가 있어도 말입니까?"

"왜 여태껏 무림연맹이나 관이 놈들을 일망타진하지 못했다고 생각하나?"

역으로 질문했다. 생각해보니 그도 그랬다. 수적들이라고 해도 관이나 무림연맹이 작정하면 소탕 못 할 이유도 없었다.

"장강의 수로에는 여러 협곡이 있지. 경치가 좋고 물살이 느린 곳이 있는 반면, 물살이 빠르고 소용돌이가 쳐서 위험한 곳도 있네."

"…그렇지요."

"그중에서도 너무나 험난하여 험로라 불리는 스물다섯 곳의 협곡이 있네. 그곳에서는 배에 사고가 일어나 물에 빠지게 되면 무림인들조차 쉽게 헤어 나올 수 없지."

"그들이 지형적 위치를 노린다는 겁니까?"

나의 말에 낭왕 혁천만이 피식 웃었다.

"역시 똑똑하군. 사제의 말대로네. 일개 수적에 불과한 자들이나 그들은 장강에서 수백 년이 넘게 살아온 자들일세. 그들의 조타술이나 항강술은 기상천외할 정도로 발달했지."

"그래서요?"

"십여 년 전에 무당파의 태극검제 종선 진인이 무림연맹의 당원들을 이끌고 수로채를 친 적이 있네."

아, 들어본 것 같다. 십여 척의 배가 동원될 만큼 규모가 컸다고 했다. 하나 그 배의 절반 이상이 침몰하는 바람에, 수로채 토벌은 실패로 돌아갔다.

“어째서 실패한 건지 아시는 겁니까?”

생각해보면 그 자리에도 팔대 고수의 일인이 있었다. 한데 어째서 소기의 목적조차 달성하지 못했는지 궁금하긴 했다.

“물에서 경공을 펼쳐본 적이 있나?”

“…아직 없습니다.”

벽을 넘고 나서 기에 대한 이해도나 감각이 완전히 달라졌다. 마음만 먹는다면 물 위에서도 경공을 펼칠 수 있을 것 같기는 했다. 낭왕 혁천만이 강 위를 손가락으로 가리키며 말했다.

“이 정도만 되어도 물 위에서 등평도수로 경공을 펼치는 것은 힘든 일이 아니지. 사제도 요령만 안다면 충분히 할 수 있을 걸세.”

나중에 시험해보고 싶기는 하다. 물 위를 경공으로 달린다면 어떤 기분일까?

“한데 말일세, 혹여 격류를 만난다면 절대로 등평도수를 시도할 생각은 하지 말게.”

“그게 무슨 말씀이신지?”

“애초에 등평도수는 천근추와 반대로 진기로 몸을 가벼이 하여 발바닥에 물이 닿을 때마다 반탄력을 일으키는 것이 요령일세.”

오, 좋은 걸 배웠다. 이래서 요령이라고 말했던 거구나.

“하지만 물살이 거칠고 격류인 곳에서는 그게 불가능하네. 오히려 반탄력을 이용하다가 격류가 흐르는 쪽으로 튕겨 나가게 될 걸세. 나도 예전에 멋모르고 등평도수를 시도하다가 물에 빠졌었지.”

“아….”

“그러니 행여 격류에서 경공을 펼칠 생각은 버리게.”

그 정도로 물살이 거친 곳에서는 등평도수를 펼치기 힘들구나.

그렇기에 절세고수들도 쉽사리 수로채를 토벌하지 못했던 것이었다. 이유를 알고 나니 납득이 갔다. 수로채에서는 그 같은 이점을 노린다는 거로구나.

“격류에 이르면 배는 방향을 바꾸기 힘들지. 수로채는 늘 그걸 이용해서 습격하지. 어떤 식으로든 물에서 그들과 겨루는 것은 불리하기 그지없네.”

“해서 이런 방법을 떠올리신 겁니까?”

“맞네. 암도진창의 계지.”

—그게 뭐야?

병법에 암도진창(暗渡陳倉)이라 불리는 적전계가 있다. 한의 고조인 유방이 초패왕 항우 모르게 진창을 통해 삼진을 건넌 데서 유래된 계책이다. 암도진창의 정확한 의미는 정면에서 공격할 것처럼 속이고서 뒤를 노리는 것이다. 첫 번째 배에 모든 전력이 있는 것으로 속이고 진짜 전력들은 가장 후미의 표물 속에 숨어 있으니 암도진창 계의 정수라고 할 수 있었다. 상대의 허점을 찌르는 방법이다. 만약 이 계책이 성공한다면 정말로 장강수로십팔채에 타격을 줄 수 있었다. 다만….

“…이건 적뿐만 아니라 표국들도 속이는 거잖습니까?”

애초에 표행은 적으로부터 표물을 지키기 위함이다. 그런데 수적들을 속이기 위해 아군이라 할 수 있는 표국들을 전부 속였다. 이 배에 타고 있는 또 다른 표국인 제원표국도 이를 모를 것이다.

“적을 속이려면 아군을 속이라는 말이 있지.”

“그 아군은 표사들입니다. 낭인도 아니고 표물을 지키는 표사들을 속인 것입니다.”

"뭐, 인정하네."

"인정한다는 문제를 넘어섭니다."

나는 그에게 강하게 의견을 피력했다. 여기서 정말로 이 계책이 성공하게 되면 장강수로십팔채와 손을 잡는 것은 불가능해진다.

낭왕 혁천만이 내 어깨를 두드리며 말했다.

"사제, 자네가 화를 내는 것도 이해하네. 하나 완전히 속이는 것도 아닐세. 다른 배들에는 정말로 호 노사의 재화들이 있으니까."

"네?"

"수적들이 바보들인 것 같나. 표행의 행세만 한다면 냄새를 맡을 게 뻔하지."

완전히 속이는 표행은 아니로구나. 하지만 그렇다고 달라지는 것은 없었다.

"이 배에 있는 표국들은요? 그들이 속았다는 것은 변함없지 않습니까?"

나의 물음에 낭왕 혁천만이 진지한 목소리로 말했다.

"잘 듣게. 이번 일에 성공하지 못한다면 무림은 다시 이십여 년 전 정사 대전의 전란에 휩싸일 걸세."

"…그게 무슨 말씀이시죠?"

"나 역시 이 일을 의뢰받고 많이 고민했지. 혈교와 장강수로십팔채가 손을 잡을 걸세. 그리된다면 장강 이남 지역은 피로 얼룩지게 될 거야."

'…'

아아아. 역시 이 계획은 그곳에서 벌인 건가?

"무림연맹의 의뢰입니까?"

"그렇네."

"…사형은 원래 정사 간의 일에 참여하지 않지 않습니까?"

내가 알기로 낭왕 혁천만은 중립에 가까운 인물이다. 그래서 무림연맹이나 사파 쪽에서 양측에 타격을 입히는 임무를 의뢰하면 모두 거절한 것으로 알고 있다. 심지어 정사 대전 또한 참여하지 않았던 자였다. 그런데 새삼 무림연맹의 이번 의뢰를 맡았다는 게 이해되지 않았다.

낭왕 혁천만이 뒷짐을 지고서 어두운 강을 바라보며 말했다.

"스승님께서 사라지신 후 나는 낭인의 삶을 살아왔다. 낭인인 내게 정사는 의미가 없었지. 하나 사제가 나타난 후 많은 고민을 했어."

"네? 제가 나타나고 말입니까?"

"사제는 정사 대전을 겪어보지 않았지?"

"그건…."

"나 역시 정사 대전에 참여하진 않았지만 그 시대를 살아왔기에 중원 무림에 얼마나 많은 피바람이 몰아쳤었는지 잘 알고 있다."

"…."

"무림연맹의 말대로 혈교와 수로채가 손을 잡아 장강의 수로가 막힌다면 또다시 그때의 일이 벌어질 거야. 나는 새로운 세대인 사제가 그 참사를 겪지 않길 바라네."

말문이 막혔다. 그의 말에 뭐라 답변하기가 힘들었다. 나름의 신념과 정의를 가지고 결정한 행동이었다.

"이 배에 탄 표국 사람들에게도 이야기할 테지만 표행비를 열 배로 올려줄 걸세. 그만큼 위험부담이 큰 일이니까."

이번 표행에 한 표국이 지급받는 금액이 기본 금 천 냥이다. 여기에다 참여하는 표사 인원당 금액이 추가된다. 한데 열 배로 올려준다면 그야말로 엄청난 액수로 불어나게 될 것이다.

—표국에서는 더 좋아할 수도 있겠네.

그렇겠지. 성공만 한다면 무림사에 한 획을 그을 수 있다. 장강수로십팔채를 해체하는 데 일조한 표국으로 말이다. 낭왕 혁천만이 내 어깨를 지그시 누르며 말했다.

"명색이 남천검객의 제자인데, 사제도 앞으로 일어날 혈사를 막고 싶지 않나?"

…혈사를 일으킬 생각은 없는데. 이것 참 뭐라고 해명할 수도 없고 답답하기 짝이 없다. 일단 연기는 해야겠지. 나는 포권을 취하며 감명받았다는 듯이 말했다.

"사형께서 그런 깊은 뜻을 품으신 줄은 몰랐습니다. 정파인의 한 사람으로서 돈과 상관없이 정의를 위해 돕는 것은 당연한 일이겠지요."

"하하하하핫. 역시 그분의 제자다운 배포로군."

내 대답에 만족스러웠는지 낭왕 혁천만이 호탕하게 웃었다. 이런 면은 마음에 드는데 가는 길이 너무 정반대다.

"그럼 나는 다른 표국 사람들에게 이야기할 터이니, 사제는 황영표국과 자네 일행들을 설득해주게나."

"여부가 있겠습니까?"

그렇게 낭왕 혁천만이 갔다. 절로 한숨이 나왔다.

"후우."

—어떡할 거야? 이 표행이 성공하면 여기까지 온 게 무산되는 거 아냐?

무산 정도가 아니다. 장강수로십팔채가 없어지면 사파의 힘이 더욱 약화된다. 그리된다면 힘의 균형에서 밀릴 수밖에 없다.

—꼬여도 어떻게 이런 식으로 꼬이냐?

내가 하고 싶은 말이다. 그나저나 무림연맹도 만만치가 않다. 총군사 제갈원명이 죽고 나서 큰 그림을 못 볼 거라 여겼는데 전혀 아니었다. 이런 식으로 뒤통수를 치다니. 이거 까딱하면 내 손으로 우군을 치게 생겼다.

—차라리 네 정체를 낭왕한테 이야기하는 게 어때?

'내 정체를?'

—너를 사제로 생각한다면 정파 쪽이 아니라 네 쪽을 도와줄 수도 있잖아.

그건 위험부담이 너무 크다.

—어째서?

사형제 간을 떠나서 낭왕 혁천만은 낭인이다. 그들이 제멋대로 살아가는 것 같아도 그들 역시 나름의 법도가 있다. 그것은 바로 의뢰를 중시하는 것이다. 그가 나를 돕게 되면 낭인의 법도를 어기게 되는 것이고, 나아가서는 무림연맹과 척을 지게 될 것이다. 그런 위험부담을 과연 지려고 할까?

—혈교에 받아준다고 해.

만약 그게 통하지 않는다면?

—어… 음….

여기서 내 정체가 만천하에 공개된다. 그리된다면 낭왕 혁천만은 둘째 치고 무림연맹이 모든 전력을 투입하여 나를 잡으려고 천라지망을 펼칠 것이다. 지금보다 더 최악의 상황이 될 수도 있다. 이런 상황이 아니라면 도전해볼 만하지만 지금은 아니었다.

―진퇴양난이네. 그럼 어떡할 거야? 이대로 같이 장강수로십팔채를 없애는 데 일조할 거야?

그렇게 내버려둘 순 없지.

―좋은 방법이 있어?

없어. 내가 제갈공명도 아니고 상황이 발생하면 계책이 뚝딱 만들어지냐? 미치겠다. 낭왕 혁천만만 없어도 어떻게 해보겠는데….

―그럼 어쩌게?

이 배가 수로채로 들어갈 수 없도록 만들어야 한다. 그게 제일 이상적인 방법이다. 그런데 방금 전에도 말했지만 낭왕 혁천만이 가장 걸림돌이었다.

―배에 구멍을 뚫는 건 어때? 그럼 갈 수 없을 거 아냐.

그것도 좋은 방법인데 무슨 수로 뚫냐? 증거를 남기지 않고 뚫어야 하는데, 배 밑창은 창고다. 지금 창고 안에는 귀식대법에서 깨어난 무림연맹의 고수들이 넘쳐나고 말이다. 저들의 수가 적기라도 하면 환의안으로 암시를 걸어 누군가에게 시키기라도 하겠다만.

―그건 그렇네.

그렇다고 물 안으로 들어가면 첨벙 소리가 나서 갑판을 지키는 자들이나 낭왕이 바로 알아차릴 것이다. 어떤 식으로든 배를 가라앉히는 건 불가능하다. 대놓고 내가 범인이라고 알릴 생각이 아니라면 말이다.

―아오. 답답해. 차라리 내가 움직일 수라도 있으면 몰래 가서 구멍이라도 내주겠는데.

…그러게 말이다. 네가 직접 움직일 수 있다면 좋겠네. 말이라도

고맙다.

—말이 아니라 진짜로 도와주고 싶어서 그렇지. 맨날 네가 곤란할 때마다 그냥 지켜볼 수밖에 없는 게 얼마나 답답한데….

바로 그 순간이었다.

[검의 의지와 뜻이 하나가 되었으니, 옥형(玉衡)이 열리리라.]

'이건?'

검선의 목소리였다. 놀라서 오른손을 쳐다보니 푸른 불꽃이 일렁이고 있었다. 치이이이! 뭔가 타는 소리와 함께 손등의 점에 변화가 생겨났다. 북두칠성 형태의 일곱 개의 점들 중 다섯 번째 별에 해당하는 옥형이 푸른색으로 변하고 있었다. 이윽고 그것이 완전히 푸른 점이 되자 불꽃이 수그러들었다. 뭐지? 한동안 북두칠성의 점이 개방되지 않았는데, 갑자기 이런 일이 벌어졌다. 무슨 영문인지 모르겠다.

그런데 이게 무슨 일이지? 머릿속에 기이한 환영 같은 것이 보였다. 마치 누군가의 시선을 대신 보는 것만 같았다. 그리고 그 누군가가 바라보고 있는 것은 바로 나였다.

—우… 운휘야.

잠깐만. 왜 머릿속에 내 모습이 보이는 건지 그것부터 밝혀야 할 것 같다. 이것도 북두칠성의 점과 관련된 능력 같은데.

—이것 좀 보라고!

아니, 왜 그러는…?! 순간 나는 말문이 막혔다. 검집에 있어야 할 소담검이 바로 내 코앞의 허공에 둥둥 떠 있었다.

'이게… 대체…!!'

—어, 어검술이 아닌가, 운휘.

남천철검까지 놀라서 내게 말했다.

—그게 뭐야? 나 내 마음대로 움직이는데.

소담검이 허공을 떠다니며 내 주변을 맴돌았다. 정말 자신의 의지대로 움직이는 것 같았다. 꼭 남천철검의 말대로 어검술처럼 보일 지경이었다.

—그러니까 그게 뭐야?

벽을 넘게 되면 기에 대한 응용도가 높아져 진기로 사물을 움직일 수 있게 되는데 그걸 두고 허공섭물이라고 한다. 이걸 응용하여 검을 말 부리듯이 자유자재로 다룰 수 있는 최상승의 수법을 바로 어검술(馭劍術), 혹은 이기어검술(以氣馭劍術)이라 부른다고 들었다. 실제로 전설로 불리는 이 최상승의 검예를 펼치는 자를 본 적은 없다. 심지어 내가 여태껏 보았던 초인들도 이를 사용하지 않았다.

—왜?

왜긴, 내공의 소모 때문이다. 어검술을 펼치면 검을 더 자유롭게 사용해 원거리까지 상대를 공격할 수 있으나, 그만큼 많은 내공을 소모하게 된다. 실제로 전에 벽을 넘어서고 나서 허공섭물을 시도해본 적이 있어 알고 있다. 정말 내공 소모가 심했다.

—힉? 그럼 지금 네 내공이 닳고 있어?

아니다. 내공은 멀쩡하다. 단지 다른 북두칠성 점들의 능력을 사용할 때처럼 선천진기가 소모되고 있다. 그렇게 빠르게 소모되는 것은 아니었다.

'하!'

한데 놀라운 것은 이게 아니었다. 소담검 녀석을 내가 다루는 게 아니라 녀석의 자의로 움직이고 있었다. 게다가 녀석이 보는 시선이 마치 내가 보는 것과 같이 머릿속에 환상처럼 떠올랐다.

—야호! 너무 좋아.

소담검 녀석도 자기 뜻대로 움직이는 게 신기했는지 너무 좋아서 내 주변을 빠르게 돌다 못해 이제는 하늘 위로 날아오르려 했다. 팍! 나는 다급히 녀석을 붙잡았다.

—좀만 더 놀자.

놀긴 뭘 놀아.

'지금 선원들과 표사들이 배 곳곳을 돌아다니는데, 네가 눈에 띄게 날면 어쩌라는 거야?'

나의 그 말에 소담검이 아쉬웠는지 입맛을 다셨다. 한데 나의 머릿속에 남천철검의 떨리는 목소리가 들려왔다.

—우, 운휘, 나도 소담검처럼 혼자서 움직일 수 있을까?

나도 모르겠다. 북두칠성의 점들 중 다섯 번째인 옥형이 개방되면서 갑자기 이런 일이 벌어졌다. 어떤 원리로 이뤄지는지 알 수가 없었다. 손등을 쳐다보니 여전히 다섯 번째 점 옥형이 푸른빛으로 일렁이고 있었다.

—너도 움직일 수 있지 않을까?

—나는 안 된나. 어떻게 움직일 수 있게 된 긴가?

—몰라. 그냥 운휘를 돕고 싶다고 생각했더니 갑자기 움직여졌어.

—운휘를 돕고 싶다고?

그때 옥형의 점이 더욱 강한 빛으로 일렁였다. 그러자 남천철검이 검집에서 저절로 빠져나오며 검신을 드러냈다.

—이, 이럴 수가! 내가 움직여진다, 운휘.

나도 보고 있어. 남천철검도 소담검처럼 자의로 움직이고 있었다.

허공에 둥둥 떠다니는데 영락없는 이기어검 그 자체였다. 심지어 남천철검의 시야도 내 머릿속에 보였는데, 검집에 있는 소담검의 시야 바로 옆으로 보였다.

—운휘, 어디 아픈가? 왜 인상을 쓰나?

그냥 좀 어지럽다. 내가 보는 시야 외에도 두 개의 시야가 더 보이니 머리가 빙글빙글 도는 것 같다. 게다가 좀 전보다 선천진기의 소모도 더 빨라졌다. 혹시 이 능력도 조절이 될까? 나는 천기나 천권을 다뤘을 때처럼 감각을 집중해보았다. 그러자 검집에 들어가 있는 소담검의 시야가 사라졌다.

'된다!'

그나마 남천철검의 시야만 보이니 견딜 만했다. 어때? 혼자서 움직이는 기분이?

—최고다. 난생처음이다. 내가 원하는 대로 움직일 수 있다는 게 이렇게 기쁜 일인 줄 처음 알았다.

남천철검의 목소리는 잔뜩 흥분한 상태였다. 반면 소담검은 투덜거렸다.

—나보고는 사람들이 본다고 들어가 있으라고 해놓고.

삐치지 마라. 남천철검은 바로 내 앞에서만 떠 있잖아. 너는 공중제비를 돌더니 위로 치솟으려 했던 거고. 나중에 여길 벗어나면 네가 원하는 대로 자유롭게 날 수 있게 해줄 테니까 좀만 참아.

—약속했다.

남천철검, 너도 돌아와.

—알겠다.

남천철검도 검집으로 돌아왔다. 옥형의 능력을 닫자 선천진기가 소모되던 것도 멈췄다. 참 놀라운 일이었다. 다섯 번째 옥형의 능력이 검이 자의로 자유롭게 움직이는 것이라니. 이건 어떤 의미에서 전설이라 불리는 최상승의 검예 이기어검술보다 상위 수법이라 칭해도 과언이 아니었다. 게다가 검들과 시선을 공유하는 이 능력은 정말 사기적이었다. 천권 때처럼 좀 더 시험해봐야 알겠지만 활용도가 무궁무진할 것 같았다.

—흠흠. 운휘야. 이제 나한테 맡겨. 내가 가서 배 밑바닥에 구멍을 내줄게.

소담검 녀석이 신이 나서 내게 재잘거렸다. 생각지도 못하게 활로가 생겼다. 이걸 이용하면 무림연맹이 의뢰한 계획을 저지할 수 있을 것 같다.

* * *

선실로 돌아온 나는 일행들에게 낭왕 혁천만이 말해준 이 표행의 진짜 목적을 알려주었다. 당연히 그들 역시도 난리가 났다. 우리의 목적은 장강수로십팔채를 산하로 거두는 것이다. 그런데 그들이 무림연맹의 계략으로 전멸한다면 우리의 계획은 수포로 돌아간다.

"낭왕을 무슨 수로 막지요? 창고에 무림연맹의 고수들까지 있다면 주군과 저희만으로는 막을 수가 없습니다."

조성원도 나와 같은 우려를 했다. 이 배의 전력은 매우 강했다. 기감으로 느끼고 있는데 창고에는 초절정의 고수도 있는 듯했다. 아마 무림연맹의 수뇌부도 있겠지.

"차라리 배에서 탈출해 다른 배를 구해서 저들보다 빨리 수로채와 접선하는 건 어떤가요?"

사마영이 그럴듯한 의견을 내놓았다. 그런데 이 방법을 쓰면 계획대로 무림연맹에 잠입할 수 없게 된다. 정파에 내 정체가 탄로 날 수도 있다.

"그건 힘들 것 같아요. 어차피 무림연맹에서 작정하고 계획을 세웠다면 나포가 아니더라도 어떤 식으로든 수로채에 타격을 주려 할 거예요."

"그럼 어떡하죠?"

"못 가도록 해야죠. 내게 계획이 있어요."

그 말에 조성원이 물었다.

"그게 뭡니까?"

"배가 나아가지 못하게 해야지."

이와 함께 나는 옥형을 개방하며 소담검을 불렀다. 그러자 검집에 있던 소담검이 신이 나서 검집을 빠져나와 선실의 허공을 둥둥 떠다녔다.

'…!!'

이 광경에 모두가 두 눈이 휘둥그레져서 입을 다물지 못했다.

"이, 이기어검? 주군, 언제 이걸…."

"쉿. 조용히 말해."

선실을 진기로 둘러쌌지만 조심할 필요가 있었다. 얼이 빠져 있던 송좌백이 중얼거렸다.

"말도 안 돼…. 매일같이 영약을 처먹는 것도 아니고 하루가 멀다 하고…."

좌백아, 아무리 시기심이 들어도 머릿속으로 생각해야지. 하여간

입이 정직한 녀석이다.

"와…."

사마영은 신기한지 허공을 날아다니는 소담검을 만져보려 했다. 소담검 녀석이 술래잡기를 하듯 헤엄치는 물고기처럼 그녀의 손길을 벗어났다.

"어떻게 하는 거예요? 아버지께서도 보여주시지 않은 거예요."

당연히 보여주지 않았겠지. 아무리 경지에 올라도 이기어검법은 내공 소모가 심하다. 자랑거리로 보여주기에는 말이다.

"그만큼 유지하기가 힘들어요. 아무튼 이걸로 배에 구멍을 뚫을 거예요."

"아! 배를 침수시키려는 거군요."

"괜찮은 방법 같습니다. 그렇게 된다면 애초에 이들의 계획도 무산되겠군요."

이기어검으로 몰래 배 밑에 구멍을 내면 의심받지 않고서 막을 수 있다. 현장에 있지 않았다는 사실만 증명하면 된다. 수로의 격류로 진입하기 전에 계획을 실천해야겠다.

"아, 맞다. 조성원 너는 황영표국에다 낭왕이 했던 말을 전해줘."

깜빡할 뻔했다. 그들도 일단 알기는 해야겠지. 워낙 규모가 작은 곳이니, 굳이 낭왕의 부탁대로 설득하지 않고 의뢰비가 열 배로 오른다는 사실만 알려줘도 이를 받아들이지 않겠나.

"알겠습니다."

"잠깐!"

자리에서 일어나려 하는 조성원을 송좌백이 붙잡았다.

"…뭐 하는 거냐?"

"내가 가서 이야기할게."

자신이 직접 가겠다고 하는 송좌백이었다. 조성원이 한숨을 쉬며 말했다.

"송 단주님, 그냥 여기 있으시는 게 나을 듯한데요."

"야, 나도 순정이 있다. 네가 이런 식으로 내 순정을 짓밟으면…."

사마영이 녀석의 말을 자르고서 못마땅하다는 투로 쏘아붙였다.

"그러다 또 뺨 맞으시려고요?"

그 말에 송좌백의 표정이 시무룩해졌다.

그래. 괜히 가서 또 이상한 짓 했다가 뺨 맞지 말고 그냥 여기 있어라. 순정은 무슨 놈의 순정이냐.

* * *

선실을 나와 물살을 살폈다. 처음 포구를 떠났을 때보다 물살이 빨라졌다. 이 정도 속도라면 얼마 있지 않아 첫 번째 험로에 도달할 것 같다. 이 구간은 장강으로 들어가는 초입이나 마찬가지이니, 수로채가 습격할 것 같진 않다. 험로를 지나서 물살이 어느 정도 안정되면 배에 구멍을 뚫어야겠다. 그런데 조성원 이 녀석은 왜 이렇게 늦는 거지?

—걔도 왕가슴한테 반한 거 아냐?

그럴 리가. 의외로 여자한테는 관심이 없어 보였는데. 그때 모퉁이에서 한 무리의 사람들이 우르르 이곳을 향해 다가왔다.

'뭐지?'

그들은 무량표국의 표사들이었다. 팔에 찬 완장을 보니 표두급도 포함되어 있었다. 그런데 그들만이 아니었다. 뒤쪽에서 개방의 방도들이 타봉을 들고 쫓아오고 있었다.

—갑자기 무슨 일이래?

나도 모르겠다. 이들의 경계심 가득한 표정을 보면 확연히 적대적이었다. 무슨 일인지 모르겠지만 마냥 당할 수야 있나. 나는 검집에 손을 가져갔다. 그때 누군가의 목소리가 들려왔다.

"검병에서 손을 떼게, 사제."

이 목소리의 주인은 바로 낭왕 혁천만이었다. 그가 무량표국의 표사들 틈바구니에서 걸어 나오며 내게 다가왔다.

"사형?"

"검병에서 손을 떼라고 했네."

장난하나. 이렇게 병장기를 들고 둘러싼 다음에 무기에서 손을 떼라니. 나는 침착하게 물었다.

"무슨 일인지 말씀을 해주셔야 떼지 않겠습니까?"

"혐의가 생겼네."

"그게 뭡니까?"

"지금은 말해줄 수 없네."

낭왕 혁천만이 단호하게 말했다.

그럼 나보고 어쩌라는 거지? 포박이라도 당하라는 건가?

"병장기를 빼앗아야 합니다."

개방의 방도들 중에 결이 다섯 개 달린 자가 말했다. 내 손에서 무기를 내려놓겠다 이건가. 이에 낭왕 혁천만이 고개를 저었다.

"아직 혐의일 뿐이네. 정해진 것은 없으니 함부로 굴 수 없네."

"하지만 대협…."

"안 된다고 하였네. 사제는 지금 자네가 가진 병장기들을 선실에 두고 오게."

대체 무슨 말을 하는지 알 수가 없었다.

"사형."

"혐의가 입증될 때까지는 내가 사제를 보호할 테니, 이 사형을 믿고 병장기를 선실에 두고 나오게."

"…."

대체 무슨 일이 터진 거지? 설마 내 정체를 들키기라도 한 것일까?

그런 거라면 애초에 혐의라는 소리를 할 리가 없었다. 여기서 불복하면 배 한복판에서 낭왕 혁천만과 싸워야 할지도 모른다. 그렇게 되면 모든 것이 꼬인다. 일단 따라야겠다.

"…알겠습니다."

결국 나는 선실에 있는 일행들에게 내 병장기를 맡겼다. 사마영을 비롯한 일행들이 무슨 일이냐며 나를 따라오려고 했지만, 낭왕이 아무도 따라오지 못하게 했다. 그리고 개방의 방도들과 표사들이 선실 앞을 지켰다. 사실상 구금이나 다름없었다. 나는 혹시나 문제가 생기면 그들에게 신호를 보내겠다고 했다. 여차하면 탈출해야 하는 상황이 벌어질 수도 있으니 말이다.

'…오랜만이네.'

소담검도 그렇고 남천철검과도 떨어져 본 게 참으로 오랜만의 일이었다. 점점 녀석들의 소리가 멀어지고 있었다. 가장 규모가 큰 상갑판 쪽에서 수많은 자들의 기운이 느껴졌다.

'오십여 명 정도인가.'

그중에는 초절정 고수로 짐작되는 자도 두 명이나 있었다. 모퉁이를 지나 상갑판에 도달하자 회색 도복을 입은 도사들과 개방의 거지들이 갑판을 반쯤 메우고 있었다. 그 한가운데 반백에 가까운 도복의 노인과 호리병을 허리춤에 차고 은은한 자태를 가진 갈색 봉을 지팡이처럼 짚고 있는 거지 노인이 보였다.

'…!!'

이들을 몰라볼 수가 없었다. 회귀 전에 보았으니 말이다. 저자들은 종남파의 장문인인 도욱 진인과 개방의 방주 홍구가였다. 무림연맹 수뇌부급의 누군가가 타고 있을 거라 짐작하기는 했는데, 이런 거물급들이 귀식대법으로 숨어 있었다니. 확실히 수로채를 멸하기로 작정한 모양이었다.

그런데 문제는 그게 아니었다. 개방의 방주 홍구가 앞쪽에 밧줄로 묶인 채 무릎을 꿇고 있는 자가 있었다. 뒷모습이었지만 누군지 곧바로 알아차렸다.

'조성원.'

그는 바로 조성원이었다. 개방의 방주 홍구가가 게슴츠레 나를 쳐다보더니 손짓하자 양옆에 있던 개방 거지들이 그를 들어 올려 뒤로 돌렸다.

'…아.'

조성원의 인피면구가 벗겨져 있었다. 개방의 방주 홍구가가 나를 쳐다보며 입을 열었다.

"이자를 알고 있었나?"

개방의 후개

얼마나 얻어터졌는지 얼굴이 피멍으로 가득한 조성원. 녀석이 부은 눈두덩 사이로 나를 쳐다보고 있었다. 그 눈빛은 미안함으로 가득했다. 반면 개방의 방주 홍구가는 의구심이 가득한 눈빛으로 나를 응시하고 있었고, 그 뒤쪽에선 그의 손자이자 개방의 후개 홍걸개가 '넌 이제 잣 됐어' 하는 표정을 짓고 있었다.

'후우.'

조성원이 어떻게 들켰는지는 정확히 알 수 없다. 하나 스승이라 할 수 있는 방주 홍구가와 사형제 간이었던 홍걸개가 있으니, 작은 꼬투리가 커져서 저리됐을 수도 있다. 조성원이 입을 오물거렸다. 단 한 마디였다.

'버려.'

자신을 버리라고 하고 있었다. 눈동자가 내 왼쪽 앞에 있는 낭왕 혁천만을 향했다. 무슨 의미인지 알겠다. 낭왕 혁천만이 있는 이상 괜한 짓을 하면 전부 얽혀든다고 말하고 싶은 건가.

개방의 방주 홍구가가 내게 다시 물었다.

"이자를 알고 있었나?"

낭왕 혁천만의 시선이 날카로운 비수처럼 나를 응시했다. 이 자리에 있는 모든 자들이 지켜보고 있었다. 조성원의 눈동자가 좌우로 움직였다. 나는 다물고 있던 입술을 뗐다.

"알고 있습니다."

'…?!'

그런 나의 말에 조성원의 두 눈이 커졌다. 무슨 짓이냐고 묻는 것 같았다.

낭왕 혁천만이 굳은 얼굴로 탄식을 흘리며 말했다.

"사제, 이자가 혈교에 투신한 자라는 것도 알고 있었나?"

"알고 있습니다."

그런 나의 말에 개방의 후개 홍걸개가 소리쳤다.

"대협, 더 이상 물을 필요도 없습니다. 조성원 이 개자식과 엮여 있다는 건 전부 한통속이란 소리입니다. 당장…."

"홍 형."

그의 말이 끝나기도 전에 내가 입을 열었다.

인상을 쓰는 홍길개에게 나는 지금까지 예를 지켰던 모습을 버리고 싸늘한 목소리로 말했다.

"적당히 합시다. 참는 것도 한계가 있소."

"참아? 인마, 너 지금 잣 된 거야. 이게 무슨 상황인지 모르나 본데…."

이게 홍걸개 녀석의 본모습인가. 조성원 녀석이 이를 갈면서 싫어할 만도 했다. 자신에게 유리한 상황이 되었다고 낮에 보았을 때와는 말투부터가 달라졌다. 경박스럽기 짝이 없었다.

“거지가 아니랄까 봐 입을 함부로 놀리는군.”

“뭐어? 이 혈교의 앞잡이 새끼들이 지금 누구 앞이라고 감히….”

“입 닫아!”

공력을 실은 한마디에 내공이 약한 자들이 일제히 인상을 찡그리며 귀를 틀어막았다. 다들 놀랐는지 눈빛이 떨려왔다. 홍걸개 역시도 당혹스러웠는지 말문이 막히고 말았다. 그러자 개방의 방주 홍구가가 앞으로 나섰다. 그가 개방의 신물이라 할 수 있는 타구봉을 조성원의 머리 위에 올리며 내게 말했다.

“이보게, 소 소협. 이 못난 녀석은 제 발로 혈교를 찾아가 투신했네. 그런 자를 자네가 안다는 것은 자네도 혈교와 연이 있다는 소리일세. 그런 협의를 가진 자가 이런 상황에서 본 방의 후개를 겁박하는 겐가?”

당장에라도 내려칠 것처럼 홍구가가 타구봉으로 조성원의 머리를 탁탁 건드렸다. 일부러 나를 자극하는 것이었다. 조성원이 고개를 젓고 있었다. 나는 녀석에게 대놓고 말했다.

“내 사람을 버리는 일은 없다.”

그런 나의 말에 조성원의 눈동자가 흔들렸다. 이렇게 말할 줄은 몰랐나 보다. 내가 자신을 버릴 거라고 여겼던 건가. 아무리 내가 그동안 살아남기 위해 많은 거짓말을 했어도 나와 관련된 자들을 손쉽게 버린 적은 없다.

개방의 방주 홍구가가 눈을 가늘게 뜨고서 내게 이죽거렸다.

“호오. 자네도 관련 있다고 자백하는 겐가?”

그 말을 하고는 낭왕 혁천만을 쳐다보았다. 이 자리에서 나를 제압하려면 그의 힘이 필요하니 그럴 것이다.

"방주 어른."

"할 말이라도 있으신가?"

"혈교의 근거지를 파악하기 위해 거짓 투신했던 제자를, 고작 저 멍청한 손주 놈을 후개로 만들기 위해 배신자로 몰아넣으니 속이 후련하십니까?"

"뭣?"

그 말에 개방의 방주 홍구가가 순간 당혹감을 감추지 못했다. 내가 여기서 구구절절 변명을 늘어놓을 줄 알았나. 공격에는 공격이다. 갑작스럽게 터뜨린 폭로가 효과 있었는지, 개방의 방도들 일부가 인상을 찡그리며 이게 어찌 된 일이냐는 듯이 방주를 쳐다보았다.

"아니, 이자가 지금 무슨 소릴 하는 게야."

"무슨 소리라뇨? 사실을 이야기하고 있지 않습니까? 조성원!"

뜬금없이 이름을 불린 조성원이 얼른 내 말에 답했다.

"네."

"천지신명께 맹세하고 내 말에 틀린 점이 하나라도 있나?"

그런 나의 말에 조성원의 입꼬리가 슬그머니 위로 올라갔다. 지금 했던 말들 중에는 어떠한 것도 거짓이 없었다. 조성원은 입 안이 터져서 어눌해진 목소리로 다급히 말했다.

"없습니다. 천지신명께 맹세하건대 전부 사실입니다."

웅성웅성! 그 말에 주변이 술렁였다. 단순히 하늘을 걸고 맹세하는 것에 불과했지만 사실이라면 꽤나 큰 문제일 것이다. 명색이 개방의 수장과 후개가 관련된 사건이니 말이다.

"허어…."

종남파의 장문인인 도욱 진인도 뭔가 일이 복잡하게 돌아가자 끼어들기가 그랬는지, 입을 꾹 다물고서 상황을 관망했다.

"천지신명? 흥!"

개방의 방주 홍구가가 콧방귀를 뀌었다. 그러더니 나를 보며 의미심장한 목소리로 말했다.

"그러고 보니 노부가 한 가지 재미있는 정보를 예전에 들은 것 같구먼. 자네도 혈교에 납치되었었다고 했던 것 같은데."

정보 단체의 수장이 아니랄까 봐 이것저것 많이도 알고 있었다. 하긴 하오문에서 알고 있는 것을 개방이 모르는 것도 이상하다. 홍구가의 말에 넘어갔는지 낭왕 혁천만이 내게 말했다.

"사제, 그게 사실인가?"

대답을 하려는데, 방주 홍구가가 먼저 답했다.

"사실이오, 혁 대협. 노개가 이런 것으로 거짓을 말하겠소. 저들은 지금 자신들의 정체가 탄로 날까 봐 어떻게든 거짓을 늘어놓아 이 상황을 모면하려는 것이오."

기회를 놓치지 않고 밀어붙이는 것 봐라. 확실히 조성원 녀석이 말했던 것처럼 늙은 너구리 같았다. 하나 나라고 쉽게 당할 것 같은가.

"사형, 저를 믿지 못하십니까?"

"…자네를 믿지 못하는 게 아니네. 하나 방금 홍 방주께서 말씀하신 혈교에 납치되었었다는 말은 무슨 소리인가?"

"혈교에 납치되었었는데 스승님께서 구해주셨습니다."

그런 나의 말에 개방의 방주 홍구가가 켈켈거리며 말했다.

"이제 보니 그것도 의심되는구먼. 이십 년 넘게 사라졌던 남천검객의 진짜 후인일지 아니면 죽어서 남긴 무공을 거둔 것인지 어찌 알 노릇인가?"

이 늙은이 은근히 성가시네. 나를 몰아가기 위해 내뱉는 소리겠지만 거의 사실에 도달했다. 그 말이 어느 정도 타당하다 생각했는지 낭왕 혁천만의 표정이 점점 의구심으로 차올랐다. 방주 홍구가가 회심의 미소를 지었다. 이에 나는 콧방귀를 뀌며 말했다.

"스승님께서 사형에 대해 이야기하신 적이 있습니다."

"나에 대해?"

"삼십여 년 전에 운남성 곡위현의 한 객잔에 머무르고 계실 때 찾아오셔서 비무를 청하셨다지요?"

그 말에 낭왕 혁천만의 눈에 이채가 띠었다. 반면 개방의 방주 홍구가의 인상은 굳어졌다. 나는 기세를 몰아 말했다.

"먼 산서성에서 그곳까지 찾아온 것이 용하다고 말씀하셨지요. 보름 내내 비무를 청할 만큼 투지가 꺾이지 않는 것이 마음에 드셨다고 했습니다."

"…그분께서 그리 말씀하셨는가?"

나의 말에 낭왕 혁천만이 추억에 젖어든 것처럼 눈가가 촉촉해졌다. 개방의 방주 홍구가를 쳐다보자 난처한 기색이 역력했다. 이런 이야기는 낭사사에게 듣지 않고는 알 수 없으니 말이다.

"아! 말이 나온 김에 오해를 풀어드려야겠군요. 당시 스승님께서 구하셨던 것은 저만이 아닙니다. 저기 있는 조성원을 포함하여 여러 친구들을 구하셨죠. 선실에 있는 송가 쌍둥이 형제들도 스승님의 도움을 받았습니다."

"그게 참말인가?"

상황을 관망하고 있던 종남파의 장문인 도욱 진인이 내게 물었다.

"어찌 선배님들께 거짓을 고하겠습니까?"

그런 나의 말에 도욱 진인이 조성원을 가리키며 개방의 방주 홍구가에게 말했다.

"홍 방주, 정말 이자가 혈교에 투신한 게 맞소?"

"허어… 진인, 이 사람의 말을 믿지 못하는 것이오?"

이에 나는 피식 웃으며 말했다.

"혈교에 투신했는지 아닌지는 대체 어떻게 아시는 겁니까?"

그런 나의 말에 개방의 후개 홍걸개가 끼어들었다.

"우리 개방을 물로 보는 것이더냐? 본 방이 마음먹고자 하면 모르는 일은 있을 수가 없다."

녀석도 불안하기는 했나 보다. 위협을 했는데도 이렇게 끼어드는 걸 보면 말이다. 나야 좋은 구실을 받아 든 셈이었다.

"아아, 그래서 차기 후개가 될 자가 혈교에 납치되어도 그렇게 방치해뒀나?"

"제 발로 놈이 가서 투신했는데 뭐가 납치라는 거냐!"

나의 빈정거림에 화가 났는지 홍걸개가 소리쳤다. 이에 나는 고개를 갸웃거리며 말했다.

"이상하네. 제 발로 투신했는지 아닌지를 대체 어떻게 아는 거지? 아아, 그렇네. 조성원 네가 혈교에 잠입하기 전에 누구한테 미리 조사를 부탁했었다고 하지 않았나?"

그 말에 홍걸개의 입이 다물어졌다. 나는 비웃음을 담아 개방의 방주 홍구가를 쳐다보았다. 손주분이 이렇게 멍청한데 어찌 개방의 후계자로 만들 생각을 하셨을까? 개방의 거지들 중에 주머니를 일곱 개 차고 있는 자가 나서며 물었다.

"대체 그게 누구요?"

칠결이면 아마 개방에서 장로급일 것이다. 상황이 유리하게 바뀌어가자 화색이 돈 조성원이 그 물음에 답했다.

"호남성 지부장을 맡고 있는 육결 거지 부청입니다."

"부청?"

"네! 그에게 물어보면 제가 조사를 부탁했던 것을 알 수 있을 겁니다!"

그런데 조성원의 그 말에 개방 방도들의 반응이 이상했다. 서로를 쳐다보는 눈빛들이 석연치 않았다. 개방 방주 홍구가를 쳐다보니 고개를 절레절레 저으며 혀를 차고 있었다. 왜 그러나 싶었는데….

"부청은 몇 달 전에 지병으로 죽었네."

'…?!'

그 말에 조성원은 하늘이 무너진 것처럼 입을 벌리고서 당혹감에 빠졌다. 하! 저 늙은이가 왜 이렇게 태연하게 있는지 이제야 알겠다. 이미 조성원의 혐의를 입증해줄 자가 없는 것을 알기에 그런 태도를 보였던 것이다.

"참으로 안타깝군. 말마따나 무혐의를 입증해줄 사람이 세상에 없으니 말이야."

어처구니가 없었다.

그래도 한때 자신의 제자였지 않은가. 손주의 자리를 굳건히 만드는 것이 목적인 건가.

"혐의도 입증할 게 없지 않습니까?"

"그건 아니지. 소 소협 자네의 말대로 남천검객의 도움으로 혈교에서 벗어났다면 응당 개방으로 돌아와야 하는 게 아닌가? 한데 이 녀석은 돌아오지 않았네. 심지어 인피면구를 하고서 자네 곁에 있었네. 죄도 없고 혈교와 아무 연관도 없는데 어째서 죄지은 사람처럼 신분을 감추고 있었단 말인가? 안 그렇소, 혁 대협?"

끝까지 낭왕을 물고 늘어졌다. 낭왕 혁천만이 난처한지 입을 다물었다.

개방의 방주 홍구가가 조성원의 어깨에 손을 얹으며 선심을 베푼다는 듯이 말했다.

"이래서야 이번 일에 지장이 크겠군. 하면 이렇게 하세나. 소 소협이 정말로 혈교와 관련 없다면 더 이상 끼어들지 마시게. 이 일은 개방의 일일세."

이 늙은이가 정말 끝까지 해보겠다는 건가. 좋아. 누가 이기나 해보자.

"이제 개방이 아니라…."

바로 그때였다.

"…정말 너무하십니다."

조성원이었다. 녀석의 목소리는 노기로 가득했다. 이에 개방의 방주 홍구가가 나무라듯이 다그쳤다.

"아직 혐의가 벗겨지지 않았으니 그 입을 다물…."

"그렇게 손주에게 개방을 물려주고 싶었습니까?"

"…무슨 소리를 하는 게야."

"제가 혈교에 들어가려 했던 건, 공을 세워 개방의 형제들에게 인정받기 위해서입니다. 당신이 능력도 없는 손주에게 계속 자리를 물려주기 위해 항룡십팔장도 제대로 전수해주지 않았기에 제 나름의 방법을 찾은 것뿐입니다."

억하심정으로 가득한 조성원의 말에 개방 방도들의 시선이 집중되었다. 그들도 지금까지와는 바라보는 시선이 사뭇 달랐다. 하긴 유일하게 혐의를 벗겨줄 자가 공교롭게도 지병으로 죽었다고 하는데, 의구심조차 들지 않는 것이 이상한 일이었다. 개방의 방주 홍구가도 이를 의식했는지 변론했다.

“허튼소리! 손주라서 그런 게 아니다. 네 녀석보다 훨씬 무재가 뛰어났기에 후개의 자격을 얻은 것이다.”

드디어 허점을 드러냈다. 나는 재빨리 끼어들었다.

“무엇이 뛰어나다는 거죠?”

그 말에 개방의 방주 홍구가가 인상을 찡그리다 말했다.

“손주라서 그런 것이 아니네. 저 아이의 무재가 더 뛰어나네. 조성원 이 아이는 항룡십팔장조차 제대로 익히지 못했네. 그것만 봐도 알 수 있지 않나?”

이에 조성원이 소리쳤다.

“가르쳐주지도 않는데 무슨 수로 장법을 익힌단 말입니까?”

“허어, 이놈이 거짓말로 계속 혼란을 야기하려 하는구나. 네놈은 입을 다물고 있거라.”

홍구가가 다급히 조성원의 혈도를 짚하려 했다.

“멈추시죠.”

“자네는 끼어들지 말라고 했네. 이건 개방의 일이네.”

개방의 방주 홍구가가 내 말을 무시하고서 혈도를 점하려 했다.

“내 사람이라고 했습니다!”

나는 그를 향해 검결지를 뻗었다. 그 순간 날카로운 예기가 허공을 가로지르며 홍구가의 손목을 노렸다. 홍구가가 다급히 타구봉으로 예기를 막아냈다. 채애애애앵! 동시에 그의 신형이 세 보가량 뒤로 밀려났다. 나의 신위에 놀랐는지 홍구가가 떨리는 눈으로 나를 쳐다보았다.

"맨손으로 예기를 날리다니. 벽을 넘긴 게 사실이었구려."

종남파의 장문인 도욱 진인이 혀를 내두르며 말했다. 주위의 개방 방도들과 종남파의 검수들도 놀란 얼굴로 나를 쳐다보았다. 이들은 표물이라 불린 커다란 함에 귀식대법으로 숨어 있었기에 내 무위를 반신반의했었던 것 같다.

개방의 방주 홍구가가 내게 소리쳤다.

"기어코 본 방과 척을 지을 작정인가! 아무리 일신의 무공이 뛰어나다고 할지언정 이 모두를 상대할 수 있을 것 같은가!"

후우. 확실하게 알 것 같다. 말로써 해결될 수 있는 상황이 있고, 그게 아닌 상황이 있음을 말이다. 나는 냉소를 띠며 말했다.

"못 할 것도 없지요."

"뭐?"

나는 손을 뒤로 뻗었다. 모두가 뭘 하는 거지 하며 의아한 표정으로 바라보았다. 그때 선실 쪽에서 무언가 소리가 들려왔다. 쿵! 쿵! 쿵! 쿵!

모두의 시선이 소리가 난 곳으로 향했다. 그 순간 선실 벽을 뚫고 은빛 검날의 남천철검이 모습을 드러냈다.

'…!!'

그렇게 나타난 남천철검이 내 주위를 두어 바퀴 회전하면서 천천히 손안으로 빨려 들어오는 모습에 갑판 위의 모두가 입을 다물지 못했다.

"바, 방금 그건…."

"검이 날아서 손으로 들어왔어?"

"허공섭물?"

잠시 정숙했던 갑판이 술렁거리는 수준을 넘어 난리가 났다. 선실을 꿰뚫고 나타난 남천철검의 모습에 갑판 위의 사람들 모두가 경악한 듯했다. 방금 전까지만 해도 수적으로 우세하다는 생각에 자신감을 보였던 개방의 방주 홍구가의 동공이 지진이라도 난 것처럼 흔들렸다. 종남파의 장문인 도욱 진인도 놀란 얼굴로 중얼거렸다.

"허공섭물이 아니다."

"그게 무슨 말씀입니까, 장문인?"

종남파의 제자들이 이해할 수 없다는 듯이 반문했다. 그러자 도욱 진인이 의미심장한 목소리로 말했다.

"이기어검술이다."

'…!!'

그 말에 모두가 또다시 술렁거렸다.

"이, 이기어검술!"

"말도 안 돼!"

이기어검술. 검을 다루는 수법 중에 최상승의 기예로 손꼽힌다. 검객들에게 전설처럼 불리는 경지이기에 모두가 이런 반응을 보이는 것이었다.

"수많은 고수를 보았지만 그 나이에 이런 검의 경지에 오르다니, 정말 괴물 같은 무재로군."

이거 참. 일부러 보이기 위해 남천철검을 부른 거였지만 기대 이상의 반응이었다. 다들 나를 괴물같이 쳐다보고 있었다. 하긴 고작 약관을 갓 벗어난 젊은 청년이 이기어검마저 다룰 수 있는 경지에 올랐다면 누구라도 놀랄 수밖에 없을 것이다. 낭왕 혁천만 역시도 굳은 인상으로 내게 말했다.

"…무위를 감췄었군, 사제."

응? 왜 이런 반응을 보이는 거지? 그도 마음만 먹는다면 이 정도 신위는 충분히 보일 수 있지 않나? 그런데 충격을 받았다는 듯이 말하고 있었다.

"어찌 그리 말씀하십니까? 사형께서도 충분히…."

"할 수 없네. 보이는 곳도 아니고 멀리 선실 안에 둔 검을 딱 짚어서 진기로 움직이는 것은 나라고 해도 할 수 없는 기예네."

'아!'

생각해보니 그렇다. 허공섭물이라는 것 자체가 진기로 사물을 움직이는 것이다. 그것도 눈앞에 보여야 가능한 일이다. 어쩐지 낭왕 혁천만이 놀란 이유가 있었다. 혁천만이 자신의 입으로 이런 기예를 할 수 없다고 공언하자 더욱 주위 반응이 격해졌다. 이에 가장 당혹스러워하는 자는 개방의 방주 홍구가였다. 다른 누구보다 낭왕 혁천만을 의지했었나 보다.

"방주, 이를 어찌하오?"

"저자와 정말 싸울 작정입니까?"

방주 홍구가 주변에 있는 개방의 장로들과 높은 직위의 거지들이 우려를 표했다. 이미 종남파의 장문인과 낭왕이 이기어검이라고 치켜세워준 덕분에 전의가 꺾여 내려간 듯했다. 방주 홍구가가 타구봉을 꽉 쥐며 말했다.

"아무리 그래도 혼자일세. 모두가 합공을…."

쿵! 슉! 그의 말이 끝나기도 전에 선실을 뚫고 무언가가 또 날아왔다. 바로 소담검이었다.

—나는 왜 안 불러!

부르지도 않았는데 옥형을 개방하면서 제멋대로 날아온 녀석이다. 너까지 움직이면 선천진기의 소모가 빨라지잖아. 그런데 이게 생각보다 효과가 좋았다.

"이걸 보고도 말이오?"

"바, 방주!"

본의 아니게 더 위압감을 주게 되었다. 전의를 잃은 방도들 때문에 다급해진 방주 홍구가가 종남파의 장문인인 도욱 진인과 낭왕 혁천만을 번갈아 바라보며 말했다.

"이제 곧 수로채와 결전을 치러야 하는데, 두 분께서는 이를 그냥 지켜보실 요량입…."

그런 그의 말을 나는 끊었다.

"홍 방주."

"뭐?"

"이건 개방과 저의 문제가 아닙니까? 설마 구파일방이라 불리는 대개방의 방주께서 고작 저 한 사람을 상대하려고 종남파와 사형, 아니 낭왕의 힘까지 빌리려는 겁니까? 무림의 명숙께서 낯짝이 참 두꺼우십니다."

빈정대는 나의 말에 홍구가의 얼굴이 보기 무섭게 일그러졌다. 자존심을 제대로 건드린 모양이다. 이를 결국 참지 못한 홍구가가 개방의 방도들에게 소리쳤다.

"이노오오옴. 오냐! 한번 해보자꾸나! 견벽진 개(開)!"

방주 홍구가의 외침에 머뭇거리던 개방의 방도들이 서로 양 팔짱을 끼고서 인간 벽을 만들기 시작했다. 열 명이 그렇게 인간 벽을 만들고 그 뒷줄로 잇는 방식이었다. 들어본 적이 있는 것 같다. 정파 무림의 삼대 절진 중 하나이다. 소림사의 나한진, 전진교의 칠성진과 더불어 명성이 자자한데, 앞서 두 진법들과 달리 단순해 보이지만 많은 사람들이 공력을 하나로 모아 상대를 몰아붙이는 기이한 진법이라 들었다.

"녀석을 난간으로 몰아라!"

방주 홍구가의 외침에 견벽진을 만들어낸 방도들이 일제히 나를 향해 달려들었다. 팔을 꽉 끼고서 누구 하나 죽어도 꼼짝하지 않을 기세였다. 그러나 이 진법에 약점이 없는 게 아니다. 수가 많을수록 그 효과가 배가되는데 고작 서른 명 정도로 펼치는 것은 나 같은 고수를 상대로는 그저 시간 끌기에 불과하다.

타타타타탁! 그런데 포위하려 드는 견벽진 뒤편으로 누군가 뛰어가는 모습이 보였다. 개방의 후개인 홍걸개였다. 그가 향하는 곳은 선실이 있는 방향이었다. 아무래도 나를 붙잡아두고서 구금되어 있는 일행들한테 해코지를 하려는 모양이다. 그런데 어쩌지? 그들은 내가 남천철검을 부른 시점에…. 콰앙!

"뭐, 뭐야?"

바로 그 순간 선실 벽이 박살 나면서 누군가 황소처럼 돌진해왔다. 바로 쌍둥이 동생 송우현이었다.

'하….'

신호를 보내면 탈출하라고 했더니 남천철검이 날아든 방향으로 그대로 뚫고서 온 건가. 녀석이 맹렬하게 앞으로 달려들더니 견벽진을 향해 머리를 박았다. 쿵!

"끄악!"

녀석의 박치기에 정면으로 당한 거지의 입에서 비명과 함께 피가 터져 나왔다. 견벽진의 앞 열이 출렁이며 뒤로 밀려났다.

"으아아아!"

"꽉 잡아!"

하마터면 끼고 있던 팔짱이 풀리려 했지만, 양옆의 거지들이 이를 꽉 붙잡고 견디려 했다.

—오오! 대머리 제법인데.

나도 송우현의 신력이 이 정도일 줄은 몰랐다. 스승님께서 녀석의 잠재력이 형인 송좌백이 따라오지 못할 정도라고 했는데 그게 정말인가?

"젠장!"

"뒤 열도 밀어!"

뒤 열의 견벽진이 질세라 달라붙었다. 서른 명이 밀고 있는데 송우현 녀석 혼자서 비등하게 버티고 있었다. 외공, 아니 두공으로는 거의 정점에 이른 것 같다.

"나도 있다! 우랴아아압!"

그때 송우현 뒤로 송좌백이 달라붙었다. 보통 사람들보다 머리 하나는 더 있는 두 근육질의 쌍둥이가 힘을 발휘하자 놀라운 일이 벌어졌다. 콰지지직! 선상의 목판이 부서지며 서른 명의 견벽진이 도리어 조금씩 뒤로 밀려났다. 견벽진을 펼치는 거지들이 경악을 금치 못했다. 그런데 이들은 알까? 송우현과 송좌백 쌍둥이 형제가 진혈금체까지 펼치면 이보다 힘이 배가된다는 것을.

그때 어디선가 시원한 소리가 들려왔다. 짜악!

"억!"

그곳을 보니 사마영이 개방의 후개 홍걸개에게 따귀를 날리고 있었다. 이에 홍걸개가 화가 나서 그녀에게 달려들었다.

"이게 감히!"

녀석의 장법을 그녀가 기묘한 보법으로 피했다. 그러고는 반대편 뺨에 따귀를 날렸다. 짝!

"큭!"

화가 난 홍걸개가 그녀에게 무차별적으로 장법을 펼쳤다. 그러나 사마영은 상체만 이리저리 움직여 홍걸개의 장법을 피하며 연달아 뺨을 마구 때려댔다. 짜자자자자작! 어느 순간부터 홍걸개의 두 볼과 입술이 부풀어 올라 흉하게 변해갔다. 무위에서 격차가 있으니 상대가 될 리 있겠는가.

"그, 그만…."

"입 닫아. 아직 멀었어."

짝!

"끄읍!"

객잔에서부터 벼르고 있던 사마영은 표정 하나 바뀌지 않고 싸늘한 얼굴로 녀석의 살점이 찢기며 피가 튀어도 쉬지 않고 뺨을 때렸다.

—재 가끔 보면 무섭다.

안 말리면 손속에 사정이 없는 그녀였다. 괜히 사대 악인의 딸이 아니었다.

"이노오오옴! 내 손주에게서 물러나랏!"

견벽진의 뒤편에 있던 개방의 방주 홍구가가 움직였다. 과연 초절정의 고수답게 신형이 굉장히 빨랐다. 취팔선보로 주위 사람들을 요리조리 피하며 사마영을 향해 뻗어가고 있었다.

슉! 그런 그의 앞을 내가 가로막았다.

"선배의 상대는 저입니다."

"이놈이!"

손주에 대한 걱정 때문이었을까? 방주 홍구가가 망설이지 않고 내게 타구봉을 휘둘렀다. 독특하게 휘어지듯이 결을 그리는 이것이 그 유명한 개방의 타구봉법인 듯했다. 확실히 최상승의 절기로 불릴 만큼 초식의 변화가 다채로웠다. 채채채챙! 나는 그 자리에 서서 움직이지 않고 타구봉을 막아냈다. 특별한 초식을 펼치지 않았다. 유동적으로 그가 펼치는 타구봉법에 맞춰 막아내기만 했다.

"…세상에."

"개방 방주를 상대로 한 발짝도 움직이지 않고 막아내고 있어."

"저, 정말 팔대 고수급인 건가."

여기저기서 탄성이 들려왔다. 나야 여유롭게 막고 있으니 그 말이 잘 들렸다. 그러나 개방의 방주 홍구가는 어떻게 해서든 내게 봉을 맞추려고 정신이 없었다.

'잘 보여.'

확실히 낭왕 혁천만과 상대할 때와는 다르게 홍구가의 봉초가 정확하게 보였다. 결의 흐름부터 변초까지 전부 파악되었다. 아무리 초식이 뛰어나다고 해도 시전자의 무위가 한 수 아래이기 때문일지도 몰랐다.

"흐압!"

봉초를 펼치던 개방의 방주 홍구가가 왼손으로 항룡유회의 장을 뻗었다. 화려한 봉의 결로 눈을 가린 상태에서 절묘한 한 수였다. 하지만 나 역시 여력이 남아 있었기에 굳이 대응하지 못할 공격이 아니었다. 왼손을 뻗으려고 하는데, 갑자기 홍구가의 손이 멈췄다.

—히히힛.

그건 소담검이 날아가 그의 눈앞에서 멈췄기 때문이다. 손 반 마디 거리를 남기고 둥실둥실 떠 있는 소담검에 방주 홍구가의 얼굴이 창백해졌다. 조금만 늦었어도 눈을 잃었다.

"큭!"

홍구가가 취팔선보를 펼치며 뒤로 거리를 벌리려고 했다.

—어딜 도망가!

그러나 소담검은 도망갈세라 홍구가의 눈앞으로 거리를 유지한 채 쫓아갔다. 이에 방주 홍구가의 얼굴이 사색이 되어갔다.

—잘했지? 도망가는 것 좀 봐라.

소담검이 신이 나서 내게 조잘거렸다.

이거 참 의도하지 않았는데 녀석이 알아서 움직일 수 있으니, 이런 식으로도 공격이 가능해졌다. 잠깐만, 이거 단순히 생각할 게 아닌데. 잘만 응용하면 낭왕과 같은 나보다 뛰어난 고수를 상대할 때도 유용할 것 같다.

뒤로 계속해서 피하던 홍구가가 배의 난간에 막히고 말았다. 여기서 더 가면 물에 빠지게 된다. 물살이 그사이에 굉장히 거칠어져 있었다. 아무리 홍구가가 초절정의 고수라고 해도 이 정도 격류라면 위험할 수도 있다. 입술을 질끈 깨물던 방주 홍구가의 입에서 결국 항복 선언이 나왔다.

"그… 그만! 노부가 졌네."

이 광경을 지켜보던 조성원의 입꼬리가 귀까지 찢어졌다.

—에헴. 이쯤에서 끝낼까?

'아니, 아직 가만히 있어봐.'

—응?

나는 소담검에게 그대로 있으라고 했다.

항복 선언을 했는데도 소담검이 물러나지 않자 홍구가가 당혹스러운 듯이 말했다.

"졌다고 하지 않았나?"

"끝은 제가 결정합니다."

"뭣?"

이에 종남파의 도욱 진인이 나섰다.

"이보게, 소 소협. 홍 방주가 졌다고 말하지 않았나? 이 이상은 과하네."

그 말에 나는 콧방귀를 뀌었다.

"제 사람을 혈교인으로 몰아간 것으로도 모자라 저까지 몰아붙이고 동료들까지 구금했습니다. 그런데 말 한마디로 끝내라는 게 말이 됩니까?"

"그건…."

"정사를 떠나 무림인들 간의 은원은 확실하게 맺는 것이 옳지 않습니까?"

어느 것 하나 틀린 것이 없는 나의 말에 도욱 진인의 말문이 막혔다. 사실 그렇지 않은가. 애초에 내 무공이 약했다면 결과는 다르게 되었을 것이다. 무림연맹에게 적이라 할 수 있는 혈교인으로 몰아붙였으니 어떤 식으로든 최악의 결과를 냈을 테지.

방주 홍구가가 이를 뿌득 갈면서 소리쳤다.

"그럼 어쩌란 말인가? 노부가 죽어야 끝을 내겠다는 겐가!"

"같은 정파인으로서 제가 어찌 선배께 매몰차게 그러겠습니까?"

"하면 대체 뭘 바라는 겐가?"

"저도 이 많은 선배님들과 무림 동도들이 있는 자리에서 혈교의 간자인 것처럼 오해를 받고 모욕을 당하지 않았습니까? 적어도 제 동료들과 스승님에 대한 명예를 위해 선배님의 그 눈 하나 정도는 받아야 하지 않을까요?"

'…!!'

강하게 나가는 나의 말에 모두가 입을 다물지 못했다. 당사자인 방주 홍구가는 더더욱 그러했다.

"자, 자네!"

"하나, 그래도 선배님이신데 제가 어찌 기회를 드리지 않을 수 있겠습니까?"

희망 고문을 하는 나의 말에 홍구가의 표정이 붉으락푸르락해졌다. 그래도 구파일방 중 하나인 개방의 방주인데 체면이 말이 아니었다. 홍구가는 겨우 이런 감정을 억누르며 내게 말했다.

"기회라니?"

"사실을 바로잡았으면 합니다."

"…사실을 바로잡아?"

의아해하기에 나는 조성원 곁으로 다가갔다. 모두의 시선이 내게 집중되었다. 나는 조성원을 가리키며 말했다.

"한때 제자분이었던 이 친구의 재능이 없어서 손주분께 후개의 자리를 줬다고 하지 않으셨습니까?"

"…그렇네."

"하면 이 자리에서 증명하면 되겠군요."

"증명?"

"마침 개방의 장로분들도 계시고 증인이 되어주실 낭왕 사형과 종남파의 장문인께서 계십니다."

"대체 뭘 하자는 겐가?"

방주 홍구가가 불안한지 속내를 감추지 못했다. 나는 그런 그에게 빙그레 웃으며 말했다.

"간단합니다. 이 자리에서 재능을 확인하면 그가 정말 부족한지 아닌지 알 수 있을 것 아닙니까?"

"지금 설마 자네…."

"이 친구에게 항룡십팔장과 타구봉법을 전수해주시죠."

"뭐, 뭐라고?"

싫으면 그 눈 하나를 주시든지. 조성원이 눈이 휘둥그레져서 나를 쳐다보았다. 설마 이런 식으로 무공을 전수해달라고 할지 예측하지 못했나 보다. 주변이 술렁거렸다. 개방의 방도들 반응도 제각각이었다. 절반 정도가 이를 모욕으로 받아들이는가 하면 절반은 조성원과 개방의 방주 홍구가를 묘한 눈빛으로 번갈아 쳐다보고 있었다. 이런 걸 보면 상당수가 손주인 홍걸개에게 후개의 지위를 준 것에 의구심을 가진 듯했다.

남천철검의 목소리가 머릿속을 울렸다.

—아무리 그래도 무공을 전수해주겠나?

명분은 나쁘지 않잖아. 이참에 조성원의 한도 풀 수 있고.

—얼굴이 터질 것 같은데, 거지 늙은이.

소담검의 말처럼 방주 홍구가는 얼굴이 달아오를 정도로 어처구니없어했다. 명분이 좋기는 하나 타구봉법과 항룡십팔장은 개방의 방주들만 익히는 무공이다. 그것을 대놓고 가르치라고 하니 많이 불쾌했나 보다. 결국 홍구가의 입에서 노성이 터져 나왔다.

"차라리 이 눈을 가져가라. 노부… 아니, 본 방을 어지간히 우습게 보는구나!"

그래도 자존심은 있었다. 명색이 구파일방 중 한 곳의 수장인데 당연히 이를 쉽게 받아들이지 않겠지. 한데 나의 노림수는 이게 아니었다.

—그럼 뭐야?

지켜봐. 누구 한 사람쯤 나서줄 만도 한데. 좀 더 강하게 나가야 하나.

"별수 없군요. 그럼 저희의 은원은 선배님의 눈 하나로 끝내…."

"잠깐만 기다리게!"

그때 종남파의 장문인 도욱 진인이 끼어들었다. 역시 예상대로였다. 나는 모르는 척 의아해하며 말했다.

"왜 그러시는지요, 선배님?"

"소 소협, 빈도도 자네의 심경은 충분히 이해하네."

"이해하시는데 어찌?"

"이보게, 소 소협. 어찌 보면 개방도 그렇고 여기 있는 모두가 정파무림의 한식구가 아닌가."

정파인들이 가장 많이 명분으로 삼는 말이다. 사해가 동도라는 말과 비슷한 의미인데, 모두가 한 형제라는 의미다. 개개인이나 자기 조직의 이익을 추구하는 성향이 더 강한 사파인들보다 정파인들은 뭉치려는 성향이 매우 강하다. 그래서 이렇게 은원 관계가 생기면 누구 하나가 나서서 이런 명분으로 말리곤 한다. 나는 못 이기는 척 슬며시 말했다.

"…뭐 그야 그렇지요."

"한데 이렇게 험하게 갈 필요가 있겠는가."

"제 사람이 죽을 수도 있었고 저와 동료들 또한 일신의 무공이 약했다면 그리될 수도 있었는데, 어찌 이게 험한 것입니까?"

"맞네, 자네의 말이 맞아. 하나 협의에도 어느 정도 조율이 필요하지 않나. 홍 방주께서도 그리 생각하지 않소?"

도욱 진인이 내게는 타이르듯이 말하며 방주 홍구가에게는 동의를 구했다. 자신을 도우려는 것을 인지했는지 홍구가도 맞장구를 쳤다.

"진인의 말씀이 옳소."

"하면 어찌하길 바라십니까? 제 사람이라 할 수 있는 조성원이 이렇게 억울하게 몰렸었는데 그냥 참으라는 겁니까?"

"누가 그러라고 했나. 들어보니 저 친구의 사정도 딱한 것 같네. 혁 대협도 그렇지 않소?"

도욱 진인의 물음에 낭왕 혁천반노 작세 고개를 끄덕였다. 사태를 진정시키는 데 도움이 될까 싶었나 보다. 도욱 진인이 다시 내게 말했다.

"솔직히 자네 말대로 하면 재능을 알아볼 수도 있지만 개방의 방주만이 익힐 수 있는 무공들을 전부 요구하는 것은 과하지 않나?"

"그럼 어찌 재능을 확인한단 말입니까?"

그런 나의 물음에 도욱 진인이 조심스럽게 말했다.

"홍 방주, 이 친구의 말대로라면 항룡십팔장을 아직 전부 전수한 게 아닌 듯한데 맞소이까?"

그 말에 방주 홍구가가 대답을 망설였다. 당연히 그렇겠지. 명색이 조성원의 스승이었던 자이다. 그런 자가 제자의 무재나 성취를 모른다는 것은 말이 되지 않았다. 당연히 손주인 홍걸개보다 뛰어난 것을 알기에 자진해서 혈교로 간자 노릇을 하러 간 것을 은폐하고 지금도 어떤 식으로든 처리하려고 하지 않았나. 한데 지금 막무가내로 우기기에는 주위에 보는 시선들이 많았다.

"…그렇소."

결국 방주 홍구가가 정해진 답을 이야기했다. 저리 답할 수밖에 없을 것이다. 도욱 진인이 잘됐다는 듯이 말했다.

"타 문파인 빈도가 나서는 것은 결례나 다름없으나 양측의 원만한 화합을 위해 이렇게 하는 게 어떻겠소?"

"어찌 말이오?"

"홍 방주께서 저 친구에게 남은 초식들을 전수해주시오. 그러고 나서 후개와 항룡십팔장으로만 겨뤄보게 하는 것이 어떻겠소이까? 그렇게 되면 누구의 재능이 우위인지 알 수 있지 않겠습니까?"

—너 설마 이걸 노린 거야?

소담검이 혀를 내두르며 물었다.

맞아. 어느 정도 예상한 범위까지 왔다. 원래 거래를 하려면 원하는 것보다 훨씬 크게 불러야 하거든. 그래야 상대편이 손해를 보지 않겠다는 생각이 들게 해서 내가 원하는 선까지 맞출 수 있다. 웅성웅성! 개방의 방도들이 술렁였다. 부정적이라기보다는 도욱 진인의 말에 어느 정도 찬동하는 느낌이었다. 주위의 이런 반응들을 의식

했는지 방주 홍구가가 소리쳤다.

“저 녀석은 더 이상 노부의 제자가 아닌데, 어찌 항룡십팔장을 전수할 수 있단 말이오?”

그 말에 낭왕 혁천만이 처음으로 끼어들었다.

“방주의 말씀대로라면 방주는 개방 자체적으로 방도를 벌하려고 했던 게 아니라, 내 사제의 사람을 멋대로 처리하려 한 게 되지 않소이까?”

‘…?!’

정곡을 찌르는 말에 방주 홍구가의 말문이 막혔다. 말만 사제라고 해놓고 저쪽에 치우치는 건가 싶었는데, 적절할 때 나서서 도와주니 다행이었다. 덕분에 눈 하나를 가져가도 할 말이 없는 상황이 되었다. 그러던 와중에 개방의 장로로 보이는 칠결을 한 노거지 한 사람이 나섰다.

“방주, 이참에 확실히 하는 게 좋지 않겠습니까?”

“의구생 자네!”

“후개인 홍걸개가 실력으로 성원을 꺾는다면 본 방과 방주의 체면을 지킬 수 있지 않겠습니까?”

이야기하는 것을 보니 의구생이라 불린 장로도 진부디 홍걸개를 후개로 정한 것에 의구심을 가졌던 모양이다. 그러지 않고서야 이렇게 판을 깔아줄 리가 없었다. 그때 또 다른 칠결 거지가 나섰다.

“의 장로의 말도 일리가 있습니다, 방주.”

“조학 장로 자네까지….”

방주 홍구가가 화가 머리끝까지 올라와 뭐라고 하려 하다 이내 입을 다물었다. 조학 장로라 불린 칠결 거지의 목젖이 떨리는 것을 보니 전음으로 뭔가를 이야기하고 있었다. 그 뭔가는 아마도 방안을 떠올린 것이겠지. 이내 방주 홍구가가 입을 열었다.

"좋소. 도욱 진인의 말을 따르리다."

"과연 홍 방주이시오. 결단을 내려줘서…."

"단 이쪽에서도 요구 조건이 있소이다."

"요구 조건이라면?"

도욱 진인이 인상을 찡그리며 물었다. 이에 방주 홍구가가 목소리에 힘을 주고서 말했다.

"항룡십팔장은 방주만이 익힐 수 있는 장법이올시다. 만약 장법을 겨뤄서 조성원이 진다면 당연히 거둬가야 하지 않겠소."

"…그 말씀은?"

"본 방의 무공을 어찌 타인이 익힌단 말이오. 졌을 때 근맥을 자르고 단전을 폐한다면 노부도 군말 없이 따르겠소이다."

"허어…."

더욱 강하게 나오는 방주 홍구가의 말에 도욱 진인이 탄식을 흘렸다. 이렇게 나오면 조성원이 만에 하나로 패배하면 무공을 잃게 되는 것이었다. 사실 의도는 뻔히 보였다. 애초에 겨루는 것 자체를 무마하기 위함이었다.

—늙은 거지가 머리 굴리네.

방주 홍구가가 나를 쳐다보며 이래도 할 테냐, 하고 말하듯 입꼬리를 올리는 모습이 보였다. 나는 조성원에게로 고개를 돌렸다. 그가 굳은 결의가 담긴 눈빛으로 고개를 끄덕이고 있었다. 무공을 잃을지언정 자신의 한을 풀고 싶어하는 것이 보였다.

—지면 어쩌려고?

지긴 뭘 져. 근데 나는 손해 보는 게 제일 싫거든.

의기양양해하는 방주 홍구가를 쳐다보며 나는 참 난감하다는 표정을 지으며 말했다.

"이것 참 곤란하군요."

방주 홍구가가 이죽거리며 말했다.

"그 정도 각오도 없다면 받아들이지 않아도 좋네."

"한데 말이죠, 선배님. 그런 논지라면 조성원이 이겨도 근맥을 잘라야 하는 게 아닙니까? 개방의 사람이 아니니 말입니다."

그 말에 주위 사람들도 동의하는지 고개를 끄덕거렸다. 홍구가의 눈매가 가늘어졌다. 역시 어떤 식으로든 조성원의 무공을 거둬가는 게 목적이었다. 이에 나는 손을 마주치면서 좋은 생각이 떠올랐다는 듯이 말했다.

"아아, 이렇게 하면 되겠군요."

"무슨 말인가?"

"기껏 가르쳤는데 이겨도 무공을 잃어서야 되겠습니까? 오해에서 비롯된 것이라면 조성원을 개방에서 다시 받아들여도 괜찮지 않겠습니까?"

"뭐라고?"

"그렇지 않습니까? 만약 조성원이 이긴다면 오히려 그의 무재가 뛰어난 것이니 후개의 자리에 더 어울리는 셈이죠. 이런 인재를 포기한다는 게 말이 됩니까?"

'…!!'

그 말에 의기양양해하던 방주 홍구가의 표정이 굳었다. 나는 기세를 놓치지 않고 말했다.

"서로 한 발짝씩 물러나 이렇게 하시죠. 조성원이 진다면 선배님 말씀대로 무재가 떨어진다는 게 증명되는 것이니 근맥을 자르고 무공을 폐하시고, 만약 이긴다면 조성원을 다시 개방에 들이셔서 후개로 삼으시면 모든 게 원만히 해결되지 않겠습니까?"

"아니… 그건…."

방주 홍구가의 얼굴이 확 달아올랐다. 혹을 떼려다 하나 더 붙인 격이었으니 말이다. 그에게 묘책을 주었던 조학 장로라는 자도 이것은 예측하지 못했는지 당혹감에 어쩔 줄 몰라 했다.

"설마 무인의 생명까지 담보로 잡아놓고 그 정도 각오도 하지 않으신 건 아니겠지요?"

으득! 홍구가가 이를 갈았다. 손주가 그리 미덥지 못한데 왜 그렇게 욕심을 부렸을까. 조금이라도 손주의 무재가 뛰어나다고 생각했다면 절대 저런 반응을 보이지 않았을 것이다. 오히려 자신만만하게 나왔겠지.

"개방의 방도분들은 어떻습니까? 제 말에 동의하십니까?"

나는 개방의 방도들을 선동했다. 그러자 한 사람씩 손을 들고서 찬성한다고 외쳤다.

"한번 시원하게 붙어봅시다!"

"후개가 이기면 그만 아니오!"

방주가 계속 미덥지 못한 모습을 보이니 그들의 상당수가 겨루라고 동조하기 시작했다. 방주 홍구가가 조학 장로를 쳐다보았다. 서로 목젓이 떨리는 걸 보니 이 상황을 어찌해야 하나 상의하는 듯했다. 그리고 이내 답했다.

"…입으로는 도저히 이겨낼 재간이 없군."

마지못해 받아들인다는 듯한 어투였다. 나야 원하는 것을 얻는다면 모양새가 어찌 되든 상관없었다.

"받아들이시겠습니까?"

"좋네. 자네의 제안을 받아들이겠네. 결과가 어찌 되든 본 방과의 은원 관계는 이것으로 깨끗이 정리되는 걸세."

"여부가 있겠습니까?"

'이제 돌아와.'

손을 내밀자 소담검이 방주 홍구가의 눈앞에서 내 손으로 돌아왔다. 바로 눈앞에서 둥실거리던 단검이 멀어지자 홍구가는 자신도 모르게 안도의 숨을 내쉬었다.

—좀 더 수작을 부릴 줄 알았는데 의외네.

지금 상황에서 받아들이지 않으면 방주로서의 체면이 꺾이니까 별수 없지. 한 무리의 우두머리라는 자리가 쉬운 게 아니거든. 대신 수작이야 다른 곳에서 벌이겠지.

도욱 진인이 나서서 말했다.

"그럼 양측에서 합의를 보았으니, 그대로 이행토록 하겠소이다."

그때 방주 홍구가가 말했다.

"한데 항룡십팔장은 본 방의 절기이니만큼 따로 선실에서 전음으로 전수하도록 하겠네. 그 점은 양해하길 바라네."

맞는 말이긴 하다. 그런데 이 말을 듣고 나니 찜찜한 게 무엇이었는지 확실히 알겠다. 나는 이에 따지듯이 말했다.

"옳은 말씀이긴 한데 만약 선배님께서 혹여 초식의 운기 경로를 조금이라도 잘못 가르친다면 어떡합니까?"

그 말에 방주 홍구가의 눈동자가 살짝 흔들렸다. 역시 그런 수작이었구나. 예상이 맞았다. 홍구가가 정색하며 내게 소리쳤다.

"무슨 소리를 하는 겐가! 아무렴 노부가 그런 짓까지 할 것 같나!"

"그저 우려심에 드린 말씀입니다."

"그런 짓은 하지 않네."

"그래도 만약이라는 게 있으니…."

그때 사마영이 나서며 말했다.

"간단한 방법이 있는데요. 이 홍걸개라는 자랑 홍 방주님이 동시에 전음으로 조 소협에게 운기 경로를 가르쳐준다면 틀렸는지 아닌지 바로 알 수 있지 않나요?"

—오!

제법이다. 그렇게 하면 문제가 해결된다. 나는 참관인을 한 명 두자고 하려 했는데, 저러면 확실히 운기 경로를 가지고 장난칠 수가 없게 된다. 다른 사람들도 명답이라 여겼는지 고개를 끄덕이며 동의했다. 반면 방주 홍구가의 얼굴은 말로 형용하기 어려울 만큼 일그러졌다.

* * *

배가 심하게 흔들거렸다. 강의 험로에 진입했는지 심하게 넘실대는 물살에 균형을 잡기 어려웠다. 그러나 갑판 위에는 여전히 사람들이 모여 있었다. 얼마 있지 않아 선실에서 낭왕 혁천만과 개방의 방주 홍구가, 그리고 홍걸개와 조성원이 나왔다. 혁천만은 혹시나 사전에 홍구가와 홍걸개가 전음으로 입을 맞추는 것을 막아달라는 내 부탁을 듣고 참관인으로 들어갔다. 아주 사소한 것부터 제지에 들어가니 죽을 맛일 것이다.

조성원이 내게 전음을 보냈다.

[이런 자리를 만들어주셔서 감사합니다, 주군.]

진심으로 감사하고 있었다. 그동안 못 익혔던 나머지 장초들을 익히게 되어 만족스러운 모양이었다. 지금의 그 감정 절대로 잊지 마라. 아무리 내 사람이라고 해도 주는 게 있으면 오는 것도 있어야 하니까.

"자! 그럼 두 사람은 서로에게서 다섯 보씩 물러서시오."

종남파의 장문인인 도욱 진인이 중개를 한 만큼 이 대결의 진행도 맡았다. 두 사람 모두 몸 상태가 그리 좋지 않았기에 내공은 쓰지 않고 초식 대결만 하기로 했다. 사실상 결과는 정해져 있다고 보았다. 애초에 조성원과 홍걸개의 무재는 확연하게 차이가 있었다. 조성원은 전부 익히지 않아 운기가 통하지 않는 항룡십팔장만으로 절정의 경지에 이르렀다. 반면 홍걸개는 한 초식을 익히는 것도 버거워했다고 들었다.

"자! 그럼 시작들 하시게!"

도욱 진인이 손을 들어 올렸다가 내렸다. 그러자 홍걸개가 먼저 소성원을 향해 신형을 날렸다. 팟!

"빌어먹을 놈, 받아랏!"

선수를 쳐서 밀어붙이는 것만이 유일하게 이길 수 있는 방법이라고 여긴 모양이다. 그러나 조성원은 조금도 흔들리지 않았다. 이성적인 녀석은 취팔선보를 펼치며 녀석의 장초를 신들린 것처럼 피해냈다. 그것도 모자라 뒤를 점했다.

"젠장!"

홍걸개가 항룡십팔장의 신룡파미를 펼쳤지만 조성원이 왼팔을 회전하며 녀석의 장초를 막아내는 동시에 오른손으로 갈비뼈 쪽에 일 장을 먹였다. 팍!

"크윽!"

저게 그 유명한 용전어야인가 보다. 중원에서 장법으로는 세 손가락에 꼽히는 절기이기에 나도 이 정도는 알아볼 수 있었다. 그 짧은 사이에 두 사람이 세 초식가량을 부딪쳤다. 조성원의 장초를 두 번이나 허용한 홍걸개의 얼굴이 달아올라 있었다. 내공까지 쓸 수 있다면 더 빨리 결판이 났을 것이다. 웅성웅성!

"…상대가 안 되는데."

"초식에 대한 이해도가 달라."

개방의 방도들뿐만 아니라 모두가 실력 차를 격감하고 있었다. 적재적소에 초식을 활용하는 조성원과 달리, 홍걸개는 어떻게든 그를 쓰러뜨리느라 안달이 나 있었다. 겨루면 겨룰수록 홍걸개는 무재가 떨어짐을 증명하는 셈이었다. 이 정도라면 몇 초식 이내에 결판이 날 것 같았다.

"아니, 그런 식으로!"

방주 홍구가가 대결을 보는 내내 답답했는지, 은근슬쩍 손으로 목을 가렸다. 이것 봐라. 전음으로 뭔가를 조언해주려는 모양이다.

—있어봐.

소담검이 검집에서 슬그머니 빠져나와 내 주위를 둥실둥실 떠다녔다.

'…!!'

홍구가가 그것을 보고는 올렸던 손을 천천히 내렸다. 그러는 사이에 홍걸개가 펼치는 장법을 이리저리 피하던 조성원이 예상대로 마무리를 지으려고 했다.

"제대로 하면 넌 안 돼!"

녀석의 일 장이 전광석화처럼 홍걸개의 턱 밑으로 파고들었다. 퍽!

"억!"

홍걸개가 단말마의 비명과 함께 뒤로 쓰러졌다. 턱을 맞고서 머리에 충격을 받았는지 정신을 차리지 못했다.

"하아."

방주 홍구가가 그 광경을 보고서 탄식을 흘리며 눈을 질끈 감았다. 세상을 다 잃은 얼굴이었다. 결과는 어떤 식으로든 뒤집을 수 없었다.

"아아아!"

싱거운 대결이었지만 조성원은 감격스러운 얼굴로 밤하늘을 쳐다보았다. 그렇게 벼르던 복수를 할 수 있었고, 잃었던 명예를 되찾은 것에 대한 감회가 남다른 듯했다.

나는 녀석에게 빙그레 웃으며 전음을 보냈다.

[축하한다, 후개.]

녀석이 그런 나의 전음에 씨익 웃으며 답했다.

[이 은혜를 어찌 갚아야 할지.]

갚기는 뭘 갚아. 이로써 개방의 차기 수장을 내 밑에 두게 된 셈인데. 내가 더 고맙지. 이윤이 남다 못해 넘치는 장사였다.

"결과를 말씀해주시죠, 선배님."

나의 말에 비무의 진행을 맡았던 도욱 진인이 결과를 공언하려 했다.

"승부는 조 소협이 승리…."

콰콰콰콰콰콰! 뭔가 부서지는 듯한 굉음 소리가 연달아 앞쪽에서 들려왔다. 그와 동시에 수많은 사람들의 비명 소리도 울려 퍼졌다.

"이게 무슨 소리야?"

"저, 저길 보십쇼!"

대결에 집중하고 있던 모든 사람들이 갑판 앞쪽을 쳐다보았다.

"아니, 배가 왜 갑자기?"

우리의 앞쪽, 즉 세 번째 배가 이상한 기류를 보였다. 약간 떨어져 있었지만 저들이 돛을 내리고 다급히 쇠사슬에 묶인 닻을 물에 집어넣고 있었다. 왜 그러는지는 몰라도 이런 격류에 닻을 내린다고 멈출 수 있을까? 물의 흐름에 배가 앞으로 쏠리는 게 보였다. 버티는 것은 무리였다.

'대체 왜 저러는 거지?'

의아해하고 있는데 멀리서 뭔가가 보였다. 검은 돛을 달고 있는 배 두 척이 나타나 세 번째 배가 나아가는 방향의 우측과 좌측 방향에서 거슬러 올라오고 있었다. 말도 안 되는 광경이었다. 그때 앞의 배에서 소리치는 것이 들렸다.

"수, 수로채다!"

"장강수로십팔채의 배가 나타났다!"

'…!!'

예상보다 수로채가 너무 빨리 나타났다.

〈7권에 계속〉

절대 검감 6

초판 1쇄 인쇄일 2022년 7월 4일
초판 1쇄 발행일 2022년 7월 11일

지은이 한중월야

발행인 윤호권
사업총괄 정유한

편집 김지연 **디자인** 김지연 **마케팅** 명인수 **일러스트** 스튜디오이너스
발행처 ㈜시공사 **주소** 서울시 성동구 상원1길 22, 6-8층(우편번호 04779)
대표전화 02-3486-6877 **팩스(주문)** 02-585-1755
홈페이지 www.sigongsa.com / www.sigongjunior.com

ISBN 979-11-6925-031-3 04810
979-11-6925-025-2 (SET)

*시공사는 시공간을 넘는 무한한 콘텐츠 세상을 만듭니다.
*시공사는 더 나은 내일을 함께 만들 여러분의 소중한 의견을 기다립니다.
*잘못 만들어진 책은 구입하신 곳에서 바꾸어 드립니다.